JACE
Einspruch abgelehnt!
(Wild Boys 1)

ANNIE STONE

Coverfotos: istockphoto.com / silverkblack und shutterstock.com / Ensuper
Lektorat: ScriptLounge
ISBN: 1512283711
ISBN-13: 978-1512283716

Kontakt: anniestone81@gmail.com

Annie Stone
c/o BJ-Autorenservice.de
Gildehauser Weg 140a
48529 Nordhorn

These boys are no saints,

but saints are no fun.

Yale hat *Skulls & Bones*, in Harvard gibt es den *Porcellian Club*, Cornells Geheimbund ist bekannt als *Sphinx Head* und in Cambridge treiben die *Apostles* ihr Unwesen. Aber wir, wir in Oxford hatten die *Society of badass debauchery*.

Okay, okay, vielleicht hatten wir nicht das Format der großen Geheimbünde, aber dafür waren wir umso geheimer. Niemand wusste, dass es uns gab. Nur wir elf. Aber das reichte schon. Wir gingen durch dick und dünn, konnten uns blind aufeinander verlassen und heute, vierzehn Jahre nach unserem Kennenlernen, ist es noch immer so, auch wenn wir in alle Winde verstreut leben.

Wir sind uns an einem lauen Sommertag im Jahre 2001 in Oxford begegnet. Wahllos durch das Schicksal zusammengewürfelt, halten wir alle es für den besten Zufall der Weltgeschichte. Wer hätte aber auch gedacht, dass drei Engländer, vier Australier und vier Amerikaner die beste Mischung seit dem Martini sind?

Auch wenn Jace, Simon, Nick und Mike wieder in den USA sind und Evan, Tyler, Ethan und Jonathan Downunder, trifft sich die *Society of badass debauchery* einmal im Jahr irgendwo auf der Welt zum Klassentreffen. Doch irgendwas ist dieses Jahr anders. Ganz anders.

Society of badass debauchery

KAPITEL EINS

Ich drehe mein Weinglas in den Händen und lausche meiner besten Freundin Delilah, die gerade den Ablauf ihrer Hochzeit erklärt. Ich bemühe mich, gespannt und gebannt auszusehen, aber eigentlich ist mir nur zum Gähnen zumute. Eventuell, weil ich die gleiche Geschichte schon dreimal gehört habe. Im Ganzen. Und unzählige Male die Einzelheiten, aufgeteilt in viele kleine Häppchen, damit ich ja nichts vergesse. Schließlich bin ich die erste Brautjungfer, die Trauzeugin, die *Maid of Honor.* Ganz offensichtlich erlaubt ihr dieser Status, mich zu quälen.

Während ich mir also am liebsten die Augäpfel ausstechen will, schaue ich heimlich zu Steve, dem Trauzeugen, dem *Best Man.* Wieso ist es mir eigentlich eine Ehre, während er der Beste ist? Den Titel hat er ganz sicher nicht verdient, wie ich nach einer betrunkenen Nacht vor sechs Jahren weiß. Was soll ich sagen? Ich war jung und brauchte das Geld.

»Liebe Lila, lieber Trevor, es ist mir eine große Freude, euch auf diesem wichtigen Weg zu begleiten«, sagt er schwülstig. Seht ihr, was ich meine? Ich kann innerlich nur den Kopf schütteln.

»Wir freuen uns sehr, dass du das für uns tust«, antwortet Trevor und ich sehe das verräterische Zucken seiner Ader an der Stirn, die immer dann pulsiert, wenn er emotional aufgewühlt ist. Also, kurz vorm Platzen ist.

»Wie seid ihr eigentlich auf mich gekommen?«, fragt der Schleimbeutel da auch noch.

Ich werfe ein: »Es gab eine Umfrage. Ich hab auch für dich gestimmt.«

Er schaut mich überrascht an, kann nicht glauben, dass ich ihn anspreche. »Wirklich?«

Ich nicke übertrieben. »Ja, klar. Du, Osama bin Laden und Saddam Hussein standen zur Auswahl. Da die beiden anderen schon tot sind, hab ich für dich gestimmt.«

»Chrissa!«, weist mich Lila zurecht. Ich verstehe ja, dass sie zwischen den Stühlen hängt, aber wirklich, das muss sie doch nicht an mir auslassen. Ich kann schließlich nichts dafür, dass sie so einen Langweiler wie Trevor heiratet, der keine Freunde hat und deswegen in unserem Freundeskreis wildern musste. Ja, und all die tollen Jungs, die wir kennen, hatten eben auch keinen Bock auf die Trauzeugennummer. Ergo Steve.

Mir wird immer noch schlecht, wenn ich daran denke, dass er mal seinen Schwanz in mir hatte. Igitt. Wie konnte ich nur? Es war der Alkohol! Ich schwöre!

»Ist es nicht so, dass die Trauzeugen immer was miteinander anfangen?«, scherzt Trevor.

»Nein!«, schreie ich aus vollem Hals.

Lila verdreht genervt die Augen und Steve sieht mich

verletzt an. Hundebabyaugen. Fuck, verdammter. *Nein, Chrissa, lass dich nicht von diesem Welpenblick zum Mitleidssex überreden. Nicht, lass das!*

»Naja, vielleicht fummeln«, scherze ich dann und bereue es sofort, als ich Steves freudigen Gesichtsausdruck sehe.

Während sich Lila und Trevor über die Farbe der Tischdeko streiten, beugt sich Steve zu mir und raunt mir ins Ohr: »Du warst der beste Sex meines Lebens.« *Scheiße, Mann, ich befürchte, ich war auch dein einziger.*

Ich ahne, es sollte verführerisch sein, aber bei mir regt sich da leider nur der Brechreiz. Warum mache ich ihm auch Hoffnung? Selbst Schuld, wenn er mir jetzt noch mal seine Quallenzunge in den Mund stopft. Das hätte ich absolut verdient.

Gott sei Dank dauert diese mittelalterliche Folter nicht mehr lange und ich kann entkommen. Lieber alleine mit einer Packung Eis und einer Reality TV-Show, als in dieser Freakshow mit Ekel Steve und Spießer Trevor. Wie kann Lila sich das antun? Und noch viel schlimmer, wie kann sie mir das antun? So Hochzeiten sind doch für die Freunde am schlimmsten.

Ich kann Steve gerade noch davon abhalten, mir anzubieten, mich nach Hause zu begleiten. Das hier ist Manhattan, nicht Mexico City.

Ich nehme die U-Bahn und fahre ins Village. Meine mietpreisgebundene Wohnung liegt in der Nähe des Washington Square Parks, so dass ich noch ein paar Blocks zu Fuß gehen muss. Meine Louboutins danken es mir. Ach, habt ihr etwa gedacht, ich mache mir Sorgen um meine Füße? Nein, weit gefehlt, die Schuhe sind aus der neusten Kollektion und haben mich ein Vermögen gekostet, weit mehr als ich je für Essen ausgeben würde. Das ist gelogen. Ich gebe auch scheißviel Geld für Essen aus. Aber nur, weil ich nicht kochen kann und es hasse, mir was liefern zu lassen. Stattdessen mache ich mich schick und habe Dates mit mir selbst in der ganzen Stadt. Ich probiere jedes hippe Restaurant aus. Und wir sind hier in Manhattan, das ist das Mekka für Foodies.

Ich gehe die Stufen zur Haustür hinauf und klettere dann in den dritten Stock ohne Fahrstuhl. Sagt es mit mir: mietpreisgebundene Wohnung, mietpreisgebundene Wohnung. Da versucht man sich doch gerne als Bergziege.

Ich schließe meine Wohnungstür auf und schlüpfe aus den High Heels, die ich liebevoll in den Schuhschrank stelle. Manchmal überlege ich, ihnen ein Gute-Nacht-Lied zu singen, aber das würde selbst mir zu weit gehen. Das will schon was heißen.

Ich ziehe die Vorhänge zu, bemerke dabei, dass es meine Nachbarn von gegenüber mal wieder bei offenem Fenster treiben. Der Kerl kann die ganze Nacht in sie hämmern wie ein Maschinengewehr. Die Geräusche unterhalten die ganze Straße und manchmal sitzen Katzen vor dem Haus, um in das Maunzen einzustimmen.

Ich ziehe mein Kostüm aus, da ich direkt von der Arbeit ins Restaurant gerannt bin, und kuschel mich mit meinem neusten Buch ins Bett. *Big Little Lies* von Liane Moriarty. Gerade noch auf der Bestsellerliste und schon auf meinem Reader. Ich bin sofort gefesselt von der Geschichte um Madeline, Celeste und Jane. Irgendwann fallen mir die Augen zu und selig schlafe ich ein.

Ich erwache, weil mich etwas in die Wange sticht. Die Kante meines Readers. Gut zum Lesen, nicht so gut als

Bettnachbar. Eher ungemütlich. Nicht so weich wie ein stahlharter Männerkörper.

Ich wische den Spuckfaden aus meinem Mundwinkel und erhebe mich langsam. Ich bin ein bisschen verspannt, habe ansonsten aber gut geschlafen, fast zu gut. Ich gehe ins Bad, setze mich auf die Toilette und greife nach einer Flasche Shampoo, um mir alles genau durchzulesen, während ich pinkel. Da ich das Etikett aber bestimmt schon zum zehnten Mal lese, ist es nicht mehr so spannend wie beim ersten Durchlesen. *Ich sollte mal ein neues Haarpflegeprodukt kaufen*, denke ich, während ich den Spülknopf drücke. Ich ziehe mein T-Shirt aus und stelle mich unter die Dusche. Ich lasse das warme Wasser über meinen Körper fließen, wasche meine langen, braunen Haare. Ich verteile Duschgel auf meinem schlanken, leider wenig kurvenreichen Körper und genieße den Moment der Ruhe. Ich meine, wenn das Wasser nicht so laut wäre, wäre es still.

Anschließend schlüpfe ich in mein Kostüm, der Rock eng, aber nicht zu kurz, die Jacke tailliert, aber nicht nuttig. Eben so, wie man als Junior Partnerin einer angesehenen Kanzlei in Manhattan aussehen sollte. Ich welle meine Haare, schminke mich sorgfältig. Auch wenn ich Anwältin bin, muss man mir das ja nicht unbedingt ansehen.

Ich hüpfe in ein Taxi. Und damit wisst ihr auch, wofür ich mein schwerverdientes Geld ausgebe: Schuhe, Essen und Taxis. Vielleicht sollte ich mir doch mal eine neue Wohnung suchen, eine, die nicht ab vom Schuss liegt, sondern näher an meiner Arbeitsstelle. Aber eigentlich mag ich das Village. Ich mag, dass es ein bisschen alternativ ist, ein bisschen schick, ein bisschen hip. Es passt zu mir. Zumindest zu dem Bild, das ich von mir selbst habe.

Ich fahre mit dem Aufzug nach oben, grüße die Empfangsdame und laufe dann durch die heiligen Hallen von Spencer, Donaldson & Tryst, als würden sie mir gehören. Denn seien wir ehrlich, in naher Zukunft wird auch mein Name da stehen. Hawthorne. Chrissa Hawthorne, namensgebende Partnerin. Nun ja, vielleicht bin ich der Zeit ein wenig voraus, weil sie mich ja noch nicht einmal zur Senior Partnerin gemacht haben, dabei habe ich schon seit Monaten die Einkaufssumme zusammen gespart.

Meine Sekretärin Elaine begrüßt mich, gibt mir einen Stapel mit Post-Its, die alle Anrufe des Morgens enthalten. Ich sehe sie durch, während ich meinen Laptop starte. Elaine kommt währenddessen mit ihrem Tablet zu mir, um mir meine Termine für den Tag zu nennen, die sie mir zwar auch auf mein Tablet, mein Smartphone und meinen Laptop geschickt hat, aber es kann sein, dass ich zum Kontrollwahnsinn neige und lieber alles doppelt und dreifach, nein vierfach, habe.

Meine E-Mails sind farbkodiert. Elaine hat sie heute Morgen bereits durchgearbeitet, sie markiert, damit ich die wichtigsten Dinge zuerst erledigen kann. Und trotzdem gibt sie mir jetzt gerade eine Zusammenfassung aller eingegangenen Mails.

Ich beginne mit denen der höchsten Priorität und Elaine geht hinaus, als der Bürokaffeejunge kommt, um mir einen extragroßen, extrastarken und extrasüßen schwarzen Kaffee zu besorgen. Und dazu eine Zimtschnecke. Die gibt es eigentlich nicht standardmäßig zu dem Kaffee, aber Elaine hat das für mich arrangiert, weil sie weiß, dass ich sie liebe.

Als ich hier anfing, habe ich Mara kennengelernt, die in dem kleinen Café an der Ecke jobbte. Sie brachte mir alle zwei Stunden meine Droge und über den Tag verteilt zwei Zimtschnecken. Da das meist alles war, was ich im Büro aß, war das okay. Mittlerweile ist Mara eine meiner zwei besten Freundinnen, und als sie den Job aufgab und mir niemand mehr Zimtschnecken brachte, bemerkte Elaine plötzlich, dass meine Laune dem Tiefpunkt näher rückte. Ergo Coffeeboy und eine Zimtschnecke pro Tag.

Man muss sie in ihrer Effizienz einfach bewundern. Ich tue es. Es gibt nicht viele Frauen, die es schaffen, sich gegen eine *First Class Bitch* zu behaupten, zumindest ist das der Titel, den mir meine männlichen Kollegen gegeben haben. Aber ehrlich, das prallt an mir ab. Denn sie sind einfach nur jammernde Idioten ohne Rückgrat. Und vor allem sind sie keine Konkurrenz für mich.

Spencer, Donaldson & Tryst erwartet achtzig Wochenstunden von jedem. Wer befördert werden will, sollte hundert leisten. Ich arbeite hundertzehn. Weil ich das hier will. Ich will meinen Namen an der Tür stehen sehen.

Und es wird auch nichts anderes von mir erwartet. Mein Vater ist Samuel Hawthorne, der Eiskönig von Chicago – daher werde ich manchmal auch Eisprinzessin genannt. Als könnte ich mir nicht meinen eigenen Namen besorgen. Also bitte. Er ist der beste Fusionsanwalt des Landes, seine Kunden scheffeln Millionen, für sich selbst und für ihn. Meine Mutter ist Terry Hawthorne. Sie steht meinem Vater in nichts nach. Hawthorne & Hawthorne ist die erfolgreichste Anwaltskanzlei, die jemals außerhalb New Yorks existiert hat. Die einzige in New York, die erfolgreicher ist, ist Spencer, Donaldson & Tryst, wie ihr euch sicher bereits gedacht habt.

Ich habe Jura in Harvard studiert, die beste Fakultät der Welt. Ich habe mit Auszeichnung abgeschlossen, als einzige meines Jahrgangs. Ich erzähle das nicht, weil ich angeben will. Es ist einfach Fakt. Mir wurde viel gegeben und nun wird von mir erwartet, dass ich auch was dafür liefere. Und ich selbst erwarte am meisten von mir.

Neunundneunzig Prozent von mir sind fokussiert, diszipliniert und ehrgeizig. Das restliche Prozent hat mit Steve geschlafen. Und jeder Menge anderer Kerle, die ebenso wenig erwähnenswert sind wie Steve. Warum ich ihn erwähnt habe? Gute Frage.

Ich trinke meinen Kaffee, beantworte Mails und begebe mich dann zu meinem wöchentlichen Meeting mit Werner Tryst, meinem Mentor. Er glaubt an mich. Auch in den wenigen Momenten, in denen ich es nicht tue. Ich weiß, was ich kann. Ich weiß, was ich will. Warum fühlt es sich dann so leer in meiner Brust an?

Ein Sonnenstrahl kitzelt Jace Monroe an der Nase. Er zieht sie kraus, versucht das unangenehme Gefühl zu vertreiben. Reibt dann mit der Hand über seine Wange und ist plötzlich hellwach. Ein stechender Schmerz explodiert da, wo eigentlich sein Gesicht sein sollte. Was zum Teufel ist passiert?

Stöhnend versucht er die Augen zu öffnen. Sein Schädel brummt, seine Augen sind geschwollen. Fuck. Was ist passiert? Er rollt sich aus dem Bett, landet durch irgendeinen Zufall auf den Füßen und kann sich ins Bad schleppen. Er stellt sich dahin, wo er den Spiegel vermutet, und versucht noch einmal, die Augen zu öffnen.

»Fuck«, grummelt er und schließt sie doch wieder.

Das ist kein schöner Anblick.

Und dann muss er sie doch öffnen, den Schaden begutachten. Das rechte Auge ist komplett zugeschwollen. Die Nase könnte gebrochen sein, seine Wangenknochen ziert eine Platzwunde und seine Lippen sind mehrmals geplatzt. Fuck. Er betastet sein Gesicht vorsichtig und sieht die aufgeplatzten Knöchel. Er schaut auf die andere Hand. Ebenfalls. Die Bewegung verursacht ein Stechen in seiner Brust. Er senkt den Blick und sieht, dass seine Rippen grün und blau sind.

Das sieht nicht gut aus. Ob er wenigstens gewonnen hat?

Sein Handy klingelt und er versucht rechtzeitig in der Küche zu sein, bevor es aufhört. Doch seine unterirdische Hand-Augen-Koordination hat zur Folge, dass das Handy auf dem Boden landet. Fluchend und stöhnend versucht er es aufzuheben. Seine Rippen schmerzen, sein Oberkörper ist eine einzige Landschaft der Qual. Als er endlich sein Telefon in der Hand hat, sitzt er auf dem Boden und lehnt sich an den Schrank.

Er schaut nach, wer es war, und ruft zurück. »Jim!«

»Hey, Alter, wie geht's?«

»Scheiße.«

Am Ende der Leitung schnaubt jemand belustigt. »Du hast ganz schön was abbekommen.«

»So fühle ich mich auch. Hab ich gewonnen?«

»Klar! Wer kann schon gegen den großen Jace Monroe gewinnen?«

Wenigstens etwas, denkt er. »Wie viel hab ich gewonnen?«

»Neuntausend.«

»Hast du es schon ...?«

»Natürlich, Alter. Du kannst dich auf mich verlassen. Ich weiß, wie wichtig dir das ist.«

»Danke.«

Einen Moment ist es still. »Was glaubst du, wann bist du wieder fit?«

Jace streicht sich die blonden Haare aus dem Gesicht. »Keine Ahnung, Mann. Eine Woche dauert es bestimmt. Wenn nicht zwei.«

»So schlimm?«

»Eher schlimmer. Fuck, der hatte mich echt in der Mangel.«

»Das kannst du laut sagen.«

»Wie bin ich ihm entkommen?«

»Kannst du dich an nichts mehr erinnern?«

Jace schüttelt den Kopf und merkt sofort, dass das eine ganz blöde Idee war. »Nicht so wirklich. Ich erinnere mich, dass es der Russe war, aber mehr weiß ich nicht mehr.«

»Er hat dir mehrere Schläge gegen den Kopf verpasst. Wundert mich nicht, dass du dich nicht erinnerst. Jedenfalls hatte er dich im Schwitzkasten. Irgendwie hast du es geschafft, dich rauszuwinden, und ihm dann deinen berühmten Schwinger gezeigt. Wie alle anderen auch hatte er dem nichts entgegenzusetzen. *Knock-out.*«

Ein Mundwinkel zuckt. Jace kann nicht umhin, zufrieden zu schauen. »Okay. Ich meld mich, wenn ich wieder fit bin.«

Er legt auf und lehnt den Kopf vorsichtig an die Wand. Er sollte seinen Chef anrufen und sich krank melden. Kein Mandant will einen Anwalt, der aussieht, als gehöre er selbst auf die Anklagebank. Zumindest keiner, der Lemmon, Jackson & Stowe engagiert. Nicht zum ersten

Mal denkt er, dass er besser aufpassen muss. Weniger Schläge ins Gesicht, damit es nicht auffällt, wie er seine Freizeit verbringt. Seine Karriere verkraftet keine Fehlzeiten. Bisher hatte er noch keine, denn die Veilchen konnte Ashley immer gut kaschieren. Sie ist Visagistin am Broadway und hat ihm mehr als einmal den Arsch gerettet. Natürlich wollte sie als Gegenleistung Sex. Wie alle anderen. Es ist aber auch schlimm, wenn dir der Ruf vorauseilt, dass du jede zum Kommen bringen kannst, denkt er. Dabei hat er sich eigentlich immer mehr als Familienmenschen gesehen, als Ein-Frau-Typ. Aber er muss zugeben, dass er seinen Spaß hat, während er auf die Richtige wartet. Das bringt ihn zum Grinsen. Autsch, das hätte er mal besser gelassen. Seine Lippe ist erneut aufgesprungen.

KAPITEL ZWEI

Einmal die Woche treffe ich mich mit Lila und Mara zum Mittagessen. Für mehr habe ich keine Zeit. Ich arbeite manchmal achtzehn Stunden am Tag. Da bleibt nicht viel Zeit für Privatsphäre. Ich kann mich nicht erinnern, wann ich jemals einen Tag frei hatte. Urlaub? Was ist das? Ich habe ein Ziel und dieses werde ich erreichen.

Ich komme in das kleine Restaurant, das nur einen Block von der Kanzlei entfernt ist. Die beiden kennen mich besser als jeder andere, sie wissen, Zeit ist Geld, daher treffen wir uns immer hier. Kurze Wege.

Sie sind beide schon da. Auch das ist ein Zugeständnis, wie ich weiß. Als Mara einmal zu spät kam, war ich schon wieder auf dem Weg zurück ins Büro. Sie halten mich beide für verrückt, aber sie leben damit. Sie sind eben meine Menschen, meine Personen. Ihr wisst schon, was ich meine. Diejenigen, die zu dir gehören, was auch immer kommt.

»Hey, ihr Süßen«, grinse ich, als ich unseren Tisch erreiche.

Ich umarme sie, als hätte ich sie seit Ewigkeiten nicht mehr gesehen. Was emotional gesehen auch stimmt. Es passiert jeden Tag so unglaublich viel, dass sieben Tage eine Ewigkeit sind.

»Hey, Workaholic«, lacht Mara. Sie ist die heißeste Frau, die ich kenne, und dazu noch der süßeste Mensch. Ihre Freundin Piper, die ich auf den Tod nicht ausstehen kann, hat so jemand Besonderen gar nicht verdient. Auch wenn sie mir in Sachen *Bitchigkeit* in nichts nachsteht, muss ich doch anerkennen, dass sie Mara liebt und die beiden die perfekte Beziehung führen. So perfekt, dass mir schlecht werden könnte.

»Hast du dich schon um meinen Junggesellinnenabschied gekümmert?«, fragt Delilah.

Ich stöhne innerlich. Wieso haben verlobte Frauen nur noch ein Thema? Das ist doch unnatürlich. Es gibt noch so viel anderes, über das man reden könnte. Aber es ist immer nur Hochzeit, Hochzeit, Hochzeit.

»Ich dachte, wir gehen in einen Stripclub«, antworte ich.

Lila bekommt große Augen und ich kann den Sabber sehen, der ihr aus dem Mund tropft. Keine Ahnung, warum sie Spießer Trevor heiraten will, diese Frau liebt Sex und alles, was damit zu tun hat. Mara verzieht das Gesicht, aber macht gute Miene zum bösen Spiel.

»Da bin ich ganz bei dir, Chris«, grinst Lila.

Ich wusste es doch. »Willst du schwarze oder weiße Jungs?«

»Ach, kann man sich das aussuchen?«

Ich zucke mit den Schultern. »Wenn du sie schwarz

willst, gehen wir zu *Get Punished*, sonst empfehle ich die *Manhattan Men.*«

Mara lacht leise. »Ich denke, Lila will sie vor allem nackt.«

Lila nickt aufgeregt. »Nackt und viele.«

»Schwarz oder weiß?«

Lila denkt kurz nach. »Nehmen wir die schwarzen Jungs und prüfen, ob es stimmt, was man so über sie sagt.«

Ich grinse. »Das wissen wir.«

»Ja, aber das liegt nur daran, dass wir beide gegen jede Art der Diskriminierung sind«, scherzt Lila.

»Was heißt das?«, fragt Mara.

»Dass wir nicht wählerisch sind, was unsere Sexpartner angeht – oder anging«, sage ich mit einem Seitenblick auf Lila. »Sie haben uns in allen Farben und Formen beglückt.«

Lila lacht auf. »Aber es war nicht immer Glück, Süße. Erinnere dich an den Typen in Las Vegas.« An Mara gewandt fährt sie fort: »Der hatte einen so merkwürdig geformten Schwanz, dass Chris anfing zu lachen. Da war der Typ leicht pikiert.«

»Zu meiner Verteidigung muss ich sagen, dass ich betrunken war.«

»Das ist keine Verteidigung, du bist immer betrunken«, erwidert Lila ungerührt.

Mara lacht. »Ja, aber Chrissa muss ja nicht betrunken sein, um Männer aufzureißen. Sie macht das auch nüchtern.«

»Nur kein Neid«, meine ich.

»Die Männer dieser Welt könnt ihr unter euch aufteilen«, gibt sich Mara großzügig.

»Und du bekommst die Frauen?«, neckt Lila sie.

Mara schüttelt den Kopf. »Ich will nur eine.«

Auch wenn Lila und ich abgebrüht sind, entfährt uns beiden ein Seufzer. Denn Mara und Piper, das ist schon ganz großes Kino. Auch wenn Piper eine *Bitch* ist.

»Du bist so süß, Mara. Wieso hängst du mit uns rum?«, fragt Lila sie.

Sie zuckt mit den Schultern. »Man kann sich halt nicht aussuchen, wen man liebt.«

Ich sehe, dass Lilas Augen anfangen zu schwimmen, und auch bei mir steigen die Tränen hoch.

»Jaja, so knallhart, wie ihr tut, seid ihr gar nicht«, grinst Mara schelmisch.

»Freche Kröte«, schimpfe ich und wische mir die Feuchtigkeit von der Wange.

»Also, strippen«, bringt uns Lila wieder zum wichtigen Thema zurück.

»Ich buch dann *Get Punished.* Wer soll alles mitkommen?«

Lila, organisiert wie ich, reicht mir eine Liste mit Namen und E-Mail-Adressen. Man muss sie einfach lieben. Darunter stehen ein paar Termine zur Auswahl. Ich nehme mein Smartphone und wähle einen der Tage aus.

»Mara, passt das für dich?«, frage ich sie.

»Klar. Ich arbeite ab nächstem Monat nicht mehr.«

Ich ziehe die Augenbrauen zusammen. »Wieso nicht?«

»Ich hab beschlossen, es Vollzeit als Malerin zu versuchen. Es wird schwer, aber Piper ist mein Rettungsnetz.«

Ist es gemein, was ich jetzt sage? »Bist du dir sicher, dass du dich so stark auf Piper verlassen solltest?«

Sie schaut mich verständnislos an, während mir Lila gegen das Bein tritt. »Sie ist meine Freundin, meine große

Liebe, meine Partnerin. Warum sollte sie mich nicht unterstützen?«

Ich beiße mir auf die Lippen, um nicht noch mehr zu sagen. Wieder einmal sage ich mir vor, dass Piper sie liebt, und dass sie die einzige ist, zu der Piper kein Arschloch ist. Ich muss ja nicht mit ihr zusammen sein. Reicht, wenn Mara das ist.

»Na, dann sollten wir anstoßen!« Ich hebe mein Glas. »Auf das, was wir mit Leidenschaft tun.«

Sie heben ihre Gläser ebenfalls und wir stoßen an. Ich schaue sie einen Moment still an. Meine beiden wichtigsten Menschen.

»Hey, Jace«, haucht Ashley, als sie vor seiner Tür steht.

Er lässt sie hinein und gibt ihr einen Kuss auf die Wange. »Hey, Ash. Danke, dass du Zeit hast.«

Sie schaut ihn mit leicht geöffneten Lippen an. »Das kostet.«

Er nickt. Natürlich.

»Erst Sex, dann Camouflage«, sagt sie und steigt über das Chaos, bis sie in seinem ebenso unordentlichen Schlafzimmer ankommt. Aber es stört sie nicht. Sie ist ja auch nicht zum Wohnen hier, sondern zum Vögeln.

Jace tritt an sie heran. »Küssen geht nicht.«

Sie nickt. »Das ist zwar schade, weil deine Küsse Wahnsinn sind, aber wenigstens kannst du deine Finger bewegen.«

Jace lacht. Er mag es, wenn Frauen wissen, was sie wollen. Sich dann aber vollkommen hingeben und ihn machen lassen. Er umfasst ihre prallen Brüste, die eindeutig nicht natürlich sind. Er versteht nicht, warum Frauen so was machen. Brüste sind am schönsten, wenn sie natürlich sind, weich und zum Kneten gemacht. Manche Silikontitten sind so fest, dass man nur ein bisschen dran rumdrücken kann. Aber er mag es, wenn er sie in der Hand halten kann, wenn seine Finger das Fleisch verformen können. Ashs Brüste sind hingegen wie Beton.

Er drängt sie zum Bett. »Auf die Knie und die Ellenbogen«, murmelt er in ihr Ohr. Er gibt ihr einen Klaps auf den Hintern, als sie seinem Befehl nachkommt.

Er schiebt ihren Rock nach oben, den sie angezogen hat, weil sie schon wusste, was kommen wird. Er streichelt sanft über ihren Arsch, schiebt die Finger unter das Band ihres Strings und lässt es flitschen. Sie stöhnt auf. Er fährt den Stofffetzen nach, seine Finger streichen über ihre Muschi. Sie stöhnt immer und immer wieder. Er fragt sich, ob sie wirklich erregt ist oder ihm nur etwas vorspielt. Aber eigentlich ist es ihm egal. Vollkommen egal.

Seit wann ist Sex eigentlich für ihn nichts Besonderes mehr? Er hatte immer Spaß, auch wenn es sich um One Night Stands oder andere Arrangements ohne Gefühle handelte, aber jetzt ... Wer weiß, was mit ihm los ist.

Seine Finger massieren sie mechanisch, als wäre er gar nicht wirklich involviert. Er lässt drei in sie sinken und tastet nach ihrem G-Punkt. Sie keucht, als er ihn findet, und er lässt seine Fingerkuppen immer und immer wieder gegen diesen schnellen. Bevor sie kommen kann, streift er ein Gummi über und dringt in sie ein.

»Oh, Jace, Baby«, murmelt sie.

»Reib dir die Klit«, sagt er leise und beginnt in sie zu stoßen.

Aber ... es turnt ihn nicht an. Kein bisschen. Und seinen Schwanz auch nicht.

Er wird still in ihr.

»Alles okay, Jace?«, fragt sie.

»Gib mir ’ne Minute«, murmelt er. Das ist ihm noch nie passiert. Wie konnte das geschehen? Sein Schwanz hat ihn noch kein einziges Mal im Stich gelassen.

»Hey, das kann mal passieren«, sagt sie leise, aber er kann die Enttäuschung aus ihrer Stimme hören.

Ja, klar. Das kann mal passieren ... Aber ihm nicht! Es ist auch kein Wunder, dass er nicht mehr steif ist, so wenig Bock, wie er auf diese Nummer hier hatte.

Er zieht sich aus ihr zurück und bringt sie mit seinen Fingern zum Kommen. Zweimal. Sie küsst ihn als Dank auf die Wange, aber er sieht, dass sie unzufrieden ist. Wäre er auch, wenn sie ihren Teil der Abmachung nicht einhalten würde.

Sie gehen in die Küche, wo sie seine blauen Flecke überschminkt. *So gut wie neu*, denkt er, als er sich im Spiegel betrachtet. Sie tritt hinter ihn und lässt ihre Hand in seinen Schritt gleiten. Sein Schwanz gibt keinen Ton von sich.

»Nächstes Mal erwarte ich mehr Action, sonst komme ich nicht wieder«, schnurrt sie.

Er nickt und hofft, dass es kein nächstes Mal geben wird. Wenn es nach ihm ginge, ist es jedenfalls so.

Er ruft sich ein Taxi, fährt zum ersten Mal seit fünf Tagen ins Büro. Ashley hat seine Haut so gut es geht abgedeckt, aber gegen die Platzwunden kann sie nicht wirklich etwas tun. Die Hügelchen sieht man auch unter der besten Camouflage.

Er schaut in den Spiegel im Aufzug, prüft, ob alles soweit okay ist. Er sieht mit all den Blessuren nicht mehr so gut aus wie sonst, aber es geht. Er fährt sich durch die wilden, blonden Haare und versucht seinen Look zu perfektionieren. Frisch gevögelt. Obwohl das nicht ganz stimmt, wenn er an seine Schmach denkt. Bisher war er immer ein guter Liebhaber, hat abgeliefert, wenn er sollte. Nie hat eine Frau sein Bett unbefriedigt verlassen. Nie. Und Ashley auch nicht. Sie ist zu ihren Orgasmen gekommen. Ein bitterer Nachgeschmack bleibt. Er fragt sich, ob er sich nun in die Riege der schlechten Lover einsortieren muss, die es nicht schaffen, eine Frau zum Höhepunkt zu bringen. Die, die nur an ihr eigenes Vergnügen denken und die Frau dabei vergessen. So wollte er nie sein.

Wie auch immer. Was andere tun, interessiert ihn nicht. Für ihn ist zwar auch sein eigenes Vergnügen wichtig, aber das ist eng gekoppelt mit dem der Frauen in seinem Bett. Wenn der Sex gut ist, will er es schließlich noch mal tun und noch mal und noch mal. Aber wenn seine Performance Scheiße ist, gibt es keinen Nachschlag.

»Lemmon will dich sprechen«, haucht die Rezeptionistin verführerisch, als sich der Aufzug öffnet und Jace in den Flur von Lemmon, Jackson & Stowe tritt. Er schenkt ihr ein verführerisches Lächeln, das sie mit einem leichten Seufzen beantwortet. Er ist sich seiner Wirkung auf Frauen bewusst. Er setzt sein Aussehen manchmal ein, um zu bekommen, was er will. Seien wir ehrlich. Gutaussehende Menschen haben es oftmals leichter. Aber eigentlich ist er nicht der Typ, der anderen etwas vormacht. Eigentlich. Aber dieser Kleinen hat er gerade wohl falsche Hoffnungen gemacht, muss er sich eingestehen, als er sich auf den Weg zu seinem Chef macht.

Er klopft an die Tür und öffnet sie, ohne eine Antwort abzuwarten. Aber das erwartet Roger Lemmon auch nicht. Schon gar nicht von ihm, seinem Protegé. Er ist noch am Telefon und bedeutet ihm, sich zu setzen. Jace knöpft sein Sakko auf und setzt sich hin. Lässig streckt er die Beine aus und kreuzt ein Bein über das andere.

Das Gespräch neigt sich dem Ende, und als er auflegt, sagt Roger: »Gut, dass du da bist, Junge. Ich muss dir wohl den Arsch aufreißen.«

Jace grinst. »Wieso?«

»Weil du fünf Tage nicht da warst! Hast du deinen Biss verloren, deinen Fokus? Hast du kein Interesse mehr daran, hier Senior Partner zu werden?«

Jace setzt sich aufrecht hin. »Du weißt so gut wie ich, dass es das erste Mal war, dass ich ein paar Tage in der Firma fehlte. Ich arbeite sogar beschissene Sonntage. Und das seit zehn verdammten Jahren.«

»Also, wie heißt sie?«

»Wie heißt wer?«, fragt Jace überrascht.

»Na, die Kleine, die du die letzten fünf Tage gevögelt hast.«

»Es gibt keine Kleine.«

»Es muss eine geben, weil das die einzige beschissene Ausrede ist, die ich gelten lassen würde! Also, wie ist ihr Name?«

Jaces Lippen pressen sich aufeinander. »Es gibt keine Frau. Ich war krank.«

»Du bist hier mit Fieber aufgetaucht, Jace, erzähl mir keinen Scheiß!«

Jace dreht den Kopf ein wenig.

»Was hast du da?«, fragt Roger plötzlich.

»Was?«

»Na, da, an der Wange.«

Er atmet ruhig aus und ein. »Ich hatte einen kleinen

Unfall. Mein Gesicht sah übel aus, deswegen bin ich nicht gekommen.«

»Was für einen Unfall?«

»Ich war mit einem Kumpel was trinken und hab wohl einen über den Durst getrunken. Jedenfalls bin ich auf dem Nachhauseweg gestürzt.«

»Wie heißt der Freund?«

»Jim.«

»Wo warst du was trinken?«

»Bei Larrys.«

»Wann war das?«

»Vor fünf Tagen.«

»Hmmh. Lügst du auch nicht? Du bist der beste Anwalt, den wir haben. Das macht dich zu einem wahnsinnig guten Lügner.«

»Es ist die reine Wahrheit. Ich wäre dir auch dankbar, wenn du nicht rumerzählen würdest, dass ich von ein paar Drinks ausgeknockt wurde.«

In dem Moment geht die Tür auf und Harrison Stowe steckt den Kopf rein.

»Hey, Harry, Jace war besoffen und hat sich sein hübsches Gesicht zerstört«, lacht Roger.

Harrison tritt an ihn heran. »Zeig mal.«

»Danke, Roger, du bist ein echter Kumpel«, murrt Jace.

Harry betrachtet ihn aufmerksam und sagt dann enttäuscht: »Ach, gar nicht schlimm.«

»Wenn es dir dann besser geht, Harry, das meiste ist mit Camouflage abgedeckt«, grinst Jace.

»Wesentlich, ja, danke«, scherzt Harrison. »Was ist passiert, Junge?«

»Besoffen den Abflug gemacht.«

»Warst du deswegen nicht da?«

Jace nickt. »Genau. Ich wollte nicht, dass es vollkommen offensichtlich ist, dass hier nur Gangster arbeiten.«

Harry und Roger lachen über diesen kleinen Scherz, bevor Roger sagt: »Bist du bereit für die heutige Zeugenbefragung?«

Jace nickt. »Ich hab die Zeit zu Hause genutzt, um den Fall durchzuarbeiten. Ich bin bereit. Wissen wir, wer der Anwalt der Gegenseite ist?«

»Chrissa Hawthorne.«

»Sagt mir nichts.«

Roger streicht sich über das Gesicht. »Sie ist die Tochter von Samuel Hawthorne.«

»Dem Eiskönig?«, fragt Jace beinahe ehrfürchtig. Der Mann ist eine lebende Legende. Hätte er in New York ein Büro, würde er sofort für ihn arbeiten. Aber *Windy City* ist nicht der Ort, an dem er sein möchte.

»Sie steht ihm in nichts nach«, fügt Harry hinzu. »Die Frau hat Haare auf den Zähnen. So stark, dass man sogar übersieht, wie heiß sie eigentlich ist.«

»Ist sie neu hier?«, fragt Jace.

»Nein, sie arbeitet seit ihrem Abschluss in Harvard bei Spencer, Donaldson & Tryst.«

»Harvard. Hmmh.«

»Nur das Beste für seine Tochter«, meint Roger lapidar.

»Wieso kenne ich sie nicht?«, fragt Jace.

Harry zuckt mit den Achseln. »Zufall. Die Kanzlei hat schon mehrmals mit ihr zu tun gehabt.«

»Sie ist also heiß?«, fragt Jace anzüglich.

»Lass den Schwanz in der Hose, Casanova. Sie ist vor

allem intelligent und wird dich fertigmachen, wenn du nicht dein *A-Game* bringst«, weist ihn Roger zurecht.

Jace hebt die Hände. »Okay, okay. Hab verstanden.«

»Der Mandant wird gleich hier sein, dann kannst du noch mal alles mit ihm durchgehen.«

Jace nickt und verabschiedet sich, um genau das zu tun. Aber irgendwie denkt er die ganze Zeit nur darüber nach, wie heiß die Kleine wohl ist!

Ich trete in das gläserne Foyer von Lemmon, Jackson & Stowe. Ich atme tief durch, versuche mir meine Nervosität nicht anmerken zu lassen. Das ist er. Das ist der Fall, der mich zur Senior Partnerin machen wird. Tryst hat so was angedeutet. Damit wäre ich die jüngste Senior Partnerin in der Geschichte der Kanzlei. Ich will das schaffen. Ich muss das schaffen. Unbedingt.

Ich melde mich am Empfang und werde nach oben geschickt, wo Peter Dillon, der Anwalt, der mir für diesen Fall als Assistent zugeteilt wurde, und ich von einer charmanten Rothaarigen empfangen werden, die uns in einen Konferenzraum führt. Sie bietet uns Kaffee an. Ich lehne ab und bitte um Wasser. Noch mehr Koffein brauche ich heute nicht. Ich bin jetzt schon aufgedreht wie eines dieser Spielzeuge früher. Zähne mit kleinen Füßchen, die ewig klackern. Erinnert ihr euch?

Dillon erinnert mich ein bisschen an Bambi, von der Mutter verlassen. Liegt es daran, dass ich älter werde, oder sehen Jungs Mitte zwanzig heute viel jünger aus als zu meiner Zeit? *Zu meiner Zeit*, denke ich innerlich lächelnd. Als wäre ich eine Oma. Nicht, dass ich mich nicht manchmal so fühlen würde, aber mit dreißig ist man ja noch nicht so alt wie Methusalem.

Sie lassen uns absichtlich warten und ich muss mich konzentrieren, um das Bitch-O-Meter nicht zum Ausschlagen zu bringen. Solche Zermürbungstaktiken kann sich auch nur ein Mann ausdenken. Von Anstand und Manieren haben sie noch nie was gehört.

Die hübsche Rothaarige kommt herein und entschuldigt sich dafür, dass es noch ein paar Minuten dauert. Ich lächel und sage, dass es kein Problem sei, wir haben Zeit. Dillon versucht ein Gespräch mit mir anzufangen, wahrscheinlich hat er noch nicht gehört, dass man mich besser in Ruhe lässt, wenn man seinen Kopf behalten möchte.

Jace Monroe, du Arsch, denke ich. Ich bin dem Kerl noch nie begegnet, aber ich bin jetzt schon nicht gut auf ihn zu sprechen. Und das liegt nicht daran, dass er meinen Mandanten um mehrere hundert Millionen Dollar erleichtern will. Das ist nur das Sahnehäubchen.

Als er endlich kommt, stockt mir der Atem. Fuck. Den kenne ich doch. Er ist groß, über einen Meter neunzig. Seine blonden Haare sind gewachsen. Sie sehen aus, als hätte gerade eben eine Frau ihre Finger drin gehabt, und ich spüre einen kleinen Stich Eifersucht. Seine Augen sind die gleichen. Grün, unergründlich irgendwie. Sein Körper wirkt muskulöser, natürlich müsste ich ihn nackt sehen, um das beurteilen zu können. *Ganz falsche Richtung, Chrissa.*

Ich erinnere mich an unsere heiße Liebesnacht nach einer Party an der Columbia, die keiner von uns beiden besuchte. Und trotzdem waren wir beide da, hatten großartigen, wirklich großartigen Sex, bevor wir auseinander gingen – okay, bevor ich floh. Seit mehr als zehn Jahren fantasiere ich von diesem Kerl! Wie kann das

Schicksal nur so grausam sein?

Ich fokussiere mich, ordne alle meine Gedanken, lasse nichts nach außen dringen. Pokerface.

Er setzt ein Anwaltslächeln – wie ein Haifisch – auf, als er zu uns kommt. »Entschuldigen Sie, dass Sie warten mussten. Ich bin Jace Monroe und das hier ist Mr. Anthony Vega.«

Wir schütteln Hände, stellen uns vor, tauschen Höflichkeiten aus. Und alles, was ich tun will, ist ihm in die Eier zu treten. *Reiß dich zusammen, Hawthorne*, sage ich mir. *Du hast so hart gearbeitet, du ziehst das jetzt eiskalt durch. Auch wenn er der heißeste Mann ist, den du je im Bett hattest.*

Ja, gut, vielleicht helfen Gedanken an seine Performance im Bett nicht wirklich dabei, mich auf die Sache zu konzentrieren, aber sei es drum.

»Wollen wir anfangen?«, fragt er ausgesucht höflich.

Ich nicke und sie setzen sich uns gegenüber. Eine Assistentin macht die Kamera an, die die ganze Zeit auf den Zeugen gerichtet sein wird. Dillon macht sich bereit, um wichtige Dinge festzuhalten. Ich hoffe, er ist seiner Aufgabe gewachsen, mir rechtzeitig die Dokumente zu reichen, die ich für meine Befragung brauche.

»Wir beginnen mit der Aussage des Zeugen, danach haben Sie Zeit, ihn zu befragen«, bestimmt Jace und ich höre mir die Aussage an.

Natürlich ist sie herzzerreißend. Er erzählt von seiner kleinen Tochter, die starb, nachdem sie das Medikament meines Mandanten eingenommen hatte. Natürlich ist es traurig, ich bin ja kein Unmensch ohne Gefühle. Aber es gibt absolut keinen Beweis dafür, dass es das Produkt von *Tyson Pharmaceutics* war, das den Tod verursachte. Das Mädchen hatte Leukämie, die Chancen standen schlecht.

Das ist eine Tatsache.

Wie in jedem großen Fall hat sich auch hier eine Vielzahl angeblicher Opfer gemeldet, um eine Sammelklage anzustrengen. Das Anwaltsteam will, dass dieser Fall, der Fall von Anthony Vega, unabhängig verhandelt wird, weil er der erste war. Und wenn einer einen glaubwürdigen Fall hat, dann Anthony Vega. Die anderen Teilnehmer der Sammelklage werden keine Chance haben, wenn wir diesen Fall gewinnen. Ich muss diesen Fall abschmettern, dann sind wir aus dem Schneider ... und ich Senior Partnerin.

»Mr. Vega, was haben die Ärzte Ihnen über den Zustand Ihrer Tochter gesagt?«, frage ich ihn, als er geendet hat.

Er schaut Jace fragend an, aber der nickt nur. Vor Gericht wäre das Hörensagen, aber bei dieser Aussage sind die Regeln lockerer.

»Sie sagten mir, dass ihre Chancen schlecht stünden.«

Ich nicke und versuche, einen Hauch von Mitgefühl in meinen Ausdruck zu legen. »Machten sie Ihnen Hoffnungen, als sie vorschlugen, *Onkoxyn* zu verwenden?« Dieses Medikament ist das Zugpferd von *Tyson Pharmaceutics*. Jährlich können Tausende Patienten gerettet werden, aber es ist auch kein Wundermittel. Es wirkt nur, wenn es rechtzeitig eingesetzt wird, der Krebs noch nicht gestreut hat. Selbst dann gibt es keine Garantie. Chemotherapie ist und bleibt der Versuch, den Krebs schneller abzutöten, als den Menschen, in dem er wuchert.

Er ist einen Moment still. »Nein, sie sagten, dass es ein Versuch, der Ausgang aber ungewiss sei.«

Ich ziehe fragend die Augenbraue hoch und beuge mich leicht nach vorne. »Mr. Vega, ich bin verblüfft. Wenn

Sie doch wussten, dass es keinerlei Garantie auf Erfolg gab, wieso sind wir dann hier?«

»Weil *Onkoxyn* meine Tochter getötet hat«, stellt er fest.

»Wie kommen Sie darauf? Auf welcher Grundlage können Sie behaupten, dass Mr. Tyson und sein Unternehmen, das Jahr für Jahr viele Tausend Leben rettet, für den Tod Ihrer Tochter verantwortlich ist?«

Jace greift ein. Wenn er es an dieser Stelle nicht täte, hätte ich ihn für einen Schlappschwanz gehalten. Und ich weiß aus Erfahrung, dass er das nicht ist. Shit, ganz falscher Gedankengang.

»Diese Fragen kann mein Mandant nicht beantworten. Er ist kein Arzt und ihm fehlt das fachliche Wissen.«

Ich nicke. Was anderes habe ich auch nicht erwartet. »Was sagten Ihnen die Ärzte, was die Todesursache Ihrer Tochter sei?«

Er schaut zu Jace, der nickt. »Herzstillstand.«

»Ist dies nicht eine zu erwartende Reaktion, wenn der Patient immer schwächer wird?«

»Diese Frage kann mein Mandant nicht beantworten. Er ist kein Arzt«, wiederholt Jace seinen Einwand.

Ich weiß, aber ich hoffe, dass sie an einer Stelle nicht richtig aufpassen. »Wie ging es Ihrer Tochter in den Tagen vor ihrem Tod?«

Ihm treten Tränen in die Augen. »Meiner Pilar ging es besser. Sie war wacher, fitter, ihre Augen waren klarer. Sie hat nicht immer nur dagelegen in stummem Schweigen, sondern geredet und auch mal gelacht. Ihr Lachen war immer schon der schönste Laut, den ich je gehört habe.« Er bricht einen Moment ab, versucht sich zu sammeln.

»Mr. Vega, ich weiß, wie schwer es Ihnen fällt, über Ihre Tochter zu sprechen. Uns tut ihr Verlust furchtbar leid.«

Er nickt und kämpft mit den Tränen. »Verstehen Sie? Es ging ihr besser. Die Ärzte waren überrascht über die Entwicklung, während ich für ein Wunder betete. Es kam. Die Ärzte glaubten, dass *Onkoxyn* helfen könnte. Stattdessen ist meine Kleine gestorben. Es war das Medikament. Das ist Schuld.«

Ich beuge mich nach vorne. »Könnte es nicht auch sein, dass die scheinbare Verbesserung das letzte Aufbäumen eines jungen Körpers war?«

»Nein«, er schüttelt vehement den Kopf und schaut mich beinahe empört an, »sie war auf dem Weg der Besserung. Jeder hat es gesehen. Und dann kam dieses Teufelszeug und nahm mir meine Pilar!«

»Mr. Vega, *Onkoxyn* ist kein Zaubermittel. Es kann nur dann seine Wirkung entfalten, wenn es rechtzeitig verabreicht wird. Es war bereits zu spät für Ihre Tochter.«

»Nein, nein, Sie verstehen nicht. Es ging ihr besser.« Jace versucht ihn zum Schweigen zu bewegen, aber er ist so aufgeregt, dass er nicht auf ihn hört.

Ich verschnüre mein Herz, sodass ich nicht fühle, was ich dem armen Mann nun antun werde. »Mr. Vega, Ihre Tochter war bereits dem Tode geweiht. Sie hätte nicht überlebt. Wissen Sie, was ich denke? Sie können mit dem Tod nicht umgehen, machen sich selbst Vorwürfe, können mit dem Selbsthass nicht leben und suchen nun einen Schuldigen. Aber *Tyson Pharmaceutics* ist nicht verantwortlich für den Tod Ihrer Tochter.«

»Vielen Dank, Ms. Hawthorne. Wir brechen die ...«

»Nein, Sie irren sich«, ruft Anthony Vega aus. »Sie

hätte überlebt.«

»Nein«, sage ich streng. »Sie hätte nicht überlebt. Sie glauben, als Vater versagt zu haben, weil Sie sie nicht retten konnten ...«

»Ms. Hawthorne, genug«, versucht Jace mich zu stoppen.

»... und nun glauben Sie, dass Sie Gerechtigkeit erfahren können, indem Sie einem rechtschaffenden Konzern diese infamen Lügen unterstellen.«

»Ich habe nicht versagt, *sie* waren es!« Seine Stimme ist verzweifelt und ich kann die Qual beinahe fühlen. Sie ist zum Greifen nah.

»Sind Sie sich da so sicher?«, frage ich in einem Tonfall, der an Fingernägel auf der Schultafel erinnert.

»Es reicht, Ms. Hawthorne!« Jace brodelt vor Wut, weil er seine Felle wegschwimmen sieht.

Mr. Vegas Kopf zuckt, als hätte ich ihn geschlagen. Seine Augen werden glasig und füllen sich mit Tränen. »Ich konnte sie nicht beschützen«, flüstert er leise. In dem Moment weiß ich, dass ich gewonnen habe. Der Triumph sollte süß schmecken. Aber das tut er nicht. Stattdessen breitet sich ein schaler, bitterer Geschmack in meinem Mund aus.

Und doch muss ich das Messer noch einmal umdrehen. »Sie sollten nicht andere für Ihr Versagen büßen lassen.«

Dillon weiß, dass damit unsere Mission hier erfüllt ist, und beginnt zusammenzupacken.

»Ms. Hawthorne, auf ein Wort«, schäumt Jace. Er kann seine Wut nur schwer zügeln.

Ich folge ihm nach draußen und stähle mich für seine Tirade, die unweigerlich kommen wird.

»Was war das für eine verfickte Scheiße?«, brüllt er mich an, als wir in seinem Büro sind. »Haben Sie keinerlei Moralkodex? Wissen Sie nicht, wie man sich einem Zeugen gegenüber verhält? Jeder Richter hätte Sie des Gerichtssaals verwiesen!«

Ich lächel süffisant. »Ich verstehe sehr gut, dass Sie angepisst sind, weil Sie gerade Ihren Fall verloren haben, aber das müssen Sie sich selbst in die Schuhe schieben, da Sie Ihren Mandanten nicht gut genug gebrieft haben. Es scheint hier gang und gäbe zu sein, seine Fehler auf andere abzuwälzen. Im Übrigen wissen wir beide, dass Sie keinen Fall mehr haben. Wir erwarten den Rückzug Ihrer Klage in den nächsten Tagen. Schönen Tag auch.«

Ich gehe zur Tür ohne mich noch einmal nach ihm umzudrehen. Er kommt mir hinterher.

»Sie sind eine rachsüchtige, kleinkarierte Frau ohne Gefühle, die wahrscheinlich chronisch untervögelt ist«, wirft er mir an den Kopf – oder eher an den Rücken.

»Ich kann nichts dafür, dass Sie nicht wissen, wie man den Job richtig macht«, entgegne ich ohne mich umzudrehen. Das Bitch-O-Meter schlägt voll aus. Stärke tausend auf der Bitch-Skala.

»Das war noch nicht das Ende«, brüllt er mir hinterher. »Ich mach Sie fertig!«

Ich bleibe stehen, drehe mich langsam zu ihm um. Ich sehe, dass wir einige Zuschauer haben. Ich schenke ihm ein hochmütiges Lächeln. »Sie? Mich? Ich habe Sie soeben wie einen Grundschüler vorgeführt und Sie drohen mir? Dass ich nicht lache.« Mit diesen Worten gehe ich betont langsam zu den Fahrstühlen, drücke auf den Knopf. Ich warte nicht auf Dillon, sondern fahre sofort runter. Als sich die Türen hinter mir geschlossen haben, lasse ich mich gegen die Wand fallen.

Ich bin über mich selbst entsetzt, dass ich tatsächlich über Leichen gehe, sobald es der Umstand verlangt. Ich schaue in den Spiegel und erkenne mich selbst nicht mehr. Wer ist diese fremde Frau, die mir ins Gesicht schaut? Ihre Fratze sorgt für Brechreiz und ich frage mich, wann ich eigentlich die Moral dem Ehrgeiz untergeordnet habe.

Jace boxt mit der Faust gegen die Wand. Was ist das für eine blasierte Schlampe, die ihm gerade ein A für ein U vorgemacht hat? Eines ist sicher wie das Amen in der Kirche. Er wird sich dafür rächen, dass sie ihn gedemütigt hat. Er wird alles daran setzen, den Punktestand wieder auszugleichen. Um dann an ihr vorüberzuziehen, um sie zu erniedrigen. In seinem Kopf kann er alles schon genau sehen. Das wird ihr noch leidtun.

Er geht in sein Büro, setzt sich auf seinen Stuhl und lässt dann seinen Kopf in die Hände sinken. Wie soll er Roger und Harry erklären, dass er den Fall so eben eigenhändig verloren hat? Und das, nachdem sie ihn gewarnt hatten, dass diese Furie bissig ist.

Fuck, er hat es wirklich vermasselt. Er hat sie unterschätzt, als sie da klein und zart in ihrem Stuhl saß. Sie sah so unschuldig aus, als könnte sie kein Wässerchen trüben. Und dann kommt da so eine ... eine garstige Hexe zum Vorschein. Fuck! Er hat sich eindeutig zu viel auf seinen Charme verlassen. Dachte, er könnte sie mit einem Lächeln umhauen und sie so nervös machen, dass sie alles um sich herum vergisst. Aber sie schien immun zu sein. Das ist noch nie passiert. Noch nie. Er kann jede Frau haben. Keine kann ihm widerstehen. Warum ausgerechnet die Eine, bei der er sich keinen Fehler erlauben durfte?

Er steht auf. Es hat keinen Zweck. Er muss zu Roger und Harry und ihnen beichten, dass sie den Fall verloren haben, bevor er überhaupt angefangen hat. Aber zunächst muss er zu Anthony Vega. Und schon wieder könnte er sich in den Arsch treten. Anstatt dem Mann beizustehen, beschimpft er die gegnerische Anwältin und verschanzt sich in seinem Büro. *Absolut großartig, Monroe. Absolut großartig.*

Anthony sitzt noch im Konferenzraum. Seine Wangen sind feucht und Jace bekommt ein schlechtes Gewissen. Er hat ihn im Stich gelassen. Er wollte Gerechtigkeit für sein kleines Mädchen und er, Jace Monroe, hat es vergeigt.

»Es tut mir leid, Anthony«, sagt er, als er sich neben ihn gesetzt hat.

Anthony schaut traurig zu ihm. »Nein, mir tut es leid, Ihre Zeit verschwendet zu haben. Ich war so fertig. Ich dachte, es muss doch jemanden geben, der daran Schuld trägt. So ein tolles, kleines Mädchen kann doch nicht einfach sterben. Ich wollte einfach nicht wahrhaben, dass solche Dinge passieren. Niemand kann etwas dafür. Vielleicht hat das Medikament ihren Zustand verschlimmert, vielleicht auch nicht. Sie hatte keine Zeit mehr auf dieser Erde. Gott hat sie zu sich geholt.«

Jace schaut ihn einen Moment sprachlos an. Hat er gerade zugegeben, dass er ihnen den Fall ohne stichhaltige Beweise untergejubelt hat? Und wieso hat niemand irgendetwas überprüft? Was ist das für eine schlampige Arbeit?

»Anthony, wir werden uns bei Ihnen melden. Wir werden besprechen, was nun die beste Strategie ist, und dann sehen wir weiter.« Er reicht ihm die Hand und begleitet ihn zum Aufzug. Dann geht er zur Beichte.

Er klopft an Roger Lemmons Tür. Normalerweise würde er einfach reingehen, aber nach dieser Niederlage hat er das Gefühl, er müsse zu Kreuze kriechen. »Ich hab schon von dem Desaster gehört«, ruft dieser.

Jace öffnet die Tür und wagt es kaum, seinem Chef in die Augen zu sehen. Wie soll er sein Versagen erklären?

»Ja, schöne Scheiße.«

»Was ist passiert?«

Jace streicht sich die wilden Haare aus der Stirn und setzt sich. »Diese Hawthorne ist eindeutig die Tochter des Eiskönigs. Fuck. Sie sieht so unschuldig aus und packt dann die Keule aus. Ich war da nicht drauf vorbereitet«, gibt er zerknirscht zu.

»Was hat sie gemacht?«

»Sie hat Anthony eingeredet, dass er TP nicht für sein eigenes Versagen büßen lassen kann.«

»Wieso hast du nichts unternommen?«

»Bevor ich eingreifen konnte, hat Anthony schon zugegeben, dass es sich tatsächlich so verhält.«

»Wie bitte?«, fragt Roger alarmiert.

Jace nickt. »Ja, er hat nicht bestritten, dass er einen Sündenbock gesucht hat, weil er mit dem Verlust nicht klar kommt.«

»Fuck. Also war alles umsonst?«

»So ist es. Ich hab Mist gebaut, ich war nicht vorbereitet, habe sie unterschätzt, dieses Miststück. Aber wer hat denn die Fakten des Falls gecheckt? Hat jemand mit den Ärzten und anderen Experten gesprochen?«

»Natürlich, Jace. Mir wurden die Resultate alle vorgelegt und ich hab entschieden, dass es sich um einen wasserdichten Fall handelt. Ich verstehe nicht, wieso alle zu dem Ergebnis gekommen sind, wenn Anthony es aus Rache behauptet hat. Das hätten wir doch gerochen.«

»Es sei denn ...«, beginnt Jace und klopft mit den Fingern auf den Tisch.

»Es sei denn was?«

»Es sei denn ... Anthony hatte zwar ein anderes Motiv, aber mit dem Medikament stimmt wirklich etwas nicht.«

Roger dreht seinen Kuli in den Fingern. »Schöne Scheiße. Anthony ist verbrannt. Er kann nicht mehr klagen. Die anderen Fälle der Sammelklage sind nicht so stichhaltig wie Anthonys Fall, zumindest sah es bisher so aus. Wie können wir eine neue Klage einreichen?«

Jace fährt sich müde durch das Gesicht. »Wir können nur hoffen, dass wir einen neuen vielversprechenden Klienten an Land ziehen. Wir müssen die jetzige Klage zurückziehen und dann das Beste hoffen. Ich sehe keine andere Chance.«

Roger nickt. »Gut, oder auch nicht. Aber es bleibt uns nichts anderes übrig.«

Jace erhebt sich und geht zur Tür.

»Jace?«

»Ja?« Er dreht sich noch einmal um.

»Wenn ich dir das nächste Mal einen Fall mit dieser *Bitch* zuteile, dann machst du sie fertig. Ist das klar? Wir lassen uns nicht demütigen.«

Jace' Augen funkeln vor unterdrückter Wut, als er antwortet: »Da kannst du dir sicher sein. Diese Hexe schnapp ich mir.«

KAPITEL DREI

Ich mag mich gerade selbst nicht mehr.

Das kommt eigentlich nie vor. Normalerweise bin ich mit mir zufrieden, mehr als das. Aber heute, nachdem, was ich dem armen Mr. Vega angetan habe, muss ich leider sagen, ich hab den Titel *First Class Bitch* redlich verdient.

Ich verlasse das Büro um zehn und gehe in eine Bar. Ich muss was trinken und einen Moment vergessen, was ich getan habe. Danach werde ich wieder mit mir selber leben können, aber jetzt ist es noch nicht so weit.

Ich bestelle einen Martini, *very dirty*, und kippe ihn in einem Zug runter. Der Barkeeper stellt mir direkt den nächsten hin. Ich komme nicht oft, nur an schlimmen Tagen. Und dann brauche ich drei Martini und ein Taxi. Wie geht das Zitat von Dorothy Parker? *Ich trinke gern Martinis, doch sind zwei genug serviert. Denn bei dreien liege ich unter dem Tisch und nach vieren unter dem Wirt.* Ich hab eindeutig mehr Stehvermögen als die gute, alte Dorothy.

Und unter dem Wirt ... lag ich schon. Uups.

Und was ist diese Sache mit Jace? Jetzt habe ich einen Namen für den Mann, an den ich so lange gedacht habe, der mir oft den Schlaf geraubt hat und den ich einfach nicht vergessen konnte. Er ist auch Anwalt. Lebt auch in New York. Was ist das für ein mieses Spiel des Schicksals? Er sieht noch genauso aus wie in meiner Erinnerung. Ja, er hat längere Haare, mehr Muskeln, aber die Essenz ist dieselbe. Er ist immer noch der heißeste Typ, den ich je gesehen habe. Und ich würde lügen, wenn ich behaupten würde, dass er mich kalt lässt.

»Hey«, sagt eine rauchige Stimme neben mir.

Ich drehe mich in die Richtung und sehe einen Maßanzug, eine teure Piaget-Uhr, die bestimmt zwanzigtausend Dollar gekostet hat, und feine italienische Slipper. Mein Blick wandert nach oben. Ich sehe ein scharf geschnittenes Kinn mit einem leichten Schatten, männlich, ein bisschen verwegen. Seine Nase ist gerade, seine Augen von einem intensiven Blau und seine Haare sind dunkel. Er trägt sie ordentlich zur Seite gekämmt, außer einer kleinen Strähne, die ihm vorwitzig in die Stirn hängt. Eine Erscheinung in diesem Meer der Einförmigkeit.

»Hey«, sage ich ebenfalls und lächel ihn einladend an. Sex ist noch viel besser, um mein schlechtes Gewissen zu vergessen.

»Darf ich mich zu dir setzen?«, fragt er und ich kann seine weißen Zähne in zwei perfekten Reihen sehen. Schöne Zähne sind wichtig. Ein Mann kann noch so gut aussehen – wenn er den Mund aufmacht und seine Zähne krumm und schief sind, vergeht mir die Lust.

»Gerne.«

Er setzt sich, winkt dem Barkeeper und bestellt uns

noch eine Runde.

»Was macht eine schöne Frau wie du hier ganz allein?«, fragt er charmant.

Doch irgendwie ist das genau das Falsche. Ich will niemanden, der mir Honig ums Maul schmiert. So jemanden kann ich heute nicht gebrauchen. Ich trinke den Martini in einem Schluck aus und drehe mich auf meinem Barhocker zu ihm.

»Lassen wir das mit dem Reden.« Er zieht amüsiert die Augenbraue hoch. »Du hast dich zu mir gesetzt, weil du mich ins Bett bekommen willst.« Ein Lächeln umspielt seine Lippen, aber er bestreitet es nicht. »Und ich finde dich heiß genug, um das auch zu wollen. Also lassen wir dieses ganze Gerede und vögeln einfach.«

Er beugt sich zu mir. Seine Lippen sind an meinem Ohr, sein Atem kitzelt mich, als er sagt: »Ich weiß nicht, was du willst, aber ich will meinen Schwanz in dir vergraben, dich zum Schreien bringen und dich so oft kommen sehen, dass du nicht mehr weißt, wie dein eigener Name ist. Nur noch meinen Namen wirst du auf den Lippen haben. Er ist übrigens Lee.«

Ich schlucke. »Das nehm ich auch.«

Er grinst und reicht mir die Hand. Ich lege meine in seine und lasse mich von meinem Hocker gleiten. Wenn wir beide stehen, merke ich, dass er zwar groß genug, aber kein Riese ist. Bei meinen ein Meter sechzig sind auch ein Meter achtzig eine Hausnummer.

Er geleitet mich zu seinem Wagen und hält mir die Tür auf. Ich steige ein und warte, bis er ebenfalls sitzt. »Fahren wir zu dir«, sage ich dann und er nickt.

»Gehörst du zu den Frauen, die Frühstück erwarten?«, fragt er beiläufig.

»Ich frühstücke nie«, sage ich. Okay, es ist ein bisschen gelogen, denn immerhin frühstücke ich ja eine Zimtschnecke und schwarzen, süßen Kaffee, aber das muss er nicht wissen.

»Ich komme mir schlecht vor, wenn ich dir nach dem Sex einfach ein Taxi rufe. Lass uns zu dir gehen.«

»Meine Mitbewohnerin wird sich bedanken«, meine ich lapidar und tue so, als würde ich ihm die Adresse nennen wollen.

»Okay, keine gute Idee. Fahren wir zu mir«, lächelt er.

Er fährt zur Upper East Side und parkt in einer geräumigen Tiefgarage. Wir fahren mit dem Lift in den obersten Stock. Als wir in seinem atemberaubenden Penthouse ankommen, kann ich nicht anders und schreite ans Fenster mit der unglaublichen Aussicht über die schönste Stadt der Welt. New York regt wie keine sonst die Fantasie an, bringt einen dazu, sich anzustrengen, an die eigenen Grenzen zu gehen. Sie ist wie eine schöne Sirene, deren Ruf du folgen musst. Es kann Verderben oder Erlösung verheißen. Für mich war es letzteres. Aus dem Schatten meines übermächtigen Vaters und meiner nicht weniger exzentrischen Mutter zu treten, war das Beste, was mir passieren konnte.

Er reicht mir ein Glas mit einer bernsteinfarbenen Flüssigkeit, stößt mit mir an, und als ich nippe, breitet sich eine angenehme, rauchige Wärme in mir aus. Hmmh ... Ein guter Bourbon kann so einiges.

Er hebt die Hand, seine Finger streichen sanft über meine Unterlippe, bevor er sie durch seinen Mund ersetzt. Der erste Kontakt ist noch ein wenig zögerlich, aber es dauert nicht lange, bis unsere Lippen nicht genug von einander bekommen können. Seine Zunge dringt oh so langsam in mich. Als er meine berührt, spüre ich ein leichtes Knistern und Kribbeln. Ich drücke meinen Körper gegen seinen, schlinge meine Arme um seinen Hals und lehne mich in den Kuss. Seine Hände umfassen meine schmale Taille, ziehen mich enger an sich.

Ich stöhne leise, als er den Kuss intensiviert. Ich presse mein Becken gegen ihn, will ihn spüren. Sein Mund wandert meinen Hals entlang und leckt an meiner Haut. Jede Stelle, die von seiner Zunge liebkost wird, glüht auf und es fühlt sich an, als würde jede Hautzelle in Flammen stehen.

Er streift mir mein Jackett von den Schultern. Seine Finger finden den Weg zu meinem Dekolleté, wo er beginnt, die Knöpfe meiner Bluse zu öffnen. Seine Handrücken streifen meinen Busen, meinen Bauch. Er zieht den Seidenstoff aus meinem Rock, streift ihn mir von den Schultern. Er löst sich von mir, schaut auf meinen kleinen Busen, der aber wohlgeformt ist. Seine Hände legen sich beinahe beschützend um die Rundungen. Sanft knetet er sie, bevor sein Mund sich dahin auf den Weg macht.

Meine Finger krallen sich in sein edles Sakko, fahren dann seine Brust entlang, bis sie an seinem Bauch ankommen. Ich öffne den Knopf und streife die Jacke von seinen breiten Schultern. Langsam beginne ich, sein Hemd aufzuknöpfen, während seine Finger an meinem Rücken nach dem BH-Verschluss tasten. Mit einer geübten Bewegung bin ich auch diesen los und sein Mund zoomt sofort auf einen Nippel. Er saugt ihn tief ein, leckt die rosige Knospe und bringt sie dazu, sich hart zusammenzuziehen. Ich stöhne leise, weil das Gefühl so gut ist.

Meine Finger zittern ein wenig vor Vorfreude und es ist schwer, die Knöpfe aufzubekommen. Flutschige kleine Biester. Als ich es geschafft habe, löse ich die Krawatte, streife ihm das Hemd ab. Seine Haut ist glatt und samtig, sein Körper hart vom vielen Training. Meine Finger haben Wandertag und genießen es, dass sie frei über die Landschaft seiner Brust und seines Bauches fahren dürfen.

Seine Finger fahren über meinen Hintern zu meinem Oberschenkel, suchen den Weg unter meinen Rock. Ich nehme mit einem leichten Anflug von Bedauern meine Hände von ihm und suche den Reißverschluss. Ich öffne ihn und er zieht den Stoff herunter. Der Rock ist um meine Knöchel verschlungen, aber keinen von uns interessiert es gerade.

Seine Finger fahren die weiche Haut meines Oberschenkels hinauf. Sein Mund neckt meine Nippel. Meine Hände vergraben sich in seinen Haaren, verstrubbeln sie, was ihn scheinbar nicht stört. Ich drücke mich gegen ihn, will spüren, dass er ebenso erregt ist wie ich. Aber ich ...

Ich spüre die Wärme seiner Berührung, die immer weiter nach oben steigt. Ich öffne meine Beine weiter, gebe ihm Raum. Er schiebt den Zwickel meines Höschens zur Seite. Seine Fingerspitzen streicheln federleicht meine Schamlippen. In diesem Augenblick zieht sich alles in mir vor Verlangen zusammen und ich muss mich kontrollieren, um stehen zu bleiben. Meine Knie werden zu Wackelpudding und ich halte mich an seinem Körper fest, um nicht auf dem Boden zu landen.

Sachte dringen seine Finger in mich ein. Er überkreuzt Zeige- und Mittelfinger und stößt in gleichmäßigem Rhythmus in mich. Er hört auf meine

Laute und verändert den Winkel, bis er mir einen kleinen Schrei entlockt. Ich lasse den Kopf nach hinten fallen, genieße das Verlangen, das in mir brodelt. Seine zweite Hand legt sich fest um meine Taille, um zu verhindern, dass ich umfalle. Meine Beine zittern vor lauter Anstrengung und ich bin froh, dass er mir hilft aufrecht zu bleiben.

Er zieht sich aus mir zurück, streift mir das Höschen ab, befreit meine Beine vom Stoff, der sich dort bauscht. Er hebt mich auf seine Arme, sein Mund findet meinen und unser Kuss ist so unglaublich leidenschaftlich, dass ich alles um mich herum vergesse.

Er trägt mich in sein Schlafzimmer, bettet mich in die Kissen, zieht sich die Hose aus, greift in die Schublade seines Nachttischs, und dann kommt das typische Geräusch einer aufreißenden Kondompackung. Ich will ihn ansehen, will ihn spüren, aber er ist so gedreht, dass ich nur seinen muskulösen Hintern zu sehen bekomme.

Er legt sich auf mich, küsst mich, greift nach einem Knie und stellt es auf. Seine Hand gleitet zwischen uns und ich weiß, gleich wird er in mich eindringen. Ich bin aufgeregt, stöhne seinen Namen, will ihn spüren.

Doch ... ich spüre kaum etwas. Er beginnt sich zu bewegen, also muss er drin sein, aber wieso fühle ich dann so wenig? Ich kann mir keinen Reim darauf machen. Auch wenn ein Mann nicht so gut bestückt ist, spürt man doch, dass er in einem ist, oder?

Sein Atem beschleunigt sich, er stützt sich auf den Ellenbogen ab, um mich nicht zu zerdrücken. Sein Blick bohrt sich in meinen und ich sehe, dass es gut für ihn ist, er kurz vor dem Kommen ist. Ich wünschte nur, ich könnte das gleiche über mich sagen.

»Ich bin gleich soweit«, murmelt er. Er schiebt eine Hand zwischen uns, stimuliert meine Klit. Aber ich bin nicht erregt genug, um zu kommen. Fuck.

»Ich kann mich nicht mehr lange beherrschen«, murmelt er und reibt fester.

Ich stöhne auf, verdrehe die Augen, krampfe meine Muschi um seinen Schwanz. Mein Kopf fliegt zur Seite, meine Finger drücken sich in seine Schultern, meine Zehen überstrecken sich. Ich beiße mir auf die Lippe, stöhne laut und komme dann zum Höhepunkt meiner Schauspielkunst. Im letzten Akt stöhne ich seinen Namen und kontrahiere die Muskeln in meinem Körper, bevor ich loslasse und einen befriedigten Ausdruck aufsetze.

Er schaut mir glücklich ins Gesicht und lässt dann selbst los. Ein, zwei, drei Stöße und er kommt ins Kondom. Er rollt sich von mir runter, entfernt den Gummi und geht ins Bad. Einige Zeit später kommt er geduscht und mit einem Handtuch um die Hüften wieder raus.

»Ich ruf dir ein Taxi«, sagt er freundlich und verschwindet aus dem Schlafzimmer. Ich ziehe das Laken vom Bett, folge ihm, sammel meine Kleidung ein, ziehe mich schnell an.

Er reicht mir eine Visitenkarte. »Du warst klasse. Ruf mich an, wenn du einen Nachschlag willst.« Er grinst zufrieden, küsst mich sanft auf die Wange und komplimentiert mich dann aus seiner Wohnung. Ich fahre mit dem Aufzug in die Lobby, steige in das wartende Taxi und lasse mich nach Hause fahren.

Die alles entscheidende Frage ist: Ist meine Muschi ausgeleiert oder hatte er einen Stummelschwanz? Ich *vergesse* seine Karte im Taxi. So unbefriedigt war ich schon lange nicht mehr.

»Hey, Jace«, schnurrt die Barkeeperin, als er sich an die Theke setzt.

Er lächelt charmant. Kein Tausend-Watt-Lächeln, aber doch genug, um sie dazu zu bringen, ihre Oberschenkel gegeneinander zu drücken. »Hey, Randy«, sagt er in einem trägen Tonfall, der an Sonntagnachmittage im Bett denken lässt.

Er ist sich seiner Wirkung auf Frauen sehr bewusst. Er ist groß, über einen Meter neunzig gut gebaut mit breiten Schultern und schmalen Hüften. Unter dem Stoff seines Anzugs liegen straffe Muskeln, die Frauen zum Sabbern bringen. Er hat keine Haare auf der Brust, nur am Unterbauch folgen sie einer Spur zu seinem Schwanz, als würden sie die Richtung weisen. Er hat blonde Haare, die er in seinem Leben als Anwalt ordentlich gekämmt trägt, zumindest am Anfang des Tages. Nach einer Stunde sind sie meist so verwuschelt, weil er sich ständig die Haare rauft, dass nur noch eine erneute Haarwäsche Ordnung in das Chaos bringen könnte.

Seine Augen sind grün, kein Froschgrün, sondern eher wie ein Teich im Wald, ein bisschen mit grau und gold durchwirkt. Frauen beschreiben sie als frech funkelnd, aber er ist sich da nicht so sicher. Klar, er ist für jeden Unsinn zu haben, macht gerne Scherze, aber ... irgendwie ist er in letzter Zeit melancholischer, als würde etwas in seinem Leben fehlen, obwohl er eigentlich alles hat.

Seine Augen sind von dicken, schwarzen Wimpern umrahmt, die Spitzen sind so hell wie seine Haare. Er hat ein Grübchen in der linken Wange, das sich immer zeigt, wenn sich seine Mundwinkel verziehen. Es gibt ihm ein jungenhaftes, spitzbübisches Aussehen. Gepaart mit seinem Körper ist es ein Rezept, das Frauen um den Verstand bringt.

Seine Nase ist gerade, zumindest war sie das mal, bevor sie gebrochen war. Zweimal. Gott sei Dank wurde sie beim letzten Kampf kein drittes Mal gebrochen, so wie er es zunächst befürchtet hatte. Aber der Hügel macht sein Gesicht interessanter, maskuliner, ist ein starker Kontrast zu dem beinahe sinnlichen Mund, der nur selten stillsteht.

Randys Augen streifen über seinen Körper, laben sich an seinen Konturen, seinen muskulösen Unterarmen, die von den aufgerollten Hemdsärmeln freigelegt werden. Sein Tattoo am rechten Unterarm ist zu sehen. Er verbirgt seinen Körperschmuck als Anwalt, aber in seiner Freizeit zeigt er ihn gerne. Er mag seine Tattoos, alle vierundzwanzig, die seinen Körper zieren. Angefangen hat er damit, als er vierzehn war. Er schüttelt den Kopf und vertreibt die trüben Gedanken, konzentriert sich auf Randy, die ihm einen heißen, verlangenden Blick zuwirft. Er weiß, dass sie ihn will, aber er würde nie etwas mit ihr anfangen. Dies ist seine Lieblingsbar, er kommt gerne hierher, er will sich das nicht kaputtmachen, nur weil er seinen Schwanz nicht in der Hose behalten kann.

Sie stellt ihm ein Bier hin und ein Shotglas, das sie mit Tequila füllt. Er lächelt dankbar. Sie weiß, was er mag. Er lässt den beißenden Alkohol die Kehle runterlaufen und dreht sich dann zum Raum um. Sein Blick wandert über die anwesenden Frauen, schaut, ob sich das Jagen heute lohnt, oder ob er besser einfach ins Bett geht, sich einen runterholt und dann hofft, dass die Welt morgen wieder besser aussieht.

Sein Blick fällt auf eine rothaarige Frau, die am anderen Ende der Bar sitzt. Sie wirkt ein bisschen bedrückt. Bingo. Traurige Frauen sind leicht zu verführen. Man muss ihnen nur kurz zuhören, ihnen sagen, dass sie unwiderstehlich sind, und sie dann mit ins Bett nehmen. Sie sind so dankbar für jedes nette Wort, jede Zuneigung, dass sie willig sind, ihm auch Vergnügen zu bereiten. Er kann beinahe sehen, wie sein Schwanz zwischen ihren roten Lippen steckt. Der Gedanke erweckt sein Lieblingskörperteil, der schon unruhig wird.

Als er aufsteht und auf sie zugehen will, schiebt sich ein anderes Bild vor sein geistiges Auge. Lange braune Haare, Augen in einem so faszinierenden Blauton, dass sie unvergesslich sind. Sie starren ihn eiskalt an. Ein kleiner Körper, hübsche Rundungen, wenn auch nicht viele. Frustriert streicht er sich die Haare aus der Stirn. Wieso muss er jetzt an dieses Miststück von heute Mittag denken?

Seinem Körper scheint die Erinnerung ganz gut zu gefallen, seinem Verstand dagegen gar nicht. Fuck! Er will doch nur seinen Schwanz in einer nassen Muschi vergraben und dann kommt ihm die Erinnerung an diese, diese ... eigentlich will er das F-Wort denken, aber alles in ihm sträubt sich gegen diesen Ausdruck. Auch wenn er noch nie eine Frau so abstoßend –und gleichzeitig körperlich so anziehend – fand, würde er ein solches Wort nie verwenden, nicht einmal in Gedanken. Dazu hat ihn Schwester Mary zu gut erzogen. Sie hat ihm Anstand und Manieren mitgegeben. Seine Vergangenheit hat ihn gelehrt, dass Worte manchmal schlimmer verletzen können als Fäuste. Er würde eine Frau niemals wissentlich und absichtlich so verletzen. Niemals. Obwohl er es auch zu einer beachtlichen Anzahl an One Night Stands gebracht hat, in denen hauptsächlich sein eigenes Vergnügen zählte...

Nein, so ganz stimmt das nicht, denn es gibt nichts, was ihn mehr anmacht, als eine Frau zum Höhepunkt zu bringen. Schneller Sex, rein raus, ist nichts für ihn. Er lässt sich Zeit, bringt sie dazu, beinahe wahnsinnig zu werden, bevor er sie kommen lässt. Er erforscht ihren Körper, bringt diesen dazu, seinen Befehlen zu gehorchen, vor Erregung beinahe zu zerspringen. Und wenn sie dann kommt ... Gott, das bringt ihn dazu, ebenfalls zu explodieren.

Er war noch nie verliebt, einmal dachte er, dass sich vielleicht mehr ergeben könnte als nur einmaliger Sex, aber sie war am nächsten Morgen verschwunden. Er hat ihr noch monatelang nachgetrauert, seine Gedanken waren ganz erfüllt von ihr. Er stutzt. *Waren ganz erfüllt von ihr? Es ist offiziell*, denkt er, *ich bin ein Weichei.*

Irgendetwas zerrt an seinem Gedächtnis. Er kann seinen Finger nicht drauf legen, was es ist, aber da ist etwas, das ihm nicht einfallen will, ihm aber einfallen sollte. *Naja, das wird schon noch auftauchen*, denkt er. *Wo war er gerade?*

Ach ja, er war noch nie verliebt, aber er kann sich vorstellen, dass Sex noch viel besser ist, wenn er Gefühle für die Frau hat. Echte Gefühle. Eine Frau kommen zu sehen, ist magisch. Zu sehen, wie die Frau, die sein Herz in Händen hält, vor Lust explodiert ... bringt seinen Schwanz jetzt schon dazu, hart zu werden, auch wenn er sie noch gar nicht gefunden hat.

Irgendwie ist ihm nun die Lust auf die rothaarige Schnecke vergangen und er gibt sich lieber seinem Tagtraum von dieser Kleinen hin, die er mit zwanzig vernascht hat. Er muss grinsen. Das war ganz eindeutig der beste Sex seines Lebens. Sie war anschmiegsam und doch auch stark, wusste, was sie wollte. Vielleicht mag er deshalb Frauen, die ebenso sind. Weil er unbewusst immer nach ihr sucht. Nach der Frau, mit der er alle anderen vergleicht. Sein Mystery-Girl.

Das Gefühl war unbeschreiblich, großartig. Wie viel besser muss es sein, wenn sie sich ihm hingibt, ihm die Zügel in die Hand gibt, ihm so sehr vertraut, dass er alles mit ihrem Körper anstellen darf, weil sie weiß, dass er nur das Beste für sie will? Er wünschte, er könnte die Zeit zurückdrehen. Dann würde er sie vor dem Schlafengehen ans Bett fesseln, damit sie auch am nächsten Morgen noch da ist.

Bedauerlich, denkt er wieder einmal. Seine Erinnerung an ihr Aussehen wird immer schwächer und schwächer. Vielleicht würde er sie jetzt, elf Jahre später, gar nicht mehr erkennen. Sie war klein, hatte hübsche Kurven. Er seufzt leise, weil er wieder einmal spürt, dass ihm die Eine entkommen ist ...

Mike: Wie wäre es mit den Bahamas?

Jace blickt auf sein Smartphone, als es vibriert. Er grinst leicht, als er sieht, dass sein bester Freund geschrieben hat. Mit achtzehn ist er nach England gegangen, um in Oxford zu studieren. Er wurde in der Orientierungswoche in eine Gruppe mit zehn anderen gesteckt. Zu dem Zeitpunkt konnte er noch nicht wissen, dass diese zehn auch beinahe fünfzehn Jahre später immer noch seine besten Freunde sein würden.

Er grinst, als er sieht, dass Mike im Gruppenchat

geschrieben hat. Seine Augen beginnen zu funkeln, als sein Blick auf den Gruppennamen fällt. *Society of badass debauchery*. Gute alte Zeit.

Nick: Sorry, ich passe.

Jace zieht die Augenbrauen zusammen. Nick trauert also immer noch um seine Freundin Betty. Er hat sie wirklich geliebt, das wird immer klarer. Seit Bettys Tod hat er sich irgendwo in Kalifornien vergraben. Keiner weiß so genau, wo er ist. Außer vielleicht Simon. Er sollte dringend mit ihm sprechen, ihn bitten, ein Auge auf Nick zu haben. Wieso es lange aufschieben? Er öffnet ein anderes Chatfenster.

Jace: Sy, was ist mit Nick? Lebt er noch?

Er geht in den Gruppenchat zurück.

Ethan: Bahamas klingt cool, aber dann werden wir Evan niemals sehen ...

Jace grinst. Das ist wahr. Wenn man irgendwo surfen kann, dann ist Evan auf dem Wasser und ganz in seinem Element.

Jace: Vielleicht ist das der Plan ...

Evan: Fick dich selbst, du liebst mich.

Jace lacht vor sich hin. Er wüsste nicht, was er ohne seine Freunde machen würde. Jahrelang hatte er kaum

Bindungen an andere Menschen. Schwester Mary war die einzige Ausnahme, aber ... nun ja, sie ist eine Nonne. Klar, er hatte gute Noten, erkämpfte sich ein Stipendium für Oxford, aber er hatte nie eine Familie, hatte nicht mal Freunde, während er aufwuchs. Seine Kindheit war nicht so eine wunderbare Puppenhauswelt. Es war hart. Keine Familie, keine Freunde. Niemanden, der ihm mal einen Rat geben konnte, außer Mary, aber wie cool findet ein Teenager schon eine Nonne? Und auf brennende Fragen wie Sex und Masturbation hätte sie ihm auch keine Antwort geben können. Oder wollen. Naja, und er hätte sie auch nie gefragt. Das sind keine Fragen, die ein Heranwachsender einer Frau stellen will.

Und dann kam die Uni. Er dachte, es würde alles so weiter gehen, wie es auf der Highschool begann. Der Tag, an dem er sie alle traf, war der beste seines Lebens. Er hat ihn gerettet, wortwörtlich. Kein Mensch sollte alleine sein. Ohne Hilfe, ohne Liebe, ohne jemanden, der einem sagt, dass man wichtig ist.

Jacob: Ich kann die ganzen Bahama-Mamas nicht erwarten

Evan: Alter, wer redet denn heute noch so?

Jacob: Jemand, der schon lange keinen mehr weggesteckt hat

Evan: Das ist echt traurig, Mann.

Jace: Aufgabe Nr. 1. Frau für Jake finden.

Jacob: ;) echte Kumpel ...

Mike: Immer. Tyler und ich besorgen dir eine oder zehn. Wie du willst.

Tyler: Mike, Lust auf eine kleine Wette, wer mehr in den zwei Wochen in der Karibik flachlegen kann?

Mike: Die Wette gilt.

Jace schüttelt den Kopf über die beiden. Sie waren schon immer die beiden größten Womanizer ihrer Gruppe. Manchmal hat er sie beneidet. Aber dann hat er wieder an diesen Wunsch gedacht. Die Eine zu finden, eine Familie zu haben. Er will nicht sinnlos Frauen vögeln – auch wenn er seinen Teil hatte –, sondern eine einzige bis ans Ende seiner Tage. Auch, wenn ihn das zum Weichei macht.

Er legt den Kopf schief. Naja, ehrlicherweise muss er zugeben, dass er bei seiner Suche nach Liebe auch die ein oder andere im Bett hatte. Aber es hat immer etwas gefehlt, nie gereicht. Mit keiner außer ... Ja, er weiß nicht einmal ihren Namen. Für ihn ist sie Mystery-Girl.

Mike: Dann bucht eure Flüge, Gentlemen. Wir treffen uns in vier Wochen in Nassau.

Jace tippt eine kurze Mail an das Reisebüro, das er immer mit seiner Buchung beauftragt. Er kann es nicht erwarten.

Simon: Fuck, J. Ich weiß nicht weiter. Wir sollten Nick einfach kidnappen ...

Jace: So schlimm?

Simon: Schlimmer. Er sieht aus wie der Tod auf zwei Beinen. Ich kann alleine nicht zu ihm durchdringen.

Jace seufzt frustriert und ruft seine Kalender-App auf. Vielleicht könnte er nächstes Wochenende ... Fuck, der Kampf. Und danach? Hmmh, vielleicht in drei Wochen. Er würde ungern den Kampf absagen.

Jace: Ich komme in drei Wochen.

Simon: Fuck, danke, Mann!

Jace kaut auf seiner Lippe herum. Eigentlich würde er das lieber früher als später klären, aber manchmal passt es eben nicht. Aber in drei Wochen reicht es auch noch. Das muss es einfach. Nick ist Familie. Familie ist wichtig.

KAPITEL VIER

Jace läuft den Flur des Gerichts entlang. Er springt kurzfristig bei einem pro bono-Fall für einen Kollegen ein, der krank geworden ist. Er weiß eigentlich gar nichts über diesen Mandanten, ist nicht vorbereitet. Aber sein Kollege sagte, dass das ein todsicheres Ding sei, das man nicht verlieren könne.

Er kann sich nur auf die Aussage verlassen. Neben ihm läuft eine Anwaltsgehilfin, die ihm den Fall erläutert. Hört sich wirklich nicht kompliziert an. Sie hofft, dass die Gegenseite einen Vergleich anbietet. Das wird schon schief gehen.

Er kommt in den Gerichtssaal und geht zur Bank der Verteidigung, stellt sich vor, erklärt, wer er ist. Der Mandant ist überrascht, aber er hat ja keine andere Wahl, als der Vertretung zuzustimmen. Wenn man kein Geld hat, kann man nicht wählerisch sein. Leider.

Jace' Kanzlei verlangt von jedem Anwalt ein Viertel

der abrechenbaren Stunden pro bono zu arbeiten. Das ist genau der Grund, warum sich Jace diese Kanzlei ausgesucht hat. Durch seine Vergangenheit geprägt, will er Menschen helfen, die sich selbst nicht helfen können. Gleichzeitig hat er aber auch den Drang, zu beweisen, was er kann. Dass der Junge ohne Chancen es zu etwas gebracht hat. Daher konnte er sich nicht vorstellen in der Rechtshilfe zu arbeiten, sondern brauchte einen Job, in dem er viel verdient.

Er hört den Stakkato-Stechschritt von Absätzen auf Parkett und dreht sich um. Sein Gesicht fällt herunter. Das darf doch nicht wahr sein! Sie? Chrissa Hawthorne, Eisprinzessin von New York, seine ganz persönliche Erzfeindin. Nun ja, dazu hat er sie gerade erst erklärt. Warum ist sie hier?

Sie setzt sich an die Anklagebank. Das hier ist ein Zivilprozess, es gibt keine Staatsanwaltschaft, die Anklage erhebt. Sie schaut zu ihm rüber. Als sie ihn sieht, verzieht sich ihr Mundwinkel leicht nach oben. Sie betrachtet ihn spöttisch. Er spürt, wie sich die Wut durch seine Adern frisst. Diese kleine Hexe. Wie kann sie es wagen, sich über ihn lustig zu machen?

Er zischt der Anwaltsgehilfin zu: »Warum haben Sie mir nicht gesagt, dass die Eisprinzessin die gegnerische Seite vertritt?«

Die junge Frau schaut hektisch in ihren Unterlagen nach. »Sie ist hier nicht aufgeführt. Werner Tryst ist hier angegeben.«

Er hat sie mittlerweile ein bisschen gestalkt. Man muss schließlich wissen, gegen wen man antritt. Tryst ist ihr Mentor. Wahrscheinlich ist ihm was dazwischen gekommen und er hat sie geschickt. Er hat auch ihre

Statistik gesehen. Beeindruckend. Besser noch als seine und er war schon sehr gut. Fuck. Hoffentlich ist der Fall wirklich so glasklar.

Sein Gesicht zeigte eindeutig, dass er geschockt war, als er mich sah. Und ich kann dieses kleine Gefühl des Triumphs nicht abschütteln. Ich spüre, wie das Bitch-O-Meter leicht ausschlägt. Aber ehrlich, das geschieht ihm recht! Wie kann er es wagen, mich nicht zu erkennen? Es war eine tolle Nacht, mit seinem arschigen Verhalten macht er die ganze Erinnerung kaputt. Er ist genauso wie alle anderen Männer. Naja, und wie ich. Das muss ich zugeben. Denn ich verhalte mich wie meine männlichen Artgenossen, daher hassen sie mich ja auch so. Sie fühlen sich bedroht, wenn eine Frau sich ebenfalls nimmt, was sie will, weil sie das als ihr Vorrecht betrachten. Aber da liegen sie falsch. Man kann sie nur mit ihren eigenen Waffen schlagen. Und das tue ich.

»Bitte erheben Sie sich.« Wir stehen auf. Eigentlich ist dies nicht mein Fall. Es ist Trysts, aber ihm ist was dazwischen gekommen. Ich hatte zwar eigentlich keine Zeit, aber ich tue natürlich, was ich kann, um meine Vorgesetzten davon zu überzeugen, mich schnell zur Senior Partnerin zu machen. Jetzt allerdings, mit sexy Jace Monroe, wendet sich das Blatt. Ich will ihn fertigmachen, weil er mir angedroht hat, mich fertigzumachen.

»Ms. Hawthorne, Ihr Plädoyer«, sagt der Richter und ich stehe auf. Ich streiche meinen Rock glatt. Ich bin froh, ihn zu tragen, denn mein Hintern kommt in diesem äußerst gut zur Geltung. Ich weiß zwar nicht wieso, aber das kommt mir plötzlich unglaublich wichtig vor. Ebenso, wie mein Hinterteil immer schön in Jace' Richtung zu halten. Kindisch? Oder genial? Ein unaufmerksamer Gegner ist ein besiegter Gegner.

Jace' Mandant hat meinen Mandant beschuldigt, ihm ein Design geklaut zu haben und damit Millionen verdient zu haben. Daraufhin hat mein Mandant Klage wegen Verleumdung eingereicht. Tryst sagte mir, dass er davon ausgehe, dass die andere Partei gewinnen wird, und er hatte vor, auf einen Vergleich hinzuwirken. Ich wollte seinen Absichten folgen, aber jetzt ... jetzt will ich diesen Fall gewinnen.

Mein vorbereitetes Plädoyer bleibt auf dem Tisch liegen, denn ich muss mir nun quasi live neue Argumente ausdenken. Gut, dass ich schon immer bekannt dafür war, hervorragende Debatten zu führen.

Als ich einmal kurz zu ihm schaue, sehe ich ihn vor Wut schäumen. Es scheint alles nicht so zu laufen, wie er es sich vorgestellt hatte. Ich grinse innerlich. Ich bin schon ein bisschen böse. Der arme Typ. Aber er ist selbst Schuld. Warum musste er mich so herausfordern?

Als ich mich setze, beugt sich mein Mandant zu mir. »Ich dachte, wir wollen einen Vergleich?«

Ich flüstere ihm zu: »Wir werden den Fall gewinnen.«

Er lächelt entzückt. »Tryst sagte, dass es aussichtslos sei.«

Ich schüttel den Kopf. »Nein. Man muss nur Eier haben.«

Er lacht leise und dann hören wir Jace zu, der uns erklärt, wieso sein Mandant im Recht ist. Es ist so ein bisschen David gegen Goliath. Sein Mandant hat nicht die Mittel, um diesen Kampf zu gewinnen, auch wenn er wahrscheinlich im Recht ist. In unserem Rechtssystem gewinnt eben nicht immer der, der es sollte, sondern der mit dem Geld, der sich jegliche Anwälte, Gutachter und Experten dieses Planeten kaufen kann.

Jace kocht vor Wut. Dieses Miststück! Sie ist doch ganz unglaublich! Es sollte alles nur pro forma sein. Kein Problem, wasserdichter Fall, Vergleich. Ja, am Arsch! Sie macht daraus einen Fall, der nicht an einem Tag beendet ist. Es werden noch zwei weitere Verhandlungstage angesetzt und sie macht ihre Sache wirklich gut.

Fuck. Er hasst es, zu verlieren. Er tut es auch eigentlich nicht, nur wenn diese kleine Sirene auf ihren Stöckeln daherkommt. Er ist voll am Arsch. Er sollte den Kopf aus dem Sand ziehen und sie zu einem Vergleich überreden, aber den hat sie schon ausgeschlagen. Und sie sieht nicht aus, wie jemand, der seine Meinung ändert.

Das bedeutet wohl zwei zu null für sie.

Er möchte sich ertränken oder sie. Besser sie. Dann würde er der Menschheit einen Gefallen tun.

»Bitte erheben Sie sich.« Wir stehen auf und ich schaue zu Jace hinüber. Sein Gesicht zeigt, dass er weiß, dass er verloren hat. Schon wieder. *C'est la vie.*

»Der Klage wird stattgegeben«, verkündet der Richter und mein Mandant strahlt über beide Ohren. »Der Beklagte wird zu einer Strafe von 250.000 Dollar verurteilt.«

Der Klient bedankt sich überschwänglich. Als wir den Gerichtssaal verlassen, sehe ich, dass Jace' Mandant wie ein Häufchen Elend auf seinem Stuhl sitzt. Ich bekomme ein schlechtes Gewissen. Ich beschließe, sofort zu tun, was ich sowieso vorhatte.

»Mr. Roberts, kann ich Sie einen Augenblick

sprechen?«

»Aber natürlich, Ms. Hawthorne. Sie können alles von mir haben«, sagt er grinsend.

Wir gehen ein paar Schritte den Gang entlang. »Mr. Roberts, er war Ihr Freund.«

»Ja, und?«, fragt er erstaunt.

Ich schaue ihn an und frage mich, ob er wirklich so herzlos ist, wie er jetzt gerade tut. »Ihr bester Freund.«

»Ich verstehe nicht, worauf Sie hinaus wollen.«

»Vermissen Sie ihn manchmal? Sie haben früher alles geteilt, haben gemeinsam eine Vision gehabt, wollten gemeinsam etwas aufbauen. Und das Design war gut, sehr gut. Mr. Davidson hat großartige Arbeit geleistet.«

Er schaut mich nachdenklich an.

Ich fahre fort: »Sie haben unglaublich viel Geld verdient, aber haben Sie nicht vielleicht etwas Entscheidendes verloren?«

Er nickt langsam. »Einen Menschen?«

»Einen Menschen. Vielleicht den Menschen.«

»Sie meinen ...«

»Vielleicht. Sie sollten sich überlegen, ob es all das Geld wert ist. Wert, eine Freundschaft zu zerstören. Wert, einen Menschen, den Sie einmal sehr mochten, zu zerstören, denn Ihnen dürfte klar sein, dass er sich eine Viertelmillion Dollar nicht leisten kann. Wert, Ihren eigenen Seelenfrieden darüber zu verlieren.« *Und meinen*, füge ich im Stillen hinzu, denn ich war es, die ihn erst anstachelte. Er wollte einen Vergleich, Tryst wollte einen Vergleich, ich wollte Jace Monroe besiegen, um ihn dafür zu bestrafen, dass er unsere Nacht nicht ebenso unvergesslich fand wie ich.

Er schaut auf und sieht, dass Jace und Henry Bailey

aus dem Saal kommen. Er nickt kurz, entschlossen, er hat eine Entscheidung getroffen.

Er eilt auf die beiden zu und ich bemühe mich, mit ihm Schritt zu halten. Hoffentlich habe ich nicht noch mehr Öl ins Feuer gegossen. Das wäre furchtbar.

Sie bleiben stehen, als sie uns kommen sehen. Jace kneift die Augen zusammen und denkt wahrscheinlich, dass ich jetzt auch noch auf die Besiegten spucken will. Und ich kann es ihm nicht verübeln, wenn er so denken würde. Mein Ehrgeiz ist manchmal so groß, dass ich vergesse, dass es in unserem Geschäft auch um Menschen geht.

»Henry«, sagt Mr. Roberts leise. »Es ... wir ... wir waren Freunde.«

Henry nickt langsam.

»Ich habe das aus den Augen verloren. Ich habe nur die Millionen gesehen und ... ich habe das Wichtige aus den Augen verloren. Die Menschen in unserem Leben.«

Mr. Bailey schaut ihn erstaunt an. »Du hast gewonnen. Was willst du denn noch?«

»Einen Rückspulknopf.«

»Was heißt das?«

»Lass uns alles vergessen und noch einmal von vorne anfangen. Nimm deinen Platz in meiner Firma ein, in unserer Firma.«

»Und das Urteil?«, fragt Mr. Bailey beklommen. »Ich habe keine Viertelmillion. Das weißt du.«

»Wir werden uns schon einig, wenn wir es beide wollen. Was sagst du?«

Ich lächel, als Mr. Baileys Gesicht wieder Farbe annimmt. Er ist noch ein wenig ungläubig, aber voller Hoffnung.

Mr. Roberts hält ihm die Hand hin und er schlägt ein. Sie umarmen sich und irgendwie ist das der schönste Abschluss, den ich mir vorstellen kann.

Mein Mandant dreht sich zu mir um und umarmt mich. »Danke, dass Sie mich daran erinnert haben, was wirklich wichtig ist, Ms. Hawthorne.«

Die Umarmung wirft mich aus der Bahn, ich weiß nicht, was ich sagen soll, also verabschiede ich mich schnell.

Jace schaut ihr nach. Das war unerwartet. Die Eisprinzessin hat ein Herz. Vielleicht. Zumindest ein kleines. Sie steckt voller Widersprüche und er wird aus ihr einfach nicht schlau. Wieso hat sie das getan? Sie hatte gewonnen. Er weiß nicht, ob er das im umgekehrten Fall gemacht hätte.

Sein Mandant bedankt sich. Was soll er auch sonst tun? Eigentlich hat Jace es nicht verdient. Es wäre so ein einfacher Fall gewesen, aber manchmal kommt es anders im Leben. Ganz anders.

Er schüttelt den Kopf und hofft, dass er sobald nicht mehr auf Chrissa Hawthorne treffen wird. Diese Hoffnung hält fünf Minuten. Er läuft um eine Ecke und stößt mit jemandem zusammen. Heißer Kaffee ergießt sich über ihn. Er knurrt leise, als die heiße Flüssigkeit durch seinen Anzug sickert, und entledigt sich schnell seines Sackos.

»Das tut mir leid«, murmelt sie. Wer sonst? Ms. Hawthorne höchst persönlich. Das Schicksal will ihn wohl ficken.

»Davon kann ich mir auch nichts kaufen«, zischt er sie an. Es tut ihm im selben Augenblick leid. Oder auch nicht, denn er sieht, wie sich ihr Gesicht von einem schuldigen in ein wütendes verwandelt.

»Wieso laufen Sie auch ohne zu schauen durch die Gegend?«, giftet sie ihn an.

»Ach, jetzt ist es meine Schuld?«, fragt er.

»Das kann Sie doch nicht ernsthaft wundern«, meint sie schnippisch.

Er schüttelt fassungslos den Kopf. So ein Miststück. Da dachte er gerade noch, dass sie vielleicht doch nicht so schlimm ist und dann ... Bäm! Voll in die Fresse.

Er sieht ihr nach, wie sie davon stöckelt. Fuck, sieht ihr Arsch geil aus ...

Boah, der ist eine ganz schöne Zicke, denke ich. Merkwürdigerweise finde ich das aber gar nicht abturnend. Als ich wieder im Büro bin, fragt mich Tryst, wie es gelaufen ist, ich erzähle ihm, dass ich gewonnen habe.

»Wie bitte? Sie sollten einen Vergleich aushandeln«, sagt er mit erhobenen Augenbrauen.

Ich zucke mit den Schultern. »Ich dachte, ein Sieg sei besser.«

Er setzt sich mir gegenüber. »Chrissa, ich hätte auch einen Sieg einfahren können, aber ich dachte, dass für beide Kontrahenten ein Vergleich besser wäre.«

Ich winke ab. »Nachdem ich gewonnen hatte, habe ich ihm geraten, mit seinem Freund Frieden zu schließen. Was sie auch gemacht haben. Ich glaube, so rum war es besser. Denn so weiß Mr. Bailey jetzt, dass er unserem Mandanten wirklich etwas bedeutet. Es hat nämlich für seinen Freund auf den Sieg verzichtet.«

Er schüttelt den Kopf. »Und das haben Sie sich von Anfang an gedacht?«

Ich lächel. »Nein, ich muss zugeben, zuerst wollte ich

einfach nur Jace Monroe besiegen, aber je länger die Verhandlung dauerte, desto klarer war, dass beide eigentlich gar keinen Prozess wollten.«

Er lacht leise. »Sie sind schon eine.« Dann legt er eine Akte auf meinen Tisch. »Da Sie gerade mitgeteilt haben, dass Sie Mr. Monroe gern besiegen, ist dieser Fall vielleicht etwas für Sie.«

Ich nehme die Akte in die Hand. Ich bin interessiert. Äußerst interessiert, das gebe ich zu. Ich bin eben eine *First Class Bitch.* Ich weiß. Irgendwie ist es gemein, ihm so viele Niederlagen zufügen zu wollen, aber ich muss mir eingestehen, dass er mich nicht erkannt hat, nagt an meinem Ego. Sehr sogar.

»Ich bin keine Scheidungsanwältin«, sage ich.

»Es ist keine einfache Scheidung, Chrissa. Schauen Sie auf Seite vier.«

Ich blättere dahin und sehe es. »Sie haben die Firma zusammen aufgebaut und zwanzig Jahre zusammen geleitet? Das hört sich allerdings interessant an.«

»Schauen Sie auf Seite zehn.«

Ich blättere um. »Sie machen dreihundert Millionen Dollar Umsatz im Jahr? Wo kann ich unterschreiben?«

Er lacht. »Holen Sie das Beste für sie raus.« Ich nicke, das werde ich selbstverständlich tun. Und Jace Monroe schwitzen zu sehen, ist nur das Sahnehäubchen. Und was für ein Sahnehäubchen es ist ...

Seit drei verdammten Tagen diskutieren wir. Nein, so kann man es nicht nennen. Mr. und Mrs. Delgado schreien. Ich habe Kopfschmerzen und sehe Jace an, dass es ihm ebenso geht. Wie konnte ich nur so dumm sein, eine Scheidung anzunehmen, nur um ihm eins auszuwischen?

Ich habe doch einen Knall.

Ich zupfe an Mrs. Delgados Jackett und bitte sie, sich wieder hinzusetzen. Ich flüstere ihr leise ins Ohr: »Es bringt nichts, wenn Sie sich die ganze Zeit mit Ihrem Mann fetzen. Ich kann mir vorstellen, dass das sehr befriedigend für Sie ist, aber es bringt uns nicht weiter.«

»Glauben Sie mir, je mehr ich ihn trieze, desto eher bekomme ich, was ich will.«

Ich schüttel den Kopf. »Von ihm vielleicht, aber deswegen hat er ja einen Anwalt, damit er keine dummen Dinge macht. Glauben Sie mir, Eliza, Sie erreichen damit gar nichts.«

»Und was schlagen Sie vor?«

»Einigen Sie sich. Sie können nicht alles verlangen.«

Sie schüttelt den Kopf und flüstert noch leiser: »Ich will die Firma.«

Ich nicke. Sie will die Firma. Dann mal los.

»Mr. Delgado, Sie haben keinen Ehevertrag abgeschlossen, daher sieht die gesetzliche Regelung eine gleichmäßige Teilung des Zugewinns vor. Da aber Ihre Frau das Vermögen in die Ehe eingebracht hat, mit dem Ihre Firma aufgebaut wurde, fällt diese nicht unter die gesetzliche Teilung.«

»Das sehen wir anders«, antwortet Jace. »Zwar wurden die Finanzen vor der gemeinsamen Ehe erwirtschaftet, aber das Unternehmen ist heute ein Vielfaches wert, daher sind wir bereit, Mrs. Delgado den eingebrachten Betrag von hunderttausend Dollar zu erstatten. Mr. Delgado hat die Firma hauptsächlich geleitet und ist daher ursächlich für die Wertsteigerung verantwortlich. Wir sehen es daher als erwiesen an, dass die Firma in den Besitz von Mr. Delgado übergeht.«

»Und ich soll nichts bekommen?«, schreit Eliza. Ich lege ihr die Hand auf den Arm, aber sie kreischt: »Drei Kinder habe ich großgezogen und jetzt willst du, dass ich leer ausgehe?«

»Du willst ja auch, dass ich leer ausgehe, obwohl ich geschuftet habe bis zum Umfallen«, entgegnet ihr Mann.

Bevor Eliza antworten kann, mische ich mich ein: »Mrs. Delgado will nicht, dass Sie leer ausgehen. Sie ist bereit, die restlichen Vermögenswerte im Verhältnis vierzig zu sechzig zu teilen.«

Er schnaubt, aber Jace sagt: »Das Vermögen beläuft sich auf fünfzig Millionen Dollar. Die Firma ist ein Mehrfaches wert. Das ist kein faires Geschäft, wenn man bedenkt, dass Mr. Delgado mehr Arbeit investiert hat als Mrs. Delgado.«

Ich seufze leise und hole einen Umschlag aus meiner Tasche. Ich schiebe ihn über den Tisch. Jace zieht überrascht die Augenbrauen hoch. Seine Mimik verrät, dass er nicht Gutes erwartet. Eliza ist still. Sie weiß, was in dem Umschlag ist. Sie weiß, dass es ihren Mann in die Knie zwingen wird.

Mr. Delgado öffnet den Umschlag und erbleicht, als er die Fotos sieht. Ungefähr fünfzig Fotos mit jeweils einer anderen Frau belegen die Untreue dieses Mannes.

Er schaut seine Frau entsetzt an. Ich kann nicht erkennen, was ihm mehr leidtut. Dass er erwischt wurde oder dass er seiner Frau so offensichtlich Schmerzen zugefügt hat.

»Eliza ...«

»Spar dir die Worte. Ich will die Firma. Du weißt, wenn wir vor Gericht gehen, habe ich die besseren Karten. Dann wird jeder alles erfahren. Jeder, Jeremy. *Jeder.*« Sie betont das letzte Wort besonders deutlich. »Wenn du auf meinen Vorschlag eingehst, unterschreibe ich eine Verschwiegenheitserklärung, dass ich niemals irgendjemandem von diesen Fotos erzählen werde. Außerdem händige ich dir alle Kopien und die Originale aus.«

»Das ist Erpressung«, stößt er aus und schaut hilfesuchend seinen Anwalt an. Aber der schüttelt den Kopf. Er weiß, dass er wieder einmal gegen mich verloren hat. Drei zu null.

Er hat keine Ahnung, wie sie es schafft, immer und immer wieder einen Trumpf aus dem Ärmel zu ziehen. Jedes Mal, wenn er denkt, sein Fall sei wasserdicht, dreht sie es so, dass er gar nichts hat. Dass ihm alles wie Sand durch die Finger rinnt. Er kann einfach nicht begreifen, wieso er das nicht kommen sah.

Sie haben Delgado durchleuchtet, immer und immer wieder. Niemand hat etwas gefunden. Sie haben ihre besten Leute darauf angesetzt, aber es gab keinerlei Verdacht. Kein Überwachungsmaterial, keine Frauen, die bestätigten, mit ihm geschlafen zu haben. Es gab auch keinen in irgendeiner Weise gearteten Versuch, Gelder zu erpressen, die für etwas anderes verwendet wurden als für den vorgesehenen Zweck. Alles schien absolut in Ordnung. Mr. Delgado machte den Eindruck, ein hingebungsvoller Familienvater zu sein.

Und dann ... Bäm. Woher sie das Material hat, weiß er nicht. Aber er ist beeindruckt, dass sie finden konnte, was sonst niemand entdeckt hat. So leid es ihm tut, das zu sagen. Aber sie ist genial. Er weiß nicht, wie irgendjemand es schaffen sollte, gegen sie zu bestehen. Er glaubt nicht, dass irgendjemand die Chance hat. Sie ist ganz eindeutig die Beste.

Er rät seinem Mandanten in einem Vier-Augen-Gespräch zur Einwilligung. Denn die Chancen vor Gericht die Firma zu bekommen, sind gering. Nicht existent. Sie hat alle Trümpfe in der Hand. Mr. Delgado willigt ein und Chrissa und er machen die Papiere für die einvernehmliche Scheidung fertig.

Drei Tage für nichts. Außer die regelmäßigen Blicke, die er auf ihren Arsch werfen konnte. Er weiß auch, dass ihre Beine unglaublich wohl proportioniert sind. Ihre Titten sind klein, aber schön gerundet, er hat sich bestimmt tausend Mal vorgestellt, wie sie sich in seinen Händen anfühlen würden.

Jedes Mal, wenn sie an ihm vorbeiging, wollte er sie berühren, und konnte sich gerade eben noch so abhalten.

Er ist immer noch sauer, aber mehr auf sich selbst als auf sie, weil sie nur ihren Job macht. Würde man sich nach einer Niederlage nur nicht so arschig fühlen. Wer verliert schon gern? Aber so ergeht es anderen Anwälten ja auch. Auch solchen, die gegen ihn antreten, denn normalerweise gewinnt er seine Fälle.

Nur weil er ein Mann ist, wird ihm das offensichtlich nicht so nachgetragen wie ihr. Er hat sich umgehört, sie hat keine Freunde in der Branche. Niemand hat näheren Kontakt zu ihr, alle meiden sie. Es muss einsam sein.

Er wundert sich über sich selbst, dass er Mitgefühl für sie entwickelt, dass er sie nicht mehr als die Eisprinzessin sieht, sondern als Menschen. Und das, obwohl sie ihre Ziele absolut rücksichtslos verfolgt. Aber wenn er ehrlich ist, tut er das ja auch.

Es ist schon eine beschissene Welt, die ihn dafür

bejubelt, was er im Gerichtssaal leistet, und sie für das gleiche, nein, für noch bessere Arbeit, verachtet. Und er ... er muss sich eingestehen, dass er genau in das gleiche Horn geblasen hat. Wäre es einfacher für ihn gewesen, wenn sie ein Mann wäre? Wenn ein Mann ihn besiegt hätte? Ihm wird beinahe schlecht, als er sich klarmacht, dass es tatsächlich so ist. Von einer Frau besiegt zu werden, fühlt sich schlimmer an.

Er schüttelt entsetzt den Kopf über sich. Wann hat er angefangen, ein misogynes Arschloch zu werden? Er glaubt an *Gender Equality*. Er hat immer gewusst, dass er eine starke Frau haben will, eine echte Partnerin, und kein kleines Mäuschen, das Hausfrau und Mutter spielt.

Wieso ist er dann so ... sexistisch?

Er tritt in die Bar, in der er sich mit Evan trifft. Der Big Wave-Surfer kommt regelmäßig nach New York, weil seine beste Freundin Josie hier lebt und weil er eh nichts zu tun hat, wenn sich keine wilden Stürme über den Ozeanen der Welt zusammenbrauen.

»Hey, Mann«, sagt er lachend und klopft seinem Kumpel auf den Rücken.

»Lange nicht gesehen«, erwidert Evan und steht auf, um ihn zu umarmen. Dieses halbe Umarmungsding, das Männer tun, wenn sie sich nicht wirklich umarmen wollen. Aber Jace zieht ihn fest an sich. Er findet, dass sie so einen Unsinn unter Freunden nicht machen müssen.

»Hey, ich steh nicht auf dich«, scherzt Evan und setzt sich wieder hin.

»Na, aber ich steh auf deinen hübschen Hintern«, grinst Jace und bestellt ein Bier bei der Kellnerin, die ein enttäuschtes Gesicht macht.

Evan lacht. »Der ist auch zum Niederknien.«

Jace stimmt in das Gelächter mit ein. »Was machen die Frauen?«

»Keine in Sicht. Und bei dir?«

»Ebenso.«

»Wieso schleppt Tyler jede Woche eine ab und wir, die beide besser aussehen als er, bekommen keine?«

Jace lässt sein Bier gegen Evans stoßen. »Keine Ahnung, Mann, aber Tyler ist echt hässlich.«

»Der sieht aus wie seine Mutter«, grinst Evan und trinkt aus seiner Flasche.

Jace lacht. »Ja, Mann.« Er knibbelt an dem Etikett und fragt dann: »Und diese Josie?«

Evan lächelt. »Ja, diese Josie. Sie wäre was gewesen. Aber sie ist so in ihren Mann verschossen, das ist schon ekelig.«

»Also hast du keine Chance?«

»Keine.«

»Kommst du damit klar?«

Er nickt. »Ja, es hat nicht sollen sein. Liam ist ein guter Mensch, er liebt sie. Sie sind schon seit Ewigkeiten ein Paar, sie gehören einfach zusammen. Das sieht jeder. Ich habe mich ja auch nicht in sie verliebt. Ich spielte mit dem Gedanken, aber bevor irgendwas zwischen uns passieren konnte, erzählte sie mir schon, dass es Liam gibt. Naja, und dann habe ich sie zu ihm nach Hause geschickt.«

»Das war bestimmt die richtige Entscheidung.«

»Denke ich auch. Irgendwo ist sie, Mann. Für dich eine und für mich eine.«

Jace hebt seine Flasche. »Darauf trinke ich.«

Evan stößt mit ihm an und es dauert nicht lange, bis sie mehrere Flaschen geleert haben.

»Was macht das Wellenreiten?«, fragt Jace.

Evans Gesicht beginnt zu strahlen. »Ich spüre es, Mann, diese Saison wird meine. Ich kann es in jeder Faser meines Körpers spüren, dass ich in diesem Jahr den Rekord knacke.«

Jace lächelt. Es ist immer cool, Evan von seiner Passion reden zu hören. Er ist immer leidenschaftlich, was das Surfen angeht, und das Leben und die Liebe. Eigentlich alles. Alles, was er tut, macht er mit vollem Einsatz. Manchmal geht es schief, aber meist zahlt es sich aus. Daher glaubt er auch nicht so recht, dass er nicht in Josie verliebt war. Das passt nicht zu ihm. Er ist ein Alles-oder-Nichts-Typ. *Go big or go home.* Was anderes kommt für ihn nicht in Frage. Doch wenn er denkt, dass er über sie hinweg ist, ist alles okay. Er will nur nicht, dass noch einer seiner Freunde an Liebeskummer erkrankt. Nick, Simon und Pete reichen aus. Manchmal fragt er sich, ob er der einzige ist, der immer Single bleiben wird.

Ironie des Schicksals könnte man es nennen. Oder auch einfach Unsinn.

»Wann geht die Saison los?«

Evan lacht. »Mann, Jace, sie ist doch gerade erst vorbei. Die Superstürme kommen im Herbst und Winter. Wir haben Frühling.«

»Das heißt, du hast gerade frei?«

»Naja, so würde ich das nicht sagen. Ich fliege übermorgen nach Australien, meine Eltern besuchen, aber auch um Surfen zu gehen. Ich will nicht einrosten, muss im Training bleiben. Daher sind die Bahamas natürlich cool. Ich freue mich schon, Surfer's Point unsicher zu machen.«

»Warst du da noch nicht?«

Er schüttelt den Kopf und nimmt noch einen

Schluck. »Nein. Die Wellen sind cool, aber nicht riesig, daher war ich bisher noch nicht da.«

»Wir müssen schauen, was mit Nick ist«, meint Jace gedankenverloren.

»Simon sagt, du fährst am Wochenende hin?«

»Ja, ich hoffe, ich habe mehr Glück als Sy. Wir können Nick nicht so hängen lassen. Ich wollte letztens mit Adam telefonieren, aber ich hatte seine Frau an der Strippe. Charlie. Sie ist so was wie Nicks Familie und die Tochter von Betty.«

»Ich hätte nie gedacht, dass Nick tatsächlich so in Betty verliebt ist.«

Jace nickt. »Ja, es hat ihn schwer getroffen.«

Evan schaut in die Ferne. »Es ist cool, wenn man über Äußerlichkeiten hinweg sehen kann. Weißt du, wie ich das meine? Wenn man das Innere eines Menschen sieht.«

»Du sagst das, als wäre Betty hässlich gewesen.«

Evan schüttelt den Kopf. »Nein, sie war eine sehr schöne Frau. Ich kann verstehen, warum er sie attraktiv fand, aber ich kann noch mehr verstehen, warum er sich in sie verliebte. Weil sie ein gutes Herz hatte, weil sie jung geblieben war, weil sie ein bisschen verrückt war und weil sie alles für die Menschen tat, die sie liebte. Sie war schon eine Traumfrau.«

»Glaubst du, dass es für jeden nur Eine gibt?«

Evan lacht. »Echt, wir haben schlimmere Gesprächsthemen als Waschweiber. Wir dürfen das den anderen niemals erzählen.«

»Auf keinen Fall«, stimmt Jace ein.

Evan grinst. »Wirst du es deiner Schlampe auch nicht erzählen?«

»Mike?«, fragt Jace lachend und Evan nickt. »Lass ihn bloß nie hören, dass du ihn als meine Schlampe bezeichnest.«

»Meinst du, er verwandelt sich dann in Hulk?«

Jace verschluckt sich vor lauter Lachen an seinem Bier. »Naja, ein bisschen sieht er ja so aus.«

Evan stößt mit ihm an. So geht es den Abend weiter. Und es tut gut. Es tut gut, einen seiner besten Freunde da zu haben, der ihm zeigt, dass er wichtig ist, Bedeutung hat. Dass er für jemand anderen wichtig ist.

KAPITEL FÜNF

»Die Verhandlung ist hiermit geschlossen«, erschallt die dröhnende Stimme des Richters, bevor er einmal mit dem Hammer auf den Tisch klopft.

Das Gewusel beginnt, Gratulationen werden über mir ausgeschüttet, mein Mandant bedankt sich für meine Hilfe. Mechanisch nicke ich, lächel an den richtigen Stellen. Eigentlich freue ich mich über jeden Sieg, aber dieser ist bitter. Denn leider weiß ich, dass meine Arbeit dafür gesorgt hat, dass ein Krimineller wieder auf freiem Fuß ist. Mein Mandant, der Manager einer Fortune-500-Firma, hat im großen Stil Steuern hinterzogen. Und auch wenn Al Capone wegen Steuerhinterziehung für elf Jahre ins Gefängnis musste, gibt es Mittel und Wege da rauszukommen, vor allem dann, wenn Geld keine Rolle spielt.

Die meiste Zeit macht mir mein Beruf Spaß, aber ich bin normalerweise auch nicht mit solchen Fällen beschäftigt. Ich bereite Fusionen vor, operiere mit internationalen Konzernen, händel Millionen. Ich habe nichts mit Steuerhinterziehung zu tun, aber natürlich, wenn mich ein treuer Mandant um Hilfe bittet, den ich seit Jahren betreue, dann sage ich nicht nein, sondern unterstütze ihn. Auch wenn das bedeutet, dass ein Schuldiger freigesprochen wird.

Ich verabschiede mich und eile aus dem Gerichtsgebäude. Ich rufe Elaine an, frage, ob etwas Wichtiges in meiner Abwesenheit passiert ist. Sie verneint und ich winke einem Taxi, lasse mich zu meinem nächsten Termin bringen. Mir wird ganz anders, mein Magen wird flau und ich merke, dass ich auch heute noch, als Erwachsene, Angst habe, meinem Vater gegenüberzutreten. Ich überlege während der Fahrt, ob ich irgendetwas getan habe, was ihm missfallen könnte. Aber ich habe alle Fälle gewonnen, habe hart gearbeitet. Ich kann nichts falsch gemacht haben.

Als ich in das feine Restaurant, nichts ist zu gut für den Eiskönig, eintrete, sitzt er bereits am Tisch. Er tippt wie ein Wahnsinniger auf seinem Smartphone herum. Als er mich sieht, schenkt er mir ein kurzes Kopfnicken.

»Chrissa«, sagt er kurz.

Ich beuge mich zu ihm, küsse ihn auf die Wange, wie er es von mir erwartet, und sage: »Hi, Daddy.«

Ja, ich weiß. Bei meinem Vater werde ich zum Kleinkind. Ich hasse es, aber es gibt keinen Menschen, den ich so sehr fürchte wie ihn. Und dabei war er nicht mal ein besonders schlechter Vater. Auch kein guter, muss man dazu sagen, aber ich hatte immer alles, was ich brauchte, wurde nie geschlagen. Aber eben auch nicht sonderlich geliebt und geherzt. Vielleicht bin ich deswegen ein wenig unterkühlt. Ich kenne nichts anderes.

So war er, solange ich tat, was er wollte. Als ich ihm nach dem Studium in Harvard sagte, dass ich nicht in seine Kanzlei kommen wollte, erlebte ich seine anderen Seiten. Zum ersten Mal traf mich der Zorn des Eiskönigs. Und ehrlich, darauf war ich nicht vorbereitet. Trotz seiner Gefühlskälte hat er mich immer beschützt und behütet. Vor anderen zumindest. Auf einmal war ich diejenige, die ihn erzürnte.

Er legt sein Smartphone beiseite. »Ich habe bereits für uns bestellt«, teilt er mir mit, als ich in die Speisekarte schauen will. Der Kellner bringt mir ein Glas Wasser und meinem Dad einen Scotch. Er findet es okay, zu Mittag ein Glas zu trinken, aber das gilt nicht für seine Tochter. Es wäre ihm lieb, wenn ich gar nichts trinken würde. Ich befürchte, er glaubt auch, dass ich noch Jungfrau sei. Ich werde einen Teufel tun und ihm das Gegenteil erzählen.

Kaum habe ich einen Schluck getrunken, sagt er: »Du warst schon lange nicht mehr in Chicago. Deine Mutter und ich stimmen überein, dass wir das nicht gutheißen.«

Und es beginnt. »Entschuldige, Daddy.«

»Gibt es etwas Neues?«

Ich nicke. Eigentlich wollte ich es ihm am Telefon sagen, aber dann teilte er mir mit, dass er mir eine Audienz gewährt, wenn er in der Stadt ist. »Ich soll zur Senior Partnerin ernannt werden.«

Seine Gesichtszüge verraten nichts. Keine Freude, keinen Stolz, nichts. »Sehr gut, Chrissa. Wir haben nichts anderes von dir erwartet.«

Es sind lobende Worte, ja, aber vorgetragen mit einem Eiszapfen im Mund, der sie in Frost hüllt. Ich bin enttäuscht, ja, enttäuscht. Einmal, nur einmal wünschte ich, dass mein Vater wäre wie andere Väter.

Die Vorspeise wird serviert und er sagt: »Deine Mutter und ich haben beschlossen, dass es an der Zeit ist, dass du nach Chicago zurückkehrst und dir einen Mann suchst.«

Gerade wollte ich mir ein Stück Spargel in den Mund stecken, doch die Hand mit der Gabel bleibt in der Luft stehen. Ich starre ihn fassungslos an.

»Chrissa, Contenance.«

Ich schließe den Mund, der offengeblieben war, und lege die Gabel zurück auf den Teller. Ich verkrampfe die Finger in der Serviette auf meinem Schoß.

»Wie bitte?«, frage ich.

Er schaut mir in die Augen. »Du wirst nicht jünger. Du brauchst einen standesgemäßen Mann. Es wird Zeit für Enkel.«

Ich bin schockiert, ich kann gar nichts sagen, aber er erwartet auch keine Antwort. Stattdessen fährt er fort: »Deine Mutter und ich haben dir bereits drei Kandidaten ausgesucht. Sobald du in Chicago bist, wirst du ihre Bekanntschaft schließen, und dann darfst du wählen, wen du möchtest.«

Wie großzügig.

Hinter mir räuspert sich jemand und wie in Trance drehe ich mich um. Jace Monroe. Fuck.

Er hat gehört, was ihr Vater gesagt hat. Sie soll verschachert werden wie eine Zuchtstute. In ihm steigt Wut auf, weil dieser Mann eine Frau, noch dazu seine eigene Tochter, schlecht behandelt.

Auf einen Schlag ist vergessen, dass er sie fertigmachen wollte. Um ehrlich zu sein, war er auch nur wütend, als er das gegenüber Chrissa äußerte. Sobald er abgekühlt war, wurde ihm durchaus klar, dass es nicht ihre Schuld war, sondern seine. Weil er nicht vorbereitet war, weil der Mandant nicht gebrieft war, weil einfach gar nichts gepasst hatte. Die beiden anderen Fälle ... Da war sie zugegebenermaßen besser. Man kann ihr nicht vorwerfen, dass sie ihren Job macht. Genauso wie er. Er schämt sich zwar ein wenig für seine Niederlagen, doch wenn er so darüber nachdenkt, hat sie tatsächlich nichts falsch gemacht. Und er ... er sollte sich ein dickeres Fell zulegen. Man kann nicht immer gewinnen. Verlieren ist scheiße, aber davon geht die Welt nicht unter.

Als er sie hier sitzen sah, wollte er zu ihr gehen, sich bei ihr entschuldigen, und wurde dann unfreiwillig Zeuge dieses sehr verstörenden Gesprächs.

Der Blick des Eiskönigs richtet sich auf ihn. »Ja, bitte?«

»Guten Tag, Sir, Chrissa.« Er schenkt ihr ein warmes Lächeln, eines bei dem das Grübchen in seiner linken Wange erscheint, eines, das auch seine ausdrucksstarken Augen erreicht. Ihr Blick verfinstert sich ein wenig. Sie ist überrascht, kennt den netten Jace nicht. Wie denn auch? Bisher haben sie sich ja unter eher ungünstigen Umständen getroffen. Und er muss zugeben, dass es wohl mehr seine Schuld als ihre ist, dass ihr bisheriges Verhältnis so unterkühlt war. Dabei findet er sie ja schon ganz anziehend ... Sein Schwanz zuckt bei diesem Gedanken. Als sein Blick auf den Eiskönig fällt, ist das Zucken sehr schnell vorbei.

Er reicht ihrem Vater die Hand, die dieser schüttelt. »Ich bin Jace Monroe.«

Mr. Hawthornes Stirn legt sich in Falten. »Der

Bristwater-Fall?«

Er ist überrascht, dass er seinen Namen kennt, und nickt.

Er wird eine Spur zugewandter, als er sagt: »Nehmen Sie doch Platz, Jace. Darf ich Jace sagen?«

»Natürlich, Sir«, sagt Jace höflich und rückt sich den Stuhl zurecht. Chrissa schaut ihn fragend an, aber er kann das jetzt nicht erklären, nicht vor ihrem Vater und nicht, nachdem er den traurigen, ängstlichen Blick gesehen hat, den sie auf dem Gesicht hatte, als sie sich zu ihm umdrehte. Sie hat Angst vor ihrem eigenen Vater. Er spürt die Wut in sich hochkochen. Ihr Vater sollte der Mensch sein, dem sie am meisten vertraut, stattdessen will er sie an den Meistbietenden verkaufen.

Mr. Hawthorne verwickelt ihn in ein Gespräch über den Fall. Immer wieder schaut Jace zu Chrissa, die lustlos und in Gedanken versunken in ihrem Salat stochert. Er legt ihr die Hand aufs Knie und drückt leicht. Er hofft, dass die Geste als mitfühlend interpretiert wird und nicht als gruselig. Sie zuckt kurz zusammen, entspannt dann aber wieder. Bildet er es sich ein oder liegt Dankbarkeit in ihrem Blick?

Er will sie nicht allein lassen, weiß auch nicht, warum er plötzlich so einen Beschützerdrang entwickelt. Aber nach ein paar Minuten gibt es keinen Grund mehr für ihn, dazubleiben. Er muss sich verabschieden, alles andere würde als furchtbar unhöflich gelten. Er zieht vorsichtig eine Karte aus seiner Jackentasche, drückt sie auf Chrissas Bein und hofft, dass sie versteht, was er ihr damit sagen will. *Ruf mich an.*

Er verabschiedet sich, schaut Chrissa noch einmal eindringlich an, woraufhin sie unmerklich nickt.

»Schläfst du mit ihm?«, fragt mein Vater, sobald Jace gegangen ist.

Ich fühle mich vollkommen überrumpelt. »Nein, natürlich nicht, Daddy.« Wenn mir jemand anderes solche Fragen stellen würde, dann würde er mich kennenlernen. Aber bei meinem Vater ist es was anderes. Es ist pathetisch, aber ... ich kann mich nicht durchsetzen und alle *Bitchigkeit*, die ich besitze, verzieht sich in eine kleine Kammer, versteckt sich unter dem Bett und wartet darauf, wann sie wieder hervor kommen kann.

Er trinkt den letzten Schluck seines Scotchs. »Wenn du in der Gegend rumhurst, senkst du deinen Wert.«

Mein Kopf fährt zurück, als hätte er mich geschlagen. »Wie bitte?«

»Du hast mich verstanden. Ich dulde kein ausschweifendes Sexleben. Du heiratest, sobald du nach Chicago zurückkommst. Du wirst uns Enkel schenken, die den Namen Hawthorne weiterführen. Ich gebe dir bis Ende des Jahres Zeit. Im Januar erwarte ich dich in Chicago. Ohne Diskussion.« Er begleicht die Rechnung, steht auf und lässt mich sitzen.

Als ich mich nach ein Paar Minuten Starre wieder bewegen kann, laufe ich aus dem Restaurant. Klein und gebrochen. Kein bisschen *First Class Bitch*, eher *First Class Loser*. Ich will nicht aus New York weg. Warum konnte ich nicht die Kraft aufwenden, gegen ihn anzukämpfen? Ich habe mich schon einmal gewehrt. Oder war das der einzige kleine Funke Widerstand, den ich besessen habe, und nun ist er aufgebraucht?

In Gedanken verloren renne ich gegen eine harte Brust. Erschrocken schaue ich auf und sehe in Jace

Monroes grüne Augen, die mich besorgt anschauen. Seine Hände umfassen meine Oberarme, um mich vom Stürzen abzuhalten.

Sein Blick ist warm und offen und irgendwie so fürsorglich, dass ich mich zusammenreißen muss, um nicht loszuheulen. Aber ich will mir nicht noch mehr Blöße geben, als ich es heute ohnehin bereits getan habe.

»Alles okay?«, fragt er leise. Ich kann es genau hören. In seiner Stimme liegt Mitleid. Aber das will ich nicht, es steht mir nicht zu.

Ich spüre, wie die Mauern hochfahren, ich die Türen schließe, die Schotten dicht mache. »Alles okay«, bestätige ich.

»Kann ich irgendwas ...?«

»Nein, danke. Es ist alles okay.«

»Chrissa ...«, sagt er leise und es scheint, als würde er den Namen liebkosen. Wärme steigt in mir auf. Aber ich kann mir das nicht leisten. Er hat geschworen, mich fertigzumachen. Er hat kein Recht, mich jetzt mitleidig anzusehen. Ich will das nicht, ich kann das nicht. Er soll das lassen.

»Ich weiß nicht, was das hier soll«, sage ich. »Ich erinnere mich sehr gut an unser letztes Treffen und was Sie gesagt haben, Mr. Monroe. Ich warne Sie, mit mir spielt man nicht, sonst verbrennt man sich die Finger.« Ich funkel ihn an, bevor ich mich auf den Weg mache. *Ruhig, Chrissa,* sage ich mir selbst. Ich will kein Aufsehen erregen, will cool und gefasst wirken. Innerlich zerfließe ich. Vor Scham. Ausgerechnet Jace Monroe hat mitbekommen, wie mich mein Vater behandelt. Der beste Sex meines Lebens, immer noch, auch wenn jetzt böses Blut zwischen uns fließt. Aber ich kann seine Lippen auf meinen nicht vergessen. Seine Hände, die über meinen Körper fuhren, als würden sie ihn besitzen. Seine Augen, die mehr als nur Lust und Leidenschaft ausstrahlten. Es wirkte so ... ja, echt. Als hätten wir eine Chance auf mehr.

Er erkennt mich nicht mal. Ich war nur eine von vielen für ihn. Jahrelang machte ich mir selbst Vorwürfe, dass ich in den frühen Morgenstunden sein Bett verließ, weil ich plötzlich Angst bekam. Angst, weil es so intensiv war, obwohl wir nicht mal Namen ausgetauscht hatten. Angst, weil ich fühlte, dass ich bereit war, mein Leben für diesen Mann komplett umzukrempeln. Angst, weil ich mich selbst nicht mehr erkannte. Ich war immer zielstrebig, ließ mich nie ablenken, wollte meine Träume erfüllen. Und plötzlich fühlte es sich so an, als wären die alten Träume nicht mehr die neuen, als würde ich eine andere Richtung einschlagen, alles aufgeben, wofür ich so hart gearbeitet hatte. Das konnte ich nicht zulassen. Daher bin ich geflohen, bevor ich mir die Zeit nahm, darüber nachzudenken.

Ich steige in ein Taxi, fahre zurück ins Büro. Auf dem Weg grübel ich, wie ich es schaffen könnte, mich gegen meinen Vater zu stellen. Er jagt mir eine Scheißangst ein. Er hat mich nie geschlagen, mir nie physisch wehgetan. Aber ich habe immer das Gefühl, dass ich ihn enttäusche ... Und das ist zehnmal so schlimm wie jede Art der körperlichen Pein.

KAPITEL SECHS

Freitagabend steigt Jace in den Flieger nach San Francisco. Es ist an der Zeit, dass sich jemand um Nick kümmert. Dieser Jemand ist schon immer er gewesen. Der Kümmerer. Er hält die Gruppe zusammen, sorgt dafür, dass sie alle in Kontakt bleiben. Ihm haben sie ihre Probleme erzählt, ihn haben sie um Rat gefragt. Natürlich hat keiner je zugegeben, sich ausgeheult zu haben, manchmal sogar allzu wörtlich. Scherzhaft haben sie ihn *Mommy Jace* genannt. Natürlich ist Mike auf den Namen gekommen. Jeden anderen hätte er dafür verprügelt, aber nicht Mike. Seinen besten Kumpel.

Simon holt ihn vom Flughafen ab. Sie umarmen sich, ganz männlich natürlich.

»Alter«, grinst Jace.

Simon lacht. »Einmal im Jahr ist echt zu wenig.«

»Allerdings, aber was will man machen?«

Simon dirigiert ihn zu seinem Auto und fragt: »Wie

war der Flug?«

»Okay. Ich hab E-Mails beantwortet und Flüge nach Nassau gebucht.«

»Cool.«

»Wie geht's dir?«

Simon zuckt mit den Schultern. »Ganz okay. Die Firma läuft.«

Jace schaut ihn prüfend an. »Und privat?«

Simon streicht sich verlegen die Haare aus dem Gesicht. »Naja, ist alles nicht so einfach.«

»Sag mir nicht, du hast die böse Hexe aus dem Westen zurückgenommen!«

Simon schüttelt den Kopf. »Nein, sie kommt zwar regelmäßig angekrochen, will mich zurück, aber ich kann das einfach nicht mehr. Ich ... Sie hat mich gefickt, nicht im guten Sinne. Sie hat mich manipuliert und mit mir gespielt und ... Ich schäme mich, das zuzugeben, aber sie hat mich jahrelang verarscht. Ich habe euch nie alles erzählt, aber das ging seit Jahren so.«

Jace nickt. »So was habe ich mir schon gedacht.«

»Keiner mochte sie wirklich, alle haben sie nur meinetwegen toleriert, aber ...«

»Aber?«

Simon fährt sich über die Stirn. »Ich wünschte, irgendjemand hätte mir die Augen geöffnet, weil ich es allein offenbar nicht geschafft habe. Fuck.«

»Du hättest kein Wort von uns geglaubt. Das ist es doch. Liebe macht blind. Das passiert den Besten.«

Simon schaut ihn neugierig an. »Woher willst ausgerechnet du das wissen? Du hattest noch nie eine feste Freundin.«

Jace zuckt mit den Schultern. »Das mag sein, aber ich

habe euch jahrelang studiert.«

»Wie Affen?«

Jace lacht. »Wie besonders haarige Affen.«

»Scheiße, Mann, wir sind doch nicht behaarter als Affen. Außer Pete vielleicht«, scherzt Simon.

Jace grinst. »Ob er sich jemals die Haare schneiden lassen wird?«

Simon schüttelt den Kopf. »Glaub ich nicht.«

»Er braucht eine Frau.«

»Ganz eindeutig. Aber er ist immer noch von Liebeskummer zerfressen.«

»Fuck. Nick, Pete ... du. Vielleicht sollten wir eine Gruppentherapie anfangen.«

»Das kann auch nur von dir kommen, *Mommy Jace*«, lacht Simon laut auf.

»Fick dich selbst«, grummelt Jace.

»Ja, leider muss ich das momentan tun.«

Jace schaut ihn interessiert an. »Such dir doch eine Neue.«

Simon schüttelt den Kopf. »Mein Kopf ist noch nicht wieder frei. Zu viele Probleme, zu viel ... Fuck. Angst. Zu viel Angst.«

Jace nickt. »Danke, dass du ehrlich bist.«

Simon schaut zu ihm. »Zu dir Kummerkastentante kann man ja nur ehrlich sein.«

Jace schlägt ihm die Faust auf die Schulter.

»Autsch! Nicht an den Fahrer packen!«

Sie grinsen beide.

Simon biegt auf einen Parkplatz ein, der nichts Gutes für das dazugehörige Motel vermuten lässt.

»Fuck, Alter«, murmelt Jace. Er streicht sich durch die blonden Haare und schaut Simon ganz bekümmert an.

»Fuck.«

»Du drückst es eloquent aus«, meint Simon und steigt seufzend aus dem Wagen.

Sie gehen über die Betonwüste auf das heruntergekommene Gebäude zu. Jace klopft an die Tür eines abgeranzten Zimmers in diesem abgeranzten Motel. Die Farbe splittert von dem alten Holz, die Moskitonetze an den Fenstern sind eingerissen und die Scheiben beinahe blind vor lauter Schmutz.

Es ist Zimmer 126, das Schild mit den Zahlen hat ebenso bessere Zeiten gesehen wie der Rest der heruntergekommenen Anlage.

»Was?«, ertönt es von innen.

Jace schaut zu Simon und beide sehen erleichtert aus, weil Nick noch am Leben ist.

»Ich bin's«, antwortet Simon. Von drinnen ertönt Schlurfen und dann das Geräusch einer Kette, die gelöst wird. Die Tür quietscht, als er sie öffnet. Jace erschrickt, als er die absolute Hoffnungslosigkeit sieht, die sich in Nicks ganzem Äußerem manifestiert.

»Was willst du?«, grummelt er, bevor sein Blick auf Jace fällt.

Ein kleines Lächeln, überrascht, aber doch erfreut, flittert über sein Gesicht. »Fuck, Bro«, murmelt er und es sieht aus, als würde er jeden Augenblick in Tränen ausbrechen.

Jace hält ihm die Hand hin, die dieser umfasst, und zieht ihn dann in einer festen Umarmung an sich. Er klopft beinahe sanft auf seinen Rücken, aus Angst, er könnte ihn vollends aus den Latschen hauen. Nick löst sich und tritt zur Seite, um sie herein zu lassen. Der Teppich starrt vor Dreck, die Bettwäsche hat eindeutig auch schon bessere Tage erlebt.

Geschockt schüttelt Jace den Kopf, dann erscheint ein grimmiger, entschlossener Zug um seinen Mund. Er hat achtundvierzig Stunden, um das Elend zu fixen. Und er will verdammt sein, wenn er einem seiner besten Freunde, einem Mitglied seiner Familie, nicht beisteht.

Obwohl er fürchtet, sich etwas einzufangen, lässt er sich auf der Uralt-Couch nieder. Simon lehnt sich gegen den Schreibtisch. Nick setzt sich aufs ungemachte Bett. Verlegen fährt er sich mit der Hand durch die Haare.

Jace ist niemand, der um den heißen Brei herumredet, aber selbst er mit seiner sonst so großen Klappe weiß nicht, wie er beginnen soll. Er wusste, dass es Nick schlecht ging, wusste, dass er früher hätte eingreifen müssen, aber er hat es schleifen lassen. Hatte gehofft, dass Sy die Sache im Griff haben würde, aber er hat seine eigenen Probleme. Tricia, die Frau, die er so lange geliebt hat und die sein Herz gebrochen hat, immer und immer wieder. Jace ist die Kummerkastentante. Schon immer gewesen. Vielleicht liegt es daran, dass er selbst keine Familie hat, dass er umso mehr versucht, seine Freunde zusammenzuhalten, sie nicht zu verlieren.

Vielleicht war es sein Versuch, Kontrolle zu übernehmen, weil er so lange keinerlei Kontrolle über sein Leben hatte. Er ist kein Kontrollfreak per se – seine unordentliche Wohnung ist ein leuchtendes Argument dagegen –, aber er will sich in seinen Beziehungen sicher fühlen. Und da die einzige Beziehung, die er je hatte, die zu seinen Freunden ist, ist er eventuell ein wenig überbeschützend.

»Ich weiß«, sagt Nick plötzlich. Jace schaut ihn überrascht an und Nick fährt fort: »Ich weiß, wie das hier aussieht.«

»Wie sieht es denn aus?«, fragt Jace.

»Scheiße.«

Jace stützt seine Ellenbogen auf den Knien ab, lässt die Hände herunter baumeln. »Nick, ich will dich nicht herunterziehen, aber was zum Teufel ist geschehen? Das ist doch abgefuckt.«

Nick zuckt zusammen, als ob er ihn geschlagen hätte. »Ich weiß«, flüstert er erneut und seine Stimme klingt gebrochen.

Jace fährt sich frustriert über das Gesicht. »Ich will kein Arsch sein, aber Betty ist seit einem halben Jahr tot.«

Simon wirft ihm einen Blick zu, der ganz eindeutig sagt: ›So viel zum Thema sensibel sein‹. Aber manchmal nutzt es nichts, jemanden mit Samthandschuhen anzufassen. Und Nick scheint schon Jenseits von Gut und Böse zu sein.

»Ich weiß«, sagt Nick einfach nur wieder, besiegt, zerstört, am Ende.

»Betty hätte das nicht gewollt«, sagt Jace leise.

Nicks Blick ist voller Schmerz, als er aufsieht. »Ich weiß. Aber ...«

»Was aber?«, fragte Jace nach einer Weile, als klar ist, dass Nick von alleine nicht weiterreden wird.

Nick vergräbt sein Gesicht in den Händen. »Aber ich finde den Weg nicht mehr. Ich habe sie geliebt, J. Ich habe sie wirklich geliebt.«

Jace steht auf, setzt sich neben Nick, ignoriert das leichte Ekelgefühl, das aufkommt, als er die Laken in Nahaufnahme sieht. Er legt Nick die Hand auf die Schulter. »Ich weiß. Aber so kann es nicht weitergehen. In diesem Loch holst du dir noch irgendwas. Tuberkulose,

Cholera oder Syphilis. Und was ist das da?«, fragt er plötzlich und zeigt auf einen schwarzen Punkt. Hat der sich gerade bewegt?

Nick kratzt gedankenverloren an einem Stich auf seinem Arm. »Hm. Ich hatte schon die ganze Zeit das Gefühl, dass es hier Bettwanzen gibt.«

Jace steht auf. »Okay, das reicht. Du bleibst hier keine Sekunde länger.«

Nick schaut ihn traurig an. »Ich kann nirgendwo hin.«

»Doch, Nick. Du kannst zurück nach Hause. Ich habe Adam angerufen.« Jace ist unsicher, wie Nick die Information aufnehmen wird, dass er sich so sehr in sein Leben eingemischt und seinen besten Kumpel angerufen hat.

»Du hast was?«, fragt Nick wütend.

Jace hebt die Hände. »Komm schon, Nick. Wir alle machen uns Sorgen. Adam und seine Frau, Bettys Tochter, wie ich erfahren habe, ebenso. Sie wussten nicht einmal genau, wo du bist. Nur, dass du in Kalifornien bist. Er ist dein bester Freund. Sie ist deine Familie. Mann, du bist nicht alleine! Es gibt so viele Menschen in deinem Leben, denen du wichtig bist, die sich sorgen.«

»Ich brauche keine Hilfe«, zischt Nick aufgebracht. »Ich bin kein Sozialfall. Kein Projekt, das du fixen kannst.«

Jace fährt sich durch die Haare und blickt den kleineren Mann frustriert an. »Nick, das glaube ich auch nicht. Du bist weder ein Sozialfall noch ein Projekt. Wir sind Familie, da hilft man sich, unterst...«

»Was weißt du denn schon von Familie?«, knurrt Nick wütend.

Jace' Gesicht wird bleich und im gleichen Moment verlässt aller Kampf Nicks Ausdruck. Schon mischen sich

Schuldgefühle mit der Hoffnungslosigkeit und Verzweiflung in seinen Augen.

»Jace ...«, flüstert er, aber er schafft es nicht, weitere Worte zu sprechen.

»Du irrst dich«, sagt Jace ruhig. »Ich weiß, was eine Familie ist. Ich weiß, dass sie das Wichtigste im Leben ist. Und willst du wissen, woher ich das weiß?« Er macht eine Kunstpause, um das nächste besonders einsinken zu lassen. »Ich weiß das, weil ich euch habe. Ihr seid meine Familie. Ich mag keine Blutsverwandten haben, aber das ist egal. Manchmal ist es nicht Genetik, die zählt, sondern es sind die Dinge, die man miteinander erlebt hat. Und unsere gemeinsame Geschichte hat uns zu Brüdern gemacht.« Er blickt Nick fest in die Augen. »Und deswegen packst du jetzt deinen Scheiß und verlässt dieses Wanzen infizierte Rattennest.«

Nick blinzelt einmal, zweimal. Dann beginnt er langsam zu nicken, unsicher, aber doch zustimmend. »Aber ...«

»Kein aber«, wirft Simon ein, der die Unterhaltung bis dahin interessiert verfolgt hat. Dass er kein Popcorn bestellt hat, ist schon alles. »Ich habe ein Gästezimmer, das ich dir schon hundertmal angeboten habe. Keine Widerrede mehr.«

Langsam steht Nick auf, öffnet seinen Schrank und wirft seine paar Klamotten in eine alte Tasche. Jace und Simon atmen erleichtert auf. Der erste Schritt ist schon mal getan, obwohl der sture Zug um Nicks Mund verrät, dass es nur ein kleiner Sieg war und er nicht nach Charleston zurückkehren wird. *Noch nicht*, denkt Jace, der ebenso stur sein kann.

Ich treffe mich mit Lila in einem Club. Kaum sieht sie mich, fängt sie auch schon an, über ihre Hochzeit zu reden. Ich möchte mir am liebsten die Augen ausstechen, um dieses Zugunglück nicht mehr sehen zu müssen. Oder ihr. Oder sie irgendwie aus ihrer Illusion befreien, dass Trevor *es* für sie ist. Bluten meine Ohren schon?

Ich weiß nicht, wie andere Frauen es schaffen, sich monate- und manchmal jahrelang für Hochzeiten zu interessieren. Mich interessiert die Schriftart nicht, die sie für Platzkarten verwenden will. Auch die Farbe der *Wedding Favors* ist mir herzlich egal. Ich kann es nicht ändern, aber ich vergehe vor Langeweile, als Lila mir von verschiedenen Dekoideen für ihre Tische erzählt oder dass ihre Ringe aus Platin bestehen.

Macht mich das zu einem schlechten Menschen oder nur zu einer schlechten ersten Brautjungfer?

»Und es wird hundert weiße Tauben geben ...«

Ich schütte meinen Drink in mich und signalisiere dem Barkeeper, dass ich noch einen brauche. Schnell.

Eines muss man ihr lassen. Sie ist in keiner Weise von meinen ablehnenden Gesten und meinem unfreundlichen Verhalten beeindruckt. Nein, sie plappert einfach weiter.

»Trevors Mutter besteht auf Rosen, aber mein Fall waren sie noch nie ...«

Wie lang kann eine einzelne Person über eine einzige Hochzeit reden? Es gibt so viele tolle Themen. Relativitätstheorie, tektonische Verschiebungen, *fuck*, das Liebesleben des Wattwurms ... Aber nein. Hochzeit. Und das mit mir. Der unromantischsten Person, die jemals auf dieser schönen Erde gewandelt ist.

»Wir haben uns jetzt gegen ein Buffet entschieden ...«

Ich kippe meinen zweiten Drink hinunter. Das ist

schlimmer als jede Folter. Lila in einem mittelalterlichen Verlies und die Tortur wäre perfekt. Chinesische Wasserfolter, Waterboarding ... Nein, Lila würde jeden Staatsfeind in die Unterwerfung zwingen. Ach was, ganze Heere würden freiwillig die Waffen niederlegen, nur um dieser Pein zu entgehen.

»Und dann dachte ich, wir könnten unsere Hochzeit in einem Swingerclub feiern ...«

Was? Ich verschlucke mich an meinem dritten Martini, den der hilfsbereite Barkeeper mit einem knieerweichenden Lächeln vor mich gestellt hat.

»Was?«, frage ich, als meine Atemwege wieder frei sind.

Lila grinst mich frech an. »Ich hatte gehofft, dass dich das aus deiner Lethargie reißt.«

»Du bist ein Monster«, sage ich indigniert.

Sie lacht auf. »Komm schon! Du bist meine beste Freundin. Ist es zu viel erwartet, dass ich diese aufregende Zeit in meinem Leben mit dir teilen will?«

Ein wenig schuldbewusst schüttel ich den Kopf. »Nein, Lila. Verzeih. Ich bin nur nicht der Typ für Herzchen und Blümchen.«

Lila nickt verständnisvoll. »Okay. Lässt du dich heute Nacht von dem Barkeeper flachlegen?«

Ein Lächeln erscheint langsam auf meinem Gesicht. Ich hebe mein Glas und ihres stößt dagegen. »Jetzt verstehen wir uns«, sage ich mit einem zufriedenen Grinsen.

Sie lacht. »Das werde ich vermissen.«

»Barkeeper abzuschleppen?«

Sie schüttelt den Kopf. »Den ersten Sex mit einer neuen Person. Die Aufregung, bevor man weiß, ob er gut oder schlecht im Bett ist. Die Schmetterlinge vor dem ersten Kuss. Die Lust, die sich tief in deinem Inneren bildet und dann in jede Faser deines Körpers eindringt, sich zwischen deinen Beinen sammelt.«

Ich starre sie an. »Süße, wenn du keine Lust mehr mit Trevor empfindest, solltest du vielleicht abhauen statt ihn zu heiraten.«

Sie lacht laut auf und gibt mir einen Klaps auf den Arm. »Du weißt genau, dass ich das nicht meinte.«

Ich grinse und schlinge den Arm um sie. »Ich werde meinen *Wingman* vermissen! Gott, Lila. Wir haben so viel miteinander erlebt, so viele Typen flachgelegt, und jetzt ... jetzt lässt du mich alleine, indem du heiratest.«

»Awww«, macht sie und drückt mich. »Glaub mir, irgendwann findest du auch jemanden wie Trevor.«

Ich stecke mir den Finger in den Mund und mache Würgegeräusche. Sie stößt mir den Ellenbogen in die Rippen. Wir lachen beide.

»Ehrlich, Lila. Wenn du mit Trevor glücklich bist, dann bin ich es auch. Er ist zwar nicht der Typ Mann, den ich mir für dich vorgestellt hatte, aber das ist vollkommen egal, wenn du ihn liebst und er der Eine für dich ist.«

Sie nickt ernsthaft. »Er ist es, Chrissa. Er ist es.«

Ich nicke und lächel sie an. Ich glaub ihr kein einziges Wort.

Zwei Stunden später ist Lila bei ihrem langweiligen Verlobten und ich sitze an der Bar und flirte ernsthaft mit dem sexy Barkeeper. Allerdings bin ich mir nicht sicher, ob er wirklich so sexy ist oder ich ihn mir schön getrunken habe mit den sechs Martinis, die ihren Weg in mich gefunden haben.

Marco, so heißt er, beugt sich zu mir, streicht mit den Handrücken über meine Arme und flüstert: »Gehen wir zu dir oder zu mir?«

Ich hab den ganzen Abend auf diese Frage hingearbeitet, aber nun ... Irgendwie fühlt es sich nicht mehr an wie das, was ich will. Ich versuche Abstand zu gewinnen und mein Blick wandert durch die Bar. Ich stocke, als ich breite Schultern und einen Blondschopf entdecke. Einen Moment glaube ich, dass es Jace ist.

Ich habe mir seit unserer Begegnung nicht erlaubt, weiter über ihn nachzudenken, weil ich weiß, dass es mich wieder genauso aus der Bahn geworfen hätte wie damals ...

»Hey«, raunt eine tiefe Stimme in mein Ohr.

Ich drehe mich zu ihr um, schaue nach oben und sehe küssenswerte Lippen, die zu einem gleichzeitig charmanten und frechen Lächeln geformt sind. Seine Zähne sind gerade und hell, seine Lippen haben eine schöne Färbung. Mein Blick wandert höher, fällt auf eine gerade Nase und schöne grüne Augen, die vor Übermut funkeln. Dieser Mann hat es faustdick hinter den Ohren, das ist klar. Er trägt seine blonden Haare kurz, aber nicht militärisch kurz, sexy kurz. Sein Gesicht ist markant, männlich. Er sieht heiß aus und er weiß es. Ein leicht großspuriger Zug ist zu erkennen, aber das ist nicht abturnend, ganz im Gegenteil. Sein Grinsen ist ein wenig selbstgefällig. Nicht zu viel, nur so, dass er zum Niederknien aussieht.

»Hey«, sage ich und schenke ihm mein bestes Lächeln.

Ich kann sehen, dass es ihn nicht kalt lässt. Er schluckt ein wenig nervös und ich fühle mich bestärkt. Dieser unglaublich gutaussehende Mann findet mich anziehend. Ich habe nie gewusst, dass ich einen solchen Effekt auf einen Mann haben kann. Versteht mich nicht falsch, ich bin keine Frau, die ihr Licht unter den Scheffel stellt. Ich weiß, dass ich gut aussehe, auch wenn ich vielleicht nicht wie das Playmate des Jahres gebaut bin, aber mein Gesicht ist schön. Und doch gibt es einen Unterschied zwischen gut aussehend und atemberaubend und er ... er ist eindeutig letzteres.

Ich lasse meinen Blick an ihm herunter wandern. Bears Trikot, verwaschene Jeans, die an strategischen Stellen gerissen sind. Er ist schlank, man kann Muskeln unter der Kleidung erahnen, aber nicht übermäßig, sodass er stark aussieht, aber nicht gleich wie Hulk die Klamotten sprengt.

»Möchtest du was trinken?«, fragt er und ich nicke.

Statt mir was Neues zu holen, reicht er mir seine Bierflasche. Ich grinse, als ich einen Schluck trinke. Meine Lippen pressen sich gegen die Stelle, an der seine schon waren. Ein berauschendes Gefühl. Sein Blick ist auf meinen Mund fixiert. Seine Zunge leckt kurz über seine Lippen und ich starre. Gott, ist das sexy.

Mein Körper beginnt zu kribbeln, will seine Zunge spüren.

»Hmmh?«, frage ich, als mir klar wird, dass er mich etwas gefragt hat.

Er grinst. »Lass uns gehen.«

Eigentlich bin ich nicht der Typ, der nach zwei Worten mit jemandem mitgeht, aber ich ergreife seine ausgestreckte Hand und folge ihm. Offensichtlich bin ich doch genau der Typ, wenn man mir einen Anreiz gibt.

Wir fahren in sein Hotel und er schafft es, mich ungesehen in sein Zimmer mitzunehmen. Kaum ist die Tür hinter uns geschlossen, werde ich gegen diese gepresst. Seine Lippen finden meine. Ich schmelze gegen ihn, als sein Mund sich gegen meinen bewegt. Seine Zunge klopft an und ich lasse sie ein. Es ist wie ein elektrischer Schlag, als sich unsere Zungen zum ersten Mal berühren. Er ist gleichzeitig forsch und abwartend, als wolle er prüfen, ob ich das alles auch ebenso will.

Meine Finger vergraben sich in seinen Haaren und ich ziehe ihn enger an mich, lasse keinen Zweifel daran, dass es mich unglaublich anturnt, ihn zu küssen.

Er versteht. Seine Hand fährt an meiner Seite entlang bis zu meinem Oberschenkel. Er schließt sie um mein Bein und zieht es hoch, wickelt es um seine Hüfte und tritt dann den entscheidenden Zentimeter näher. Sein Ständer drückt so wunderbar gegen mich. Ich presse mein Becken gegen ihn, will mehr Reibung, mehr Druck, mehr von ihm. So viel mehr. Ich stöhne leise in seinen Mund und spüre das Lächeln, das an seinen Lippen zieht.

Er intensiviert seinen Kuss und reibt sein Becken an mir, trifft immer und immer wieder auf diesen Punkt, der mich dazu bringt, in seinen Armen zu vergehen. Seine Lippen wandern meinen Kiefer entlang, hauchen kleine Küsse auf meine erhitzte Haut. Mit einem kleinen Lustlaut drehe ich meinen Kopf zur Seite, gebe ihm mehr Raum. Er nimmt die Einladung sofort an, knabbert, saugt, küsst und leckt an meinem Hals. Sein Mund findet den Sweet Spot *unterhalb meines Ohrläppchens, der mich dazu bringt, unter seinen Liebkosungen zu erschauern. Ich spüre, wie die Lust durch meinen Körper strömt, fühle die Feuchtigkeit, die sich zwischen meinen Beinen bildet.*

Er grinst, als er mein Verlangen erkennt, weiß, dass er mich hat. Seine Hände fahren unter mein Oberteil und schieben es langsam nach oben. Seine Finger treffen auf meine nackte Haut und streichen neckend über meine schmale Taille, meinen flachen Bauch, wandern weiter nach oben. Seine Daumen berühren die Unterseite meiner bescheidenen Oberweite. Meine Nippel werden sofort steif, drängen gegen den Stoff meines BHs. Meine Finger drücken sich in seine Schultern.

Er umfasst meinen Busen, streicht sanft über meine Nippel. Eine Liebkosung, die sofort zwischen meinen Beinen zu spüren ist und das kleine Nervenbündel zum Pochen bringt. Gott, mein Körper will diesen Mann! Ich *will diesen Mann!*

Ich dränge meine Brüste in seine Hände, wölbe mich gegen ihn, will jeden Kontakt, jede Berührung, die er mir gibt, auskosten. Mit einer beinahe ungeduldigen Bewegung zieht er mir mein Oberteil aus und lässt es achtlos zu Boden fallen. Seine Lippen küssen sich in Lichtgeschwindigkeit zur Wölbung meines Busens, küssen und necken mich. Ich spüre seine Zunge, die eine heiße, feuchte Spur auf meiner Haut hinterlässt. Ich fühle seine weichen Lippen, die hungrig meinen Körper erforschen.

Ich lasse meine Hände seinen Rücken entlang wandern und schiebe sie unter den Saum seines Shirts. Ich streiche über seine samtige Haut, die über festen Muskeln liegt. Er bekommt Gänsehaut und ich grinse, erfreut über diesen Effekt, den ich auf ihn habe.

Er spürt die Bewegung in meinem Brustkorb und schaut auf. Sein Blick ist feurig und vor Lust verhangen. Humor blitzt kurz in seinen Augen auf, als er meine Freude sieht. Er grinst mich an, bevor er sich wieder meinen Brüsten zuwendet.

Er öffnet meinen BH und saugt einen Nippel ein. Ich keuche auf.

»Deine Titten schmecken so süß«, murmelt er, während ich mich bemühe, sein Shirt über seinen Kopf zu ziehen. »Ich frage mich, ob du überall so süß bist.« Seine Stimme ist rau und mit Verlangen durchwoben.

Ich zerre den Stoff von seinem Körper und mit einem Geräusch des Bedauerns lässt er kurz von mir ab, nur um sich sofort wieder meinem Busen zu widmen, als die letzte Barriere zwischen unseren Oberkörpern beseitigt ist. Die Hingabe, mit der er meine kleinen Brüste liebkost, ist wie Balsam auf meiner Seele. Denn auch, wenn ich eigentlich kein Problem mit meinem Körper habe, hilft es doch ungemein, wenn ein heißer Typ meinen kleinen Makel mit solcher Leidenschaft beglückt.

Ich küsse seine Schultern, lecke an der Muschel seines Ohrs, aber es reicht nicht. Ich greife in seine Haare, ziehe seinen Mund zu meinem und küsse ihn stürmisch.

Seine Arme umfangen mich, halten mich, während wir, ohne uns in irgendeiner Form zurückzuhalten, miteinander knutschen. Ich verstecke mich nicht, mein Herz, meine Seele ist geöffnet, auch wenn es mich verletzlich macht. Aber irgendwie ... Hm ... Irgendwie kann ich ihm nicht nicht *alles geben, auch wenn es total verrückt ist.*

Ich schlinge mein zweites Bein um ihn. Seine Hand umschließt meinen Hintern, zieht mich enger an ihn.

Er löst uns von der Tür und trägt mich zum Bett. Ich presse meine Brüste gegen ihn und seine straffe Brust reibt so wunderbar gegen meinen Nippel, dass ich alleine davon kommen könnte. Er bettet mich beinahe fürsorglich auf die Matratze, lächelt mich an, küsst mich zärtlich, bevor er meinen Körper hinabküsst, einen Moment bei meinen Brüsten verweilt, bevor seine Lippen über die Haut meines Bauchs streichen. Ich greife in die Laken, bereite mich vor auf das, was kommt.

Er öffnet meine Hose, den Knopf, den Reißverschluss. Seine Finger tanzen federleicht über die Haut, die er freilegt, und sein Mund folgt dem Weg.

Sein Atem fliegt über den feuchten Stoff meines Höschens, als er meine Hose langsam meine Oberschenkel hinunter zieht. Seine Augen suchen meine, und als wir einander anschauen, versenkt mich die Hitze in seinem Blick beinahe. Es ist nicht nur Lust, die mir entgegenschlägt, auch etwas anderes. Etwas, was ich selbst auch spüre, aber den Finger nicht exakt darauf legen kann.

Mit einem heißen Schmunzeln senkt er seine Lippen auf meine Klit und küsst mich leicht. Ich erzittere und wölbe mich gegen ihn. Er zieht den Bund meines Höschens runter. Er küsst die Haut mit offenen Lippen. Sein heißer Mund wandert tiefer, je mehr Haut seine Finger freilegen.

Mit einem Ruck befreit er mich von jeglichem Stoff. Der

Moment ist so intensiv, dennoch muss ich grinsen und höre auch seine amüsierten Laute.

»Lachst du mich aus, Baby?«, fragt er belustigt. Seine Zunge schnellt hervor und berührt kurz meine Klit.

Statt einer kohärenten Antwort kommt nur ein Stöhnen über meine Lippen. Zufrieden stellt er meine Knie auf und legt sich in Position. Seine Fingerspitzen streichen sanft über meine Schamlippen, bringen mich zum Beben. Er atmet schneller ein und aus. Ich habe einen ähnlichen Effekt auf ihn wie er auf mich. Und das fühlt sich gut an!

Ich spüre die warme Feuchtigkeit seines Atems. Er haucht sanft gegen mich und es kribbelt überall. Ich muss mich beherrschen, um nicht wie ein Pornosternchen loszustöhnen. Meine Finger wandern über meinen Körper zu seinem Kopf, legen sich locker um diesen. Ich würde sie in seinen Haaren vergraben, aber dafür sind sie zu kurz.

Und dann, dann trifft seine Zunge auf meine Haut. Er leckt zärtlich an meinen Schamlippen, liebkost sie, küsst sie. Als ich seine Zähne spüre, wölbe ich mich von der Matratze und öffne den Mund zu einem stummen Schrei. Gott, dieser Kerl hat es drauf, die Vorfreude zu schüren.

Meine Finger drücken sich nun in seine Haut, meine Oberschenkel drücken sich gegen seinen Kopf, selbst wenn es ihm unangenehm ist, lässt er es mich nicht merken. Seine Zunge leckt einmal komplett über mich und ich stöhne so laut auf, dass es mir beinahe peinlich ist. Er grummelt zufrieden.

»Halt dich nicht zurück, Baby. Ich will dich schreien hören«, sagt er, bevor er seine Zunge in mich steckt. Und dann ist es vorbei. Ich kann mich nicht mehr zurückhalten und stöhne und schreie leise. Es ... es ist so gut! So unglaublich gut!

Seine Finger finden den Weg in mich. Zwei Finger, die er in mir verschränkt und dann gegen die vordere Scheidenwand drückt.

Gott! In mir krampft sich alles zusammen, als er auf Anhieb meinen G-Punkt findet. Er grinst, bevor seine Lippen sich um meine Klit schließen und er so fest an mir saugt, dass ich beinahe von der Matratze gehoben werde. Na gut, vielleicht bin ich es auch selbst, weil ich mich ihm so stark entgegen wölbe. Aber wirklich, es ist einfach zu gut, um nur dazuliegen.

»Nicht aufhören«, murmel ich immer wieder, während mein Körper unter seinen Berührungen zuckt. Schneller und schneller stößt er seine Finger in mich, findet immer wieder diesen Punkt, der mich total ausrasten lässt. Zusätzlich zu seinem Mund, der mir wahre Freuden schenkt, bringt er mich schneller als jemals jemand zuvor zum Point of no return. *In Sekundenschnelle stehe ich an der Klippe. Als er seine Zungenspitze auf diesen Punkt direkt neben meiner Klit drückt, ist es, als würde er den Startknopf drücken.*

In mir zieht sich alles zusammen, jeder einzelne Muskel ist kontrahiert, jede Faser steht unter Strom, jede Zelle ist entflammt. Es ist so intensiv, dass mir Tränen die Wangen runterlaufen, nicht nur einzelne, sondern wahre Ströme. Wenn mich in diesem Moment etwas anderes als meine Lust interessieren würde, wäre es mir unangenehm, so aber ... so ist mir alles egal. Außer, dass ich seinen Kopf zwischen meinen Beinen halte und ihn anflehe, noch nicht von mir abzulassen, sondern mir zu helfen, die Woge der Lust bis zum Ende zu reiten. Gott, er ist ein Gott.

Nie, nie zuvor habe ich gewusst, dass ein Orgasmus so sein kann. So magisch, so explosiv, so dermaßen intensiv, dass man gar nicht weiß, wohin mit seinen Gefühlen.

Als ich wieder runterkomme, löse ich meine Hände von ihm und er kann seinen Kopf wieder heben. Er kommt zu mir nach oben und streicht sanft meine Tränen von den Wangen. Er küsst mich zärtlich auf den Mund, bevor er mich anlächelt, ein bisschen stolz, ein bisschen unsicher.

»Alles okay, Baby?«, flüstert er heiser.

Ich nicke und schlinge meine Arme um seinen Hals. »Mehr als okay.«

Ich ziehe ihn zu mir und küsse ihn leidenschaftlich. Mein Geschmack auf seiner Zunge turnt mich zusätzlich an. Hm. Ich könnte ihn ewig küssen. Immer und ewig.

Meine Hände wandern zwischen uns, lösen den Knopf seiner Jeans, ziehen den Zipper runter. Er stöhnt leise, als ich seinen Schwanz berühre. Ich lasse meine Finger in seine Hose gleiten, bin einen Moment überrascht, dass ich ihn sofort fühle, ohne noch eine Lage Stoff dazwischen zu haben. Ich grinse gegen seine Lippen, als ich ihn mit der Hand umschließe und quälend langsam an ihm auf und ab streiche.

»Ich will dich«, flüstere ich in seinen Mund. Er knurrt leise, während er hektisch beginnt, seine Hose runterzuzerren. Als er nackt auf mir liegt, schlinge ich meine Beine um ihn. Er fasst zwischen uns und dirigiert seinen Schwanz in mich. Ich stöhne leise auf. Irgendwo in meinem Hinterkopf wirbelt die Notiz herum, dass es nicht so klug ist, mit jemandem ohne Gummi zu schlafen, aber ich verdränge sie einfach. Es fühlt sich gut an.

Er dringt vorsichtig in mich ein, gibt mir Zeit, mich an sich zu gewöhnen. Und das ist auch gut so! Er ist groß, größer als jeder andere, den ich bisher hatte. Er dehnt mich mit jedem Zentimeter, den er sich tiefer schiebt. Ich stöhne leise. Meine Fingerspitzen drücken sich in die samtige Haut an seinem Rücken. Er schaut mir in die Augen, ich kann die Feuchtigkeit seines Atems auf meinen Lippen spüren. Wir saugen die Luft im gleichen schnellen Takt ein. Er gibt so wunderbare Laute von sich, halb Knurren, halb Stöhnen. Seine Stimme ist so dunkel, dass mir jedes Mal ein kleiner Schauer über den Rücken läuft.

Aber das Beste ist sein Blick, der meinen gefangen nimmt, seine Augen, die gefüllt sind mit Emotionen und Gedanken und Lust und ... ach, so vielen Dingen, die mir ein angenehmes Kribbeln über den Körper jagen. Ich sehe, dass man in diesen Augen alles erkennen kann, jede Gefühlsregung, jede Idee, die durch seinen Kopf schießt, jedes Wort, das er dir liebevoll zuflüstern will.

Mit einem letzten leisen Keuchen spüre ich, dass er in mir ist. Es zieht ein wenig und er bleibt ruhig in mir. Er stützt sich auf seinen Ellenbogen ab, um mich nicht zu zerquetschen. Seine Hände streicheln über mich, machen sich mit mir vertraut.

»Alles okay, Baby?«, fragt er leise, bevor er meine Lippen so unglaublich zärtlich küsst, dass mir schon wieder eine kleine Träne über das Gesicht läuft.

Ich nicke. »Ja, alles okay. Gib mir noch einen Moment.«

Seine Lippen senken sich auf meine. Er lässt seine Zähne über meine Unterlippe fahren, bevor er vorsichtig an ihr knabbert. Alles in mir zieht sich zusammen, Gänsehaut bildet sich auf jedem Fleckchen meines Körpers.

Er stöhnt leise auf, als sich meine Muskeln um ihn verkrampfen. Er lächelt mich an, bevor er langsam beginnt, sich in mir zu bewegen.

Gott, es ist ... es ist ... es ist so gut! Ich ziehe meine Beine an, umarme ihn, fahre die Muskeln auf seinem Rücken mit den Fingerspitzen nach. Seine Hände sind auf mir, streicheln mich, liebkosen mich. Nie zuvor habe ich mich so wichtig gefühlt, habe nie zuvor gedacht, dass mich jemand mal wie kostbares Gut behandeln würde, aber jede seiner Berührungen drückt genau das aus. Dass ich wichtig bin und kostbar und einzigartig. Und dass das, was wir hier haben, etwas Besonderes ist, nicht nur Sex, sondern so viel mehr.

Er senkt den Kopf, küsst sich meinen Hals entlang, drückt seine Lippen in die kleine Kuhle, leckt einen Schweißtropfen auf, der sich gebildet hat. Sein Mund wandert hinab, erreicht die zarte Rundung meines Busens, bedeckt ihn mit Küssen. Seine Zunge fährt in immer kleiner werdenden Kreisen um meine Brustwarze, die sich immer weiter zusammenzieht. Und dann, dann saugt er sie in seinen

Mund, verwöhnt sie mit Küssen und lässt seine Zunge um sie herumspielen. Ich drücke den Rücken durch, wölbe mich gegen ihn, erhoffe mir mehr, so viel mehr von ihm.

Sein Mund wandert auf die andere Seite und kaum lässt er meine nasse Brustwarze zurück, auf die sofort kalte Luft trifft, fühle ich mich verloren und einsam, so als wäre es nur natürlich, dass mein Nippel in seinem Mund ist. Aber dann bedenkt er die andere Seite mit eben solchen Liebkosungen und ich schwebe erneut in meinem privaten kleinen Himmel, in dem es nur uns beide gibt.

»Bist du so weit?«, fragt er und ich schüttel den Kopf.

Er verlagert sein Gewicht auf einen Arm und streichelt sanft über meine Haut, macht an signifikanten Stellen Halt, bevor seine Finger zwischen uns wandern. Er berührt die Stelle, an der wir verbunden sind, und ich spüre einen leichten Druck als er mit der Fingerspitze kurz eintaucht. Dann fährt er mit dem nun feuchten Finger um meine Klit, spiegelt die Bewegungen seiner Zunge um meine Brustwarze, kommt immer näher und näher. Und dann drückt er seinen Finger genau an die Stelle, die mich zum Beben bringt. Gott, fühlt sich das gut an!

Immer und immer wieder findet er diesen Punkt und gemeinsam mit seinen Stößen in mich bringt mich diese Mischung schnell an den Rand. Ich spüre, wie mein Orgasmus sich aufbaut, schneller und schneller. Ich stehe oben an der Klippe und spüre den Sog, der mich in die Spirale der Lust ziehen will.

Und dann ist es ein Biss in meine Lippe, der mich zum Fliegen bringt. Ich stöhne laut in seinen Mund, kralle meine Finger in seine Schultern, wölbe mich gegen ihn, versuche ihm in diesem intimen Moment näher zu sein. In diesem Augenblick wird alles plötzlich deutlich und gleichzeitig unscharf. Ich werde hin und her geworfen von einer Vielzahl an Gefühlen und Empfindungen. Alles so intensiv und gleichzeitig fühle ich mich ... traurig. Als wüsste ich schon jetzt, dass dies einmalig ist. Als wüsste ich schon jetzt, dass dies keine

Zukunft hat. Als wüsste ich schon jetzt, dass ich das Beste aufgeben muss, was mir je passiert ist.

Ich beiße mir auf die Lippe, während mein Kopf in den Nacken fliegt, meine Augen sich vor Lust verdrehen und ich meine Leidenschaft herausschreie. Noch ein Stoß und ein zweiter und er kommt ebenfalls. Tief in mir vergraben wird er still und nach einem weiteren Atemzug dreht er sich auf die Seite, nimmt mich mit, bleibt mit mir verbunden.

»Wow«, sagt er leise und schaut mir tief in die Augen.

»Wow«, hauche ich. Dieser Moment ist so unglaublich intim, dass ich wegschauen will, weil ich mich entblößt fühle, nicht mein Körper, sondern meine Seele. Aber ich kann nicht. Sein Blick hält meinen gefangen, schaut tief in mich, sieht meine Ängste und Schwächen und die Verletzungen, die mir zugefügt wurden. Und ich, ich sehe auch all das in seinen Augen. Wir beide geben ein Stück von uns preis. Ich kann nicht für ihn sprechen, aber für mich ist klar, dass ich ihm mit diesem Blick Dinge anvertraue, die ich noch nie jemandem gezeigt habe. Und doch … doch fühlt es sich richtig an, mich in diesem Augenblick mit ihm verwundbar zu machen.

Drei Stunden später allerdings, als er ruhig neben mir schläft und jeder Selbstzweifel, der je in mir gepflanzt wurde, die Chance ergreift, gehört zu werden, fühlt es sich nicht mehr richtig an. Sondern verdammt fürchterlich.

Langsam, Zentimeter für Zentimeter, krieche ich aus dem Bett, suche meine Sachen zusammen und fliehe. Ohne seinen Namen zu kennen, ohne seine Nummer zu haben, ohne irgendeine Spur zu hinterlassen. Nichts. Ich will nicht gefunden werden. Oder vielleicht schon! Aber ich habe Angst, so viel Angst wie noch nie in meinem Leben. Nichts lehrt einen so sehr das Fürchten, wie sich einer anderen Person zu offenbaren, ihr einen kleinen Teil deiner Seele in die Hände zu legen und darauf vertrauen zu müssen, dass sie gut acht gibt.

Und ich ... ja, ich habe diese Prüfung nicht bestanden. Ich bin gerannt, statt mutig zu sein und den Stier bei den Hörnern zu packen.

Gott, ich hab damals alles falsch gemacht. Wieso war ich nur so feige und bin abgehauen? Ich weiß, ich weiß, es hört sich komisch an, dass wir uns so verbunden haben, dass es mehr als nur Sex war, wenn es doch so offensichtlich nur Sex war. Aber ... Gott, ich habe da was gespürt. Etwas, das über alles hinausging, was ich je zuvor gespürt habe. Und wenn ich ehrlich bin, was ich auch nie wieder gefühlt habe.

War das mein einer Versuch? Meine eine Chance auf die große Liebe? Und wie grausam, dass ich ihn jetzt wieder treffe, als wollte mir das Schicksal unter die Nase reiben, was ich damals verpasst habe. *Ätschi-bätschi, alles deine Schuld. Du hättest diesen Mann haben können, aber du bist weggerannt. Jetzt gehört sein knackiger Hintern einer anderen.* Ich hoffe, ich sehe ihn niemals mit seiner Freundin oder Frau. Das könnte ich nicht ertragen. Wirklich nicht.

Ich könnte es nicht ertragen zu sehen, dass er einer anderen gehört, wo er doch in meiner Fantasie und in meinen Gedanken immer nur mir gehörte. Und – als wollte das Schicksal noch eine Schippe oben drauf setzen – hasst er mich nun und will mich fertigmachen. Den netten Akt beim Mittagessen kaufe ich ihm nicht ab. Nicht eine Sekunde. Das war nur Teil seines Plans.

Mein Körper schreit mich an, ich solle nicht so bescheuert sein und zu ihm laufen, mich ausziehen und rufen ›Nimm mich, Jace Monroe, deine einzig wahre Liebe‹. Mein Herz stimmt freudig mit ein, während mein Verstand sich die Hand vor die Stirn haut und ausspeit:

›Bin ich denn nur von hormongesteuerten Idioten umgeben?‹

Ich sitze an der Bar, traurig und allein, bin wieder einmal aus der Spur geworfen worden, nur dieses Mal kann ich diesem Aus-der-Spur-Werfer einen Namen geben. Jace Monroe.

»Was ist jetzt?«, fragt da Marco.

Ja, was ist jetzt? Sex, um die Frustration abzubauen, dass ich vielleicht nie die große Liebe finde? Hm. Hört sich nicht so verlockend an, oder? Ich glaube, ich bin heute einfach nicht mehr in Stimmung. Ich schüttel den Kopf, lege ein paar Scheine auf den Tisch und mache mich davon. Lieber mit meinen beiden liebsten Jungs auf der Couch als mit jemandem im Bett, während ich nur an *ihn* denke. Gott, beginnt das jetzt alles wieder von vorn?

Ich nehme mir ein Taxi, fahre nach Hause. Als ich mit meinem Eis auf dem Sofa sitze, kommt mir ein Gedanke. Wieso mache ich mich hier eigentlich so fertig, während dieser Arsch sich nicht einmal mehr an mich erinnert? Auf seinem Gesicht war keine Sekunde ein Erinnern zu sehen. Nicht mal eine Millisekunde. Ich tue hier seit Jahren so, als hätten wir beide was ganz Besonderes gehabt, aber Pustekuchen! Ich habe mir nur etwas eingebildet, für ihn war das ein schneller Fick und ab zur nächsten. *Gott, wie kann man nur so dämlich sein, Chrissa Hawthorne!*

KAPITEL SIEBEN

»Hey, Mann.« Simon klopft seinem kleinen Bruder Will, der ihn allerdings um mehrere Zentimeter überragt, auf den Rücken.

»Alles klar?«

»Muss. Und bei dir?«

»Auch. Erinnerst du dich an Jace?«

Will grinst und hält Jace die Hand hin. »Sicher. Wie geht's?«

Jace schüttelt die dargebotene Hand und erwidert: »Läuft. Was macht die Firma?«

Will grinst zufrieden. »Besser als je zuvor. Und bei dir? Was macht die Kanzlei?«

Sie setzen sich an den Tisch in der Bar und bestellen Bier und Burger.

»Naja, könnte besser sein.«

Simon schaut ihn überrascht an: »Wie bitte? Bist du nicht mehr der Kronprinz?«

Jace zuckt mit den Schultern. »Zeiten ändern sich.«

»Das hat nicht zufällig was mit deiner kleinen Nebenbeschäftigung zu tun?«

Jace grinst. »Ich befürchte, das hat alles mit meiner kleinen Nebenbeschäftigung zu tun.«

Simon erwidert: »Wann hörst du mit dem Unsinn endlich auf?«

Jace zuckt mit den Schultern. »Wir werden sehen.«

Simon erwidert: »Komm schon, Mann, du weißt, das ist total albern.«

Will schaut sie fragend an. »Worum geht es?«

Jace winkt ab. »Ich mach Kampfsport und habe mir eine eingefangen, dass mir Hören und Sehen vergangen ist. Mein Auge war so dermaßen blau, dass ich nicht zur Arbeit gegangen bin.«

Will schaut irritiert. »Irgendwas erzählt ihr mir nicht. Matt macht auch Kampfsport, aber niemand würde es als Unsinn bezeichnen.«

»Danke, Sy«, meint Jace trocken, bevor er sich an Will wendet. »Ich boxe für Geld.«

»Ah, das macht sehr viel mehr Sinn. Und das macht Ärger mit deinem Job?«

»Ja. Leider lassen sich Veilchen nicht so einfach verbergen.«

»Verstehe.« Will trinkt einen Schluck von seinem Bier. »Du hast nicht wirklich Bock darüber zu sprechen.«

Jace lacht leise. »Das hast du gut erkannt.«

»Dann reden wir über was anderes. Kommt Stu auch noch?«, fragt er seinen Bruder. Sie hatten eigentlich vorgehabt, sich mit Simons beiden Brüdern zu treffen. Nick wollte nicht mitkommen, hat sich lieber verkrochen. Es ist ein bisschen frustrierend für Jace, aber er kann auch verstehen, dass man nach einem Schicksalsschlag Zeit braucht, um wieder auf die Beine zu kommen.

»Stus Bank hat heute ihre alljährliche Gala.«

»Der Arme«, grinst Will.

Simon stößt mit ihm an. »Besser er als wir.«

Will lacht. »Auf jeden Fall.«

»Wie geht es Thea? Hat sie ihre Firma im Griff?«, fragt Simon.

Will trinkt einen Schluck. »Ich bin mir nicht sicher, ob sie ihre Firma im Griff hat oder die Firma sie.«

»So schlimm?«

»Schlimmer. Was hat sie noch mal für eine Haarfarbe?«

Simon grinst. »Schon schlimm, wenn man mit so einer Karrierefrau liiert ist.«

Will grinst. »Das nächste Mal suche ich mir eine, die schön zu Hause bleibt.«

Simon lacht. »Ja, klar. Du würdest vor Langeweile eingehen. Du liebst es doch, mit ihr zu streiten.«

»Fuck, ja!« Er blickt zu Jace. »Als verheirateter Mann kann ich dir nur raten, such dir eine Frau mit der du streiten kannst. Versöhnungssex ist unschlagbar.«

Jace lacht. »Ich weiß nicht, ob ich so viel Aufregung aushalten kann.«

»Hey, Fremder«, kommt da plötzlich eine Stimme. Jace kann ihren Atem an seinem Ohr spüren.

Er dreht sich ein wenig zur Seite und betrachtet die hübsche blonde Frau, die neben ihm steht und ein verführerisches Lächeln auf den aufgespritzten Lippen hat. Er geht zumindest davon aus, dass das Lächeln verführerisch sein soll. So ganz hat sie den Blick nicht drauf, aber es reicht.

»Hey«, gibt er zurück und zieht den Vokal dabei ein wenig in die Länge, nicht so, als wäre er von ihr gelangweilt, sondern so, dass sie das dunkle Timbre in seiner Stimme hören kann.

Sie beugt sich zu ihm. »Kann ich dich auf einen Drink einladen?«

Er wirft einen Blick in ihr beeindruckendes Dekolleté. »Klar.« Er schaut ihr in die Augen, die nicht halb so interessant wie ihre Brüste sind. Irgendwie sieht er auch gar nicht sie, sondern das Gesicht der einen Frau, die seit mehr als zehn Jahren seine Gedanken vereinnahmt. Die Eine, die nicht geblieben ist, auch wenn er sich gewünscht hätte, dass sie da bleibt. Wieder einmal fragt er sich, warum sie gegangen ist. Warum ist sie nach dieser wunderbaren Nacht einfach verschwunden und hat ihn ohne die Möglichkeit, nach ihr zu suchen, zurückgelassen?

Er schüttelt den Kopf, wird die trüben Gedanken los, richtet seine Aufmerksamkeit auf die Frau vor ihm.

Sie reicht ihm die Hand und er umfasst ihre kleinen Finger, bevor er aufsteht und mit seinen knapp einen Meter fünfundneunzig auf sie hinabsieht. Die Kleine von damals war auch klein. Winzig geradezu. Ein Gedanke kommt ihm und er zieht die Stirn kraus. Diese giftige Anwältin sieht ihr sehr ähnlich, aber das kann nicht sein, oder? Oder?

Er folgt ihr an die Bar. Er meint, Simon sagen zu hören: »Das ist ja wieder typisch. Immer schleppt er die Frauen ab.« Er grinst über die Ironie. Er ist der einzige ihres Freundeskreises, der sich immer eine feste Beziehung gewünscht hat und trotzdem ständig nur One Night Stands hat. Aber wenn er auch seit mehr als zehn Jahren jede Frau mit dieser einen vergleicht ... Was soll das dann geben?

»Ich bin Dee«, schnurrt sie und drapiert sich so, dass er ihre Vorzüge bewundern kann.

»Jace«, sagt er. Er bestellt für sie beide etwas zu trinken. Es ist ihm schon klar, dass sie zwar gefragt hat, ob sie ihn auf einen Drink einladen darf, aber er nimmt an, dass das nur Semantik war und sie erwartet, dass er die Drinks bezahlt. Quasi sexuelle Dienstleistungen gegen Freigetränke. Irgendwie ist die Grenze zwischen Dating und Prostitution nicht ganz so eindeutig, stellt er mal wieder fest.

»Du bist nicht von hier«, stellt sie fest.

Er nickt. »New York. Und du?«

Sie spielt mit einer Haarsträhne, schürzt ein wenig die Lippen. *Duckface*, ist alles, was er dabei denken kann. Gott, wann ist er eigentlich so ein Arsch geworden? Und wieso steht er hier mit ihr, wenn er doch ganz offensichtlich gar nicht hier stehen will? Wieso kritisiert er sie die ganze Zeit, statt einfach zu gehen?

»Ich wohne in LA.« Diese Antwort wundert ihn kein bisschen. Sie ist genau eine der Frauen, die als Kellnerin arbeitet, während sie auf ihren Durchbruch als Schauspielerin wartet. Der wahrscheinlich nie kommen wird. Fuck, und schon wieder! Was ist nur los mit ihm?

»Bist du Schauspielerin? Du wärst auf jeden Fall hübsch genug.« Während er diese Worte ausspricht, gedanklich über den verbalen Brechreiz den Kopf schüttelt, fragt er sich, was er hier eigentlich macht. Er will diesen ganzen Scheiß doch gar nicht. Wieso lässt er sich immer und immer wieder auf so was ein? Aus One Night Stands entstehen keine Beziehungen, damals nicht und heute auch nicht.

Aber wenn er das schon weiß, warum steht er dann bei dieser Kleinen hier, statt sich um eine ernsthafte Beziehung zu bemühen? Denn sie, das sieht er auf den ersten Blick, ist es ganz sicher nicht. Warum also ist er hier?

»Ja, genau. Ich arbeite als Kellnerin, bis ich den großen Durchbruch schaffe, aber ich war schon bei *Law & Order* zu sehen«, erzählt sie und bestätigt damit alles, was er sich gedacht hat.

Er trinkt sein Bier leer und bestellt ein neues. »Was führt dich nach SF?«, fragt er sie, obwohl er die Antwort gar nicht wissen will. Sein Problem ist, dass er sich so unwichtige Kleinigkeiten für immer merkt und wichtige Dinge keinen Platz in seinem Kopf haben, weil alle Kapazität von Schrott ausgefüllt wird.

»Meine beste Freundin heiratet. Heute ist ihr Junggesellinnenabschied.« Sie deutet in die Richtung von mehreren Frauen, die alle reichlich betrunken sind. Sie bekommt mehrere Daumen hoch von ihnen, bevor sie sich kichernd ihren Getränken widmen.

»Cool«, sagt er.

»Und du? Was machst du hier?«

»Ich besuche Freunde.« Er schaut wieder in ihr Dekolleté, aber nicht einmal das mag ihn jetzt noch zu interessieren. Sie ist einfach langweilig. Und wieder fragt er sich, warum er so ein Arsch ist.

Er schüttelt frustriert den Kopf und sie schaut ihn irritiert an.

»Entschuldige, ich habe nicht mitbekommen, was du gesagt hast«, beeilt er sich zu sagen. »Ich war in Gedanken ganz woanders. Tut mir leid. Harte Woche.«

Sie nickt. »Ich wollte wissen, ob du mit in mein Hotel

kommen willst.«

Will er? »Gern.« Nein, eigentlich will er nicht, aber er will sie auch nicht abweisen. Kurz überlegt er, was ihn mehr zum Arsch macht. Eine Frau, an der er kein Interesse hat, abzuweisen oder mit einer Frau ins Bett zu gehen, an der er kein Interesse hat. Wahrscheinlich letzteres.

Er winkt Simon und Will zu, bevor er Dee zu ihrem Auto folgt. Die Fahrt ist recht schweigsam. Sie versucht, die Stimmung ein wenig aufzulockern, aber er gibt nur einsilbige Antworten. Er macht mit Sicherheit einen großartigen Eindruck.

Als sie ankommen und sie ins Hotel gehen will, hält er sie zurück. »Es tut mir leid, Dee. Aber ich kann das nicht. Du bist bestimmt eine nette Frau, aber ich ... Es gibt eine andere.« Das ist zwar nicht ganz die Wahrheit, aber was soll's. Passt schon.

Sie fährt mit den Fingern über seine Brust. »Aber sie muss es ja nicht erfahren.«

Er umfasst sanft ihre Hand. »Aber ich wüsste es. Und daher kommt es für mich nicht infrage. Tut mir leid.«

Sie nickt langsam. »Schade. Soll ich dich zurückfahren?«

Er schüttelt den Kopf. »Ich nehme mir ein Taxi. Danke.«

Sie geht langsam weg. Und auch wenn er weiß, dass dies die weniger gemeine Variante war, fühlt er sich doch schlecht. Er mag es nicht, anderen zu vermitteln, dass er nur mit ihnen spielt. Das ist nicht seine Art. Auch bei ONS nicht. Er hat schon immer versucht, jeden Menschen so zu behandeln, wie er auch behandelt werden möchte. Aber ... heute hat er eindeutig versagt.

Er rammt die Hände in die Hosentaschen und läuft ein paar Straßen, bevor er ein Taxi sieht, das er anhält.

Wieso tut mein Kopf so weh, frage ich mich, bevor mir die ganzen Martinis einfallen, die ich getrunken habe. So ein Mist. Ich öffne meine verklebten Augen. Ich habe gestern vergessen, mich abzuschminken, und sehe jetzt wahrscheinlich aus wie ein Waschbär. Nein, eher wie ein Panzerknacker. Waschbären sind ja noch süß.

Ich blicke auf meinen Wecker und bin erschrocken, dass es schon neun Uhr ist. Auch an Sonntagen versuche ich um acht im Büro zu sein. Workaholic? Ich? Mitnichten.

Ich quäle mich aus dem Bett und gehe unter die Dusche, bevor ich mir was Bequemes anziehe. Am Wochenende sind wir meist alle in Jeans im Büro, denn Kundentermine haben wir nicht. Und für uns selbst brauchen wir nicht schick aussehen.

Als ich um kurz nach zehn im Büro ankomme, herrscht schon geschäftiges Treiben. Anwälte sind schon eine komische Zunft, die absolut nicht sympathisch ist, oder? Wer arbeitet schon freiwillig hundert Stunden? Nur Verrückte.

Ich arbeite zwölf Stunden, nur unterbrochen von den Momenten, in denen ich neuen Kaffee bekomme. Mein Leben ist doch echt beschissen.

Wenn ich mir vorstelle, dass ich das noch die nächsten vierzig Jahre mache, dann wird mir übel. Und das obwohl ich meinen Beruf liebe. Es wird Zeit, dass ich Senior Partnerin werde, dann kann ich meine Stunden auf ein normales Maß herunterfahren. Siebzig oder so.

Als ich abends nach Hause komme, esse ich ein Sandwich und falle ins Bett.

»Mr. Spencer erwartet Sie in seinem Büro«, teilt mir die Empfangsdame am nächsten Morgen mit.

Ich bedanke mich und eile zu ihm. Was kann er wollen? Normalerweise arbeite ich mit Werner Tryst zusammen. Wenn Spencer mich rufen lässt, ist das kein gutes Zeichen.

Ich klopfe an, warte auf das herein und trete ein. Spencer, Donaldson und Tryst, alle namensgebenden Partner sind anwesend. Gott, was habe ich falsch gemacht?

»Ms. Hawthorne, schön, dass Sie zu uns gefunden haben. Nehmen Sie Platz«, sagt Mr. Spencer mit einem Lächeln.

Ich setze mich, sage artig ›Guten Morgen‹ und warte auf die Auflistung meiner Verfehlungen.

»Ms. Hawthorne, wir sind sehr beeindruckt von Ihrer Arbeit. Wir hatten angedeutet, dass wir Sie zur Senior Partnerin ernennen, wenn im TP-Fall für unseren Mandanten entschieden wird. Sie haben nicht nur gewonnen, Sie haben den Fall abgewürgt, bevor es ein Fall werden konnte. Wir freuen uns sehr, Sie als Senior Partnerin willkommen zu heißen.«

Was? O mein Gott! Auf diesen Moment habe ich immer hingearbeitet und nun ist er da! Das ist Wahnsinn! Ich weiß gar nicht, was ich sagen soll!

»Danke, Mr. Spencer. Ich freue mich sehr.«

Donaldson schaut mich wohlwollend an. »Als Ausdruck unserer Wertschätzung möchten wir Ihnen das Eckbüro anbieten.«

Das Eckbüro? Dieses Traumzimmer, um das mich jeder beneiden wird? »Das ist sehr großzügig von Ihnen«, sage ich zögernd. Das ist wirklich überwältigend. Ich kann es noch gar nicht fassen.

»Sie müssen sich bis zum Fünfzehnten einkaufen.«

»Das ist kein Problem«, antworte ich. Schließlich wartet das Geld nur auf diesen Moment.

»Wir werden Ihre Beförderung morgen früh verkünden.«

Ich nicke und werde entlassen. Ich eile in mein Büro, setze mich auf meinen Stuhl und lege den Kopf auf den Tisch. Senior Partnerin! Senior Partnerin! Ich habe so lange dafür gearbeitet und nun ist es endlich so weit!

Ich schreibe Mara und Lila eine Nachricht, lade sie für den Abend zu einem kleinen Umtrunk ein. Dann zögere ich einen Moment. Berichte ich meinen Eltern von der guten Nachricht? Oder werden sie mir nur wieder sagen, dass ich als Trophäe an den Arm eines Mannes gehöre? Mir wird schlecht, als ich an das Gespräch mit meinem Vater denke. Und an Jace, der alles mit angehört hat.

Nein, es ist besser, wenn ich die Neuigkeit erst einmal für mich behalte. Zumindest, bis ich mich eingekauft habe. Vielleicht finden sie es dann unsinnig, eine halbe Million in den Wind zu schießen. Obwohl ... Sie haben mehr Geld als Heu, vielleicht ist es ihnen also auch vollkommen egal.

Ich muss irgendwo meinen Mut finden. Ich kann meinen Vater nicht mein Leben bestimmen lassen, auch wenn mir die Knie schlottern, wenn ich nur daran denke, noch einmal meinen Willen durchzusetzen. Aber ich bin Chrissa Hawthorne, *First Class Bitch*. Ich muss meine Eier finden und sie verdammt noch mal benutzen. Das Problem ist nur, dass mein Vater ein Arschloch erster Klasse ist und er einfach viel mehr Erfahrung darin hat, hart wie Stahl zu sein. Aber so geht es nicht weiter. Ich kann mich nicht von meinen Eltern rumkommandieren lassen. Ich wünschte nur, dass ich mich an diese Courage auch im Angesicht des Feindes erinnern würde.

Abends treffe ich mich mit den Mädels in unserer Bar. Sie sind die Besten, man kann es nicht anders sagen. Obwohl sie schon andere Pläne hatten, kommen sie, weil ich ihnen wichtig bin. Das rührt mich sehr. Das kann ich nicht anders sagen. Ich liebe sie.

»Yay, Chris«, ruft Lila, als ich die Bar betrete. Ich grinse und eile zu ihnen. Ich umarme sie und Mara.

»Ich bin so stolz auf dich«, flüstert Mara mir zu.

«Danke, Süße. Das zu hören, bedeutet mir sehr viel.«

»Ich hab eine Flasche Schampus bestellt«, verkündet Lila. »Du kannst es dir ja jetzt leisten, uns mit Cristal zu verwöhnen.«

Ich schüttel den Kopf. Das kann auch nur Lila einfallen, dreihundert Dollar teuren Champagner zu bestellen. Aber nun gut. Tun wir es. Wir sind nur einmal jung!

Es bleibt natürlich nicht bei einer Flasche ... Nein, wir sind immerhin zu dritt. Mara zählt zwar nicht wirklich, weil sie nur ein halbes Glas getrunken hat und dann auf Bier umgestiegen ist. Wirklich, die schönste Frau der Welt und total unmädchenhaft. Der Traum eines jeden Mannes, wenn es da nicht dieses kleine Detail gäbe, dass sie gar nicht auf Männer steht.

Und das ist nicht nur so daher gesagt. Sie ist nicht bineugierig. Nein, sie steht absolut nicht auf Männer. Nicht mal auf Ryan Gosling und das will schon was heißen. Immerhin bringt der *heiß* aufs nächste Level. Ich muss es wissen. Ich verbringe meine Mittagspause meist damit, Bilder von ihm auf meinem iPad anzustarren, aber das ist auch keine gute Methode. PC-Bilder anlecken macht nicht satt. Vielleicht eine erfolgreiche Diätmethode ... Mal überlegen ...

»Wie geht es euch?«, frage ich die beiden, als wir genug über mich und meine Beförderung gesprochen haben.

»Eine Galerie nimmt ein paar meiner Bilder in ihre ständige Sammlung auf«, erzählt Mara und ist total aufgeregt. Die Kleine ...

»Das ist super!«, urteile ich. »Bald bist du so bekannt wie ... Wie heißt der noch mal? Der mit den Farben und Drucken und so.«

»Andy Warhol?«, fragt Mara amüsiert.

»Ja, genau der. Der mit Marilyn.«

Lila schaltet sich ein: »Nehmen die auch mein Lieblingsbild?«

Mara nickt. »Ja, das schwarz-weiß Bild wird auch ausgestellt.«

»Ach, ich liebe es. Wenn ich mal reich bin, kaufe ich es dir ab.«

Mara lacht und umarmt sie. »Du bist ein Schatz.«

Ich schaue sie kritisch an. »Brauchst du Geld?«

»Nein«, sagt sie kategorisch.

»Aber ...«

»Nein.« Sie schaut mir fest in die Augen. Sie will nicht, dass ich ihr Geld leihe.

Ich kann das verstehen, aber sie ist meine Familie. Ich will, dass es ihr gut geht, dass es ihr an nichts fehlt. Aber gerade ich weiß auch, wie viel es jemandem bedeuten kann, auf eigenen Füßen zu stehen, nicht von anderen Menschen abhängig zu sein.

»Mach dir keine Sorgen, Chris«, sagt sie und lächelt.

»Ich komme schon klar.«

Und das wird sie. Sie ist eine tolle Künstlerin. Sie wird das alles rocken, wird der nächste Superstar. Ich weiß es. Sie hat Talent.

»Okay.« Ich lege meine Hand auf ihre und sie lächelt mich an.

»Und bei dir, Lila?«, frage ich.

Sie winkt ab. »Alles beim Alten, aber ...« Sie schaut uns erwartungsvoll an. »Aber die Hochzeit wird mega.«

Ich seufze theatralisch auf. Sie lacht und boxt mir gegen die Schulter. »Komm schon, Chrissa! Du bist meine Trauzeugin. Ein bisschen mehr Begeisterung, wenn ich bitten darf.«

Ich lache. »Fehlt noch was?«

Sie schüttelt den Kopf. »Nein, wir haben so weit alles organisiert. Aber eine Sache wollte ich noch mit dir besprechen. Ich möchte unbedingt das Service von der Hochzeitsliste. Trevor findet das zu flippig und ich wette, dass seine Familie mir das auch nicht kaufen wird. Also musst du das tun.«

»Okay«, sage ich. »Wo finde ich denn die Hochzeitsliste?«

Sie sieht mich streng an. »Ich hatte dir eine Mail geschickt.«

»Uups.«

»Du bist total unmöglich, Chrissa! Wenn du mal heiratest, werde ich auch einfach ignorant sein.«

Mara und ich fangen schallend an zu lachen, weil die Vorstellung, dass ich mal heiraten werde, einfach zu absurd ist. Total absurd.

KAPITEL ACHT

»Heute ist richtig viel Kohle im Pott«, raunt Jim ihm zu.

»Wie viel?«, fragt Jace.

»Wenn du gewinnst, bekommst du fünfzehntausend.«

Jace zieht die Augenbraue hoch. »Das ist gut.«

»Aber dein Gegner könnte auch der Koloss von Rhodos sein.«

»So schlimm?«

»Yep, aber du wirst es ja gleich mit eigenen Augen sehen können«, meint Jim und seine Stimme hört sich an, als wäre jemand gestorben. Und wenn jetzt noch nicht, dann zumindest bald.

»Du kannst dich da hinten umziehen. Ich ruf dich rein, wie immer.«

Jace nickt und verschwindet in dem Extraraum. Er ist direkt vom Gericht gekommen. Im Anzug muss er nun wirklich nicht boxen. Er zieht schwarze Shorts an. Sein Oberkörper bleibt frei, wie bei anderen Kämpfen auch.

Er schaut kurz an sich herunter. Seine breite Brust ist gut ausgeprägt, sein Sixpack definiert, aber er ist trotzdem nicht so vollgepackt wie manch anderer Mann, der hier teilnimmt. Trotzdem hat er die Herzen der Zuschauerinnen im Sturm erobert. Was nicht nur an seinem schönen und doch männlichen Gesicht liegt, was er selber nie als schön bezeichnen würde, aber er hat schon die ein oder andere Frau gehört, die das über ihn gesagt hat. Es liegt auch an den vielen Tattoos, die sich über seinen Oberkörper und Rücken schlängeln. Auch die Arme sind voller Tinte, aber alles so, dass es unter einem Anzug versteckt werden kann.

Er lässt die Arme locker vor und zurück schwingen, bevor er mit seinem Aufwärmprogramm beginnt. Er will seine Muskeln warm und locker, wenn er in den Ring tritt. Er hat den letzten Kampf immer noch nicht ganz verpackt, seine Muskeln ziehen noch ein wenig, aber er ist okay. Mehr als okay, eigentlich. Seit zwei Jahren ist er der ungeschlagene Champ. Aber er weiß sehr wohl, dass es nur eine Frage der Zeit ist, bis er seinen Meister findet.

Er hüpft ein paar Mal auf und ab, rotiert die Schultern und wartet auf Jims Ruf. Als er kommt, tritt er an den Rand der Zuschauermenge.

»... gegen den ungeschlagenen Champion Jace *Iceman* Monroe! Und hier ist er! Er begeistert Frauen mit seinem Aussehen und Männer mit seinen Fäusten.«

Jace schüttelt innerlich den Kopf, sowohl über den blöden Spitznamen Iceman, als auch über diese dämlichen Worte über sein Aussehen und seine Fäuste. Aber wenn der Organisator meint, dass das für eine bessere Atmosphäre sorgt, muss er das über sich ergehen lassen.

Mit hoch über den Kopf gereckten Armen tritt er in

den Ring. Das Publikum jubelt ihm zu, die Frauen johlen, die Männer rufen Worte der Aufmunterung. Er sieht, wie die letzten Scheine hin und her gereicht werden, die letzten Wetten abgeschlossen werden. Als er den ersten Blick auf seinen Gegner wirft, wird ihm mulmig zumute. Er *ist* der Koloss von Rhodos. Ganz eindeutig. Er ist zwar nicht größer als er selbst, aber ungefähr doppelt so breit. Er ist bestimmt dreißig Kilo schwerer und alles reine Muskelmasse.

Fuck, das könnte zum ersten Mal echt schwer werden. Er richtet sich auf, nimmt die Schultern zurück, will sich nicht anmerken lassen, dass dieser Mann ihm Respekt einflößt.

»Reicht euch die Hände«, kommt das Kommando und sie klopfen die verbundenen Hände gegeneinander.

Er sieht seinem Gegner in die Augen und sieht die Arroganz in seinem Blick. Ein Kämpfer, der sich zu sicher ist, macht Fehler. Vielleicht hat er da gerade den Weg gefunden, ihn zu besiegen.

Die Glocke ertönt und sofort muss er einem rechten Schwinger ausweichen, den der andere loslässt. Die Menge grölt, als die Faust ins Leere schlägt. Er bewegt sich behände um ihn herum, lässt Faustschläge auf ihn regnen, triezt ihn und reizt ihn.

Seine Taktik geht auf. Er kann beinahe sehen, wie die Wut seinen Blick verschleiert, wie seine Schläge immer impulsiver und weniger kontrolliert auftreten. Leider aber auch immer heftiger und so fängt er sich auch ein paar Treffer ein, denen er nicht ausweichen konnte. Aber er kontrolliert den Kampf, er hat das Ding im Sack. Das weiß er. Er muss nur die eine Chance finden, die eine, um seinen Schwinger auszupacken ...

»Polizei!«, hallt es plötzlich durch den ganzen Saal. Eine panische Unruhe erfasst die Zuschauer, alle versuchen so schnell wie möglich aus dem Zugriff der Bullen zu entkommen. Auch der Koloss sieht sich nach einem Ausgang um. Jace rennt bereits in die Richtung des Umkleideraums, dort gibt es einen Notausgang. Als er einen Blick zurückwirft, sieht er, dass der Koloss von zwei Polizisten umzingelt ist, die versuchen, ihn zu bändigen. Fuck!

Der Typ ist vollkommen außer sich vor Zorn, schlägt um sich, seine gewaltigen Fäuste schießen auf die Männer in blau zu. *Das geht schief*, denkt Jace und rennt zurück. Er schafft es, die Faust aufzuhalten, bevor sie den jungen Mann, höchstens zweiundzwanzig, treffen kann. Er stößt den Koloss zurück, wobei er den beiden Polizisten entkommt. Jace sieht die Überraschung in seinem Gesicht. Er dreht sich um und flieht, während sich die beiden Polizisten nun Jace zuwenden. *Undankbare Ärsche*, denkt Jace. Da hat er ihnen soeben das Leben gerettet und dafür verhaften sie ihn.

Widerstandslos lässt er sich festnehmen. Die beiden Männer zwingen ihn auf den Boden, er nimmt die Hände auf den Kopf, bevor sie ihm auf den Rücken gedreht werden, um in Handschellen gelegt zu werden. Dass sie ihm dabei nicht die Arme aus den Gelenkpfannen heben, ist schon alles.

Fuck, wie konnte er sich nur in so eine Lage bringen? Roger wird nicht besonders erfreut sein, denkt er und lässt den Kopf auf den Steinboden sinken. Dieses Mal hat er sich wirklich selbst übertroffen.

Als sich der Saal leert, die meisten Menschen geflohen sind und nur die paar Trottel übrig sind, die gefasst wurden, wird er an den Oberarmen gepackt und auf die Füße gezogen. Dann wird er zu einem Polizeiauto gebracht, mit der typischen Geste – Hand auf den Kopf – hineinbugsiert. Es ist unbequem, mit auf dem Rücken gefesselten Armen auf der Rückbank zu sitzen. Aber an seinem Komfort scheint hier niemand interessiert zu sein.

Auf dem Revier angekommen, werden seine Personalien auf- und seine Fingerabdrücke abgenommen. Dann wird er in einen Verhörraum gebracht, nackter Oberkörper und alles. Dort lassen sie ihn erst einmal schmoren.

Das Schlimme daran ist nicht, dass er gefesselt in diesem Raum sitzt, sondern die Zeit, die er hat, sich Gedanken darüber zu machen, was er für einen Unsinn angerichtet hat, und wie es sich auf sein Leben auswirken wird. Das hat er ganz eindeutig vermasselt. Er wollte doch eigentlich nur helfen ... Und wo hat ihn das hingebracht?

Wenn Roger davon erfährt, wird er enttäuscht sein. Jace lässt stöhnend den Kopf hängen. Er kann es nicht fassen, dass er so dermaßen idiotisch gehandelt hat. Wieso hat er nicht früher darüber nachgedacht, was alles passieren kann?

Irgendwann kommt ein Detective herein, klar daran zu erkennen, dass er keine Uniform trägt. Er setzt sich ihm gegenüber und bedeutet einem Officer, die Handschellen abzunehmen. Jace reibt sich über die Gelenke. Es tut gut, wenn der Schmerz nachlässt.

»Mr. Monroe, fangen wir damit an, dass Sie erzählen, was Sie vor Ort gemacht haben«, sagt der Detective, der sich mit Jack Goff vorstellte, was Jace ein müdes Lächeln entlockte. Damit haben ihm seine Eltern aber nicht wirklich einen Gefallen getan.

»Ich möchte einen Anwalt«, gibt er zurück.

»Mr. Monroe, soweit ich das verstanden habe, sind Sie selbst Anwalt.«

»Ich will einen Anwalt.«

»Erzählen Sie doch einfach erst mal, was geschehen ist.«

»Ich will einen Anwalt.«

»Warum waren Sie dort?«

»Ich will einen Anwalt.«

»Wieso wurden Sie ohne Shirt aufgegriffen?«

»Ich will einen Anwalt.«

Mr. *Jackoff*, Entschuldigung, Jack Goff, fährt sich frustriert durch die Haare. »Mr. Monroe, ich glaube, wir können das schnell ohne Anwalt klären. Was meinen Sie? Sie sagen uns, was Sie wissen, und dann sind wir fertig.«

»Ich will einen Anwalt.«

Mr. *Jackoff* reicht ihm das Telefon und Jace wählt Rogers Nummer.

»Hallo?«, meldet sich dieser verschlafen.

»Roger, ich hab nicht viel Zeit. Ich bin im Brooklyner Polizeirevier an der Central Avenue. Ich brauch meinen Anwalt.«

»Fuck, Jace!«, grummelt es an der anderen Leitung. »Ich bin in einer halben Stunde da.«

Es tutet und Jace hofft, dass Roger sich wirklich beeilt. Fuck, was hat er sich bei dieser ganzen Scheiße nur gedacht?

Vierzig Minuten später steht Roger im Raum und klopft ihm auf die Schulter. »Das wird schon wieder, Junge.«

»Ich hab's total verbockt«, gibt Jace kleinlaut zu.

Roger schnaubt. »Das hast du wohl, aber wir werden

dich aus dem Schlamassel rausbekommen. Mach dir keine Gedanken.« Er setzt sich neben ihn. »Erzähl doch erst mal, was passiert ist.«

Jace erzählt von den illegalen Boxkämpfen, der Razzia, der Verhaftung. Alles, was Roger sagt, ist »hm, hm«. Jace hat keine Ahnung, ob das nun gut oder schlecht ist. Vielleicht ein bisschen von beidem.

»Mann, Junge! Wieso hast du das getan?«

Jace zuckt mit den Schultern. »Keine Ahnung.«

Roger schaut ihn zweifelnd an. »Da wirst du dir eine bessere Ausrede einfallen lassen müssen.« Er seufzt leise. »Okay, lass uns die Befragung über die Bühne bringen. Sag so viel wie nötig, so wenig wie möglich.«

Jace nickt und Roger holt den Detective herein.

»Sind Sie nun bereit für eine Aussage?«, fragt Mr. *Jackoff*.

Jace nickt.

Der Polizist setzt sich ihnen gegenüber. »Also schön. Waren Sie heute Abend bei einem illegalen Boxkampf?«

»Ja.«

»Wieso?«

Jace wirft einen Blick zu Roger, der nickt. »Ich war ...« Jace bricht ab, ist sich nicht sicher, ob er zugeben soll, dass er einer der Boxer war. Auf der anderen Seite haben Sie ja nicht nur ihn verhaftet und es gibt jede Menge Zeugen, die belegen können, warum er da war.

Jackoff seufzt. »Mr. Monroe, mehrere Zeugen haben sie als einen der Boxer identifiziert. Das passt auch zu Ihrem Aufzug.«

Jace nickt. »Ja.«

»Ja, Sie waren einer der Kämpfer?«

»Ja.«

Jackoff lehnt sich in seinem Stuhl zurück. »Fangen wir noch einmal von vorne an.«

Jace stöhnt innerlich, aber es gibt keine andere Möglichkeit. Ein volles Geständnis ist das einzige, was ihn vielleicht noch aus dem Knast halten kann. Fuck!

Drei Stunden später darf er auf Kaution das Revier verlassen. Roger bringt ihn nach Hause. Auf der Fahrt reden sie kein Wort. Es ist mucksmäuschenstill im Wagen. Sie beide hängen ihren Gedanken nach. Als sie vor seinem Haus in Tribeca anhalten, schnallt sich Jace ab. Er greift an den Türgriff, besinnt sich dann aber anders und schaut noch einmal zu seinem Chef und Freund.

»Roger, ich ...«

»Ich schlag vor, du gehst jetzt nach Hause, denkst über alles nach und wir reden morgen im Büro.«

»Danke«, murmelt Jace. Er steigt aus.

Bevor er die Tür schließt, hört er: »Ich wünschte, du würdest mir vertrauen.«

Traurig und ein wenig beschämt schließt er die Tür und macht sich auf den Weg in sein Apartment. Oben angekommen legt er sich auf die Couch. Seine Gedanken drehen sich, sind wirr.

Er hat immer gewusst, dass dieser Tag kommen würde. Immer. Und trotzdem hat es ihn nicht davon abgehalten. Aber er hat sich immer verantwortlich gefühlt und keine andere Möglichkeit gesehen, als es so zu versuchen. Gott, er hat tagein tagaus mit Verbrechen zu tun, wieso war er nicht schlauer?

Ja, weil er keine andere Wahl gesehen hat. Das weiß er auch! Aber ... Aber es gibt immer eine andere Möglichkeit, wenn man sie nur sucht. Wenn man sie nur suchen will. Vielleicht wollte er aber den leichten Weg gehen. Nun gut, man kann argumentieren, ob es wirklich der leichtere Weg ist, sich immer wieder aufs Neue in den Ring zu stellen, aber für ihn war es leicht. Es war das, was er kannte, was er sein Leben lang gelernt hat. Das Einzige, wozu er gut war.

Vielleicht hätte er seine Freunde fragen sollen, vielleicht hätte er Hilfe annehmen sollen. Fuck, nein! Er kann seine Probleme allein lösen. Er braucht niemanden, der ihm die Hand hält. Schon gar nicht ... schon gar nicht seine Freunde. Sie wissen von dem Boxen, aber nicht von den Ausmaßen. Und keiner kennt den Grund ...

Jetzt lässt er sie im Stich. Ohne die Gewinne, ohne das Geld, das er gewinnt, kann er ihnen nicht helfen, und dann ... Ja, was dann? Sie werden schließen müssen. Höchstwahrscheinlich. Was wird dann aus den anderen? Sie alle zählen auf ihn. Niemand kann ihnen helfen, außer ihm. Sie ... Fuck! Sie werden zugrunde gehen. Er kann sie nicht im Stich lassen. Aber ... es sieht so aus, als würde er genau das gerade tun.

Wie kommt er aus dieser Scheißlage nur wieder raus?

Ist es vielleicht an der Zeit, jemand anderem alles anzuvertrauen?

Und wenn ja, wem? Mike? Roger? Er kann es nicht ertragen, wenn sie beide schlecht über ihn denken. Aber welche Wahl hat er schon?

Keine.

Seine Gedanken lassen ihn eine ganze Weile nicht einschlafen, bis sein Körper so müde ist, dass er den Kopf abschaltet.

Der Wecker klingelt. Es ist das ätzendste Geräusch der

Welt, aber ich kann mich nicht dazu durchringen, ihn auszutauschen, denn dieses furchtbar penetrante Piepsen sorgt dafür, dass ich allmorgendlich pünktlich das Haus verlasse.

Ich mache mich fertig, eile ins Büro, wo mein Kaffee und meine Zimtschnecke auf mich warten. Elaine, ich hab es ihr noch nie gesagt, aber sie ist ein echtes Goldstück, hat bereits hervorragende Arbeit geleistet. Ein Wort wie Goldstück wird auch nie über meine Lippen kommen, schließlich habe ich einen Ruf zu wahren.

»Ms. Hawthorne?« Eine ältere Dame in einem schicken Hosenanzug klopft an meinen Türrahmen.

Ich sehe kaum auf, tippe weiter an meinem Schriftsatz. »Ja?«

»Hi, ich bin Maria, die Innenarchitektin. Hätten Sie Zeit, mögliche Designs für Ihr neues Büro durchzugehen?«

»Geben Sie mir zehn Minuten. Ich treffe Sie dann im Büro.«

»Gern.«

Eigentlich bin ich nicht der Typ, der auf Shopping und Co. steht, aber hierbei geht es ja um Möbel für mein neues Büro. Ich meine, da kann man ja wohl mal eine Ausnahme machen.

Als ich ein paar Minuten später in dem tollen Eckbüro mit dem großartigen Blick über die Stadt stehe, hat Maria bereits Broschüren auf dem Schreibtisch ausgebreitet und Stoffmuster auf die Couch gelegt.

Eigentlich ist die Einrichtung gar nicht so schlecht, denke ich. Ich schelte mich selbst. Da kommt der Shoppingmuffel wieder durch. Das muss ich dringend ablegen.

»Welche Farben gefallen Ihnen, Ms. Hawthorne?«

Ich trete zu ihr, schaue auf ihre Farbfächer und

Stoffproben. Ja, was gefällt mir eigentlich? Wenn ich alles haben könnte, was würde ich dann aussuchen?

»Ich bin mir nicht sicher«, antworte ich wahrheitsgemäß. Sie lächelt freundlich, jeder andere Mensch, der mich kennt, wäre in diesem Moment vom Glauben abgefallen. Chrissa Hawthorne ist unsicher. Es geschehen noch Zeichen und Wunder.

»Nun, mit Ihren dunklen Haaren und der hellen Haut sind Sie ein Wintertyp. Sie sollten sich eher mit kühlen, aber kräftigen Farben umgeben. Sie haben ungewöhnliche Augen, einen solchen Blauton habe ich noch nie gesehen. Eisblau.« Sie sucht in ihren Farbtafeln, bis sie sagt: »Hier! Schauen Sie sich einmal diese Farben an. Schwarz, weiß und grau könnten wir als Grundfarben verwenden. Und dann ... Wie finden Sie diese hier?«

Ich schaue auf die Farben, die sie mir zeigt. »Äh, lila?«

Sie lacht leise. »Okay, also kein lila. Pink dann auch nicht?«

Mich schüttelt es. »Nein, danke. Ich bin nicht so ein Mädchen.«

»Okay, dann vielleicht ...« Sie blättert durch die Farben. »Wie wäre es mit ... gold?

Gold? Hmmh. Nicht schlecht. »Das fände ich ganz gut«, gebe ich zu. »Aber nur für die Akzente. Ich will keine goldene Damasttapete oder Brokatvorhänge.«

Sie lacht erneut. Sie hat ein nettes Lachen, eines, bei dem man sich direkt wohlfühlt. Irgendwie hat ihre ganze Art etwas Mütterliches. Nett, halt. »Nein, das hatte ich mir schon gedacht. Ihre Erscheinung ist schlichte Eleganz und nicht üppiger Barock.«

»Da haben Sie dann sofort auf meine Problemzone angespielt.« Fuck! Ich beiße mir auf die Lippen. Hab ich das echt gesagt? Was ist denn mit mir verkehrt? Ich muss dringend an meiner Gehirn-Mund-Koordination arbeiten.

»Ach, Kindchen«, lacht sie, »Jungs stehen gar nicht so auf Euter.«

Ich schaue ein wenig schockiert, bevor ich dann doch grinse. »Entschuldigen Sie. Das war äußerst unpassend.«

Sie zwinkert mir zu. »Ein bisschen Spaß muss sein.« Sie reicht mir Kataloge mit Möbeln. »Schauen Sie diese in Ruhe durch und machen Sie Eselsohren an den Stücken, die Ihnen gefallen.«

Ich schaue auf den Stapel und sehe auf mein persönliches Horrorszenario. »Äh ...«

»Oder soll ich raussuchen, was ich passend fände und es Ihnen zeigen?«

Erleichtert gebe ich ihr die Kataloge zurück. Sie zwinkert mir zu, während sie zusammen packt. Ich trete ans Fenster, schaue auf die Stadt. Meine Stadt.

Ich muss meinem Vater sagen, dass ich nicht mehr nach seiner Pfeife tanze. Nie wieder.

»Aber warum denn sie?«, fragt Roger Lemmon erneut.

Jace schaut ihn ruhig an. »Weil sie die Beste ist. Das wisst ihr. Wir haben es selbst erlebt.«

»Ja, sie ist die Beste. Aber erstens glaube ich nicht, dass sie dich vertreten wird, wenn man bedenkt, dass sie davon ausgeht, von dir fertiggemacht zu werden. Und selbst wenn sie darüber hinweg sehen könnte, weiß ich nicht, ob sie einer konkurrierenden Kanzlei helfen würde«, erklärt Harrison Stowe.

»Du hast zweitens vergessen«, meint Jace.

»Wie bitte?«

Jace fuchtelt mit der Hand durch die Luft, als wäre es

ohne Belang, auch wenn er es selbst angesprochen hat. »Ich glaube, sie würde mir helfen.«

»Und wieso glaubst du das?«, fragt Roger neugierig.

Ja, wieso glaubte er das? Nur wegen der Begegnung beim Mittagessen? Aber er hat es sich genau überlegt. Wenn es jemanden gibt, der ihn da rauspauken kann, dann ist es Chrissa Hawthorne. Und wenn nicht? Nun ja, dann ist er gelinde gesagt am Arsch.

»Ich weiß es nicht, aber ich glaube, wenn man an ihre weiche Seite ...«

Harrison lacht auf. »Diese Frau hat keine weiche Seite. Sie besteht nur aus scharfen Kanten und noch spitzerer Zunge. Du tust dir keinen Gefallen damit, sie um Hilfe zu bitten. Keinen. Sie wird dich verhöhnen und diese Information zukünftig gegen uns verwenden. Ich rate dringend davon ab.«

»Ich weiß, dass es ein Risiko gibt, aber ... ich kann es nicht erklären ... Sie wird mich verteidigen und sie wird den Fall gewinnen.« Jace ist felsenfest davon überzeugt. Ein Großteil seines Erfolgs als Anwalt ist sein Instinkt. Und der sagt ihm jetzt, dass sie ihm helfen wird. Sie ist die Einzige, die ihm helfen kann.

Roger mischt sich ein: »Jace, ich weiß, es ist dein Leben. Aber – und das möchte ich hier unterstreichen – wir haben eine Menge sehr fähiger Anwälte in unserer Kanzlei. Du kannst jeden auswählen. Auch Harrison und ich stehen dir zur vollsten Verfügung.«

»Das weiß ich zu schätzen«, sagt Jace langsam. »Es soll auch keine Diskreditierung eures Könnens sein, nur eine Hervorhebung, wie gut diese Frau ist. Ich weiß, als Anwälte verlassen wir uns nicht auf unsere Gefühle, aber ich spüre, dass dies die richtige Entscheidung ist.«

Harrison schüttelt den Kopf. »Das ist sie nicht. Aber versuch es. Wir sind hier, wenn du uns brauchst, Jace. Immer.«

Jace' Kehle zieht sich zusammen. Er versucht, es sich nicht anmerken zu lassen, dass er von Emotionen durchflutet wird. Aber sein »Danke, Harrison«, klingt doch reichlich heiser.

»Immer, Junge«, sagt Roger und legt ihm die Hand auf die Schulter. »Dann fang mal dein Rodeopony.«

Jace' Mundwinkel zeigt ein wenig nach oben. »Das ist wahrscheinlich das Sexistischste, das du je gesagt hast.«

Harrison lacht. »Bei weitem nicht. Da kommt viel Schlimmeres aus dem misogynen Sack.«

»Ich will's gar nicht wissen«, murmelt Jace und geht Richtung Tür.

»Halt uns auf dem Laufenden, Jace«, sagt Roger noch, bevor die Tür ins Schloss fällt.

Ja, wie bekommt er nun die furchteinflößendste Frau der Welt dazu, genau das zu tun, was er will?

Er zieht seine Jacke über und steigt unten in ein Taxi. Er nennt dem Fahrer die Adresse, die er gar nicht erst nachschauen muss. Jeder Anwalt kennt die Adresse von Spencer, Donaldson & Tryst. Und jeder Anwalt träumt davon, irgendwann für diese legendäre Firma zu arbeiten. Aber sie nehmen nur die Besten, die Allerbesten. So wie Chrissa.

Er nimmt den Aufzug nach oben und steht dann einer Sekretärin gegenüber, die aussieht, als wolle sie ihn zum Frühstück verspeisen. Die Empfangsdame war einfach. Ein bisschen Charme, ein bisschen sexy durch die Lippen atmen und sie war nur noch Wachs, als sie ihm den Weg wies.

Diese Frau hier ist eindeutig ein anderes Kaliber.

»Ms. Hawthorne hat keine Zeit, das habe ich Ihnen bereits fünf Mal gesagt. Sie können einen Termin machen, aber das ändert nichts daran, dass Sie jetzt nicht zu ihr können«, wiederholt sie, Elaine, wie er von der Empfangsdame erfuhr, erneut.

»Elaine, ich brauche Ihre Hilfe. Sie müssen mir fünf Minuten mit Ms. Hawthorne besorgen«, schmeichelt er ihr, aber das ist fruchtlos. Sie steht da, wie aus Granit gehauen, und verzieht keine Miene.

»Das kann ich nicht. Ms. Hawthorne ist sehr strikt mit ihren Terminen«, entgegnet sie und geht gar nicht auf das Lächeln ein, das normalerweise die Frauen in Ohnmacht fallen lässt.

Das kann er sich gut vorstellen. Sie wirkt wie ein Kontrollfreak. Wie ein winziger General beinahe. Obwohl sie besser aussieht als Napoleon. Viel besser. Der kleine Mann ... Wie ist er jetzt eigentlich auf diesen Zwerg gekommen?

»Elaine, was kann ich tun, damit Sie mir helfen?«

Ungerührt blickt sie ihn an. »Da können Sie leider gar nichts tun. Wie gesagt, Ms. Hawthorne ist sehr streng mit Ihrem Terminkalender. Außerdem hat sie viel zu tun, daher ist der nächste freie Termin in zwei Wochen.«

»Ich habe keine zwei Wochen«, beginnt er, als er Absätze hört, die auf dem Boden herum trommeln. Klack, klack, klack. Das ist Stechschritt, ganz eindeutig. Das muss sie sein.

Er dreht sich in die Richtung, schaut zu ihr. Elaine versucht sie abzuschirmen, aber da fällt ihr Blick auf ihn und sie bleibt plötzlich stehen.

»Sie?«, fragt sie irritiert. »Was wollen Sie?«

»Fünf Minuten Ihrer Zeit«, antwortet er und geht auf sie zu.

»Ms. Hawthorne, ich habe ihm mehrmals gesagt, dass Sie keine Zeit für ihn haben, aber er ...«, versucht sich Elaine zu entschuldigen.

»Schon okay. Mr. Monroe ...« Sie deutet auf ihre Tür und er geht voran. Sie schließt die Tür hinter ihm und setzt sich dann auf ihren Stuhl. »Nehmen Sie doch Platz.«

Er setzt sich und schaut sie ruhig an. Er hat keine Angst vor ihr, auch wenn er ihr Können bewundert. Sie ist intelligent und mutig und kann ihm in den Arsch treten. Das hat sie eindrucksvoll bewiesen. Aber trotzdem ... Irgendwas hat sich bei diesem Mittagessen zwischen ihnen verändert. Er hat ihre weiche Seite gesehen, ihre verletzliche und ungeschützte Flanke. Er hat gesehen, das viel von ihrem eiskalten Äußeren nur Fassade ist. Sie musste sich durchsetzen, musste lernen, härter zu sein als andere. Härter als ihre männlichen Kollegen, denn sonst hätte sie es nie so weit gebracht. Sie hat gelernt, einzustecken, Dinge nicht an sich herankommen zu lassen, aber sie treffen sie doch. Das konnte er sehen. Auch wenn das unglaublich kitschig klingt, aber er hat in ihre Seele geblickt. Und da ist sie eben nicht nur diese unglaubliche *badass* Frau, sondern auch ein kleines Mädchen, das geliebt werden will.

Bevor er anfängt, ihr einen Elektrakomplex anzudichten, erzählt er ihr wohl besser, was er will. »Chrissa.«

»Mr. Monroe.«

Er muss sich zusammenreißen, um nicht zu grinsen. Aber er schafft es. Sein Gesicht ist vollkommen ernst, als er sagt: »Ich brauche einen Anwalt.«

»Und da wollen Sie eine Empfehlung von mir?«

»Nicht ganz. Ich will Sie.«

Er sieht, dass sie das nicht kalt lässt. Aus diesem Grund hat er die Worte so gewählt. Sie ist also doch nicht total immun gegen seinen Charme, wie es zunächst den Anschein erweckte.

»Mich?«, fragt sie ein wenig fassungslos.

»Sie.«

»Wieso?«

»Weil Sie die Beste sind.« Er sagt das in einem Tonfall, der zeigt, dass er nur einen Fakt darstellt, ihr kein Kompliment macht. Zu dick aufgetragen und sie wäre schneller weg, als er ›Bob ist mein Onkel‹ sagen könnte.

»Hm. Wieso glaube ich Ihnen nicht?« Sie verschränkt die Arme vor der Brust. Er muss sich am Riemen reißen, weiterhin in ihr Gesicht zu schauen.

Will der mich verarschen? Das frage ich mich seit ein paar Minuten. Nach allem, was in den letzten Wochen passiert ist, kommt er hierher und will, dass ich ihn bei was auch immer vertrete? Das muss ein schlechter Scherz sein. Was anderes kann ich mir nicht vorstellen. Aber wieso? Er sitzt in einem Nest voller guter Anwälte, die ihm wahrscheinlich alle sehr gern helfen würden.

Also, warum ich?

»Sie sind die Beste. Und ich habe mich da in eine Sache hineinmanövriert, aus der ich nicht wieder herauskomme, wenn ich keine Hilfe bekomme.«

»Was für eine Sache?«

»Das kann ich Ihnen erst sagen, wenn Sie zustimmen. Es muss unter die Anwaltsschweigepflicht fallen.«

»Hm«, mache ich. Ich verstehe ihn natürlich, aber ich

muss doch vorher zumindest ansatzweise wissen, worauf ich mich einlasse.

Jace schaut mich an, als würde er wissen, wie es in mir aussieht. Tief in mir drin. Als würde er durch meine harte Schale durchsehen und erkennen, dass in mir ein butterweicher Kern zu finden ist. Das macht mir Angst. Ich habe noch nie jemanden getroffen, der mich am Anfang unserer Beziehung nicht gefürchtet hat. Klar, Mara und Lila habe ich mich geöffnet und sie wissen, dass ich auch sanfte Seiten habe. Aber sie schätzen mich auch für meine Stärke.

Aber Jace ... Es ist ebenso wie damals. Auch damals hat er mich erkannt, deswegen war es so intensiv zwischen uns. Ich versuche die Gedanken an die unliebsame Vergangenheit zu verdrängen. Obwohl ... So unliebsam war sie ja gar nicht. Ich meine ... Ach, lassen wir das.

»Ich brauche Sie, Chrissa.« Das sagt er so ehrlich, dass mein Körper reagiert. Mir wird warm. Ich spüre, wie sich meine Nippel gegen mein Jackett drücken. Wie gut, dass ich immer noch die Arme vor der Brust habe.

Hör auf, beschwöre ich jeden kleine Fitzel meines Körpers, der sich gerade anschickt, in Flammen aufzugehen. Ganz falsch, ganz falsch. Aber es ändert nichts. Jede Faser in mir will diesen Mann, Jace Monroe. Den heißesten Mann, den ich je gesehen habe. Fuck! Ich bin in der Hölle.

»Geben Sie mir zumindest einen Hinweis, worum es geht«, versuche ich in ungefährliches Fahrwasser zurückzugelangen.

»Es ist etwas Persönliches, aber es könnte Konsequenzen für mein berufliches Leben haben. Mehr kann ich Ihnen nicht sagen. Sie müssen mir vertrauen.«

Und das war das Falsche. »Ihnen vertrauen? Sie wollen mich doch fertigmachen. Darf ich Sie daran erinnern, Mr. Monroe?« Ich spucke seinen Namen beinahe aus und weiß nicht einmal, weswegen. Es ist ja nicht sein Name, der mich quält. Wenn, dann verspottet er mich nur. Ein wenig, ein kleines bisschen. Wenn ich seinen Namen gewusst hätte, hätte ich ihn schon vor Jahren suchen können. Wenn ich ihn gewusst hätte, hätte ich ihn finden können. Wenn ich ihn gewusst hätte, hätte ich Jace erklären können, warum ich damals abgehauen bin. Wenn ich ihn gewusst hätte, dann wären wir jetzt vielleicht nicht in dieser feindseligen Realität gefangen, sondern in einer anderen, einer besseren, in der Jace und Chrissa ein Paar sind ...

»Es tut mir leid«, sagt er und auch das klingt ehrlich. Fuck! Das ist doch nicht wahr!

Ich reibe mir über die Augen, weiß nicht, was ich tun soll. *Ganz toll, Chrissa. Du scheinst mal wieder alles im Griff zu haben.*

»Mr. Monroe, ich kann nicht zusagen, wenn ich nichts weiß. Und die jüngsten Ereignisse zwischen uns verhüten leider, dass ich Ihnen vertrauen kann. Wir sind da in einer Zwickmühle.«

Ich stehe auf, will zur Tür gehen, aber er stellt sich mir in den Weg. Er greift an meine Oberarme, zärtlich und behutsam. Bei der Berührung schießt Feuer durch meinen Körper und alles lodert hell. Was vorher nur schwelende Glut war, ist jetzt ein Präriebrand, unmöglich unter Kontrolle zu bringen.

»Chrissa, bitte. Hilf mir.« Er flüstert es beinahe in mein Ohr. Ich erschauere, als ich seinen Atem auf meinem Gesicht spüre.

Aber wenigstens kann ich mich in Notsituationen auf mich verlassen. Durch jahrelange Schulung zeige ich keinerlei Reaktion, nur innerlich zerschmelze ich.

»Wieso?«, frage ich in meiner normalen Stimme und gebe mir innerlich ein *High Five*, weil ich es schaffe, ihm zu widerstehen.

»Weil es hier um mein Leben geht, Chrissa. Ich hab eine große Dummheit begangen. Das ist mir klar, aber ... Es hängt nicht nur mein Leben davon ab, auch viele andere.«

Seine grünen Augen richten sich auf meine.

Er schüttelt leicht den Kopf. Was? Das kann doch nicht sein, oder? Nein, nein, sein Kopf muss ihm einen Streich spielen. Chrissa kann doch nicht ... Damals. Das ist unmöglich, oder? Er würde sie doch überall wiedererkennen ohne jeden Zweifel. Sie sieht ihr nur ähnlich, mehr nicht.

Das ist sie nicht. Das hier ist Chrissa Hawthorne, eine attraktive Frau, aber nicht das Mädchen, das seit zehn Jahren seine Gedanken bevölkert. Das kann sie nicht sein. Nein. Für einen Augenblick dachte er, den gleichen Ausdruck in ihrem Blick gesehen zu haben.

Sie schaut ihn überrascht an, als würde sie nicht verstehen, was da gerade vor sich geht. Und er kann es ihr nicht einmal verübeln, weil er es selbst nicht versteht. Wieso *fühlt* er diese Dinge?

Er versteht es selbst nicht, wie kann er erwarten, dass sie es versteht.

Er lässt sie los. Das ist das Schwerste, das er je gemacht hat. Alles in ihm schreit, er solle sie ja nicht gehen lassen, sie festhalten, immer bei sich behalten, aber ... er lässt sie los. Er tritt einen Schritt zurück, will nicht in ihren Raum eindringen. In dem Moment realisiert er, dass er verloren hat. Wie alle gesagt haben, wird sie ihm nicht helfen. Sie ist halt doch nur eine kaltherzige Schlampe.

In Gedanken rügt er sich für diesen Ausdruck. Das hat sie nicht verdient. Sie ist ihm nicht verpflichtet, hat ihr eigenes Leben. Und wenn man mal ehrlich ist, war er nicht besonders nett zu ihr. Wieso sollte sie ihm also helfen? Aus purer Menschlichkeit? Nie hat sie jemand beschuldigt, ein Herz zu haben, oder? Alle haben ihn gewarnt, dass sie kalt ist, nicht zu Mitgefühl imstande. Tja, und er hat sich was anderes eingebildet, nur weil er gesehen hat, dass sie vor ihrem Vater gekuscht hat?

Er ist so dämlich. Sein Blick wandert durch das Büro, trifft auf alles und nichts. Aber nicht auf sie. Niemals auf sie.

»Okay«, sagt sie da gerade.

Er muss sich verhört haben. Seine Augen richten sich erneut auf sie. »Was?«

»Okay, ich mach's«, flüstert sie und sieht ihn ein wenig scheu an.

»Sie machen es?«, fragt er fassungslos.

Sie nickt. »Sie sagen, Sie brauchen meine Hilfe. Also...«

Er lässt sich auf den Stuhl fallen, gerade noch auf die Sitzfläche und nicht daneben. Das wäre uncool gewesen, äußerst uncool.

»Wow, damit habe ich jetzt nicht gerechnet«, gibt er zu. Er fährt sich mit der Hand übers Gesicht. Diese Kleine hat ihn echt überrascht. Das gelingt nicht vielen Menschen. Eigentlich ist es schon sehr lange her, dass er überrascht wurde, und positiv noch dazu.

»Also jetzt, da ich Ihre Anwältin bin, muss ich die ganze Geschichte wissen«, sagt sie.

»Natürlich. Wann können wir mit der Arbeit beginnen?«

Chrissa geht zur Tür und bittet Elaine herein, die ihm verschiedene Terminvorschläge macht. Als er geht, fällt ihm ein Stein vom Herzen. Vielleicht, vielleicht muss er doch nicht in den Knast. Es wissen ja alle, dass Anwälte im Gefängnis nicht sonderlich beliebt sind, und mit einem Gesicht wie seinem ist das Elend vorprogrammiert. Chrissa wird ihn davor bewahren, Schwänze lutschen zu müssen. Er grinst, als er in den Aufzug steigt und denkt, *er hätte absolut nichts dagegen, wenn sie seinen lutschen würde …*

KAPITEL NEUN

»O mein Gott, Chris!«, kreischt Lila, als wir durch die Türen von *Get Punished* treten. Ihre Finger krallen sich in meinen Arm.

»Aua, Lila, aua«, sage ich und versuche, ihre Klauen von mir zu lösen, aber keine Chance. Wenn sie ihre Beute erst mal hat, gibt es kein Entkommen.

Während Lila, Mara und die sieben anderen Mädels, die mit uns in den Stripclub gehen, schon mal vorgehen, warte ich an der Kasse auf den Manager, der für unsere besondere Braut etwas Besonderes vorbereitet hat. Aber dafür muss er ja erst mal wissen, wer sie ist. Ich meine, falls die pinke Krone mit *I'm the bride* es nicht verrät. Ich habe keine Kosten und Mühen ... Naja, Elaine hat keine Kosten und Mühen gescheut, um diesen Abend grandios werden zu lassen. Inklusive privater Tanzvorführung im Separee.

Ich bin mir nicht ganz sicher, ob letzteres eine gute

Idee ist. Die alte Lila hätte dem wahrscheinlich nicht widerstehen können und dem sexy Mann ein Angebot gemacht, dass er nicht ablehnen könnte. Die neue Lila ... Nun, wir würden sehen. Aber trotzdem ist so ein privater Lapdance – nennt man das eigentlich bei männlichen Strippern auch so? – doch eine feine Sache.

Der Manager bringt uns zu dem reservierten Bereich in der ersten Reihe. Eine Kellnerin, die spärlich gekleidet ist, nimmt unsere Bestellung auf.

»Lassen Sie die Shots kommen«, raune ich ihr zu und gebe ihr meine Kreditkarte, damit sie alles abbuchen kann. Gefährlich, aber nun gut, Lila heiratet ja auch nur einmal. Hoffentlich. Noch einmal mache ich den Zirkus bestimmt nicht mit.

Ich schaue zu ihr. Sie strahlt über das ganze Gesicht, genießt die Aufmerksamkeit und die Tatsache, dass all ihre Freundinnen bei ihr sind. Sie ist glücklich. Und das macht mich glücklich. Sie dreht an ihrem Button *I'm the bride so deal with the attitude*. Sie hat sich kaputt gelacht, als ich ihr den gegeben und sie liebevoll Bridezilla genannt habe.

Ich werde gerade ein bisschen melancholisch. Eine Ära geht zu Ende. Zumindest fühlt es sich so an. Lila und ich haben seit so vielen Jahren miteinander gefeiert, sind auf die wildesten Partys gegangen. Wir haben einander nie verurteilt, weil wir wussten, dass die Andere es nicht minder verrückt getrieben hat. Und jetzt ... jetzt wird sie Mrs. Spießer und ich, was wird dann aus mir?

Ich weiß, ich bin ein bisschen lächerlich, aber es fühlt sich an, als würde ich meine Freundin verlieren. Und das ist kein gutes Gefühl. Gar nicht gut. Ich spüre ihre Blicke auf mir und schaue in ihre Augen. Ich bemühe mich zu lächeln, als sie die Lippen bewegt. *Ich liebe dich. Danke.*

Das Schlimme an einer Eisprinzessin wie mir ist ja, dass alle total erstaunt sind, wenn man mal Gefühle zeigt. Als mir eine kleine Träne die Wange runterrollt, verzieht sich Lilas Gesicht in Horror und sie schmeißt sich quasi in meine Arme.

»Alles okay, Chris?«, fragt sie besorgt und streichelt meine Wange.

»Alles okay«, murmel ich. »Es ist nur ... Es fühlt sich an, als würde ich meine Freundin verlieren.«

Sie küsst mich auf die Wange. »Ach, Süße, du verlierst mich doch nicht! Ich bleibe dir erhalten. Immer und immer.«

»Ja, das sagst du so. Und wer reißt Kerle mit mir auf?«, frage ich und uns beiden ist klar, dass das nur halb Spaß ist.

Lila zieht an Maras Arm. »Mara. Sie ist sogar viel besser geeignet als ich. Mit mir musstest du die Männer teilen, aber mit Mara kannst du sie alle behalten. Und schau sie dir an, die Männer liegen ihr zu Füßen.«

Mara lacht etwas verschüchtert. Aufmerksamkeit ist nicht so ihres. Was ich nicht verstehen kann, denn sie ist wirklich eine Augenweide. Wenn sie auf Männer stehen würde, hätte sie zehn an jeder Hand. Und ich weiß aus Erfahrung, dass sie auch zehn Frauen an jedem Finger haben könnte, wenn sie wollte.

Aber sie will ja nur Piper.

Ich kann mich nur wiederholen. Die beiden haben eine perfekte Beziehung. Ich möchte auch mal in so einer Beziehung leben, wenn ich groß bin. Nur mit einem Mann. Der bitte auch nicht so eine Zicke wie Piper ist. Danke.

»Naja, vielleicht geht das«, scherze ich und fange mir einen Stupser von Mara ein. Sie ist so süß.

Und dann geht es los. Lila eilt zu ihrem Platz, will ja nichts verpassen, während ich leise lache. Sie ist schon eine Verrückte.

Als Braut darf sie auf den *Hot Seat*, wird von den zugegeben wirklich heißen Männern angetanzt, die sich in eindeutigen Gesten an ihr reiben. Sie lacht und nimmt die Gelegenheit wahr, auf Tuchfühlung zu gehen. Ich glaube, sie hatte noch nie so viele Hintern an einem Abend in den Händen wie heute. Und ich meine gesehen zu haben, dass sie einem der Typen auch zwischen die Beine gegriffen hat. Lila ... echt jetzt.

Und dann muss sie sich auf den Rücken legen, während ein Mann einen Handstand zwischen ihren Beinen mit seinem Gesicht an ... nun ja, ihrer Muschi macht. Mara und ich brechen in schallendes Gelächter aus, weil es doch ein klein wenig lächerlich aussieht. Ich möchte diese Kunstform nicht schlecht machen, aber manchmal ist sie doch nur dazu geeignet, sich darüber zu amüsieren.

Aber Lila ist in ihrem Element. Als sie dann noch von einem der Stripper nach hinten mitgenommen wird, zeigt sie uns nicht gerade diskret ein Daumen hoch. Mara und ich haben Tränen in den Augen, als wir uns anschauen. Lila ist echt eine Marke.

»Wie geht's dir, Chrissa?«, fragt Mara, als es um uns ruhiger wird.

»Gut«, antworte ich reflexartig.

Sie schaut mich zweifelnd an. Wenn Mara schon Zweifel an meiner Aufrichtigkeit hat, dann bin ich keine gute Lügnerin. »Und ehrlich?«

Ich streiche mir die Haare aus der Stirn. »Ehrlich ... Ich weiß gar nicht, ob ich das noch sein kann.«

»Naja, du bist Anwältin«, scherzt sie.

Ich nicke. »Manchmal frage ich mich, ob das alles noch moralisch vertretbar ist, was ich mache.«

»Wie meinst du das?«, fragt sie mit zusammengekniffenen Augen.

Ich trinke meinen Martini leer. »Ich kann dir das nicht erzählen. Schweigepflicht und so. Aber manche Klienten sind schuldig und ich verteidige sie trotzdem.«

Mara nickt. »Naja, das ist dein Beruf.«

»Ja, aber manchmal ist er Scheiße. Vor allem dann, wenn ich doch eigentlich mit Strafrecht nichts zu tun haben will.«

»Ist das alles? Dass du unzufrieden mit deinem Job bist? Dein Job war schon immer so und du hast noch nie ... Ich will dir nicht zu nahe treten, aber es ist unglaublich viel Traurigkeit in deinem Blick.«

Ich nicke langsam. »Hm. Vielleicht.«

»Willst du es mir nicht erzählen? Manchmal hilft es, wenn man über Dinge spricht.« Mara schaut mich so offen und lieb und süß an, dass ich sie am liebsten wie mein Kuscheltier mit ins Bett nehmen würde. Rein platonisch natürlich.

»Dafür brauche ich noch einen«, sage ich und winke unserer leicht bekleideten Kellnerin.

Als wir beide versorgt sind, fragt sie: »Und?«

»Mein Vater war hier. Letzte Woche.«

»Oh.«

»Ja, oh.« Ich reibe mir die Schläfe. »Er will, dass ich nach Hause komme, um zu heiraten. Um dem Clan einen Erben zu schenken.«

»Äh, wie bitte?«, fragt sie entsetzt.

»Du hast richtig gehört. Ich soll als Trophäe und

Zuchtstute versteigert werden.«

»Das ist doch nicht dein Ernst!«, sagt sie empört. »Hat er noch nie etwas von Frauenrechten gehört? Du musst niemanden heiraten, den du nicht heiraten willst!«

»Das ist ihm scheißegal«, sage ich und fuchtel mit meinem Glas durch die Luft. Vielleicht bin ich nicht mehr ganz nüchtern, aber wer ist das schon auf einem Junggesellinnenabschied?

»Aber das ... das kannst du nicht zu lassen!«

»Nein, natürlich nicht ... Aber ...«

»Aber?«, hakt sie nach.

»Naja, er ist die einzige Person, der ich nicht Paroli bieten kann.«

Sie greift nach meiner Hand, die ein klein wenig zittert. »Chrissa ... Du bist die stärkste Frau, die ich kenne. Du wirst dich nicht ins Bockshorn jagen lassen, schon gar nicht von so einem Schwanzträger, der meint, dich kontrollieren zu können. Du tanzt nicht nach seiner Pfeife!«

»Ich will es ja auch nicht, aber ... manchmal verlässt mich der Mut.«

»Vergiss es! Nicht in dieser Situation! Du wirst ihm sagen, was du willst. Er ist dein Vater. Dein Glück sollte das Wichtigste für ihn sein.«

Mara ist echt ein Goldstück. Sie wirkt immer so schüchtern, aber eigentlich hat sie eine innere Stärke, die ich bewundere. Sie weiß, was sie will, auch wenn sie ihre Freundin die Zügel in der Hand halten lässt. Aber das macht sie nicht schwach. Ganz im Gegenteil. Sie ist stark.

»So sollte es sein. Ach, Süße, du hast dieses perfekte Elternhaus am Arsch der Welt. Deine Eltern interessieren sich für *dich*. Nicht für das, was du erreicht hast oder welchen Status du erlangt hast, sondern für dich, dich als Person mit deinen Macken und Schwächen und all den Stärken, die du besitzt. Und meine Eltern ... Naja, sagen wir, sie sind niemals zufrieden. Selbst wenn man die Beste ist, kann man noch besser sein.« Voller Bitterkeit sage ich den Wahlspruch meines Vaters auf, der mich von Kindheit an begleitet. Meinen Eltern war und ist es nicht nur wichtig, dass ich die anderen aussteche, sondern dass ich immer am Ball bleibe, besser und besser werde, mich anstrenge bis zur totalen Erschöpfung. Erst dann, dann waren sie für den Moment zufrieden.

»Du hast es schon einmal geschafft, Chrissa, du wirst es wieder schaffen. Ich weiß es. Du bist stark und klug und du bestimmst deinen eigenen Weg. Du allein. Denk an dein Tattoo!«

Geistesabwesend fahre ich über das Tattoo an meinem linken Unterarm. *She believed she could, so she did.* Ja, ein wunderbarer Satz, voller Hoffnung. Aber ... hm. In manchen Augenblicken kann man die Stärke in sich nicht finden. Man sucht und sucht, weiß, dass sie irgendwo ist. Doch sie versteckt sich so gut, dass man nur ein Schatten seiner selbst ist, nicht die volle Person, die man sein könnte. Deswegen ließ ich dieses Tattoo stechen, um mich daran zu erinnern, dass ich stark bin. Es ist nicht der Furchtlose mutig, sondern der, der seine Furcht besiegt.

»Ich weiß. Und ich glaube daran, dass ich es schaffe, aber ich bin momentan noch nicht bereit für diesen Kampf.«

Sie nickt verständig. »So lange du weißt, dass dieser Kampf unausweichlich ist und du nicht ewig vor ihm fliehen kannst, ist alles okay.«

»Das weiß ich.«

Sie hält ihre Bierflasche hoch und stößt mit mir an. »Auf den eigenen Weg.«

Ich nicke. »Auf den eigenen Weg.«

Ein Stripper kommt zu uns. Offensichtlich hat er ein Auge auf Mara geworfen. Sie ist ja auch bildschön. Hab ich das schon erwähnt?

Er hält ihr seinen Schritt ins Gesicht und reflexartig lehnt sie sich zurück. Das sieht so witzig aus, dass ich lachen würde, wenn ich nicht gleichzeitig ihr entsetztes Gesicht sehen würde. Das ist ihr überhaupt nicht recht.

Ich helfe ihr aus der misslichen Lage und schicke ihn in Richtung einer betrunkenen Brautjungfer, die laut quietschend die Aufmerksamkeit genießt. Na also. Zwei Menschen glücklich gemacht.

»Danke«, sagt Mara leise.

»Keine Sorge, Süße. Ich beschütze dich.«

Sie lacht. »Mein eigener Bodyguard im Handtaschenformat.«

»Hey«, sage ich empört, »so klein bin ich auch nicht.«

»Aber fast«, gibt sie zurück.

Ich leere mein Glas und blicke mich um. Wieso habe ich eigentlich an so was keinen Spaß mehr? Ich meine, Lila und ich waren der Mittelpunkt jeder Party. Wann bin ich so langweilig und alt geworden?

»Bin ich langweilig?«, frage ich Mara, die sich beinahe an ihrem Bier verschluckt.

Sie lacht. »Das fragst du mich, die lieber Bücher liest, als auszugehen?«

Ich zucke mit den Schultern. »Naja, du bist gerade da.«

Sie stößt mich mit der Schulter an. »Na, danke für das Vertrauen.«

Ich grinse. »Vielleicht brauche ich einfach nur Sex.«

»Wann war das letzte Mal?«

»Letzte Woche, aber der zählt nicht.«

»Wieso nicht?«

»Weil sein Schwanz kleiner als ein Bleistiftstummel war«, gebe ich zurück.

Sie prustet los. »Du gerätst auch immer an die schärfsten Typen.«

»Ich hab nicht mal gespürt, dass er drin war«, meine ich.

»Ihr Heten habt Probleme«, grinst sie.

»Jaja«, mache ich, als ich ihren verträumten Gesichtsausdruck sehe, während sie an ihre große Liebe denkt. Bei jedem anderen würde ich mich übergeben, aber Mara gönne ich ihr Glück. Sie ist der liebste Mensch, den ich kenne, und hat jedes Stückchen Freude verdient.

Ich trinke noch einen Martini. Mittlerweile habe ich aufgehört, sie zu zählen. Sechs vielleicht.

»Hab ich dir mal von Jace erzählt?«, frage ich und lalle schon ein bisschen.

»Nein«, sagt sie. »Wer ist das?«

»Natürlich habe ich dir nicht von ihm erzählt. Ich kannte ja seinen Namen nicht. Aber er ist der Typ, den ich damals nach der tollsten Nacht meines Lebens verlassen habe.«

»Ah, Mr. *Perfect.*«

»Ja, genau. Ich hab ihn letzte Woche wiedergesehen. Er heißt Jace und ist Anwalt. Aber ... er hat mich nicht erkannt.« Ich lasse den Kopf hängen.

»Ach, Süße.«

»Ja. Ich dachte, ihm hätte unsere gemeinsame Nacht auch etwas bedeutet, aber er konnte sich nicht mal an mich erinnern. Vielleicht bin ich deswegen auch traurig. Sehr traurig.«

Sie legt mir den Arm um die Schultern. »Verstehe ich. In deinen Gedanken hast du ihn zu dieser Lichtgestalt werden lassen. Aber niemand kann so einer Verherrlichung entsprechen. Das weißt du doch. Es ist ganz klar, dass er da nicht mithalten kann.«

»Ja, aber er hätte mich doch wenigstens erkennen können«, murmel ich. »Meine Augen zumindest.«

»Ja, die sind unverkennbar.«

»Was, wenn ich nie jemanden finde, mit dem ich für immer zusammen sein kann?«

»Mir war nicht bewusst, dass du das willst.«

Ich zucke mit den Schultern. »Naja, nicht sofort, aber irgendwann vielleicht doch. Ich will nicht mein ganzes Leben lang allein sein.«

Sie nickt langsam. »Der Richtige ist da draußen, Chrissa. Das glaube ich ganz fest. Es gibt sie, diese besonderen Beziehungen, die ein Leben lang halten. Er wird kommen, wahrscheinlich dann, wenn du es am wenigsten erwartest.«

»Das ist doch abgedroschener Scheiß.«

Sie lacht. »Vielleicht ein bisschen. Aber wenn es schon so oft erzählt wurde, dann weil es wahr ist. Weil es die Liebe des Lebens gibt.«

»Glaubst du wirklich daran?«

Sie nickt. »Ja. Ich habe sie gefunden. Lila hat sie gefunden.«

»Oh, bitte«, lalle ich, viel zu laut. »Trevor ist doch nicht Lilas Liebe des Lebens! Sie hat auch Standards.«

»So denkst du also?«, fragt plötzlich eine schneidende Stimme hinter mir.

Ich drehe mich um, hoffe, dass es jemand anderes ist, aber natürlich ist es Lila. »Lila ...«

»Nein! Ich habe Liebe gefunden, aber du, du machst alles kaputt, weil du neidisch bist oder sonst was. Keine Ahnung, wieso du es mir missgönnst.«

»Tue ich nicht«, versuche ich sie zu beschwichtigen.

»Doch, du hast noch nie ein gutes Haar an Trevor gelassen! Immer machst du ihn schlecht, dabei ist er ein guter Mann!«

»Ja, doch«, sage ich kleinlaut. Wieso muss dieser schöne Abend so enden? Und wieso kann ich nicht einmal meine Klappe halten? »Aber er ist nicht der Richtige.«

»Das hast du nicht zu entscheiden, Chrissa! Das ist mein Leben. Und wenn du eine Rolle in diesem spielen willst, musst du langsam anfangen, meine Entscheidungen zu respektieren!«

»Aber das tue ich doch!«, gebe ich zurück.

»Nein, tust du nicht! Du maßt dir ständig ein Urteil an.«

Ich schüttel den Kopf. »Gar nicht ständig. Ich gebe zu, du hast Recht in Bezug auf Trevor, aber sonst nicht. Wirklich nicht! Wir beide verurteilen einander nicht.«

»Ja, das dachte ich auch. Ich dachte, du bist meine beste Freundin und dass ich mich auf dich verlassen kann, aber stattdessen bist du auch nicht anders als andere Frauen. Einfach nur eine *Bitch.*« Ihr Blick ist bitterböse und verletzt. Er fährt mir direkt ins Herz.

»Es tut mir leid, Lila, wirklich. Du hast recht. Das war scheiße.«

Sie nickt. »Ja. Ich fahre jetzt nach Hause.« Sie dreht sich um und verschwindet, bevor ich es schaffe, aufzustehen. Mara läuft ihr hinterher und ich versuche zu folgen, aber es dreht sich alles. War wohl doch nicht so gut, so viel zu trinken.

Ich halte mich an der Lehne des Stuhls fest und versuche, die Balance zu halten.

»Soll ich Ihnen ein Taxi rufen?«, fragt die zuvorkommende Kellnerin, der ich gleich ein dickes Trinkgeld geben werde.

»Bitte«, sage ich und schwanke zur Theke. Dort unterschreibe ich den Kreditkartenbeleg. Fuck, ist das viel! Wie viel können zehn Frauen trinken?

Ich wanke zum Ausgang, sehe aber niemanden mehr von den Mädels. Ich hole mein Handy aus der Tasche, lese Maras Nachricht, dass sie mit Lila gefahren ist, weil es ihr nicht gut ging.

Ja, ja, lasst mich doch alle im Stich.

Ich warte auf mein Taxi und scrolle durch meine Kontakte. Jace. Er hatte mir seine Nummer gegeben, als er bei mir im Büro war.

Soll ich ...?

Uups, schon auf *Anruf verbinden* gedrückt.

»Chrissa?«, fragt er erstaunt.

»Du bis'n Arsch«, lalle ich ins Telefon.

»Okay«, sagt er vorsichtig. »Hast du getrunken?«

»Das geht dichen Scheiß an, wassich tu.«

Irgendwie habe ich das Gefühl, dass die Worte gar nicht mehr voneinander getrennt sind. Lustig.

»Geht es dir gut? Soll ich dich abholen? Wo bist du?«

»Das issnich dein Bisnes.«

»Okay, warum rufst du an?« Seine Stimme klingt besorgt. Süß, oder?

»Weil du'n Arsch bis und ich dasma sag'n muss.«

Er seufzt leise. »Warum bin ich ein Arsch?«

»Weil du misch gefickt has und dann verschwunen bis.«

Stille am anderen Ende der Leitung. »Wörtlich oder figurativ?«

»Wörtlich.«

Schweigen. »Wir hatten Sex?«

»Du Scheißpisser! Du weißt's nichmamehr!« Ich bin ganz schön aufgebracht. Dieser Arsch! Für mich war es ein so wunderbares Erlebnis und er? Er ist blöd! Saublöd!

»Chrissa, wir hatten keinen Sex. Daran würde ich ...« Schweigen.

»Erinnern? Ha! Es wa woll nich der Rede wert.«

»Wo bist du?«, fragt er nach einer halben Ewigkeit. »Ich hol dich ab.«

»Nein, lass misch.«

»Du kannst nicht alleine betrunken durch die Gegend wandern! Sag mir sofort, wo du bist!« Seine Stimme klingt wütend, aber das bin ich auch!

»Ach, auf eima intressierse dich für misch.«

»Chrissa Hawthorne, sag mir jetzt, wo du dich, verdammt noch mal, befindest! Sonst rufe ich die Polizei und die wird dich finden!«

»Das würdse nich tun«, sage ich mit der Überzeugung einer Betrunkenen.

»Teste mich nicht.« Seine Stimme ist nur noch ein Grollen.

»Fein. *Get Punished.*« Ich lege auf. Ha, dem habe ich es aber gegeben. Oi, mir wird schlecht. Ich laufe ein paar Schritte und übergebe mich in eine Mülltonne. Mist, das ist mir ja schon Ewigkeiten nicht mehr passiert.

Ich suche nach einem Taschentuch und lasse mich dann auf der Bordsteinkante nieder. Ich lehne den Kopf an, ich weiß nicht an was, aber es tut gut. Klebt ein bisschen.

Ich wache auf, als mich jemand hochhebt.

»Hey«, murre ich.

»Shh, alles ist gut. Ich bin's.« Jace trägt mich zu einem wartenden Taxi und setzt mich hinein.

Er murmelt noch: »Sei froh, dass ich wusste, das *Get Punished* ein Club ist. Sonst wäre jetzt der Teufel los.« Aber ich achte nicht drauf.

Er nimmt mich in den Arm und ich vergrabe mein Gesicht an seiner Brust. Dass er aber auch so gut riechen muss. Ich atme seinen Geruch ein und lächel leicht. Das fühlt sich gut an.

KAPITEL ZEHN

Das kann doch nicht sein, denkt er, während er ihren Rücken streichelt. Sie ist es? Das Mädchen, das seit mehr als einer Dekade durch seine Gedanken spukt. Die Frau, an der sich alle messen lassen müssen? Sein Mystery-Girl? Wie konnte ihm das nicht auffallen?

Und fuck, was hat er nur zu ihr gesagt? Dass er sie fertigmachen will? Gott, wie kann man nur so dämlich, dämlich, dämlich sein.

Sie riecht ein wenig ... nun ja ... ekelig, aber sie fühlt sich so an wie damals. Der kleine Körper in seinen Armen, seine Hände, die ihre Haut streicheln – oder in diesem Fall den Stoff ihres Kleides. Schließlich ist er nicht so ein Nekro-Freak, der es mit Halbtoten treiben will.

Er hat sich so gewünscht, sie wieder zu treffen. Und dann erkennt er sie nicht mal! Er war sich so sicher, dass er sie nur sehen müsste ... Fuck, er hat sich geirrt. Er versucht sich das Gesicht von Mystery-Girl vorzustellen, aber die

Zeit hat das ihre getan, um seine Erinnerungen zu trüben. Er schafft es nicht. Er sieht braune, lockige Haare, eine zierliche Figur ... Mehr nicht. Und dann ist es, als wäre ein Schleier heruntergerissen worden. Als er an Chrissas Gesicht denkt, schiebt es sich wie eine Schablone über seine schwammige Erinnerung. Und alles passt. Es macht Klick und das Bild ist wieder perfekt.

Chrissa. Sein Mystery-Girl. Endlich wird er eine Antwort auf die drängende Frage bekommen, warum sie damals ging. Es war so eine wunderbare Nacht. Er schlief zum allerersten Mal in seinem Leben absolut glücklich ein, war mit sich und der Welt im Reinen, war sich sicher, die Eine gefunden zu haben. Manchmal gibt es eben Liebe auf den ersten Blick. *Sie liegt in seinen Armen, ihr Kopf auf seiner Brust, ihre Hand auf seinem Herzen, seine Hand, die ihre umfasst. Ihr ruhiger Atem, der gegen seine Haut pustet. Er umarmt sie so fest, wie es in der Position möglich ist, will sie nicht gehen lassen. Sein Glück. Seine Hoffnung auf ein Happyend.*

Und dann wachte er auf und all das schwand. Zuerst hoffte er, dass sie nur im Bad war, dann, dass sie Hunger hatte und ins Hotelrestaurant gegangen war. Doch all das zerschlug sich. Er wünschte sich, dass sie nur kurz nach Hause musste. Er zögerte seine Abreise so lang hinaus, wie es irgend ging, aber ... nichts. Sie kam nicht zurück. Und irgendwann fragte er sich, ob sie möglicherweise nur ein Traum war. Ob es diese perfekte Frau nur in seinen Gedanken gab. Er war noch nie so verzweifelt wie in den Tagen und Wochen nach dieser Nacht. Selbst damals nicht, als ...

Er will nicht daran denken, will sich nicht mit einer Vergangenheit abmühen, die eben das ist: vergangen. Er schaut zu ihr hinab. Sie schläft in seinen Armen. Es ist perfekt, nun ja, beinahe. Es wäre perfekt, wenn sie besser riechen würde und wenn ... Ja, wenn sie seine wäre. Seine Chrissa.

Das Taxi hält vor seinem Haus und er bezahlt, bevor er sie auf die Arme nimmt und nach oben bringt. Er legt sie auf sein Bett, zieht ihr die Schuhe aus, deckt sie zu. Er stellt ein Glas Wasser auf den Nachttisch, dazu ein Fläschchen Advil.

Er will nichts lieber, als sich neben sie zu legen und sie die ganze restliche Nacht zu beobachten, aber er will keine Grenzen überschreiten. Er will nicht, dass ihre zweite gemeinsame Nacht irgendwelches Unbehagen auslöst. Und wenn er ehrlich ist, will er, dass sie sich an jede Nacht, die sie gemeinsam verbringen, erinnern kann. An jede einzelne Sekunde, an alles, was er mit ihr anstellt, an jedes kleine Staubkorn, das um sie herum tanzt. Alles, alles soll sie wissen.

Er geht ins Wohnzimmer, zieht sich aus. Eigentlich schläft er nackt, aber heute Nacht zieht er Boxershorts und Shirt an. Er will sie nicht in Verlegenheit bringen, will keinen Fehler begehen. Er will sie zurück.

Er legt sich auf die Couch, zieht die Decke über sich. Sein Arm ist hinter seinem Kopf verschränkt, während er an den Sex mit ihr denkt. An den Geschmack ihrer Nippel, an den Duft von erregter Frau, der ihm entgegenkam, als er sie zwischen den Beinen berührte. An ihre Laute, die so unglaublich sexy waren und ihn anturnten. An das Gefühl ihrer Finger auf seiner Haut. Und an ihren Anblick, als sie sich vor Lust unter ihm wand.

Nie zuvor hat er jemand anderen so sehr gewollt ... Und die Eine, die er wollte, ist einfach verschwunden. Ohne ein Wort, ohne eine Zeile. Weg.

Vielleicht hat er noch eine zweite Chance. Aber vielleicht ... vielleicht sind sie jetzt vollkommen andere Personen als damals, möglicherweise inkompatibel. Vielleicht passen sie nicht mehr zueinander.

Damals war sie warm und herzlich, witzig und in gewisser Weise sanft, zu gut für diese Welt. Und jetzt, jetzt ist sie eine eiskalte Anwältin, die zuschnappen kann wie ein Barrakuda. Aber ... aber er hat auch diese Verletzlichkeit gesehen. Und diesen Ausdruck in ihren Augen, der ihn an das Mädchen von damals erinnerte ... Wieso hat er nicht auf seine Intuition gehört? Er war schon einmal kurz davor, eins und eins zusammen zu zählen. Wieso hat er sich eingeredet, dass die Ähnlichkeit nur Zufall sei? Was muss das auf sie für einen Eindruck gemacht haben, dass er sie nicht erkannt hat? Wird sie ihm unter diesen Umständen glauben, dass ihm ihre gemeinsame Nacht wichtig war? Dass sie ihm wichtig war? Wichtig ist?

Und dass sie ihn erkannt hat ... Was heißt das? Dass sie auch immer an ihn gedacht hat? Dass sie die gleichen Dinge in dieser Nacht gefühlt hat? Dass er ihr wichtig ist?

Sie war sauer darüber, dass er sich nicht erinnern konnte. Heißt das ...? Er sollte mit all diesen Fragen aufhören, die doch zu nichts führen. Er kann sie morgen fragen. Vielleicht sollte er die Tür abschließen, damit sie nicht wieder fliehen kann ...

Er schüttelt den Kopf. Nein. Er möchte, dass sie von allein bei ihm bleiben will.

Er hört Geräusche aus dem Schlafzimmer und steht auf. Sie ist aufgestanden und gegen die Kommode gekommen.

»Alles okay?«, fragt er leise.

Sie nickt. »Ja, ich wollte ins Bad. Aber ich habe mich

wohl verlaufen.«

Er drückt auf den Lichtschalter, dimmt aber gleichzeitig die Stärke, sodass sie nicht blinzeln muss. Er reicht ihr die Hand. »Hier.«

Sie zögert kurz, bevor sie sie ergreift. Er führt sie zur richtigen Tür. »Möchtest du duschen? Zähne putzen? Ich gehöre leider nicht zu den vorbereiteten Menschen, aber du kannst meine Zahnbürste benutzen, wenn du möchtest.«

Sie schaut ein wenig verlegen zur Seite. »Danke«, flüstert sie.

»Handtücher sind im Schrank. Ich kann dir ein T-Shirt geben.«

»Okay.«

Er geht zurück ins Schlafzimmer und holt ein Shirt, das ihr viel zu groß sein wird. Sie nimmt es entgegen. Einen Moment steht er noch da, bevor er murmelt: »Ich bin im Wohnzimmer, falls du irgendwas brauchst.«

Er setzt sich auf die Couch. Er spitzt die Ohren, will nicht verpassen, wenn sie aus dem Bad kommt. Vielleicht braucht sie ja was. Es mag merkwürdig sein, aber seit er weiß, wer sie ist, will er sie die ganze Zeit in den Armen halten, ihr jeden Wunsch von den Augen ablesen.

Ihre erste Begegnung liegt nun schon so lange zurück, trotzdem fühlt es sich so an, als würden sie genau da wieder anknüpfen. Er hofft, dass er nicht der einzige ist, der es so empfindet.

Die Tür geht auf und er hört ihre nackten Füße über den Holzboden tapsen. Sie stoppen vor der Tür zum Schlafzimmer. Er versucht sie mit der Kraft seiner Gedanken zu sich zu locken, will, dass sie sich zu ihm setzt, will sie ansehen und berühren. Ja, das will er.

Sie setzt sich wieder in Bewegung und sein Herz schlägt schneller, als er realisiert, dass sie tatsächlich ins Wohnzimmer kommt. Und dann steht sie auch schon in der Tür. Sein Shirt reicht ihr fast bis zum Knie. Ein wenig verlegen schaut sie ihn abwartend an, bevor sie sich einen Ruck gibt und zu ihm geht. Sie setzt sich neben ihn. Die Couch ist nicht sehr groß, daher sitzen sie eng zusammen, nicht so nah, dass sie sich berühren.

Er kann sich ein Lächeln bei ihrem Anblick nicht verkneifen. Sie ist süß, wenn sie ein wenig unsicher aussieht.

»Ich möchte mich entschuldigen«, sagt sie leise.

»Es gibt keinen Grund«, sagt er und meint es auch so. Jeder schlägt mal über die Stränge.

Sie schüttelt den Kopf. »Aber nicht jeder ruft dann einen wildfremden Mann an, um ihn zu beschimpfen.«

Er lacht leise, sein Grübchen zeigt sich mal wieder. Ihre Augen fokussieren auf dieses und er kann sehen, dass es sie nicht unberührt lässt. »Keine Sorge. Das war das Highlight meines Tages.«

»Dann war dein Tag wohl Scheiße«, gibt sie zurück.

Er grinst und stößt seine Schulter leicht gegen ihre. »Wie gut, dass du ihn mir versüßt.«

»Es ... es tut mir leid, was ich gesagt habe«, sagt sie und schaut ihm dabei in die Augen.

Mutige Frau, denkt er. »Du hattest recht.«

»Hm.«

Er streicht sich die Haare aus dem Gesicht. »Chrissa ... ich ... ich hab dich wirklich nicht erkannt, aber das liegt nicht daran, dass mir ... dass mir die Nacht nichts ... nichts bedeutet hat«, beginnt er stockend. Er weiß, er macht sich jetzt absolut angreifbar, aber er hat das Gefühl, dass sie das braucht. Dass sie beschämt ist, wie sie sich verhalten hat, und dass er für Balance sorgen muss. Er muss sich ihr öffnen, muss ihr Angriffsfläche bieten, damit sie sich nicht mehr so verletzlich fühlt. Oder zumindest sich nicht mehr allein so fühlt. Sie braucht seine Stärke, seinen Mut, sich ihm zu öffnen. Und es gibt mit Sicherheit nichts, was ihm je mehr Courage abverlangt hätte, als sich dieser Frau zu offenbaren.

»Das Gegenteil ist der Fall.« Die Worte kommen immer noch stockend, aber es wird leichter. Nach dem Anfang kommen ihm die Worte einfacher von den Lippen. »Ich habe in dieser Nacht so viel ... ge... gefühlt. Hm, es war ... unbeschreiblich. Und ich habe seitdem sehr oft an diese Nacht ... an dich gedacht. Doch irgendwann habe ich wahrscheinlich angefangen zu glauben, dass alles nur ein schöner Traum war. Habe vergessen, wie du aussiehst.« Er schaut auf seine Hände, die in seinem Schoß liegen.

Aus den Augenwinkeln sieht er eine Bewegung. Sie wischt sich eine Träne weg, bevor sie langsam die Hand ausstreckt und sie auf seinen Arm legt. Er greift nach ihr und verschlingt ihre Finger ineinander. Es tut gut, sie zu berühren, sie anzufassen. So gut.

»Danke«, sagt sie.

»Ich danke dir.« Er schaut in ihre wunderschönen und so besonderen Augen. Eisblau, ein schöner Kontrast zu ihren dunklen Haaren.

Sie gähnt, verbirgt es hinter ihren Fingern. »Ich ... Darf ich heute Nacht hier bleiben?«

»Natürlich!« Er steht auf und begleitet sie zum Schlafzimmer. »Nimm zwei Advil, dann geht es dir morgen nicht so schlecht.«

Sie tut es und kuschelt sich dann in die Decken. Er

macht das Licht aus und dreht sich um.

»Würdest du ...?«

Er schaut zu ihr. Sie hat sich wieder aufgerichtet. »Ja?«

»Ach, nichts ...«

»Okay. Ich bin im Wohnzimmer, falls du was brauchst. Weck mich einfach.«

Sie nickt und flüstert: »Gute Nacht.«

Als ich am nächsten Morgen aufwache, fühle ich mich ... leicht. Und damit meine ich nicht betäubt, sondern als wäre eine Last von meiner Seele genommen worden. Einen Moment weiß ich nicht, was das ist, aber dann fällt es mir wieder ein. Jace. Jace hat mir gesagt, dass er sich an mich erinnert, an die Nacht erinnert, und dass sie auch für ihn besonders war. Mein Herz fühlt sich leicht an, viel leichter und befreiter als in der letzten Zeit.

Es war mutig, was er gesagt hat. Das hätte ich keinem Mann zugetraut. Ich weiß nicht mal, wieso das so ist. Mein Vater und alle Männer, die ich kenne, würden niemals so etwas sagen. Etwas mit so viel Emotion und Gefühl. Er hat mich beeindruckt. Als ich eigentlich mit ihm abgeschlossen hatte, macht er so was ... Unmöglich.

Obwohl in den letzten Wochen unschöne Dinge vorgefallen sind, hat sich zwischen uns eine Nähe ergeben. Ich fühle mich ihm auf eine Art verbunden, die ich nicht beschreiben kann. So als würden wir ein Geheimnis miteinander teilen. Ein süßes Geheimnis, nur für uns zwei. Es ist berauschend und auch ein bisschen erschreckend, weil ... weil ich das noch nie gespürt habe. Es ist ein so, nun ja, großes Gefühl. Riesengroß. Überlebensgroß. Ein wenig überwältigend, wenn ich ehrlich bin, aber auch nicht ganz unangenehm. Eigentlich gar nicht abstoßend.

Ich drehe mich auf den Bauch, kuschel mein Gesicht in seine Kissen, die nach ihm riechen. Ich ziehe die Decke fest um mich, tue so, als wären es seine Arme. Ich spüre das Lächeln auf meinen Lippen und greife mit den Fingern nach diesem, als wollte ich es festhalten, nicht entkommen lassen.

Von der Tür ertönt ein belustigtes Geräusch. Ich drehe mich um, meine wirren Haare nehmen mir die Sicht. Ungeduldig wische ich sie mir aus dem Gesicht.

»Morgen«, sagt er. Seine Stimme klingt ein bisschen heiser, so tief, dass sie beinahe nur ein Brummen ist. Er ist eindeutig noch nicht lange wach. Seine Haare sind so lecker verwuschelt, dass mich das Bedürfnis überkommt, meine Finger in ihnen zu vergraben und für diesen Look verantwortlich zu sein. Er sieht immer gut aus, aber Aufstehen bekommt ihm besonders gut. Fuck, fährt es mir da durch den Sinn. Ich habe mich damals um das Beste gebracht. Neben ihm aufzuwachen. Dämliche, dämliche Gans.

»Morgen«, sage ich ebenfalls und richte mich ein wenig auf.

Er kommt näher und ich kann die Abdrücke des Kissens auf seiner Wange sehen, ebenso Bartstoppeln. Gott, Drei-Tage-Bart ist echt sexy ... Der Mann ist doch nicht legal.

»Wie geht es dir?«

»Gut.«

»Und deinem Kopf?«

»Alles Bestens. Danke, dass du dich so gut um mich gekümmert hast.«

Er legt sich neben mich, auf die Seite, sodass er mich anschauen kann. Er bettet den Kopf auf einem Arm. Die andere Hand legt sich locker dazu.

»Wie spät ist es?«, frage ich. Er hebt den Kopf, wirft einen Blick auf den Wecker.

»Neun.«

»Fuck. Ich bin immer um acht im Büro.«

»Es ist Sonntag.«

»Ja, deswegen ist es acht und nicht sechs.«

»Workaholic.«

»Schuldig.«

Er grinst. Und dieses unglaublich süße Grübchen zeigt sich erneut. Gott, ich wird schwach, wenn er so niedlich aussieht. »Wie wäre es, wenn du heute mal was ganz Verrücktes machen würdest?«

»Und das wäre?«, frage ich unsicher. In meinem Kopf spielt sich ein Film im Zeitraffer ab. Dinge, die verrückt sind. Achterbahnfahren, einen Grizzly streicheln, an der Wallstreet einen Dollar verbrennen ...

»Du machst blau.«

O mein Gott! Hat er das wirklich gesagt? Das ist wirklich das Verrückteste, das ich je gehört habe. »Ich kann nicht.«

»Wieso nicht?«

»Weil ich Senior Partnerin wer...« Oh. Das bin ich ja schon.

»Was?«

Ich lächel verlegen. »Ich wollte sagen, ich will Senior Partnerin werden, aber das bin ich bereits.«

»Wirklich? Herzlichen Glückwunsch!« Er scheint sich aufrichtig für mich zu freuen.

»Ja, seit letzter Woche. Hm, nach dem TP-Fall, um genau zu sein«, füge ich zögernd hinzu.

Er lacht. »Du hast mir den Arsch aufgerissen.«

»Ja.« Der Gedanke an meinen Auftritt gibt mir ein unangenehmes Gefühl.

»Hey. Was?«

»Ich ... ich schäme mich«, bricht es aus mir heraus.

Seine Hand legt sich auf meine Schulter. »Wieso?«

»Ich war eine kaltherzige Schlampe und habe den armen Mann durch die Mangel gedreht.«

Seine Hand umfasst meine Wange. »Du musst dich nicht schämen. Du hast eine hervorragende Leistung gezeigt.«

»Ich bin eine *Bitch*«, jammere ich.

Er grinst. »Eine, die wahnsinnig gut in ihrem Job ist.«

»Manchmal ... hm, manchmal frage ich mich, ob ich tatsächlich auf der richtigen Seite stehe«, gebe ich zu.

Jace schüttelt den Kopf. »Sprich nicht weiter. Wir können nicht über diesen Fall reden.«

»Ich meine nicht den Fall. Sondern allgemein.«

»Okay.«

Ich weiß nicht, warum es mir so leicht fällt, mit ihm zu sprechen, aber das tut es. Es ist einfach. Und es fühlt sich richtig an. »Ich kann mich manchmal selbst nicht leiden.«

»Hör damit auf. Du bist kein schlechter Mensch, nur weil du schlechte Menschen verteidigst.«

»Doch.«

Er streichelt meine Wange. »Nein. Man kann nicht immer wissen, wer schuldig und wer unschuldig ist. Und selbst schuldige Menschen haben das Recht auf eine gute, eine sehr gute Verteidigung. So ist unser Rechtssystem ausgelegt. Und das ist auch gut so!«

Ich schaue ihn mit großen Augen an. »Aber wenn meine Arbeit dafür sorgt, dass Verbrecher ...«

»Nein, Chrissa. So darfst du nicht denken.«

»Ich kann nicht aufhören, so zu denken.«

»Das macht dich kaputt.« Sein Daumen fährt sanft über meine Unterlippe und ein Schauer fährt durch meinen ganzen Körper.

Ein leises Stöhnen kommt aus meinem Mund und ich sehe das Verlangen in seinen Augen, die sich merklich verdunkeln. Sein Atem wird schwerer, seine Zunge benetzt seine Lippen.

»Jace ...«, flüstere ich und es ist beinahe ein Flehen.

»Was, Baby?«, fragt er heiser. Bei diesem Wort schießen Flammen durch meinen Körper, setzen alles in Brand, was sie umzüngeln. Gott, ein einziges Wort, dazu noch ein so abgelutschtes und ich bin entbrannt. Ich fühle mich wie im kitschigsten Liebesroman, will mich dem Helden um den Hals werfen, zu seinen Füßen zerschmelzen, mich ihm hingeben und dann in den Sonnenuntergang reiten. Es mag sein, dass ich gerade jedes erotische Bild, das es in Groschenromanen gibt, durcheinander werfe, aber es ist, wie es ist. In diesem Moment fühle ich so viel, zu viel. Alles stürmt auf mich ein, was war, was ist und was sein wird. Alles vermischt sich zu einem berauschenden Cocktail, und als ich nur daran nippe, steigt er mir zu Kopf.

»Jace ...«, flehe ich wieder. Meine Nippel richten sich auf, zwischen meinen Beinen bildet sich Verlangen. Alles in mir pulsiert und pocht und steht unter Strom. Bei der kleinsten Bewegung drohe ich zu zerspringen. Und doch ... doch will ich, dass er mich anfasst. Überall, jedes Fleckchen Haut soll er berühren, erforschen, erobern.

Sein Daumen drückt leicht gegen meine Lippen und ich öffne sie ein wenig. Meine Zunge berührt seine Haut und ich spüre, dass er ebenso erregt ist wie ich. Von ihm strahlt eine unglaubliche Hitze aus.

Er räuspert sich, bevor er sagt: »Chrissa, Baby, ich will dich. So sehr. Aber ...«

Diese Worte wirken wie ein Eimer kaltes Wasser. »Aber ...?«, frage ich nach.

»Aber wir können das nicht tun.«

»Oh«, sage ich, weil ich nicht weiß, was ich sonst sagen soll.

»Glaub mir, ich will dich mehr, als ich jemals irgendetwas wollte, aber du bist meine Anwältin, ich bin dein Mandant. Wir dürfen nicht ...«

»Oh.« Daran habe ich gar nicht gedacht. Wie man sich von seiner Lust so mitreißen lassen kann, dass man jeden klaren Gedanken verliert ...

Er richtet sich leicht auf. Beide Hände umfassen zärtlich mein Gesicht. »Ich schlage dir einen Deal vor.«

»Okay.«

»Wir bringen den Fall hinter uns und dann holen wir unser erstes Date nach.« Seine Augen sind offen und ehrlich.

»Ich könnte auch das Mandat niederlegen«, wende ich ein.

Er schüttelt amüsiert den Kopf. »Wenn du das tust, brauchst du eine Besuchserlaubnis, um mich noch einmal wiederzusehen.«

Oh ... oh! »So schlimm?«

Er nickt. »Lass uns jetzt nicht darüber reden, okay?«

Ich nicke ebenfalls. »Über was möchtest du reden?«

Er grinst und legt sich wieder auf die Matratze. »Was ist für dich das perfekte erste Date?«

Ich lache leise. »Also ... da muss ich nachdenken.«

»Tu das. Ich schau dich so lange ein bisschen an. Du bist so wunderschön.«

Es passiert nicht oft, aber manchmal passiert es eben doch. Eine leichte Röte überzieht mein Gesicht. Mein Herz schlägt viel zu schnell, aber ... ich werde es bestimmt überleben.

KAPITEL ELF

Auf eines kann man sich verlassen. Auch, wenn das ganze Leben aus den Fugen gerät, weil man keinen Kontakt zu seiner besten Freundin hat, wenn sich Herz und Kopf mit ganz anderen Dingen beschäftigen – namentlich mit einem unglaublich heißen blonden Mann mit grünen Augen – kann man sich doch auf eine Sache verlassen. Arbeit. Ob man will oder nicht, sie ist immer da. Zuverlässig wie ein Berner Sennenhund. Ich gehe also zur Arbeit, gewinne meine Fälle, mache alles so, wie zuvor auch. Aber ich merke, dass ich nicht mehr mit dem Herzen dabei bin.

Für so unglaublich lange war Arbeit alles, was ich hatte, aber jetzt gibt es auch noch andere Dinge. Freunde. Technisch gesehen, gab es sie schon immer, aber jetzt gibt es Probleme mit Freunden. Und ich bin daran Schuld. Und es gibt einen Jace. Und der scheint sich permanent in meinen Gedanken einzunisten. Fuck me! Oh, ja bitte ...

Die Sache mit Lila geht mir nicht aus dem Kopf. Ich

hab sie verletzt. Das wollte ich nicht, überhaupt nicht. Und sie hat ja auch recht. Ich hab sie beurteilt. Und verurteilt. Was noch dazu kommt, ich habe ihrer Beziehung mit Trevor keine Chance gegeben. Ich habe ihn sofort als Langweiler abgestempelt und das war es dann. Ende Aus. Keine weitere Chance. Weil ich eine *Bitch* bin. Die Schlimmste von allen.

Arme Lila. Ich muss das wieder in Ordnung bringen.

Ich rufe sie an, aber sie geht nicht dran. Ich hinterlasse ihr Nachrichten, schreibe ihr SMS, immer und immer wieder. Ich hab ihr sogar eine Email geschrieben, aber sie reagiert nicht darauf. Das habe ich wirklich verbockt, muss ich mir eingestehen.

Wie kann ich das nur wieder gut machen?

In meiner Mittagspause nehme ich ein Taxi zu ihr nach Hause. Sie arbeitet oft von dort aus, muss nur drei Tage in der Woche ins Studio. Sie ist Radiomoderatorin bei einem hippen Sender in der Stadt. Sie wohnt in Alphabet City, was eigentlich viel zu weit ist, um ihr mal eben in der Mittagspause einen Besuch abzustatten, aber sie ist meine Freundin, auch wenn sie es momentan nicht glaubt.

Ich habe nur zwei wirklich wichtige Beziehungen in meinem Leben. Lila und Mara. Ich will beide unter keinen Umständen verlieren. Ich kann sie nicht verlieren. Sie sind wichtig für mein emotionales Wohlbefinden.

Ich klingel an ihrer Haustür.

»Hallo?«, kommt es aus der Gegensprechanlage.

»Ich bin's.«

Einen Moment bleibt es ruhig, dann sagt sie: »Ich will nicht mit dir sprechen.«

»Lila, bitte, ich ... Es tut mir leid.«

Sie drückt die Tür auf und ich eile nach oben. Die Tür ist angelehnt. Wenigstens etwas. Das heißt, ich darf zumindest reinkommen. Ich klopfe und drücke die Tür anschließend auf.

»Lila?«

Sie kommt aus der Küche, trocknet sich die Hände an einem Küchentuch ab. »Was willst du?«

»Ich will mich mit dir vertragen.«

»Ich glaub nicht, dass das der richtige Zeitpunkt ist.«

Ich trete einen Schritt näher. »Doch, Lila. Ist es. Ich kann es nicht ertragen, wenn wir uns nicht verstehen.«

Sie funkelt mich an. »Das ist so typisch, Chrissa. *Du* kannst es nicht ertragen. *Du* willst dich vertragen. Du, du, du!«

Ich bin wie vor den Kopf geschlagen. »Willst du mir damit etwas sagen?«

»Es geht immer nur um dich. Ich bin dir nicht wichtig.«

»Das stimmt nicht, Lila. Du bist mir wichtig. Sehr wichtig sogar.«

»Das kann ich momentan nicht sehen. Du bist meine Trauzeugin, aber nie da. Du sollst meine Hochzeit unterstützen, aber du kannst nicht mal den Bräutigam leiden. Das ist alles ... irgendwie nicht so passend. Denkst du nicht auch?«

»Naja, es könnte besser laufen. Aber, Lila, du bist meine beste Freundin.«

»Es tut mir leid, Chrissa, aber das glaube ich dir momentan einfach nicht.«

»Lila ...«

Sie schüttelt den Kopf. »Nein, ich brauch noch Zeit.«

Ich nicke. Wenn sie so ist, hat es keinen Zweck, es

weiter zu versuchen. Ich drehe mich traurig um und schleiche nach draußen. Es ist schlimm. Ja, richtig schlimm. Ich habe eh nicht so viele Menschen, die mir wichtig sind. Und die paar dann noch zu verlieren ...

Aber – und diesen Schuh muss ich mir anziehen – ich habe sie ganz offensichtlich als selbstverständlich angesehen. Sie ist schon so lange ein Teil meines Lebens, dass ich mich nicht mehr bemüht habe, ihr immer und immer wieder zu zeigen, dass sie mir wichtig ist. Auf einmal überfallen mich große Schuldgefühle und Scham. Und irgendwie auch ... Wut. Wut, dass Lila nicht versteht, wie viel sie mir bedeutet. Es ist gerade alles ein bisschen konfus in meinem Kopf.

Ich sage dem Taxifahrer, dass er zwei Blocks vom Büro entfernt halten soll. Da gibt es eine kleine Eisdiele. Und heute ist auf jeden Fall ein Tag, an dem ich Eis brauche. Denn mit einer Eistüte sieht alles schon viel besser aus. Auch, wenn es das nicht ist.

»Du kannst mich nicht als deinen Anwalt angeben, da ich selbst involviert bin«, versucht er Jim zu erklären.

»Aber ich kenne sonst keinen Anwalt.«

Jace fährt sich durch die Haare. »Ich kann dir jemanden empfehlen.«

»Jemand, der das ... Wie heißt das noch gleich, wenn Anwälte umsonst arbeiten?«, fragt Jim.

»Pro bono.«

»Genau. Jemand, der das pro bono macht?«

Jace schaut ihn verwirrt an. »Du hast die Kohle.«

»Und ich will sie behalten.«

»Anwälte arbeiten pro bono, wenn sie an eine Sache glauben oder wenn der Mandant wenig Geld hat«, versucht

Jace zu erklären. »Ich glaube nicht, dass einer meiner Kollegen illegale Boxkämpfe für eine unterstützenswerte Sache hält.«

»Daher will ich ja dich.«

»Ich kann aber nicht.«

»Dann besorg mir jemanden, der mich kostenlos vertritt.«

Jace funkelt ihn an. »Das habe ich dir doch gerade erklärt. Du hast Geld, also musst du bezahlen.«

Jim kommt einen Schritt näher und baut sich vor ihm auf. »Hör mir mal zu, Iceman. Du hast sehr viel mehr zu verlieren als ich. Daher schlage ich vor, du überdenkst deine Attitüde noch einmal.«

Jace schließt für einen Moment die Augen. Das war ja so klar! »Was willst du tun? Mich ans Messer liefern?«

Jim schaut ihn eiskalt an. Jace gefriert das Blut in den Adern, als er die Skrupellosigkeit in diesem Blick erkennt. »Bisher habe ich dich nicht belastet, nicht erzählt, dass du ganz genau wusstest, was vorging. Aber das kann ich jederzeit ändern.«

Jace nickt langsam. Er hätte es kommen sehen sollen, hätte wissen müssen, dass Jim nur so lange ein Freund sein würde, wie er ihm nützlich wäre. »Du wirst damit nicht durchkommen.«

»Doch, werde ich. Im Zweifelsfall schiebe ich alles auf dich, und dann wirst du für sehr lange Zeit hinter Gitter wandern.«

Jace schüttelt den Kopf. »Ich werd sehen, was ich tun kann.«

Jim nickt, bevor er sich umdreht und geht.

Jace blickt ihm hinterher und fragt sich bestimmt zum zehntausendsten Mal in dieser Woche, warum er sich auf so einen Schwachsinn eingelassen hat. Er ist intelligent, normalerweise, man könnte anderer Meinung sein, wenn man ihn die letzten Jahre beobachtet hätte. Er kann es nicht fassen, dass er so unglaublich dämlich war. Und jetzt muss er noch einen Anwalt für diesen Sack finden, der in den letzten Jahren ein Schweinegeld mit Jace verdient hat. Und Jim war nur eine Art Agent, nicht einmal der Veranstalter dieser Kämpfe. So weit er weiß, ist der Boxking, Lewis, nicht gefasst worden.

Als er zurück ins Büro kommt, geht er mal wieder direkt zu Roger. Er hat in einer Stunde eine Verhandlung, aber er muss vorher mit seinem Mentor reden. Er braucht Hilfe, um aus der Sache rauszukommen. Hilfe, die ihm Chrissa nicht geben kann. Sie ist für einen anderen Bereich zuständig.

»Noch mehr Hiobsbotschaften?«, fragt Roger, als er eintritt.

Jace setzt sich auf einen Stuhl und nickt. »Jim will mich verpfeifen.«

»Wer ist Jim?«

»Mein direkter Ansprechpartner im Boxclub.«

Roger lehnt sich zurück und schaut einen Moment in die Ferne. »Er weiß also Dinge, die du besser geheim halten willst.«

»Ja.«

»Okay. Was will er für sein Schweigen?«

»Einen pro bono-Anwalt.«

»Hm.«

Sie schweigen beide einen Augenblick. »Ich bin so ein Idiot.«

»Da werde ich dir nicht widersprechen. Wie konntest du so einen Blödsinn machen? Illegale Boxkämpfe?«

Jace lässt den Kopf in die Hände fallen. »Ich weiß.«

»Wieso hast du es getan, Junge?«, fragt Roger. In seinem Gesicht steht keine Verurteilung, sondern Mitgefühl.

Jace schüttelt den Kopf, kann seine eigene Blödheit nicht fassen. »Ich brauchte Geld.«

Roger zieht eine Augenbraue hoch. »Du scheffelst hier jede Menge Asche und willst mir erzählen, dass du das Geld brauchtest? Wofür? Noch mehr illegale Dinge?«

Jace schüttelt erneut den Kopf, bleibt aber stumm.

Roger stößt hörbar die Luft aus. »Laut meiner Erfahrung braucht man große Summen Geld nur für illegale Dinge. Drogen, Spielschulden ... Was ist es bei dir, Junge? Was ist deine Droge? Speed? Kokain?«

»Ich nehme keine Drogen. Ich trinke nicht mal so viel, dass ich betrunken werde.«

»Was dann? Zu oft in Vegas gewesen?«

»Ich war noch nie in Vegas.«

»Atlantic City dann?«

»Nein, Roger. Ich brauchte Geld, aber es ist nichts Illegales. Ich kann es dir nicht sagen, du musst mir vertrauen.«

Roger beugt sich vor. »Du machst es mir momentan nicht leicht, Jace. Du weißt, ich vertraue dir. Aber du testest es in letzter Zeit wirklich stark.«

»Ich weiß. Nur ...«

»Nur was, Junge?«

Jace schluckt. »Du bist der Einzige, der immer an mich geglaubt hat.«

Roger starrt ihn einen langen Moment an. In seiner Kehle arbeitet es und seine Stimme klingt belegt, als er sagt: »Werd jetzt bloß nicht sentimental.«

Jace' Mundwinkel zeigen leicht nach oben. »Keine Sorge. Schon wieder vorbei.«

Roger bleibt einen langen Augenblick still. »Ich vertrete den Typen pro bono.«

Jace schaut ihn überrascht an. »Roger, ich ... Das kann ich nicht verlangen.«

»Tust du ja auch nicht.«

»Das geht nicht«, wendet Jace ein.

»Halt die Klappe.«

Jace schließt den Mund, bevor er ihn doch wieder öffnet. »Danke, Roger.«

Sie stehen beide auf und laufen zur Tür. Roger klopft ihm auf den Rücken. »Ich glaube auch jetzt noch an dich, Junge.«

Jace nickt und spürt ein merkwürdiges Brennen in seiner Brust. Er hat ein solches Vertrauen nie kennengelernt. Dass jemand anderem sein Wort reicht.

»Elaine, können Sie bitte einen neuen Termin mit Mr. Jacobsen vereinbaren? Richter Davis hat für heute Nachmittag einen weiteren Gerichtstag angesetzt.«

»Schon erledigt, Ms. Hawthorne. Ich habe alle Nachmittagstermine auf die kommenden Tage geschoben.«

Habe ich erwähnt, dass sie ein Goldstück ist? Ich hoffe, das bemerkt nie jemand, damit ich sie niemals teilen muss. Ich wäre verloren ohne sie.

»Sie sind ein Schatz«, rutscht es mir heraus.

Sie schaut mich merkwürdig an, bevor ich ihre Kehle arbeiten sehe. »Danke«, flüstert sie leise.

Fuck, jetzt bringe ich meine Sekretärin zum Heulen. Ich werde meinen Ruf verlieren, wenn jemand herausfindet, dass ich Gefühle habe.

»Reden wir nicht weiter davon«, sage ich, woraufhin sie nickt. Irgendwie verschwörerisch, als wäre ihr bewusst, dass ich mich gerade etwas unwohl fühle. Emotionen zeigen ist jetzt nicht so mein Spezialgebiet. Eigentlich gar nicht.

»Ihr Vater hat angerufen«, sagt sie dann und reicht mir einen Notizzettel. »Er bittet um Rückruf.«

Ich ziehe die Augenbrauen hoch. »Bittet?«

Sie lächelt leicht. »Nun ja, eher hat er das Dekret erlassen.«

Gegen meinen Willen muss ich grinsen. »Elaine«, tadel ich sie scherzhaft.

Ihr Lächeln vertieft sich. »Das steht mir nicht zu, Sie haben recht.«

»Können Sie ihn händeln?«, frage ich.

»Natürlich.«

»Wenn es zu viel wird, sagen Sie mir Bescheid, dann werde ich zurückrufen.«

»Keine Sorge, Ms. Hawthorne. Mir macht ein bisschen Gegenwind nichts aus.«

Ich schaue ihr hinterher, als sie rausgeht. *Ich weiß*, denke ich. *Ich weiß. Sie haben mich schon ein paar Jahre ertragen.*

Ich mache mich an die Arbeit, als mein Handy vibriert.

Elaine hat unseren Termin heute gecancelt. Wann treffen wir uns?

Oh. Sie hat also tatsächlich jeden Termin verlegt. Ich schreibe zurück:

Unser Termin steht. Ich komme direkt aus dem Gericht zu dir ins Büro.

Ich lege mein Handy zurück in die Schreibtischschublade, höre es dann aber doch vibrieren.

Okay, danke.

Ich bin mir nicht sicher, ob ich dem netten Jace gewachsen bin. Vor allem dann nicht, wenn er sich wie *mein* Jace verhält. Das ist eine ganz miese Taktik, das muss ich schon sagen. Einen Moment bin ich abgelenkt, denke an ihn, an den wunderbaren Sonntagmorgen, den wir in seinem Bett verbrachten, bevor mich ein Kollege anrief, weil ganz offensichtlich das Chaos ausgebrochen war. Niemand konnte eine Akte finden. Und wer wird dann angerufen? Ich. Und wer hat sie gefunden? Ich natürlich, weswegen sie mich immer und immer wieder anrufen und nie lernen werden, selbst Ordnung zu halten. Fuck.

Hm, Jace ... Seine grünen Augen sehen aus der Nähe noch schöner aus. Ich würde ja gerne mal die goldenen Flecken zählen, die sie sprenkeln. Sein T-Shirt hat einen Blick auf seine Arme erlaubt, die Tattoos zieren. So viele hatte er damals nicht. Da sind einige hinzugekommen.

Jedes Mal, wenn er sich bewegte, flexten sich seine Muskeln, die auch in Boxershorts und T-Shirt beeindruckend aussahen und das Versprechen auf mehr gaben. Auf so viel mehr. Ich hätte ihm am liebsten sein Shirt vom Leib gerissen und seine Haut abgeleckt.

Auch wenn ich mich bei dem Anblick kaum auf unser Gespräch konzentrieren konnte, war das das Beste. Wirklich. Ein schöner Körper und ein hübsches Gesicht werden doch irgendwann langweilig. Aber ein Mann, mit dem man reden kann, der eine Meinung zu vielen verschiedenen Dingen hat (und auch Ahnung!), der sich für die Welt interessiert und nicht nur in seinen kleinen Grenzen agiert, ist einfach perfekt. Wir haben über Bücher geredet und Filme, Musik und Kunst. Wir haben über die Arbeit gesprochen – frühere Fälle, die wir gewonnen haben, Anekdoten aus der Uni. Es war gemütlich. Ja, das war es. Unglaublich schön.

Wir haben uns nicht berührt, nicht geküsst, nicht miteinander geschlafen, aber es war so ein intimer Augenblick, dass ich ihm fast verziehen habe, dass er mich nicht erkannt hat ... Aber nur fast. Er wird noch ein wenig durch den Dreck kriechen müssen, bevor ich ihm vollends vergeben kann.

Vergessen, dass ich es war, die uns erst in diese Lage gebracht hat, weil ich einfach geflohen bin. Bisher hat er dieses Thema nicht angeschnitten, wahrscheinlich werden wir nach unserem Fall darüber sprechen. Wir sollten es tun ... Wirklich. Aber es wäre mir doch lieber, wenn ich nicht die Verursacherin wäre ... Ich wäre viel lieber sauer auf ihn, weil er Scheiße gebaut hat. Tja, man kann nicht alles haben.

Bevor ich mich versehe, habe ich stundenlang an den sexy Typen gedacht, statt zu arbeiten. Das ist ein echtes Novum. Nie zuvor ist das passiert.

Ich eile nach unten, wo bereits ein Taxi wartet. Besten Dank an die heilige Elaine. Ohne sie ... Puh, säße ich jetzt in der Scheiße.

Ich schaffe es noch gerade rechtzeitig zum Gericht, eile in die Verhandlung und setze mich neben meinen Mandanten.

»Bitte erheben Sie sich«, ertönt da auch schon die Stimme des Richters, als ich gerade Mr. Nichols begrüße.

Die Verhandlung zieht sich hin wie Kaugummi. Wir hören Gutachter, die sagen, was passiert ist. Gutachter, die sagen, was nicht passiert ist. Gutachter, die sagen, was hätte passieren sollen. Gutachter, die sagen, was nicht hätte passieren sollen. Nach endlosen Stunden, die mir nie jemand zurückgeben wird, ist der Verhandlungstag beendet und ich kann zu ... *ihm*. Ein Lächeln stiehlt sich auf mein Gesicht. Die Aussicht ist einfach zu schön, um wahr zu sein.

Er tigert durch sein Büro. Er ist nervös. Und das hat einen Grund. Nicht nur, dass er sie wiedersieht, nein, er muss ihr auch die Wahrheit sagen. Wenn sie ihn verteidigen soll, dann muss sie alles wissen. Und das bedeutet ... alles. Er muss ihr Dinge erzählen, die er lieber vergessen würde. Dinge, die er nie jemandem erzählt hat. Nicht mal Mike, seinem besten Kumpel.

Sie wird mehr über ihn wissen, als jeder andere Mensch auf diesem Planeten. Und das macht ihm Angst. Er hat nicht gelernt, zu vertrauen. Nur sich selbst. Er ist der einzige, auf den er sich immer verlassen konnte. Es war ja niemand sonst da ...

Er fährt sich durch die Haare. Immer und immer wieder. Der Teppich hat schon Furchen von seinem ständigen Hin und Her. Vielleicht ist es eine blöde Idee. Vielleicht sollte er nicht mit der Frau zusammen sein wollen, der er all die schlimmen Dinge erzählt, die in seiner Vergangenheit liegen. Sie wird ihn mit anderen Augen sehen, wird Mitleid empfinden. Und was ist das für eine Basis für eine Beziehung? Nein ... Er sollte nichts sagen.

Aber er kann nicht nichts sagen. Das geht einfach nicht. Sie ist seine Anwältin und er hofft, dass sie ein Wunder bewirken kann. Ein echtes Wunder.

Er muss es ihr sagen. Aber dann ... dann kann er nicht mehr mit ihr zusammen sein, kann keine Zukunft mir ihr haben. Sie wird ihn nicht haben wollen, wenn sie weiß, wie kaputt er eigentlich ist.

Das ist eine verdammte Zwickmühle, denkt er wütend. Wenn sie mich nicht vertritt, habe ich kein Leben mehr. Wenn sie mich vertritt, verliere ich die einzige Frau, die ich jemals haben wollte. Wofür entscheidet man sich da? Pest oder Cholera? Wenn er sie gehen lässt, sie nicht haben kann, dann lohnt sich vielleicht auch gar kein Leben ...

Aber sie wird nicht auf ihn warten, während er jahrelang im Knast ist. Und danach? Das Gefängnis verändert die Menschen. Manche zum Guten, die meisten zum Schlechten. Er hat das alles gesehen.

»Hey«, sagt sie von der Tür aus.

Er stoppt, atmet tief aus und ein, bevor er sich zu ihr umdreht. Er lächelt leicht. »Hey.«

»Wie geht es dir?«, fragt sie und kommt näher.

»Äh, gut. Setz dich doch.« Er deutet auf einen Stuhl und schließt die Tür. »Möchtest du was trinken? Kaffee? Oder ...?«

»Kaffee wäre gut«, sagt sie und er nickt. Er geht in die Küche, holt ihr Kaffee. Er sieht, dass jemand Zimtschnecken geholt hat, und beschließt, ihr eine mitzunehmen. Zimtschnecken mag doch jeder, oder?

Er nimmt zwei Tütchen mit Zucker. Milch ist nirgends zu sehen und er hofft, dass sie ihren Kaffee schwarz trinkt. Wenn nicht, naja, mehr verscherzen kann er es sich nicht mit ihr.

»Hier«, er stellt den Kaffee vor sie und reicht ihr die Zimtschnecke in einer Serviette.

»Danke«, sagt sie leise. Sie schaut zu ihm auf. »Ich liebe Zimtschnecken. Du rettest mich vor dem Hungertod.«

Er lächelt leicht, schließt die Tür erneut und setzt sich. Auf den Stuhl neben sie, nicht auf der anderen Seite des Schreibtischs. Das fühlt sich irgendwie nicht richtig an.

»Ich ... Puh, ich weiß nicht, wo ich anfangen soll«, sagt er und streicht sich über das Gesicht.

»Ganz ruhig, Jace. Ich bin es nur«, antwortet sie und lächelt leicht.

Er kann sich ein Lachen nicht verkneifen. »Du hättest nichts Schlimmeres sagen können.«

»Wieso?«, fragt sie nach.

»Weil ... fuck, weil ich für dich wie ein strahlender Held wirken will und nicht wie der Loser, der ich bin«, gibt er dann zu, auch wenn die Worte wehtun.

Sie legt ihre winzigkleine Hand auf seinen Arm. »Jace, du bist kein Loser.«

»Doch, und wenn ich dir alles erzählt habe, wirst du mich genauso sehen.«

»Ich könnte dich nie anders sehen«, sagt sie leise.

Er schaut sie an, sucht in ihrem Ausdruck nach der Lüge, aber sie glaubt es. Sie glaubt wirklich, dass es nichts gibt, was ihn in einem anderen Licht erscheinen lassen kann. Aber er wird ihr ihren Irrtum beweisen. In nicht mal zehn Minuten wird sie wissen, wer er wirklich ist. Ein Niemand.

»Tu mir einen Gefallen.«

»Das tue ich doch bereits«, sagt sie trocken.

Er grinst leicht. »Lass mich zu Ende erzählen,

unterbrich mich nicht. Ich weiß nicht, ob ich den Mut habe, fortzufahren, wenn du es tust.«

»Okay, versprochen.«

Er holt tief Luft. *Tu es, Jace. Tu es einfach*, sagt er sich immer und immer wieder. Mit dünner Stimme, die ihm äußerst unangenehm ist, beginnt er zu erzählen.

Ich schaue ihn an. Er wirkt gar nicht mehr wie der starke Mann, der er einmal war, den ich immer in ihm gesehen habe. Er wirkt gebrochen, verletzlich. Ich will ihn in die Arme nehmen, ihm sagen, dass es okay ist, auch mal schwach zu sein. Ich will gegen alle seine Dämonen kämpfen, ihm zeigen, dass es okay ist, dass sie ihm nichts tun können.

Ich will seine Schmerzen auslöschen, alles Böse, was er je erlebt hat. Will wie Xena, die Kriegerprinzessin, gegen jedes Unbill kämpfen, das ihn je erreicht hat. Gott, er ist so ... jung, wenn er mit eingefallenen Schultern und dieser besiegten Haltung vor mir sitzt.

Ich lege ihm die Hand auf den Arm, versuche ihm Mut zu geben, ihm irgendwie zu zeigen, dass gar nichts meine Meinung von ihm ändern kann, dass ich weiß, wer er ist. Es ist total albern, dass ich das so empfinde, denn meine Meinung von ihm hat sich ja schon mehrmals drastisch geändert.

Erst war er der perfekte Mann, den ich verließ. Ich war so dumm, zu gehen, während er schlief, ohne eine Chance, ihn wieder zu kontaktieren, ihn zu finden. Dann war er der Arsch, der mich nicht erkannte. Der Blödmann, dem unsere gemeinsame Nacht gar nichts bedeutete, der mich vergaß, sobald ich sein Bett verlassen hatte. Mehr als zehn Jahre bildete ich mir ein, dass er mich genauso sehen würde wie ich ihn, aber ... nichts. Ich war ihm egal.

Und dann war er der Wichser, der mich fertigmachen wollte, der sich darüber ärgerte, dass ich ihn besiegt hatte. Ich, eine Frau! Danach war er der Mann, der mich um Hilfe bat. Ich weiß nicht genau, warum ich ja gesagt habe, aber er hat so ehrlich geklungen, so hilfebedürftig. Er hat mein Herz berührt, auch wenn er sich nicht erinnern konnte, dass er genau das schon einmal getan hatte.

Seit letztem Sonntag ist er wieder der perfekte Mann, der mir sagte, dass ihm unsere Nacht viel bedeutet hätte, sehr viel sogar. Der keine Angst hat, sich verletzbar zu machen. Der mich hofiert, mir das Gefühl gibt, ein wichtiger Mensch zu sein. Der mit mir ausgehen will, wenn das hier vorbei ist.

Hin und her, hin und her. Und doch sitze ich hier voller Überzeugung, dass er mir nichts sagen kann, was meine gute Meinung von ihm ändern könnte. Einfach lächerlich.

Und doch wahr.

Meine Mom war fünfzehn, als sie meinen Vater kennenlernte. Er war zehn Jahre älter, kam gerade aus dem Knast. Sie war ein gutbehütetes, katholisches Mädchen. Er der ultimative Bad Boy. Sie hatte keine Chance. Sein Charme, sein Charisma, die großspurigen Worte, die er verwendete, all das blendete sie. Brachte sie dazu, sich in ihn zu verlieben. Er versprach ihr die Welt, überhäufte sie mit Geschenken, die zwar keinen materiellen Wert hatten, ihr aber wichtiger waren als Gold und Juwelen.

Einmal schenkte er ihr eine kleine Spieldose, die Für Elise *spielte, darin hob sie ihre Schätze auf. Ein Medaillon, das ihr ihre Oma einmal geschenkt hatte, und einen Rubinring ihrer Mutter. Sie war ein paar Jahre zuvor gestorben und sie wohnte bei ihrem Vater, der vor Kummer beinahe verrückt geworden war und jetzt nur noch Zuflucht in der Bibel suchte, die er wörtlich auslegte. Meine Mutter hatte kein schönes Leben.*

Und dann kam da dieser Kerl, Austin Monroe, der ihr das Blaue vom Himmel herunterlog, ihr die Sterne schenken wollte. Sie verliebte sich. Sie glaubte ihm alles, was er sagte. Jedes einzelne Wort, hinterfragte nichts. Sie rannte mit ihm weg, verließ die Schule, ihren Vater, ihr Leben. Sie gingen gemeinsam nach Chicago. Sie lebten von seinen kleinen Gaunereien und ihrem Putzjob, den sie im Haus einer reichen Familie gefunden hatte.

Nachts liebten sie sich. Sie war zu naiv, um zu wissen, was ein Kondom ist, und er war nur an seinem Spaß interessiert, also benutzte er keins. Es kam, wie es kommen musste. Sie wurde schwanger. Er freute sich auf das Kind. Wirklich. Er liebte sie. Ich weiß das. Auf seine Weise liebte er sie wie verrückt. Er kaufte einen Ring, machte ihr einen Antrag. Er besorgte falsche Papiere, die sie als achtzehn ausweisen sollten, damit sie heiraten konnten, und so taten sie es.

Sie war so glücklich wie nie zuvor. Sie hatte einen tollen Mann und sollte Mutter werden. Sie freute sich. Jedes Mal, wenn sie die kleinen Füße spürte, die sie traten, juchzte sie vor lauter Glück.

Während der Schwangerschaft putzte sie weiter. Sie konnten es sich nicht leisten, dass sie damit aufhörte. Irgendwann im siebten Monat putzte sie die Treppe. Ihr wurde schwindelig, sie verlor den Halt und stürzte die Treppe hinab. Ohnmächtig lag sie am Fuß der Stufen. Niemand war zu Hause, niemand fand sie. Erst Stunden später kam die Ehefrau nach Hause. Sie rief einen Krankenwagen, aber es war zu spät. Das Baby war tot. Das Leben meiner Mutter hing am seidenen Faden, aber sie schaffte es. Sie überlebte, auch wenn sie sich gewünscht hätte, nicht zu überleben.

Monatelang trauerten meine Eltern um ihr Baby und irgendwann wurde sie wieder schwanger. Mein Vater wollte nicht, dass sie weiterhin putzen geht, also suchte er nach mehr Arbeit. Aber mehr Arbeit in seiner Schiene hieß mehr Gaunereien, mehr Illegales, mehr von allem, was einfach keine gute Idee war.

Aber sie waren glücklich. Sie freuten sich auf das Baby, erfreuten sich aneinander. Sie wollten dieses Baby, wollten ihre Ehe, auch wenn es schwierig war.

Als die Wehen einsetzten, brachte mein Vater sie ins Krankenhaus und war bei ihr, die ganze Zeit hielt er ihre Hand. Sie war so glücklich, als sie das Baby, mich, im Arm hielt. Und er war so stolz, dass er einen Sohn hatte. Nachts verließ er das Krankenhaus, um seine Freunde in einem Pub zu treffen, eine Runde auszugeben. Aber er kam nie dort an.

Er hatte sich bei seinen Gaunereien mit den falschen Leuten angelegt, mit der Art, die nie vergisst, die plant und sondiert und dich dann irgendwann kalt erwischt, wenn du es am allerwenigsten erwartest. Sie lauerten ihm auf und es kann nicht lange gedauert haben. Zwanzig Messerstiche. Das sagte der Autopsiebericht. Die Täter wurden nie gefunden.

Als meine Mutter diese Nachricht bekam, zerbrach sie. Noch in der Nacht schlitzte sie sich die Pulsadern auf. Mitten im Krankenhaus, doch als sie gefunden wurde, war es längst zu spät. Innerhalb weniger Stunden wurde dieser so glückliche und wunderbare Tag zu einem Albtraum.

Ich habe die Ereignisse bis zu diesem Tag aus ihrem Tagebuch erfahren, das sie mit im Krankenhaus in ihrer Reisetasche hatte. Diese Tasche wurde den Pflegeeltern überreicht, die mich aufnahmen. Von den Ereignissen des Tages weiß ich aus Zeitungsausschnitten und Polizeiberichten. Ich konnte nicht alles rekonstruieren, aber so dürfte es sich zugetragen haben.

Während er erzählt, schaut er auf seine Hände. Er schaut sie nicht an, will das Mitleid nicht in ihren Augen sehen, will den Moment nicht sehen, in dem sie ihn anders wahrnimmt. Er fürchtet sich wie kaum jemals zuvor in seinem Leben. Er will sie nicht verlieren, das wird ihm plötzlich klar.

Er kann ihren Atem hören, sieht aus den Augenwinkeln, wenn sie sich bewegt. Ihre Finger schieben sich zwischen seine. Auch wenn er diese Geste als Mitleid interpretiert, ist sie doch willkommen, gibt ihm ein besseres Gefühl. Dankbar drückt er ihre Finger.

Ich weiß nicht viel über meine ersten Pflegeeltern, aber meine Sozialarbeiterin erzählte mir immer und immer wieder, dass sie gute Menschen waren, die sich rührend um mich kümmerten. Sie wollten mich adoptieren, aber irgendwas ging schief und ich wurde von ihnen weggeholt, als ich vier war. Ich kann mich an diesen Tag erinnern. Nicht an alles, aber an dieses Gefühl ohnmächtiger Wut, weil ich nicht auf dem Arm meiner Mom, der einzigen Mutter, die ich je gekannt hatte, bleiben durfte, sondern mich ein dicker Mann in ein Auto brachte. Ich schrie und weinte, aber es nützte nichts.

Ich wurde in ein Kinderheim gebracht, weil das Ganze wohl eine Nacht-und-Nebel-Aktion war und man nicht sofort neue Pflegeeltern fand, die Platz hatten. Ich kam also in dieses kleine katholische Waisenhaus in Chicago. Die Mutter Oberin war sehr streng, alles, was sie kannte, war Zucht und Ordnung. Sie setzte ein hartes Regiment durch. Aber dann war da auch noch Schwester Mary. Sie war noch jung und sehr lieb. Jedes Kind liebte sie und wir alle wollten für sie besonders artig sein. Sie las uns vor, sang mit ihrer hübschen Stimme Lieder mit uns, umarmte und herzte uns. Jede Nacht träumte ich davon, dass sie mich adoptieren würde. Dann hätte ich sie ganz allein, sie wäre meine Mom und würde mich mit Liebe überschütten.

Ich war ein hübsches Kind und so dauerte es nicht lang, bis mich ein Ehepaar auswählte. Sie wollten mich adoptieren, wollten meine Eltern sein, aber sie hatten keine Ahnung, was das bedeutete.

Sobald alles rechtskräftig war, ich offiziell Jace Parker hieß, begann er, mich zu verprügeln. Zunächst nur hier und da eine Ohrfeige, aber bald schon verdrosch er mich mit dem Gürtel. Wenn sie mir helfen wollte, verprügelte er sie gleich mit, bis sie aufgab.

Eigentlich kontrolliert das Jugendamt regelmäßig, macht Hausbesuche. Und eigentlich war meine Sozialarbeiterin auch ordentlich und diszipliniert und immer für das Wohl der Kinder unterwegs. Niemand kann sich erklären, warum drei Jahre lang nichts geschah. Drei verdammte Jahre verprügelte dieser Wichser mich, verprügelte und vergewaltigte seine Frau. Neben mir, während ich halb totgeschlagen neben ihr lag.

Irgendwann hatte er es dann geschafft. Er hatte sie zu Tode geprügelt. Und das erregte Aufmerksamkeit. Die Polizei kam, das Jugendamt kam. Oh und ach, wie konnten wir den Jungen nur vergessen! Wie konnte er durch die Ritzen eines Systems fallen, das sowieso hinten und vorne nicht funktionierte? Wie furchtbar, jetzt machen wir alles besser.

Er kam hinter Gitter. Alles, was ich weiß, ist, dass er irgendwann bei einem Streit von einer Balustrade fiel. Er war gelähmt, vom Hals ab. Er wurde in ein Pflegeheim verlegt. Was danach passierte, weiß ich nicht, weil ich es nie wissen wollte. Er war mir egal.

Ich wurde wieder in das kleine Waisenhaus gebracht, zu Schwester Mary. Sie erinnerte sich an mich, bemutterte mich, kümmerte sich rührend um mich. Aber ich kam gerade aus der Hölle. Ich war acht Jahre alt und hatte gerade drei Jahre Qualen hinter mir. Ich sah kein Licht am Ende des Tunnels mehr. Ihre Berührungen taten weh, weil meine Nervenenden nichts als Pein kannten. Ihre Liebe schmerzte, weil ich nie etwas anderes erlebt hatte. Mein halbes Leben war ich misshandelt worden, ich konnte ihre Güte nicht in etwas anderes übersetzen als Qual.

Sie bemühte sich, immer und immer wieder. Doch wenn sie mich anfasste, schrie ich. Wenn sie mir nette Worte sagte, weinte ich. Wenn sie versuchte, mir Dinge zu schenken, floh ich und versteckte mich unter dem Bett.

Die Mutter Oberin hatte nur eine Antwort. Härte. Ich wurde stärker diszipliniert als alle anderen. Jedes kleinste Vergehen wurde bestraft. Nicht mit Schlägen, nein, das tat sie nicht. Sie hätte niemals eines der ihr anvertrauten Kinder körperlich gezüchtigt. Aber es gab Erniedrigungen und seelischen Schmerz. Es gab einen hungrigen Bauch, der als Bestrafung nicht gefüllt wurde. Es gab böse Worte, die mir immer und immer wieder klarmachten, dass ich Abschaum war. Dreck. Nichts wert.

Mary versuchte mich aufzubauen, mir Liebe zu schenken. Aber es war viel einfacher, der Oberin zu glauben, die mir das antat, was mir auch mein Adoptivvater schon angetan hatte, als der lieben Mary.

Ich war bis zu diesem Zeitpunkt nicht in der Schule, durfte jetzt aber gehen. Ich hatte Glück. Ich kam in eine Klasse, in der es keine Arschlochkinder gab, die alle nur gemobbt haben. Ich lernte. Was ich vor allem lernte war, dass Lernen Spaß macht. Ich entdeckte viele neue Dinge, mir wurde eine ganz neue Welt eröffnet. Ich war gut, sehr gut, glänzte in allen Fächern. Und wie so ein vertrockneter Busch in der Wüste sog ich alles auf, wuchs und gedieh.

Es half sehr, dass es keine emotionale Umgebung war. Niemand wollte mich anfassen, niemand wollte nette Worte von mir. Außer Mallory Dickens, aber das ist eine andere Geschichte. Ich fühlte mich freier, weil ich in der Schule von allen gesellschaftlichen Zwängen entbunden war. Man akzeptierte, dass ich ein wenig seltsam war, lieber Zeit mit mir alleine verbrachte. Aber Mary, die mich von früher kannte, konnte es nicht auf sich beruhen lassen.

Weil ich nicht mehr der unbedarfte, niedliche Junge war, wollte mich niemand mehr adoptieren, und ich blieb in dem Heim. Ich freute mich jeden Tag auf die Schule, verfluchte die Wochenenden. Die Oberin hatte es wie immer auf mich abgesehen, aber es war zu ertragen. Ich hatte Schlimmeres erlebt.

Als ich zwölf Jahre alt war, verabschiedete sie sich in den Ruhestand. Ich dachte, es würde besser, aber der Typ, der ihre Position einnahm, war schlimmer. Ich war ein Außenseiter, immer für mich. Er pickte mich schnell als Opfer heraus. Ich war an allem Schuld. Auch wenn ganz klar war, dass ein anderes Kind den Fehler begangen hatte. Ich war Schuld. Ich kann die Zeiten, in denen er mich mit seinem Rohrstock schlug, gar nicht mehr zählen. Es war ständig. Immer und immer wieder.

Anders als zuvor kamen nun aber die Hormonschwankungen der Pubertät hinzu. Mit jedem Schlag wuchs in mir die Wut. Diese unbändige Wut, weil ich nichts tun konnte, weil ich nicht der Herr meines eigenen Schicksals war. Weil Erwachsene mit mir taten, was sie wollten! Ich hatte keine Chance. Was ich wollte, zählte nicht. Ich war nur ein Spielball. Hin und her. Hin und her. Auf Bestrafung folgte Liebe. All die Liebe, die Mary den Kindern gab. Und dann hatte mich der Leiter wieder in der Mangel, bevor mir Mary Kekse zusteckte.

Sie versuchte, zu intervenieren, immer und immer wieder, aber es nützte nie etwas. Bis der Bischof ihr mitteilte, wenn sie sich noch einmal beschweren würde, müsste sie das Heim verlassen. Sie entschied sich dann schweren Herzens dazu, lieber dazubleiben und uns Kindern ein bisschen zu helfen, als uns ganz allein unserem Schicksal zu überlassen. Sie bereut die Entscheidung bis heute.

Ich wurde wütender und wütender. Ich begann die anderen Kinder anzuschreien, war nicht mehr der ruhige Junge in der Schule, nein, jetzt war ich der Bully, der die anderen Kids drangsalierte.

Irgendwann konnte Mary es nicht mehr mit ansehen und machte mit mir einen Ausflug. Sie hatte von einem Boxtrainer gehört, der Kinder aus sozialen Brennpunkten trainierte. Sie lernten dadurch verschiedene Dinge. Disziplin, weil sie sich an den vorgegebenen Plan halten mussten und weil der Sport an sich viel Ordnung erforderte. Respekt, weil sie meist zum ersten Mal in ihrem Leben diesen erfuhren und zwar ohne, dass er an irgendwelche Bedingungen geknüpft war. Einfach, weil sie Menschen waren, wurden sie respektiert. Teamgeist. Obwohl Boxen eher ein Einzelsport ist, waren die anderen Jungen in der gleichen Lage, wussten, dass es zu Hause nicht immer der Knaller war, hatten in ihren jungen Jahren ebenso viel Scheiß erlebt wie man selbst. Liebe zum Sport, zu seinen Freunden, zu seinem Trainer.

Es war wie damals, als ich in die Schule kam. Eine neue Welt eröffnete sich mir. Ich ging jeden Tag nach dem Unterricht dorthin. Manchmal trainierte ich, manchmal genoss ich nur dieses unglaubliche Zusammengehörigkeitsgefühl. Wir alle fühlten es und jeder von uns war Aiden, unserem Trainer, dankbar. Wir hatten alle nichts, konnten also unseren Dank nicht anders ausdrücken als mit gutem Benehmen und unserer Arbeitskraft.

Ich lernte, meine Wut in den Griff zu bekommen, lernte, dass ich stark war, kein Opfer. Lernte, den Schwächeren beizustehen, statt sie niederzumachen. Aber was ich vor allem lernte, war, für mich selbst einzustehen. Ich war etwas wert, einfach nur, weil ich ein Mensch war. Niemand hatte das Recht, mich in irgendeiner Weise zu misshandeln. Ich verdiente Respekt, auch Selbstrespekt.

Als der Heimleiter mich das nächste Mal verprügeln wollte, wehrte ich mich. Gegen die Prügel an sich und dann, indem ich zur Polizei ging und ihn anzeigte. Jetzt war es nicht nur eine kleine Nonne, die versuchte, das Richtige zu tun. Nein, es war der Staat, der sich einmischte.

Seine Geschichte treibt mir immer wieder Tränen in die Augen, aber alles, was ich sehen kann, ist dieser starke

Mann, der so viel Mist in seinem Leben erlebt hat und trotzdem zu einem guten Menschen geworden ist. Ich empfinde Mitgefühl für den kleinen Jungen, der er einmal war, für den Mann, der er geworden ist. Aber es ist kein Mitleid. Wie kann man auch einen so starken Menschen bemitleiden? Was er aus seinem Leben gemacht hat, nachdem er einen solchen Start gehabt hatte, ist unglaublich.

Das macht Mut, dem kann man nur Respekt zollen. Er hatte Recht, ich sehe ihn in einem anderen Licht. Es ist so viel strahlender als zuvor. Ich bin unglaublich inspiriert von der Geschichte seines Lebens.

Der Leiter wurde abgesetzt und Schwester Mary wurde zur Leiterin ernannt. Das Haus, in dem vorher Zucht und Ordnung herrschte, wurde ein Ort der Liebe. So kitschig das auch klingen mag. Aber so war es. Alle Kinder holten kollektiv zum ersten Mal in ihrem Leben richtig Luft. Wir durften endlich Kinder sein. Lachen und laut sein wurde nicht bestraft, spielen wurde unterstützt, auch wenn wir abends dann alle bis hinter die Ohren vor Dreck starrten. Aber das war okay. Wir waren Kinder und Jugendlich, und das war es, was wir sein durften.

Ich ging weiterhin täglich in die Boxschule und wurde immer besser. Ich bestritt die ersten Wettkämpfe, machte mich ganz gut. Aber ich hatte nie Ambitionen, ins Profigeschäft einzusteigen. Denn da gab es ja noch meine zweite Liebe, die Schule. Ich lernte wie besessen, und als ich die Schule beendet hatte, hatte ich ein Stipendium für Oxford in der Tasche. War die Schule schon gut, war die Uni noch besser. Ich entschied mich schließlich für Jura, weil ich anderen helfen wollte, vor allem denen, die sich selbst nicht helfen konnten.

Ich fing nach der Uni in der Kanzlei an. Ein Grund war, dass jeder Anwalt verpflichtet ist, mindestens fünfundzwanzig Prozent seiner abrechenbaren Stunden pro bono zu arbeiten. Das war mir wichtig.

Ein paar Jahre, nachdem ich hier angefangen hatte, bekam ich einen Anruf von Schwester Mary, die mir mitteilte, dass die Gemeinde das Kinderheim aufgeben wolle. Sie hatte Spenden gesammelt und Unterstützung gesucht und kaufte schließlich das Heim. Sie wollte den Kindern ihr Zuhause nicht nehmen. Der Staat unterstützte sie, aber in Zeiten von knappen Haushalten und einem Sparprogramm nach dem anderen, reichte das nicht aus. So konnte zwar ein Teil der laufenden Kosten gedeckt werden, aber es fehlte an allen Ecken und Enden.

Ich versprach, mir etwas einfallen zu lassen. Zufällig stieß ich auf Jim. Ich hatte mir hier auch direkt wieder einen Boxclub gesucht, weil ich die sportliche Betätigung brauche, als Ausgleich für die doch nicht gerade körperliche Arbeit als Anwalt. Und da traf ich ihn. Als er sah, dass ich gut war, erzählte er mir von einem kleinen illegalen Boxring. Er erzählte, was hier für Gewinne möglich waren. In dem Moment hörte sich das wie die beste Idee an.

Er führte mich ein, ich hatte ein paar Kämpfe. Aber es waren zunächst nur Peanuts, jedoch half alles. Erst als dann der größte Boxring auf mich aufmerksam wurde und ich dort kämpfte, wurden die Preisgelder höher und höher. In den letzten zwei Jahren war ich der Champion, aber auch davor verdiente ich nicht schlecht. Jeder Cent des Preisgeldes floss an Mary und das Heim. Ich behielt nichts für mich, sondern nutzte alles, um den Kindern ihre sichere Zuflucht zu erhalten.

Erst jetzt schaut er Chrissa zum ersten Mal wieder an. Er sieht die getrockneten Tränenspuren, die funkelnden Augen, die vollen Lippen, die sich zu einem Lächeln verzogen haben. Sie drückt seine Finger.

Und dann steht sie auf, setzt sich auf seinen Schoß und schlingt die Arme um ihn. Einen Moment weiß er nicht, wie ihm geschieht, dann umarmt er sie ebenfalls. Er vergräbt sein Gesicht an ihrer Halsbeuge, an ihren weichen Haaren. Seine Arme schließen sich um ihren kleinen Körper und er hält sie so fest, wie er sich traut, ohne sie zu zerdrücken.

Er löst sich nach langen Minuten als erstes und schaut sie überrascht an. »Wofür war das?«

»Für dich.«

Er zieht die Brauen zusammen. »Ich will kein Mitleid.«

Sie lacht leise. »Das bekommst du auch nicht, weil ich keinen Grund dafür sehe.«

Überrascht blickt er in ihre Augen, sucht erneut nach der Lüge, findet sie wieder nicht. »Nicht?«

Sie legt ihre kleinen Hände an sein Gesicht, schaut ihm direkt in die Augen, als sie sagt: »Dein Leben war scheiße. Aber schau, was aus dir geworden ist! Du hast dein Leben in die eigenen Hände genommen, hast viel und hart gearbeitet, dich um die Menschen gekümmert, die dir wichtig sind. Ja, du hast es vielleicht nicht immer auf die beste Art und Weise getan, aber das ist erst mal egal, weil du es aus den richtigen Motiven getan hast. Ich könnte dich nach dieser Geschichte nie als etwas anderes sehen, als einen starken und guten Menschen. Du hast teilweise die Hölle durchgemacht, trotzdem bist du hier der strahlende Sonnyboy, der ...« Sie bricht ab und er sieht eine Träne, die ihre Wange herunterläuft.

Statt darauf zu warten, dass sie weiterspricht, küsst er sie. Er drückt seine Lippen gegen ihre, zieht sie eng an sich. Nie zuvor hat eine Frau ihm solche Dinge gesagt. Er ist absolut überwältigt von ihren Worten, die mitten in sein Herz schossen und ihn vollkommen vergessen ließen, dass sie ja eigentlich zunächst einmal nur Anwältin und Mandant sein wollten.

»Jace ...«, murmelt sie gegen seine Lippen. Er zieht sie enger an sich, leckt an ihrer Unterlippe und lässt seine Zunge in ihren Mund gleiten, als sie ihn öffnet. Langsam und gemächlich erforscht er ihren Mund, macht sich wieder damit vertraut. Mit ihrem Geschmack, ihrem Gefühl ... Gott, sie fühlt sich gut an. Ihr schlanker Körper ist sportlich, aber nicht kantig, ihre Arme fühlen sich unglaublich um seinen Hals an. Ihre Zunge, die sich an seiner reibt, macht ihn wahnsinnig. Ihre Wimpern, die seine Wange kitzeln. Ihr Atem, der über seine Haut streicht. All das lässt ihn vergessen, dass sie seine Anwältin ist und das hier gar nicht gut.

Er streichelt ihren Rücken hoch und runter, intensiviert den Kuss. Er spürt ihre schnellere Atmung, das Klopfen ihres Herzens. Sie drückt ihre Brust gegen seine und er fühlt die harten Nippel, die sich durch den BH und ihre Bluse pressen. Sie seufzt leise und stöhnt in seinen Mund. Ihre Finger fahren durch seine Haare, ziehen ein wenig, vergraben sich. Das Gefühl ist unglaublich.

Als er das nächste Mal mit seinen Fingern nach unten streichelt, umfasst er ihren Hintern. Sie keucht leise, als er beginnt, ihn zu massieren. Sie erzittert, als seine Finger den Saum ihres Rocks suchen und den Stoff über ihren Po schieben. Er fährt die Rundung mit den Fingern nach, bevor er ihren Hintern so umfasst, dass seine Finger zwischen ihren Beinen liegen. Er kann die feuchte Hitze spüren, die von dieser Stelle ausgeht. Sein Schwanz, der bis zu diesem Zeitpunkt auf Halbmast war, stellt sich auf und drückt hart gegen ihren Bauch. Sie keucht erneut und er schiebt seine Finger tiefer an die Stelle, an der sie sein wollen.

»Jace, wir ...«, haucht sie gegen seine Lippen.

»Ich weiß«, murmelt er zurück, hört aber nicht auf, sie zu küssen.

Sie drückt gegen seine Brust, löst sich von ihm. »Jace, wir dürfen nicht.«

Er lässt den Kopf hängen. »Ich weiß.«

Sie lehnt ihre Wange gegen seinen Kopf, streichelt seine Arme entlang. Langsam bewegen sich seine Finger wieder in unverfänglichere Regionen.

»Fuck, Baby«, sagt er heiser. Er spürt, wie sich ein Lächeln auf ihrem Gesicht bildet. Sie mag es, wenn er sie Baby nennt.

»Tut mir leid«, sagt sie leise. »Du warst nur so ...«

»So?«, fragt er interessiert nach.

Sie stöhnt leise auf, als würde sie sich erinnern. »Sexy.«

Er grinst, küsst sie zärtlich auf die Wange. »Besorg mir eine ›Sie kommen aus dem Gefängnis frei‹-Karte und wir machen da weiter, wo wir jetzt aufhören.«

Mit einem Laut des Bedauerns setzt sie sich wieder auf ihren Stuhl und holt ihr iPad aus der Tasche. »Du hast also immer gewusst, dass es sich um einen illegalen Boxring handelt?«

Er nickt. »Ja.«

»Okay, das macht die Sache natürlich nicht einfacher.« Sie tippt auf dem Screen rum, macht sich Notizen. »Wann hast du da angefangen?«

»In dem Kleineren vor sechs Jahren und in dem Großen vor vier.«

»Wie viele Kämpfe hattest du?« Ihre Finger fliegen über den Screen, halten seine Worte fest.

»Das weiß ich nicht genau, ich hab nicht mitgezählt. Vielleicht hundert?«

Sie schaut auf. »Hundert?«

Er zuckt mit den Schultern. »Mehr oder weniger. Anfangs hatte ich mehr Kämpfe, aber dann nur noch einmal im Monat. Manchmal öfter. Es kam auch immer darauf an, wann es Gegner gab, um die Kämpfe spannend zu machen.«

Sie nickt langsam. »Wie viele hast du gewonnen?«

»Alle.«

»Natürlich.« Sie tippt wieder was. »Mit wem hattest du Kontakt?«

»Hauptsächlich mit Jim. In dem großen Boxclub hat jeder Boxer eine Art Agent, der dich betreut. Je höher man aufsteigt, desto mehr Leute lernt man kennen. Die anderen Agenten und Boxer, meine ich. Den Boss Lewis lernt man normalerweise nicht kennen. Man kennt seinen Namen, er geistert wie eine Art Phantom durch die Szene. Niemand kennt die ganze Struktur, damit nicht alles auf einmal ausgehoben werden kann. Wenn ein Kopf abgeschlagen ist, kann das Gebilde weiter existieren, weil andere den Platz einnehmen können.«

»Hm. Hast du Lewis kennengelernt?«

»Ich hatte einen ganz guten Draht zu Jim. Mit den Jahren kam Vertrauen hinzu. Und dann ist irgendwann mal jemand an uns vorbeigelaufen und Jim sagte, dass das Lewis sei. Ich glaube nicht, dass er einen Grund hatte, das zu erfinden. Aber offiziell kennengelernt habe ich ihn nicht.«

»Über wie viele Menschen reden wir hier?«

»Es gibt verschiedene Ligen innerhalb des Clubs, je nach Können. In jeder Liga sind zwischen zwanzig und vierzig Kämpfer. Drei Ligen gibt es. In den unteren beiden Ligen betreut ein Agent acht bis zehn Fighter. In der höchsten Liga ist es eins zu eins Betreuung. Es gibt also so um die dreißig Agenten. Darüber hinaus gibt es Menschen, die Werbung machen, die Wetten annehmen, die Kasse bemannen, etc. Es sind jede Menge Leute, die im Sogkreis drin sind.«

»Wie viele kennst du persönlich?«

Jace lehnt sich zurück. »Ich kenne die anderen Boxer, obwohl man ›kennen‹ lose gebrauchen muss. Und vielleicht fünf Agenten.«

»So wenige?«

»Wie gesagt. Sie versuchen, so geheim wie möglich zu agieren, damit nicht der ganze Boxring auffliegt, wenn eine Razzia stattfindet.«

Chrissa trommelt leicht mit den Fingern auf der Lehne ihres Stuhls. Sie sieht nachdenklich aus. Dann gibt sie sich einen Ruck. »Wenn ich einen Deal mit der Staatsanwaltschaft aushandele, was könntest du liefern?«

»Keinen Deal«, sagt er mit fester Stimme.

»Wieso nicht?«, fragt sie überrascht.

»Weil ich niemanden verpfeifen werde.«

»Aber ...«

Er greift nach ihrer Hand. »Baby, du musst einen anderen Weg finden. Ich werde niemanden verpfeifen, weil mein Leben dann die Hölle sein würde. Das sind gefährliche Typen, die das nicht auf sich beruhen lassen werden. Kein Deal.«

Chrissa nickt langsam. »Hm.«

»Ich weiß, das ist frustrierend für einen Anwalt, aber

ich sehe keine andere Chance. Und es geht ja nicht nur um mich. Auch um dich.«

»Um mich?«, fragt sie erstaunt.

Er nickt. »Wenn wir zusammen sind, werden sie auch hinter dir her sein. Das kann ich nicht zulassen. Lieber gehe ich ins Gefängnis.«

Sie schaut ihn ruhig an, dann sagt sie: »Du bist schon 'ne Dramaqueen, oder?«

Er knockt seine Schulter gegen ihre. »Hey.«

Sie lächelt. »Fein, ich suche eine andere Lösung.«

»Danke.«

»Das ist mein Job.«

»Danke, dass du es zu deinem Job gemacht hast.«

Sie nickt lediglich.

Ich treffe mich mit Shawn Potter in einer lausigen Bar, in die man eigentlich nicht alleine gehen sollte. Aber ... ich muss schließlich Jace' Leben retten. Und das meine ich durchaus wörtlich, denn so ein hübscher Kerl wird es im Knast nicht lange machen, bevor ihn jemand zu seiner persönlichen Schlampe macht. Es wäre doch sehr schade um den hübschen Hintern.

Shawn ist Privatdetektiv und ich will ihn auf den Fall ansetzen. Ich brauche mehr Informationen. Jace hat einfach keine Ahnung, was da genau vorgegangen ist. Er kennt Schnipsel des Ganzen, aber das war es auch schon. Und um ihm zu helfen, brauche ich einen Überblick über alles.

Vielleicht ist es auch gar nicht schlecht, dass Jace eigentlich nichts weiß, überlege ich, als ich die Tür aufstoße und mich umsehe.

Shawn sitzt in der hintersten Ecke und hat eine

Flasche Bier in der Hand. Budweiser. Auch wenn jedes andere Bier besser schmeckt, würde er doch nie importiertes trinken. Er will schließlich die heimische Wirtschaft stärken. Manche würden ihn vielleicht als Patrioten bezeichnen, aber die *88* auf seinem Arm zeigt, wo er wirklich steht.

Ich würde mich mit so Redneck-Abschaum normalerweise nicht abgeben, aber in diesem Fall geht es nicht anders. Keiner ist so tief in all die illegalen Machenschaften verstrickt wie er. Manchmal frage ich mich, ob seine Loyalitäten noch auf der richtigen Seite liegen. Aber liegen die für die Arische Bruderschaft jemals auf der richtigen Seite?

»Hey, Shawn«, sage ich, als ich mich auf die andere Seite setze.

Er nickt mir nur zu. Wahrscheinlich sehe ich nicht arisch genug aus, um einer Antwort würdig zu sein. Aber er ja auch nicht. Was ihm wahrscheinlich nicht mal komisch vorkommt. Aber wer hat je behauptet, dass solche Typen übermäßig intelligent sind?

»Hast du von dem illegalen Boxring gehört?«

Seine Augen ziehen sich zusammen. Kleine Schweinsäuglein. Hässlich. Wie der ganze Kerl. »Das kostet.«

»Wie viel?«

»Zehntausend.«

»Okay.« Ich ziehe einen Umschlag raus und schiebe ihn über den Tisch. Ich hatte gehofft, dass dies sein Preis sein würde. Zur Not habe ich in einem zweiten Umschlag noch mehr Geld.

Er schaut nicht einmal hinein, weiß, dass ich vertrauenswürdig bin. »Das ist die Bruderschaft.«

»Welche?«

Sein Mund verzieht sich spöttisch. »Die nennen sich nur so.«

»Wozu gehören sie?«

»Zu niemandem. Sie agieren allein.«

»Wieso habe ich noch nie von ihr gehört?«

»Weil sie es so wollen.«

»Wieso kennst du sie?«

Er schaut mich abschätzig an, sagt dann: »Weil sie Brüder sind.«

»Arier?«

Er nickt. »Lass dich nicht mit ihnen ein, Chrissa. Das wird böse enden.«

»Was kannst du mir sonst noch erzählen?«

Er lehnt sich zurück, leert sein Bier in einem Zug. »Was willst du wissen?«

»Alles.«

Er nickt und verschränkt die Hände vor sich auf dem Tisch. »Der oberste Boss ist Lewis Dane, auch *das Phantom* genannt. Kaum einer weiß, wie er aussieht. Er hält sich im Hintergrund bedeckt. Hat seine Leute für die Drecksarbeit, kassiert aber ab.«

»Was hat die Bruderschaft noch für ... nennen wir es Tätigkeitsfelder?«

»Keine. Nur den Ring. Deswegen ist es auch beinahe unmöglich, ihnen ans Bein zu pinkeln. Sie fokussieren sich nur auf die Kämpfe, alles *low profile*. Sie wollen kein Aufsehen erregen.«

Ich nicke. »Kannst du sagen, wie viel sie damit machen?«

Er schüttelt den Kopf. »Das ist reine Spekulation, aber es lohnt sich ganz gewaltig. Sie unterstützen die Sache mit riesigen Summen.«

»Die Sache?«

»Die Vorherrschaft des weißen Mannes.«

Mir rennt es kalt den Rücken hinunter. Die Geschichte hat gezeigt, dass rechts eine Sackgasse ist, aber es gibt immer noch Menschen, die das nicht gelernt haben.

»Hör mir zu, Chrissa. Die Typen ... Die sind selbst uns zu Hardcore. Das ist eine ganz miese Sache. Und eine noch miesere Idee, dass du da hineinstechen willst.«

»Will ich nicht«, sage ich wahrheitsgemäß.

Er nickt langsam. »Aber du wirst es trotzdem tun ...«

»Wenn ich muss.«

»Pass auf dich auf.«

»Natürlich. Erzähl mir alles, was du weißt.«

Shawn liefert mir Namen und Orte, schildert, wie das System der Bruderschaft funktioniert. Auch wenn es mich jedes Mal ekelt, wenn ich einen Wichser wie ihn treffen muss, es zeigt sich leider immer wieder, dass es die richtige Entscheidung ist. Ich weiß, der Zweck heiligt nicht immer die Mittel, meist schon gar nicht, aber ... Nun ja, ich wende mich ja nur in Notfällen an ihn. Dies ist das dritte Mal und ich hoffe wirklich, dass es das letzte sein wird. Doch das habe ich die anderen beiden Male auch schon gehofft.

KAPITEL ZWÖLF

Jace schaut auf sein Handy. Er weiß, er muss diese Nachricht schreiben, auch wenn er es nicht tun möchte. Er will seine Freunde nicht enttäuschen, aber ... da führt kein Weg dran vorbei. Er hat diese Richtung eingeschlagen und jetzt ist eben der Supergau passiert.

Jace: Erinnert ihr euch an die Kämpfe für Geld?

Irgendwie hofft er, dass keine Antwort kommt, aber er kennt seine Freunde und weiß, dass fast alle antworten werden. Leider. Manchmal ist es nicht gut, wenn man so zuverlässige Kumpel hat.

Mike: Was ist damit?

So, nun ist der Moment gekommen, in den sauren Apfel zu beißen.

Jace: Sie waren illegal.

Evan: Fuck, Jace! Illegal?

Jonathan: Illegal???????

Tyler: Was???

Pete: Illegal wie in illegal?

Jace: Ja.

Simon: Fuck, Mann!

Ethan: Du bist Anwalt.

Jace: Danke, das weiß ich auch.

Ben: Vielleicht nicht mehr lange.

Tyler: Kann dich das nicht deinen Job kosten?

Simon: Auf jeden Fall!

Jace: Naja, es gab eine Razzia ...

Ethan: WAS????

Evan: Fuck, Mann. Bist du im Knast?

Ben: Er ist natürlich nicht im Knast, sonst könnte er

nicht texten ...

Pete: Was tippt Mike denn da? Da steht nur: schreibt ... Und das schon ewig ...

Jonathan: Der wird dir so in den Arsch treten ...

Jacob: Wie konntest du nur so dumm sein?

Evan: Wo bist du jetzt?

Jace: Zu Hause.

Simon: Und weiter? Was geschieht jetzt?

Jace: Ich werde angeklagt.

Ethan: Auf die Gefahr, dass ich mich wiederhole, aber WAS???

Ben: Das ist doch nicht dein Ernst!

Pete: Fuck! Das ist ein Albtraum.

Jace: Deswegen kann ich nicht mit auf Klassenfahrt ...

Tyler: Scheiß auf die Reise!

Jacob: Was tippt Mike denn da?

Evan: Das ist total abgefuckt, Mann. Wie kommst du klar?

Jace: Noch, gut. Bisher ist die Anklage auch noch nicht offiziell, aber sie wird kommen.

Ben: Brauchst du Hilfe? Einen Anwalt? Kann Mike nicht ...

Jacob: Der kann erst mal gar nichts, der tippt sich zu Tode.

Jace: Ich habe eine Anwältin.

Tyler: Eine Frau?

Jace: Ja, eine Frau, du misogyner Arsch.

Tyler: So meinte ich das gar nicht. Aber ...

Evan: Du meintest es wohl so.

Tyler: Aber nur unbeabsichtigt. Wir wollen doch, dass Jace die beste Verteidigung bekommt, die es gibt.

Jace: Die bekomme ich. Sie ist die Beste. *Cool as a cucumber*. Sie wird auch Eisprinzessin genannt.

Jacob: Eisprinzessin klingt, als würde sie in Frozen mitspielen.

Ethan: Ich will gar nicht wissen, wieso du dich so gut mit Disney-Filmen auskennst ...

Evan: Ihr seid alles kleine Mädchen in den Körpern

erwachsener Männer. Ich muss euch wohl Schnuller besorgen.

Ethan: Nur Jake.

Jacob: Hey! Kommt schon!

Simon: Mike? Was sagst du dazu?

Ben: Der tippt noch ...

Pete: Zur Eisprinzessin? Ich glaub, Frozen ist Mike scheißegal.

Jonathan: Fuck. Du sitzt echt in der Scheiße.

Mike: Fuck you.

Ben: Echt jetzt? Für die zwei Worte hast du drei Stunden getippt?

Jacob: Ist das dein Ernst? Fuck you?

Evan: Vielleicht solltet ihr das alleine diskutieren.

Jace: Ja, vielleicht. Es tut mir leid.

Simon: Ja, Mann.

Scheiße. Ein *Fuck you* von Mike ist ernst. Er wählt die Nummer. Es klingelt endlos lange, bevor er doch ans Telefon geht.

»Was?«

»Mike ...«

»Nein, nichts da! Ich bin dein bester Freund und du hast mich all die Jahre belogen? Wir haben immer alles geteilt, konnten uns blind auf einander verlassen. Und jetzt? Jetzt muss ich erfahren, dass du mich seit Jahren belügst? Fick dich!«

»Du hast recht.«

»Natürlich hab ich recht. Aber das ändert nichts. Ich bin enttäuscht von dir, richtig enttäuscht. Ich hätte einfach nie gedacht, dass du, mein Bruder, mich in wichtige Dinge in deinem Leben nicht einweihen würdest. Das schockt mich über alle Maßen.«

»Es hatte nichts mit dir zu tun.«

Mike schnaubt. »Ach so, es lag nicht an mir, es lag an dir?«

»Mike, komm schon«, versucht es Jace noch mal. »Ich wollte dich nicht in meine illegalen Dinge hineinziehen. Du bist mein Freund, mein bester Freund. Ich wollte dich da raushalten.«

»Schön und gut, dabei vergisst du aber eine Sache. Ich bin erwachsen und muss nicht von Dingen ferngehalten werden. Wie würdest du – ausgerechnet du! – dich fühlen, wenn einer von uns dir so etwas Existentielles verschwiegen hätte?«

»Scheiße«, sagt Jace einfach.

»Dann weißt du wenigstens, wie es mir jetzt geht.«

»Es tut mir leid.«

»Ja, das nützt jetzt nur nichts.«

»Komm schon, Alter! Lass mich nicht so hängen. Ich habe einen Fehler gemacht.«

»Ja. Manche Fehler kann man eben nicht verzeihen.«

»Mike! Das meinst du nicht so.« Er wird langsam panisch. Er hat mit bösen Worten gerechnet, aber doch nicht damit, dass Mike, sein bester Freund, ihn abschreibt. Er kann nicht noch eine Person verlieren. Es sind schon zu viele gegangen und haben ihn allein gelassen. Nicht auch noch er. Der Mann, der fast sein Bruder ist.

Er hört ein Knurren an der anderen Seite der Leitung. »Ich weiß nicht, was ich meine! Ich bin scheiß wütend auf dich! Wie konntest du das tun? Du bist ein elender Wichser!«

»Ich stimme dir ja in allen Punkten zu, Mike, aber ...«

»Ich muss nachdenken, J. Lass mich nachdenken und dann melde ich mich.«

Es tutet in der Leitung und Jace flüstert: »Okay.«

Langsam lässt er den Arm mit seinem Handy sinken. *Fuck!* Das ist das einzige, was in seinem Kopf existiert. Nur dieses eine Wort, alles andere ist ausgelöscht. Er kann sich sein Leben ohne Mike nicht vorstellen. Er ist sich total bewusst, dass er sich wie eine Pussy anhört, aber es ist, was es ist. Mike war die letzten vierzehn Jahre ein Fixpunkt in seinem Leben. Immer da, wenn er Probleme hatte. Sie haben so viel Scheiße zusammen erlebt. Auch mit den anderen Jungs, aber Mike und er ... Das war nicht nur Freundschaft, sondern mehr ... Ein Mädchen würde von Seelenverwandtschaft sprechen, aber da kann er sich dann auch gleich eine Vagina wachsen lassen und sich die Fußnägel lackieren.

Wie man es dreht und wendet. Er hat es verbockt. Ganz eindeutig. Total verbockt. Wieso war er auch die ganze Zeit zu ... Ja, was? Stolz, bescheuert, ignorant? Er hätte doch seine Kumpel, seine besten Freunde, nicht ausschließen müssen.

Aber er weiß, wieso er es getan hat. Weil sie es ihm ausgeredet hätten. Sie hätten gesagt, dass es andere Wege gäbe, aber er hatte darüber nachgedacht und beschlossen, dass es sie eben nicht gibt. Er musste eine Lösung finden und das war die einzige, die ihm eingefallen ist. Er konnte sich nicht damit befassen, ob das jetzt eine ganz schlechte Lösung war, weil er Ergebnisse brauchte.

Er geht langsam zu seiner Couch und setzt sich hin. Er legt die Ellenbogen auf den Knien ab und vergräbt das Gesicht in den Händen. Fuck. Er ist so ein Idiot, das ist schon nicht mehr zu fassen. Geschieht ihm recht, wenn er in den Knast kommt und irgendein Knacki mit dem Namen Butch ihm seinen Schwanz in den Arsch rammt.

Aber Chrissa ... Fuck. Chrissa. Er weiß eigentlich nichts über sie, aber er kann nicht einfach aufgeben, weil es sie gibt.

Er lehnt sich zurück, lehnt den Kopf an und schließt die Augen. Er hat keine Ahnung, warum sie als Eisprinzessin bezeichnet wird, denn sie ist nicht kalt. Ganz im Gegenteil. Sie ist warmherzig und liebevoll. Aber irgendwie ist er doch ganz froh, dass sie nicht allen diese Seiten zeigt, sondern nur ihm. Ja, für sie muss er versuchen, auf freiem Fuß zu bleiben. Sie verdient keinen Kummer.

»Wo ist Lila?«, frage ich Mara, als ich zu unserem allwöchentlichen Mittagessen komme.

»Sie ist dir immer noch böse.«

»Fuck.« Ich umarme Mara. »Also, wir zwei allein?«

Sie nickt. »Ich hoffe, du bist jetzt nicht enttäuscht.«

»Quatsch. Du bist doch ein guter Fang«, scherze ich und setze mich.

Sie lacht. »Das heißt, dass du dir jetzt extra viel Zeit für Lila nehmen musst, weil sie dir sonst nie verzeihen wird. Und du hast doch eh keine Zeit.«

Ich lächel sie an. »Ich bin jetzt Senior Partnerin. Da muss ich keine hundertzehn Stunden mehr arbeiten. Siebzig bis achtzig reichen locker. Ich hab jetzt also viel Freizeit.«

Mara grinst. »Du hast so einen Schaden, Chris. Achtzig Stunden würde jeder als zu viel Arbeit bezeichnen und du sagst, du hast jetzt Freizeit.«

Ich zucke mit den Schultern. »Es kommt ja immer auf die Perspektive an. Wenn man von hundertzehn auf achtzig schaut, ist das super wenig.«

»Trotzdem hast du einen Knall.«

»Würde ich nie bestreiten.«

»Was ist das mit dir und Lila?«

Ich zucke mit den Schultern. »Ich glaube einfach nicht, dass sie mit so einem Spießer wie Trevor glücklich werden kann. Das ist unmöglich. Sie ist so ein lebenslustiger Mensch, der den Stier immer bei den Hörnern fasst. Ich kann einfach nicht verstehen, warum sie auf so jemanden wie ihn steht.«

»Vielleicht musst du es auch nicht verstehen, Chris. Vielleicht musst du es einfach nur akzeptieren. Das ist Lilas Leben, ihre Entscheidung.«

»Ja, grundsätzlich stimme ich dir da zu, aber ich weiß tief in meinem Inneren, dass er nicht der Richtige für sie ist.«

»Aber manchmal ziehen sich Gegensätze an.«

Ich winke ab. »Ach, Quatsch, Mara. Das sind doch naive Ideen. Gleich und gleich gesellt sich gern. Nichts anderes.«

»Aber ...«

»Nein, Süße.«

Sie nickt. »Willst du mir damit sagen, dass Piper und ich langfristig nicht funktionieren werden, weil wir zu unterschiedlich sind?«

»Nein, Unsinn. Du und Piper habt die perfekte Beziehung. Auch wenn ich sie nicht leiden kann ...«

Sie schaut mich unverwandt an. Ihre so unwahrscheinlich grünen Augen bohren sich in mich. »Geht es vielleicht darum? Dass sowohl Lila als auch ich in Beziehungen leben, die du nicht abgesegnet hast?«

Meine Augen werden riesig und springen beinahe aus meinem Kopf. »Denkst du das wirklich von mir? Dass ich mir das Recht anmaße, über das Liebesleben meiner Freundinnen zu bestimmen?«

»Tust du's?«

»Nein! Ihr sollt glücklich werden mit wem ihr wollt.«

Sie zieht die Augenbrauen hoch. »Was ist dann also dein Problem mit Lila und Trevor?«

In meinem Kopf rattert es. Die Rädchen bewegen sich alle, drehen sich wie verrückt. Und dann klickt es. Ich sehe es. Ich bin eine miese, eine ganz miese Freundin. Statt meine Süßen zu unterstützen, ihnen beizustehen, ihnen zu zeigen, dass sie nichts tun können, was mich jemals schlecht von ihnen denken lassen könnte, habe ich genau das Gegenteil erreicht. Sie fühlen sich verurteilt und beurteilt, weil ich so eine dämliche Kuh bin, die sich wie ein Diktator aufführt. Scheiße.

Ich lasse das Gesicht in meine Hände fallen. »Fuck, Mara! Ich bin so eine dermaßen schlechte Freundin, für mich muss eine ganz neue Kategorie erfunden werden.«

Sie legt mir die Hand auf den Arm. »Hör auf. So ist

das doch nicht. Du bist eine tolle Freundin. Aber du bist immer so in deinem *Boss Lady*-Modus, dass du manchmal vergisst, dass andere Menschen andere Pläne für ihr Leben haben und dass es dich nichts angeht. Alles, was du tun kannst, ist zu akzeptieren, was wir tun, und da zu sein, wenn es schief gehen sollte.«

Ich nicke. »Du hast recht. Wie bist du so jung nur so weise geworden?«

»Weil ich immer mit so alten Schachteln wie dir rumhänge«, erwidert sie und bringt mich zum Lachen. Es tut gut!

Manchmal ist das Leben ein Arschloch und man vergisst, dass die kleinen Dinge so wunderbar sind. Lachen, gute Freunde, Zeit ... Vielleicht habe ich mich die ganzen Jahre auf die falschen Sachen konzentriert. Ganz gewiss sogar. Für die wirklich wichtigen Dinge war dann keine Zeit mehr. Vielleicht läuft irgendwas grundsätzlich schief. Ich sollte mehr Sachen machen, die mich glücklich machen, statt solche, die es nicht tun. Und die, die mich glücklich machen, umfassen eindeutig einen Menschen ...

Mara schaut mich prüfend an. »Wieso wirkst du fröhlicher als noch auf dem JGA?«

»Tu ich das?«

»Kokettier nicht.«

Ich lache. »Okay, okay. Ich habe jemanden kennengelernt.«

»Jemanden zum Vögeln?«

Ich schüttel den Kopf. »Nein, jemand Richtigen.«

»Einen Mr. Right?«, fragt sie ungläubig.

»Zumindest einen potentiellen.«

»Wirklich?«

»Ja. Es ist ein wenig kompliziert, weil er mein

Mandant ist, aber ...«

Mara spielt mit ihren Haaren und schaut mich an, als hätte ich gesagt, ich möchte ein Einhorn kaufen. »Red ruhig weiter.«

»Nun ja, eine Beziehung ist nicht erlaubt, dass weiß ich auch, aber ... wenn der Fall beendet ist und er mir kündigt ... hm.«

»Was ist denn zwischen euch schon passiert?«, fragt sie interessiert.

»Nichts.«

»Nichts?«

»Nun ja ...«

»Ich wusste es«, lacht sie.

»Ja, okay. Wir haben geknutscht und ich hab in seinem Bett geschlafen, aber mehr war da nicht. Er hat auf der Couch geschlafen.«

»Das glaube ich dir nicht.«

Ich hebe die Hände. »Doch, ich schwöre. Zwischen uns ist nichts gelaufen. Wie gesagt, er ist mein Mandant. Solange das so ist, werden wir nichts miteinander anfangen.«

»Okay. Aber ...?«

»Aber was?«

»Du magst ihn.«

Ich lächel leicht. Zumindest stelle ich mir vor, dass ein leichtes, nachdenkliches Lächeln meine Züge umspielt, aber wahrscheinlich lächel ich leicht debil, so wie alle Verliebten es tun. *Hold on the record!* Verliebt? Bin ich in Jace verliebt? Nein, oder? Doch?

Jace ...

»Du träumst von ihm«, meint Mara belustigt.

»Nein ...«

»Doch. Es ist so süß, dich verliebt zu sehen.«

»Nimm das zurück«, fauche ich.

Sie lacht einfach nur. »Du musst aufpassen, liebste Chrissa, sonst erkennen die Menschen noch, dass du Gefühle hast.«

»Hab ich nicht. Ich bin die Eisprinzessin.«

»Ja, klar. Und wieso werden dann deine Wangen rosa, wenn ich sage, dass du verliebt bist?«

»Werden sie nicht«, sage ich fest, während ich spüre, wie die Hitze in meine Wangen schießt.

»Keine weiteren Fragen, Euer Ehren«, sagt sie und lacht mir ins Gesicht.

»Hey, das ist mein Spruch!«

Nachdem Mara mich erleuchtet hat, beschließe ich, gleich Nägel mit Köpfen zu machen und zu Lilas Büro zu fahren. Ich war bisher noch nie bei dem Radiosender, bei dem Lila arbeitet. Sie moderiert dreimal die Woche eine Mittagsshow, die manchmal mit unserem Mittagessen kollidiert. So wie heute anscheinend auch. Als ich reinkomme, sitzt sie im Studio. Ich kann sie vom Regieraum aus sehen und bin beeindruckt, wie sie da vollkommen professionell mit ihren Kopfhörern sitzt.

»Ihre drei Minuten sind um«, sagt ein Praktikant, der mir geholfen hat, hierher zu kommen.

»Welcher Teil der Sendung ist das gerade?«, frage ich ihn.

»Der Ratgeberteil. Die Frau bei Lila ist unsere Ratgebertante. Lila ist quasi nur der Sidekick.«

»Kann ich ins Studio gestellt werden, um Rat zu erfragen?«

Er schaut mich unsicher an. »Das ist mit Sicherheit

gegen die Regeln.«

»Ich gebe Ihnen hundert Dollar.«

»Okay.« Huch, das war aber einfach. »Nehmen Sie das Telefon. Sobald das Gespräch beendet ist, stelle ich Sie durch.«

Es dauert nicht lange, bis ich in der Leitung bin.

»Mit wem spreche ich und was kann ich für Sie tun?«, höre ich die Stimme der Ratgebertante. Gleichzeitig sehe ich sie in dem Glaskasten vor mir.

»Ich bin Chrissa. Ich hab mich mit meiner besten Freundin gestritten.«

Ich sehe wie Lilas Kopf hochschnellt. Sie kann nicht sehen, dass ich in ihrem Rücken stehe.

»Worum ging es bei diesem Streit, Chrissa?«

»Ich war eine verurteilende Kuh, die nicht anerkennen wollte, dass sie ihren Verlobten wirklich liebt.«

»Und wieso haben Sie das nicht?«

»Weil ich gedacht habe, dass ich es besser weiß. Dass ich ihre Gefühle kenne. Ich hab mir immer und immer wieder gesagt, dass meine Freundin so nicht ist, dass sie sich nicht so sehr verändert haben kann, dass sie plötzlich einen solchen Mann liebt. Dabei habe ich vollkommen außer Acht gelassen, dass es nicht meine Entscheidung ist. Es geht nicht darum, dass ich verstehe, dass sie ihn liebt, sondern darum, dass ich sie in ihren Entscheidungen unterstütze.«

»Glauben Sie das wirklich?«, fragt Lila mit bebender Stimme.

»Ja«, antworte ich schlicht und ohne Zögern. »Es ist ihr Leben, und wenn sie ihn liebt, dann unterstütze ich das.«

»Nun, Sie brauchen anscheinend keinen Rat. Sie

haben es alles schon selbst herausgefunden. Manchmal glauben wir, dass wir besser wissen, was für die Menschen in unserem Leben richtig ist. Aber das stimmt nicht. Jeder Mensch muss seine eigenen Erfahrungen machen, seine eigenen Fehler machen und seinen eigenen Weg gehen. Manche Dinge werden sich als falsch entpuppen, andere als richtig, aber es ist immer unsere eigene Entscheidung.«

»Ich hoffe, sie hat zugehört und all das vernommen. Ich will, dass sie weiß, dass ich sie liebe, dass ich sie glücklich sehen möchte. Und wenn dieser Mann sie glücklich macht, dann bin ich es auch.«

»Ich bin mir sicher, dass sie alles gehört hat«, flüstert Lila und ich kann die Tränen in ihrer Stimme hören.

»Glauben Sie, sie wird mir verzeihen?«, frage ich nach.

»Wie könnte sie nicht?«, sagt sie unter Schluchzen. Einen Moment fühle ich mich schuldig, dass ich sie während ihrer Arbeitszeit zum Weinen bringe, aber manchmal braucht es große Gesten.

»Danke«, sage ich und werde aus der Leitung geschaltet.

»Wir machen eine kurze Pause«, sagt die Ratgebertante gerade. »In der Zwischenzeit hören wir Alicia Keys mit ihrer wunderbaren Hymne für unser aller Lieblingsstadt.«

Lila steht auf, geht zu ihrer Tasche und schaut hoch. Ihre Augen treffen auf meine. Ich bewege meine Lippen: »Es tut mir leid.« Tränen laufen ihre Wangen hinunter und sie sagt stumm zurück: »Ich liebe dich, du blöde Kuh.« Das bringt uns beide zum Lächeln.

Ich wische mir eine Träne ab, die entwichen ist. Es ist, als würde mir eine wahre Geröllladung vom Herzen fallen. Erst in diesem Moment realisiere ich wirklich, wie sehr mein Leben ins Ungleichgewicht gerät, sobald ich meine Freundinnen nicht um mich habe und ich nicht sichergehen kann, dass zwischen uns alles gut ist. Ich muss das wissen, denn sie sind meine Menschen, mein ... ja, mein Dorf, mein Stamm. Sie sind meine Familie. Mara und Lila sind die beiden einzigen Mitglieder meiner Familie, meiner selbstausgesuchten Familie.

KAPITEL DREIZEHN

»Jim, das ist Roger Lemmon. Er ist bereit, dich pro bono zu vertreten«, stellt Jace seinen Chef vor.

Jim schaut ihn von oben bis unten an. »Das ist aber ein echter Anwalt, oder? Ein guter?«

Jace nickt. »Ja, natürlich. Er ist der Chef meiner Kanzlei.«

»Okay. Ich will nur nicht, dass du mich verarschst, weil du eigentlich gar keinen Anwalt für mich suchen wolltest.«

Jace schüttelt den Kopf. »Wo ist das Vertrauen, Mann? Wir haben sechs Jahre zusammen gearbeitet. Was habe ich je getan, um dein Vertrauen zu verlieren?«

Jim wiegt seinen Kopf hin und her. »Nichts. Du hast Recht, Alter. Sorry.« Er hält ihm die Hand hin und Jace schlägt ein. Hoffentlich bedeutet das, dass diese Baustelle geschlossen ist. Ein bisschen nervös ist er, weil er Chrissa nicht gesagt hat, dass Jim ihn erpresst hat. Er weiß nicht mal, wieso er es nicht getan hat. Aber er hat das Gefühl, dass Chrissa es nicht gutheißen würde, dass Roger ihn vertritt, und dann würde sie Jim den Arsch aufreißen. Das will er nicht. Er will sie beschützen, auch wenn sie die Frau ist, die am wenigsten Schutz nötig hat. Sie ist so klein und zart. Da kann er einfach nicht anders. Und er hofft, dass sie ihn lässt.

»Ich lass euch alleine, wenn das okay ist?«, meint Jace und geht aus dem Büro.

Es ist merkwürdig. Er hat Chrissa in der letzten Woche jeden Tag gesehen, jeden Tag haben sie über seinem Fall gebrütet, Strategien entwickelt. Heute ist der erste Tag seit zehn Tagen, an dem er sie nicht sieht. Er vermisst sie. Schrecklich. Wie konnte es ihr in so kurzer Zeit gelingen, einen solchen Stellenwert in seinem Leben einzunehmen?

Wenn sie sich sehen, sind sie professionell. Er küsst sie zwar zur Begrüßung auf die Wange, aber mehr Intimität gibt es zwischen ihnen beiden nicht. Weder, wenn sie wochentags im Büro arbeiten, noch wenn sie am Wochenende in ihrer Wohnung arbeiten.

Und heute ... heute ist der erste Tag, den sie nicht gemeinsam verbringen, weil sie eine Verhandlung hat und danach irgendeine Kanzleiveranstaltung besuchen muss. Wie kann man einen anderen Menschen nach so kurzer Zeit schon so vermissen?

Er schüttelt den Kopf und vertieft sich in seine eigenen Fälle, die momentan eigentlich gar nicht seine Fälle sind. Er fungiert zur Zeit als beratender Anwalt. Die Fälle wurden Kollegen zugeteilt. Roger hielt es für besser, wenn er momentan nicht als Anwalt auftritt.

Auch wenn er theoretisch weiß, dass es das Beste ist,

wurmt es ihn doch. Als wäre er ausgebootet worden. Ein merkwürdiges Gefühl erfasst ihn, wenn er daran denkt. Ob er sich nur einbildet, dass ihm ein rauerer Wind entgegen schlägt? Nicht von Roger, aber von Harrison und Jackson. Als wäre er nun eine Schande für die Kanzlei statt der *Golden Boy*, der er früher einmal war. So schnell kann sich alles ändern.

Als er abends seine Sachen zusammenpackt, beschließt er ins Fitnessstudio zu fahren, um ein wenig überschüssige Energie abzubauen. Als er dort ankommt, bietet sich ihm ein Anblick, mit dem er nicht gerechnet hat. Der Koloss von Rhodos steht in *seinem* Gym. Was zum Teufel sucht er hier?

Er geht in Richtung Umkleiden, wird dann aber von eben jenem Riesen aufgehalten.

»Was?«, fragt Jace kurz angebunden.

»Danke.«

Jace schaut überrascht auf. »Äh ...«

»Wenn du nicht gewesen wärst, hätte das alles schlimm enden können. Es tut mir leid, dass du gefasst wurdest. Ich hoffe, es wird nicht so schlimm für dich.«

Jace schüttelt fassungslos den Kopf. »Wie kannst du dich so gehen lassen? Du wolltest die beiden Bullen töten.«

Sein Gegenüber zuckt verlegen mit den Schultern. »Naja, weißt du ... Ich werde schnell wütend.«

»Das solltest du in den Griff bekommen.«

»Hilft beim Kämpfen.«

Jace fragt sich, ob dieser Kerl tatsächlich so dumm ist oder einfach nur total gefühlskalt und abgebrüht. »Naja, damit ist es ja erst mal vorbei.«

Jetzt schaut der Riese verwundert. »Die Kämpfe gehen weiter. Ich bin am Wochenende dran.«

Jace zieht die Augenbrauen zusammen. Die Kämpfe gehen weiter? Als wäre nichts passiert? Es hat immerhin Verhaftungen gegeben, eine Razzia. Wie abgefuckt muss man sein, dass man nicht mal ein wenig Gras über die ganze Sache wachsen lässt, sondern weitermacht, als wäre nichts gewesen?

»Der Boxring macht weiter?«

Der Riese nickt. »Natürlich. Es wundert mich, dass niemand dich kontaktiert hat.«

Ja, wieso eigentlich nicht?

In Gedanken versunken absolviert er sein Training. Die Bewegungsabläufe sind in seinem Körper verankert, seine Muskeln erinnern sich an jede Kontraktion. Er muss nicht mit dem Kopf dabei sein, wenn seine Arme und Beine, seine Brust und sein Rücken arbeiten.

Wieso hat ihn niemand kontaktiert? Und ist das gut oder schlecht?

Er weiß es nicht. Er kommt einer Lösung auch nicht näher. Auch nicht, nachdem er drei Stunden darüber nachgedacht und jeden einzelnen Aspekt beleuchtet hat, immer und immer wieder. Abgesehen von der Frage, ob es gut oder schlecht ist, gibt es noch den Umstand, wie er sich damit fühlt. Immerhin war der Ring seit sechs Jahren ein großer Teil seines Lebens. Und plötzlich ... plötzlich ist er es nicht mehr. Zu erfahren, dass die Menschen, die er so lange kannte, ihn auch einfach abservieren ... das macht was mit ihm. Ob er will oder nicht. Das lässt ihn nicht kalt.

Sein Kopf weiß, dass es wahrscheinlich besser ist, wenn sie ihn nicht kontaktieren, weil er dann nicht Gefahr läuft, doch noch mal in ihre Fänge zu gelangen. Aber sein Herz ... sein Herz fühlt sich verraten.

»Was machst du hier?«, frage ich ihn, als er vor meiner Tür steht. Es ist drei Uhr morgens und ich bin total erledigt. Nach einem anstrengenden Tag vor Gericht musste ich dann noch auf der alljährlichen Party der Kanzlei vorbeischauen. Vor einer Stunde bin ich halbtot ins Bett gefallen. Und nun ... Nun bin ich wieder wach, weil Jace mich angerufen hat.

Ich muss von allen guten Geistern verlassen sein, dass ich die Tür aufmache, denke ich, aber in meinem Bauch flattert alles aufgeregt vor sich hin.

»Ich konnte nicht schlafen. Kann ich reinkommen?«

Er sieht nicht gut aus. Also, er sieht natürlich immer gut aus, weil er einfach ein sexy Mann ist, aber er sieht aus, als würde es ihm nicht gut gehen. Mein Herz schmerzt ein wenig bei seinem Anblick.

Ich nicke und er kommt herein. Er steht ein wenig verloren im Flur herum. Ich seufze leise und nehme seine Hand. Ich bringe ihn in mein Schlafzimmer. Die Vorhänge sind nicht zugezogen und wie zu jeder Tages- und Nachtzeit haben Marathonmann und seine Kleine hemmungslosen Sex auf der anderen Straßenseite.

Er bleibt überrascht stehen. »Nein, Chrissa, wir ...«

»Entspann dich. Ich falle nicht gleich über dich her«, scherze ich.

Dann ziehen sich seine Augen zusammen und er starrt durch mein Fenster auf die Szenerie, die niemand übersehen kann.

»Ähm ...«, macht er unsicher.

»Ich weiß.«

Er nickt. »Beeindruckend. So was sieht man sonst nur in Pornos.«

Ich lache leise. »Seh ich auch so. Allerdings habe ich

bisher noch keinen Fluffer gesehen. Aber so oft, wie er ihr den Schwanz in den Mund steckt, braucht er wahrscheinlich auch keinen.«

Seine Augen lösen sich vom Livesex und kommen zurück zu mir. Er schluckt schwer. Ich reiche ihm die Hand und er tritt langsam zu mir. Ich drücke ihn sanft aber bestimmt auf die Matratze. Er lässt es geschehen, ist aber ein wenig unsicher, wie es scheint.

Ich lege mich neben ihn und öffne einen Arm. Mit einem Grinsen legt er seinen Kopf auf meine Brust und ich umfange ihn mit beiden Armen. Ich streichel seinen Kopf, seinen Rücken, fahre seinen Bizeps entlang. Langsam entspannt er sich. Sein Arm liegt über meinem Bauch, ein Bein liegt über meinen. Sein Atem wird ruhiger.

»Danke«, murmelt er irgendwann.

Ich verflechte meine Finger in seinen Haaren. »Deine Haare sind viel länger.«

Er lächelt. Ich spüre die Bewegung. »Ja.«

Ich streichel über seinen Rücken. »Du hast mehr Muskeln.«

Er sagt nichts, gibt nur ein zufriedenes Geräusch ab, das wie ein Summen klingt.

Ich streiche über seinen Arm. »Und viel mehr Tattoos.«

Er hebt den Kopf und schaut zu mir auf. »Du hast nur ein kleines bisschen davon gesehen.«

»Da ist mehr?«

»Viel mehr.«

Ich fahre mit dem Finger von seiner Stirn über seine Schläfen und seine Wangen bis zu seinem Kinn. Er schaut mich an, sein Blick ist verhangen. In mir entsteht eine antwortende Erregung.

Er streichelt meine Wange, fährt mit dem Daumen über meine Unterlippe. »Ich will dich so gerne küssen.«

Ohne mein Zutun öffnet sich mein Mund. Ihm entfährt ein Keuchen. Meine Zungenspitze berührt seine Fingerkuppe. Gott, schmeckt er gut!

Ich sehe, wie sich seine Brust hebt und senkt.

»Jace ...«, hauche ich. Mein Atem strömt über seinen Finger, ich sehe, wie sich die Härchen an seinem Handgelenk aufstellen. Ich stelle mir vor, dass nun eine Art Dominoeffekt beginnt, und jedes einzelne Haar an seinem Körper von diesem erfasst wird.

»Wir dürfen das nicht«, sagt er leise.

Ich nicke. Ich weiß, aber ich will es doch so sehr ...

»Ich sollte gehen«, sagt er.

»Solltest du«, antworte ich. »Willst du?«

Er schüttelt den Kopf. »Nein, ich will bei dir bleiben.«

Ich nicke. »Ich will auch, dass du bleibst.«

»Schaffen wir das, ohne über einander herzufallen?«

Ich schüttel den Kopf. Er nickt und steht langsam auf. Er bleibt an der Tür stehen und dreht sich noch mal zu mir um. »Das, Chrissa Hawthorne, ist wirklich das Schwerste, was ich je tun musste ...« Er geht und sieht dabei niedergeschlagen aus, als hätte er eine Schlacht verloren.

Ich höre die Tür ins Schloss fallen. Er ist gegangen. Er ist tatsächlich gegangen. Ich fasse es nicht ...

Ich drehe mich auf die Seite, rolle mich ein, umarme meine Beine mit meinen Armen. Er ist gegangen. So fühlt es sich also an ...

Ja, die eigene Medizin schmeckt immer am bittersten. Aber wenigstens weiß ich, dass ich ihn wiedersehen werde.

Und obwohl ich das weiß, läuft mir eine Träne die

Wange runter. Herrgott nochmal, ich werde hier zu einer echten Heulsuse! Ich weine nie! Nie! Habt ihr das gehört? Nie!

Es klopft. Wer kann das jetzt noch sein?

Ich laufe zur Tür, schaue durch den Spion. Und öffne die Tür.

Starke Arme schlingen sich um mich. Jace tritt die Tür zu, während er mich gleichzeitig hochhebt und zurück ins Schlafzimmer bringt.

»Äh?«, frage ich, als er mich aufs Bett legt.

»Ich hab's mir anders überlegt. Ich bin lieber hier bei dir«, murmelt er gegen meine Lippen. Er küsst mich zart, bevor er uns beide so arrangiert, dass er mich löffelt. Er zieht die Decke über uns, hält mich fest gegen sich gedrückt. »Ich werde immer lieber bei dir sein, Baby.«

Ein Schauer jagt durch meinen Körper. Jace ... Wenn er solche Gefühle schon beim Kuscheln erzeugen kann, was wird dann mit mir geschehen, wenn wir irgendwann tatsächlich Sex haben? Ich kann nur hoffen ...

Es riecht nach Kaffee, als ich aufwache. Ich rekel mich und genieße den faulen Samstagmorgen. Meine Lippen verziehen sich zu einem Lächeln. Ich hüpfe aus dem Bett und folge den olfaktorischen Genüssen. Auf der Schwelle zur Küche bleibe ich wie angewurzelt stehen. Jace steht mit nassen Haaren und nacktem Oberkörper, nur mit viel zu heißen Jeans bekleidet in meiner Küche und macht Frühstück.

Das Spiel seiner Rückenmuskeln, während er Obst kleinschneidet, ist unglaublich, noch atemberaubender sind die Tattoos, die sich hier zeigen. Auf seiner rechten Schulter sitzt ein schwarzer, feuerspeiender Drache. Die

Flammen ziehen sich bis auf die andere Seite, die Krallen scheinen sich an seiner Wirbelsäule festzuhalten. Der Schwanz scheint über seine Seite zu seinem Bauch zu laufen. Die Flammen sind so plastisch, das ich am liebsten mit dem Feuerlöscher hinter ihm herlaufen würde. Die Augen des Tiers sind eisblau. Ich weiß nicht, ob das Absicht oder Zufall ist, aber sie haben meine Augenfarbe ...

Ich räuspere mich und er schaut über die Schulter zu mir zurück. Er lächelt, als er mich sieht. Verstrubbelt und so.

»Morgen, Baby«, sagt er sexy und charmant. Grübchenalarm! Und ich könnte jetzt schon schmelzen ... Dieser Mann ... unglaublich.

»Morgen«, sage ich und trete näher, als würde ich inspizieren, was er da so treibt. In Wahrheit wollte ich aber nur einen Grund, meine Hand auf seinen unteren Rücken zu legen. Ich spüre, dass ihn das nicht kalt lässt. Schon gar nicht, als meine Finger sich tiefer bewegen und über seinen Hintern streichen, der in diesen tiefsitzenden Jeans so unglaublich sexy aussieht, dass man mir keinen Vorwurf machen kann, dass ich ihn einfach anfassen *musste*.

»Frechdachs«, sagt er und schaut mich belustigt an.

Ich zucke mit den Schultern. »Selbst Schuld.«

Er lacht und hält mir eine Erdbeere hin. Ich esse sie, bevor mir einfällt: »Ich bin mir ziemlich sicher, dass ich keine Erdbeeren hatte.«

»Was mit Sicherheit daran liegt, dass dein Kühlschrank gänzlich leer war«, meint er trocken.

»Naja, ich hab halt keine Zeit für so was Profanes wie Einkaufen«, antworte ich und klaue noch eine Erdbeere.

»Naschkatze.«

»Arschloch.«

Er lacht. »Ehrlich, Baby. Naschkatze und Arschloch sind doch keine Worte vom gleichen Kaliber.«

»Ist mir egal.« Ich stecke meine Finger in seine Gesäßtasche. Auch sein Hintern ist muskulös. Es gibt kaum was Besseres als einen knackigen Hintern, oder?

»Hör auf, mich zu ärgern.«

»Niemals.« Ich kneife ihm in den Po, was ihn zucken lässt.

»Du liebst es, mich zu quälen«, stellt er fest.

»Vielleicht.« Und ich tue es gleich noch mal.

»Okay, beim Obst schneiden wird nicht in den Arsch gekniffen.«

»Was ist denn das für eine bescheuerte Regel?«, frage ich.

Jace zuckt mit den Schultern. »Meine«, sagt er, legt das Messer weg und zieht mich fest in seine Arme. Eine Hand vergräbt sich in meinen Haaren und er zieht leicht an ihnen, sodass ich meinen Kopf in den Nacken legen und dieses Riesenbaby ansehen muss.

»Sei nicht so frech«, meint er amüsiert.

»Sonst?«

»Sonst muss ich dir den Hintern versohlen«, sagt er.

Ich grinse. »Vielleicht steh ich drauf.«

Er ist vollkommen ernst. »Das trifft sich gut. Dann hol bitte meinen Gürtel aus deinem Schlafzimmer und drapier dich über dem Küchentisch.«

»Ähm ...«, mache ich, weil ich nicht weiß, ob er das ernst meint oder nur scherzt.

Er fängt an zu lachen. »Du solltest dein Gesicht sehen.«

»Haha«, mache ich und versuche mich aus seinen

Armen zu winden.

»Hier geblieben, Baby«, grinst er. »Du warst dir erst nicht sicher, ob du die Idee nicht vielleicht doch gut finden würdest.«

Ich verziehe das Gesicht, bevor ich mit einem verführerischen Augenaufschlag sage: »Also, den Gürtel mag ich nicht so gerne. Aber wie wäre es mit dem Paddle?«

Er starrt mich einen Moment entgeistert an. Als er sieht, dass ich grinse, antwortet er: »Es würde dir recht geschehen, wenn ich diesen Worten Taten folgen lassen würde.«

»Ja, klar, du Softie willst mir den Hintern versohlen. Da sehe ich noch eher *mich* mit der Peitsche hinter *dir* stehen.«

Er lacht und hält mir die Hand hin. »Keine Peitschen, Gürtel, Paddle oder sonstiges Schlagwerkzeug.«

Ich schlage ein. »Deal.«

Er küsst mich auf die Lippen. Es sollte nur ein flüchtiger Kuss werden, aber ... aber ich bin ein böses Mädchen und habe meinen Mund geöffnet ... Und ... nun ja ... flüchtig ist das hier nicht.

»Chrissa ...«, murmelt er gegen mich, kurz bevor seine Zunge in meinen Mund eintaucht. Mmmmmmmh. Er schmeckt nach Erdbeeren und nach etwas sehr Männlichem. Mann vielleicht.

Langsam und gemächlich reibt seine Zunge gegen meine. Unsere Lippen bewegen sich gegeneinander, unsere Herzen schlagen im Gleichtakt. Seine Hände vergraben sich in meinen Haaren, meine sind um seine Taille geschlungen. Er muss sich tief zu mir runterbeugen, was nicht bequem sein kann. Im nächsten Moment hebt er mich hoch, setzt mich auf die Arbeitsfläche und stellt sich zwischen meine Beine. Ich schlinge sie um ihn, meine Arme um seinen Hals, den ich jetzt spielend erreichen kann.

»Wir sollten unser Geld in Trittleitern investieren«, meint er.

Einen Moment verstehe ich nicht, was er damit meint, bevor es mir wie Schuppen von den Augen fällt. Ich boxe ihm gegen die Schulter. »Du Arsch!«

Er lacht und küsst mich wieder, bevor ich protestieren kann. Und ehrlich, das ist ja auch so viel besser! Ich bin ein großer Fan vom Küssen. Oder besser. Ich bin ein großer Fan von Jace' Küssen. Sie sind das Beste, das ich je gespürt habe, so gut wie in meiner Erinnerung, vielleicht noch besser, weil jetzt zehn Jahre der Sehnsucht hinter uns liegen. Und es schmeckt doch gleich viel süßer, wenn eine Prise Salz untergemischt ist.

Und dann schaltet sich mein Gehirn ein, das mir mitteilt, dass ich es verdient hätte, wenn ich wegen unethischem Verhalten vor die Anwaltskammer gezerrt würde. Es hat ja so recht ...

Ich meine, das Anwalts-Mandanten-Verhältnis ist nicht gleich geschützt wie das zwischen Therapeut und Patient, rechtlich gesehen. Aber es gibt ja noch die moralische Komponente und die, die schlägt voll rein. Denn man kann mir vorwerfen, dass ich die verletzliche Situation, in der sich mein Mandant befindet, ausnutze, um sexuelle Gefälligkeiten zu verlangen. Und dann ist es auch noch so, dass ich zwar als seine Anwältin unter Schweigepflicht stehe, nicht aber als seine Bettgespielin. Wenn er mir in meiner Rolle als letztere etwas erzählt, ist es nicht durch die Schweigepflicht geschützt. Wir beide begeben uns also in schlechtere Positionen, aber nur mir kann die Anwaltskammer auf die Finger schlagen. Und wenn sie es nicht tut, dann bleibt immer noch die Frage, ob mein Verhalten besonders professionell wirkt, und was zukünftige Mandanten davon halten.

Nachdem ich nun so viel gedacht habe, ziehe ich mich mental vollkommen von diesem Kuss zurück.

Jace merkt es und stoppt. »Was?«

Ich stöhne frustriert. »Ich sehe die ganze Zeit die Anwaltskammer vor mir.«

Er schaut mich böse an. »Ich küsse dich und du denkst an diese verknöcherten Idioten?«

»Ja …«, stöhne ich erneut und lasse den Kopf gegen seine Brust sinken.

»Da mache ich wohl was falsch.«

Ich kichere. »Nein, gar nicht. Deine Küsse sind heiß.«

»Offensichtlich nicht, wenn du was Besseres zu tun hast.« Er streicht mir über die Schultern und den Rücken.

Ich schaue zu ihm auf. »Jace, auch wenn es uns beiden schwer fällt, lass uns Abstand halten.«

Er streicht mir eine Strähne aus dem Gesicht und verstaut sie ordentlich hinter meinem Ohr. »Okay. Aber fürs Protokoll. Wir haben sowieso schon zu viel getan. Das war alles schon äußerst unethisch.«

»Ach?«, frage ich.

Er beugt sich vor und flüstert mir ins Ohr. »Und wenn du meine Gedanken kennen würdest, wäre das unethisch mal zehn.«

Mir rennt ein Schauer den Rücken herunter. Er gibt mir einen winzigen Kuss an dieser einen Stelle, direkt hinter dem Ohr. Ich stehe in Flammen. Ganz eindeutig nicht der richtige Weg uns aus der unethischen Zone hinauszuführen.

»Jace«, flehe ich.

»Was?«, fragt er grinsend.

»Du Arsch.«

Er lacht und zieht mich eng in die Arme. »Fuck, Baby, ich wünschte dieser Scheißprozess wäre vorbei.«

»Ich auch.« Dann beiße ich mir auf die Lippen. »Was, wenn ich es nicht schaffe und du ins Gefängnis musst?«

Er zuckt mit den Schultern. »Dann heiraten wir vorher noch schnell, damit du zu Ehebesuchen kommen darfst.«

Ich schaue ihn kopfschüttelnd an. »Jace. Ehrlich jetzt.«

»Ach, Baby, ich hab Vertrauen.«

»Ich hab mal über den Fall nachgedacht. Ich muss es schaffen, dass es gar nicht erst zur Verhandlung kommt. Kommt es nämlich zu einem Prozess, wirst du Probleme mit der Anwaltskammer bekommen, weil du als Anwalt nicht in illegale Dinge involviert sein darfst.«

»Ja, aber ...«

»Nein, kein aber. Was bringt es uns, wenn du dann deine Zulassung verlierst?«

»Naja, dann bliebe zumindest mein Arsch jungfräulich.«

Ich tätschel seine Wange. »Ach weißt du, so schlimm ist das gar nicht.«

Er schaut mich begehrlich an. »Interessant.«

»Ernsthaft. Du musst mir noch einmal haarklein erzählen, was an diesem Abend passiert ist. Ich muss jedes Detail wissen, muss in jeder Sekunde wissen, wo wer gestanden hat, als wäre ich dabei gewesen.«

Er nickt. »Okay, nach dem Frühstück.«

»Okay. Ich hab vorher noch eine Frage.«

»Schieß los.«

»Weißt du, wer hinter dem Boxring steckt?«

Er zuckt mit den Schultern. »Mafia?«

»Du hast keine Ahnung?«

Er schüttelt den Kopf. »Nein. Das mag naiv sein, aber ich habe ja keine andere Chance gesehen, da wollte ich lieber nicht wissen, worauf ich mich einlasse.«

»Naiv ist gar kein Ausdruck«, murmel ich.

Er zieht die Augenbrauen zusammen. »Muss ich was wissen?«

»Ich denke, es ist besser, wenn du auch weiterhin nicht weißt, mit wem wir es zu tun haben«, entgegne ich.

»Fuck, Chrissa. So nicht. Ich bin kein kleines Kind. Es ist mein Leben.«

»White Supremacy.«

»Fuck!«

»Das kannst du laut sagen.«

»Das könnte wirklich böse für mich enden.«

»Ja.«

Er tigert in der Küche auf und ab, fährt sich immer wieder durch die Haare. »Ich kann einfach nicht verstehen, wie ich so bescheuert sein konnte. Das ist doch abgefuckt.«

Ich kann ihm da leider nicht widersprechen. Das ist alles super scheiße und ich weiß noch nicht, wie ich es schaffe, ihn aus dem Schlamassel zu befreien. Füge noch die ständige sexuelle Anziehungskraft hinzu und wir sitzen auf einem wahren Pulverfass.

»Jace, wichtig ist, dass du dich von allen fernhältst, die in irgendeiner Weise involviert sind.«

»Aber in meinem Fitnessstudio trainieren einige der Boxer.«

»Dann gehst du in ein anderes.«

»Aber ich bin da seit Jahren.«

»Sei kein Baby.«

»Du warst mal Folterknecht.«

»Und wenn du nicht aufhörst zu jammern, dann hole ich die Peitsche.«

»Wir haben einen Deal.«

»Ich bin Anwältin.«

»Und du glaubst, das trumpft alles?«

Ich grinse frech. »Der höchste Trumpf, Baby.«

Er lacht leicht, auch wenn man ihm ansieht, dass ihm der Schock in alle Glieder gefahren ist. Aber das sind ja auch Hiobsbotschaften. Wenn rauskommt, dass er für die Nazis geboxt hat, dann kann er seine Karriere vergessen. Wenn ich nur wüsste, wo ich ansetzen kann, um ihn da rauszuholen.

Und ja, ich bin mir durchaus bewusst, dass ich auch in einem moralischen Dilemma stecke, wieder mal. Denn das ist ja genau die Frage, die ich mir dauernd stelle. Bewege ich mich als Anwältin noch auf dem Grund von Recht und Gesetz, wenn ich meine kriminellen Mandanten freibekomme?

Es mag vollkommen heuchlerisch sein, aber in seinem Fall ist mir das egal. Was er getan hat, war illegal, und er verdient es, dafür ins Gefängnis zu kommen. Keine Frage. Trotzdem werde ich alles tun, um genau das zu verhindern. Wenn ich nur wüsste wie.

KAPITEL VIERZEHN

Wir verbringen den ganzen Samstag miteinander. Er erzählt mir noch einmal, was genau am Abend der Razzia geschehen ist, doch ich finde keinen Anhaltspunkt. Es ist zum Haare raufen. Ich sehe keine Möglichkeit, ihn zu retten, und ich hasse das Gefühl! Ich finde es unglaublich scheiße und ... ich will ihn nicht im Gefängnis besuchen müssen. Dann ist er die *Bitch* von so 'nem Riesenbiker und ich will doch, dass er meine ist. Naja gut, ich wäre auch damit zufrieden, wenn er mein Partner wäre, er muss nicht unbedingt meine *Bitch* sein.

Nur Spaß ... Oder so.

Abends liegen wir auf meiner Couch, essen Moo shu Schwein und schauen uns *Breaking Bad* an. Skurrilerweise sind die Parallelen gerade zu frappierend, sodass ich die Serie nicht wirklich genießen kann.

Er stupst mich mit dem Fuß an. »Hey, warum bist du so leise?«

»Weil es zu viele Ähnlichkeiten zu deinem Fall gibt.«

»Ich koche kein Meth.«

»Ja, das ist der einzige Unterschied.«

»Und ich sehe besser aus.«

»Ja, gut, zwei Unterschiede. Aber das war's auch schon.«

»Es gibt da überhaupt gar keine Ähnlichkeiten. Drogen herstellen ist super illegal.«

Ich drehe mich auf die Seite und schaue ihn an, wie er da so auf meiner Couch rumfläzt. Er passt so gut da hin! Ich will nicht, dass das schon bald wieder ein Ende finden könnte. »Es gibt nur illegal. Man kann nichts ein bisschen illegal tun.«

»Also, Mord ist illegaler als boxen.«

»Spinner. Beides ist illegal, nur das eine zieht eine höhere Strafe nach sich.«

»Weil es illegaler ist.«

Ich sehe, dass er nur diskutiert, um mich aufzuheitern. Also krieche ich über die Couch zu ihm und kuschel mich in seinen Arm. »Ich will dich nicht verlieren.«

»Das wirst du auch nicht, Baby. Ich hab vollstes Vertrauen in dich.«

»Was, wenn es zu einer Verhandlung kommt?«

»Dann muss ich mir eben einen anderen Job suchen. Ich kann in der Unternehmensberatung arbeiten oder sonst wo. Mach dir keine Sorgen. Wichtig ist vor allem, dass ich nicht in den Knast wandere.«

»Okay.«

Er küsst mich auf den Kopf. »Wir sind total schlecht im ›die Hände voneinander lassen‹.«

»Ja«, seufze ich und drücke mich noch enger an ihn.

Er streichelt meinen Rücken, während wir zusehen,

wie Bryan Cranston alias Walter White vom rechten Weg abkommt.

»Ich hab übrigens über deine Frage nachgedacht«, sage ich irgendwann.

»Welche Frage?«

»Was mein perfektes erstes Date ist.«

Er schaut zu mir, richtet seine Augen nur auf mich. »Okay.«

Ich setze mich ein wenig aufrecht hin. »Es würde in einem Buchladen starten.«

Seine Hand legt sich auf mein Bein und ich lege meine darauf. Ich verschlinge meine Finger mit seinen. »Du liest gerne?«

Ich nicke. »Ja, obwohl ich mittlerweile meist eBooks lese – was sich nicht so anhören soll, als hätte ich tatsächlich unglaublich viel Zeit zum lesen. Aber ich liebe Buchhandlungen. Der Geruch, wenn man reinkommt, ist so ...«

»Steril?«

Ich schenke ihm einen abschätzenden Blick. »Ich meine einen richtigen Buchladen, einen mit Seele. Es riecht nach Papier und ein bisschen Staub und diesem unglaublichen Duft nach Büchern, alten und neuen.«

Er lächelt leicht. »Du hast ja romantische Seiten.«

Ich zucke mit den Schultern. »Ich glaub, das ist die einzige.«

»Erzähl weiter.«

»Ich würde mir ein Buch aussuchen, du würdest meine Hand nehmen, wenn wir rausgehen, würdest dich darüber freuen, dass du mich so glücklich gemacht hast. Dann würden wir durchs Village streifen, uns all die schönen Schaufenster ansehen, würden in der Magnolia

Bakery einen Stopp einlegen. Würden uns ein Stück Kuchen teilen mit nur einer Gabel. Du hättest ein bisschen Schokolade an der Lippe und ich würde sie wegküssen.«

Er schluckt schwer. Er will diese Erfahrung, ich kann es beinahe körperlich spüren. Er will nicht ins Gefängnis – wer will das schon, aber er hat eine unglaubliche Motivation nicht eingelocht zu werden. Mich. Und ich habe eine unglaubliche Motivation, alles dafür zu tun, dass es nicht geschieht. Ihn.

»Du würdest mich aufziehen, weil wir das Dessert als erstes gegessen haben, aber du würdest damit leben. Dann würden wir in ein kleines Restaurant gehen, würden eng nebeneinander sitzen. Unsere Beine wären unter dem Tisch ineinander verschlungen, unsere Hände würden einander halten. Wir würden uns Dinge erzählen, die wir noch nie jemand anderem erzählt haben. Ich würde dir sagen, dass ich zwei Jahre lang nicht mit einem anderen geschlafen habe, weil ich immer nur an dich gedacht habe.«

Seine Finger schließen sich enger um meine. Ich kann Verlangen in seinen Augen aufleuchten sehen, die Pupillen erweitern sich. Seine Zunge benetzt seine Lippen.

»Und dann würdest du mich nach Hause bringen. Mit mir die Stufen zu meinem Turmzimmer erklimmen, nicht darauf warten, dass ich dich hinein bitte, sondern einfach mit reinkommen. Deine Arme würden sich um mich schlingen, du würdest meinen Nacken küssen, mir süße Worte ins Ohr hauchen.«

Gott, er schaut mich an, als wäre ich die einzige Frau auf diesem Planeten ...

»Und dann?«, fragt er heiser.

»Und dann würde ich dir sagen, dass ich keinen Sex beim ersten Date habe.«

Er braucht einen Moment, um zu verstehen, was ich gesagt habe. Dann verzieht sich sein Gesicht gequält. »Du Biest! Du liebst es mich zu quälen!«

Ich grinse ihn an. »Nur ein bisschen.«

Er zieht mich an sich und lässt mich den ganzen Abend nicht mehr los.

In meiner Mittagspause am Montag fahre ich zu Jace ins Büro. Er hat mir eine Nachricht geschickt, dass ihm die Anklageschrift zugestellt wurde.

Als ich in sein Büro trete, hier nimmt man es mit dem Klopfen nicht so genau, sitzt Roger Lemmon bei ihm. Er kennt mich, weil wir schon öfter Fälle auf gegnerischen Seiten vertreten haben, aber so richtig offiziell sind wir uns noch nicht vorgestellt worden. Ich weiß, dass er Jace' Mentor ist und nach den Debakeln in der Vergangenheit nicht besonders gut auf mich zu sprechen ist. Also, ihren Debakeln und meinen Triumphen natürlich. Ich habe keinen Grund, verächtlich auf unsere gemeinsame Vergangenheit zu blicken. Darf ich es noch mal wiederholen? Chrissa drei, Jace null. Aber ich bin ja nicht schadenfroh. Und schon gar nicht, wenn es um Jace geht...

»Chrissa, das ist mein Boss und Mentor Roger Lemmon. Roger, du kennst sie ja bereits. Das ist Chrissa Hawthorne, meine Anwältin«, stellt Jace uns vor.

Roger schaut mich abschätzig von oben bis unten an. »Irgendwie kann ich mich nicht daran gewöhnen, dass die Eisprinzessin hier nun willkommen ist.«

»Geben Sie nicht mir die Schuld, wenn Sie eigentlich hoffen, die zu geringe Größe Ihres Schwanzes mit juristischen Siegen zu kompensieren, und auch in diesem Fall klar zu Tage tritt, dass *Größe* nicht so Ihr Fall ist«, erwidere ich, noch bevor Jace zu meiner Rettung eilen kann.

Roger grinst und streckt die Hand aus. »So eine wie Sie könnten wir hier gut gebrauchen. Interessiert?«

Ich schüttel seine Hand und sage: »Ich will mir in so einer drittklassigen Kanzlei nicht meinen Ruf ruinieren.

Er lacht laut auf. »Sie haben sich das Prädikat *Bitch* redlich verdient.«

»Männer wie Sie bezeichnen eine Frau als *Bitch*, wenn Sie klüger, erfolgreicher und vernünftiger ist als Sie.«

Er zwinkert mir zu. »Ich suche nach meiner sechsten Ehefrau.«

Ich muss lachen. »Na, das es schon die sechste sein soll, ist kein Qualitätsmerkmal.«

Er schlägt sich auf den Schenkel, bevor er ernst wird. »Ich bin froh, dass Sie unserem Jungen helfen. Für mich heißt das dann, vergeben und vergessen. Ich trage Ihnen nicht nach, dass Sie uns so oft besiegt haben.«

»Das freut mich, Roger. Ich darf doch Roger sagen? Aber glauben Sie nicht, dass ich mit dem Besiegen aufhöre, nur weil wir gerade zufällig mal die selben Interessen vertreten.«

Er funkelt mich an. »Das nächste Mal gehen Sie nicht als Siegerin vom Platz.«

»Wahrscheinlich nicht. Ich bin aber auch nicht so die Sportlerin. Was ich Ihnen jedoch versichern kann, ist, dass ich als Siegerin den Gerichtssaal verlassen werde.«

»Wir werden sehen ...«

Ich nicke. »Das werden wir.«

Er verlässt uns und ich schaue Jace an, der mich bewundernd anschaut.

»Was?«

»Wow, Baby. Ich meine, ich hab dich schon ein paar Mal in Action gesehen, aber es ist jedes Mal wieder beeindruckend.«

»Oh, du Charmeur«, winke ich ab.

Er lacht und küsst mich auf die Wange.

»Zeig mir die Anklageschrift.«

Er grummelt: »Manchmal bist du echt unromantisch.« Er reicht mir das Schreiben. Ich setze mich hin und lese es durch.

»Ist die schon offiziell?«

»Was meinst du?«

»Ach, Jace ...« Ich zwinker ihm zu und greife nach seinem Telefon. Ich wähle die Nummer der Staatsanwaltschaft.

»Hier ist Chrissa Hawthorne für Maxwell Cunnings.« Ich werde durchgestellt.

»Cunnings.«

»Maxwell, hier ist Chrissa Hawthorne. Wie geht es Ihnen?«

»Was wollen Sie?«

»Sie sind immer so kurz angebunden. Da könnte ich ja meinen, dass Sie mich nicht leiden können.« Jace zieht die Augenbrauen zusammen und schaut finster vor sich hin.

»Kann ich auch nicht. Also los.«

»Na, fein, spielen wir nach Ihren Regeln. Ich hab hier die Anklageschrift gegen Jace Monroe. Liegt sie schon dem Gericht vor?«

Ich höre Papiere rascheln. »Nein.«

»Halten Sie sie für mich ein wenig zurück?«

»Sie sind unmöglich, Chrissa. Ständig soll ich was für Sie tun. Wann tun Sie denn mal was für mich?«

»Irgendwann bestimmt. Tun Sie's?«

»Ja.« Er legt auf.

»Also, das ist mal ein griesgrämiger Zeitgenosse«, meine ich und schaue zu Jace.

»Hast du mit ihm geschlafen?«

»Äh, was?«

»Du hast mich verstanden.«

»Ja, schon, aber ich weiß nicht, was dich das angeht.«

Er kneift die Augen ein wenig zusammen. »Ah, du weichst aus. Also, ja.«

»Ich hoffe, du bist ein besserer Anwalt, als ein eifersüchtiger Liebhaber, Baby«, sage ich spöttisch.

»Kannst du nicht einfach antworten?«

»Jace, was immer in meiner Vergangenheit passiert ist oder nicht passiert ist, hat nichts mit dir zu tun. Gar nichts.«

»Ich weiß. Antworte bitte.«

»Nein, ich hab nicht mit ihm geschlafen. Ich hab ihn aber mal mit seinem Freund erwischt.«

»Ja, und?«

»Kopulierend.«

»Oh ...«

»Yep, er fürchtet um seine Wiederwahl.«

Jace schaut mich unverwandt an. »Ich wünschte, ich wäre ein Arsch.«

»Nein, das tust du nicht.«

»Es ist aber schon frustrierend. Wenn ich ein Arsch wäre, könnte ich die Information gegen ihn verwenden.«

Ich grinse. »Ja, versteh ich nur zu gut.«

»Also, was jetzt?«

»Ich weiß, wir sind das schon tausend Mal durchgegangen, aber erzähl mir noch einmal, was in der

Nacht passiert ist.«

Jace stöhnt, fängt aber an zu erzählen.

»Und dann schrie plötzlich jemand ›Polizei, keine Bewegung‹. Alle rannten durcheinander. Ich wusste, dass es einen Ausgang im Hinterzimmer gab und rannte dahin. Ich war fast da.«

Entweder hat er es noch nie so erzählt oder ich habe noch nie so gut zugehört, denn plötzlich schellen in mir alle Alarmglocken. »Du wärst beinahe entkommen? Wieso wurdest du dann gefasst?«

Jace schaut mich merkwürdig an. »Fuck, ich glaube, den Teil haben wir nie so intensiv besprochen.«

»Also?«, frage ich gespannt.

»Ich war fast da und habe noch einmal zurückgeschaut. Da habe ich meinen Gegner gesehen, der gerade mit zwei Bullen kämpfte. Ich sah Mordlust in seinen Augen und drehte um, weil ich wusste, dass es sonst zur Katastrophe kommt. Als er zuschlagen wollte – und ich sag dir, der Typ hatte einen Schlag, der einen Elefanten ins Koma bringen konnte –, habe ich den Schlag aufgehalten. Er konnte entkommen, die beiden Polizisten haben mich festgenommen.«

Ich sitze regungslos da und frage mich, ob ich den Schlüssel gefunden habe. Jace ist nicht geflohen, sondern hat zwei Polizisten wahrscheinlich das Leben gerettet.

Ich suche nach meinem Handy und dann nach der Nummer von Detective Soldano. Er geht nach dem zweiten Klingeln ran.

»Ich brauche einen Gefallen«, sage ich statt *Hallo*. Höflichkeit wird überbewertet.

»Sonst rufst du ja auch nie an«, gibt Javier zurück.

»Kannst du mir sagen, welche Detectives Jace

Monroe während der Boxrazzia verhaftet haben?«

Er schnaubt. »Das muss ich nachschauen. Ich melde mich.«

»Ich bleib dran.«

»Du Nervensäge.«

Jace schaut mich schon wieder kritisch an. Ich lege ihm die Hand auf den Arm. Er kann nicht die ganze Zeit so eifersüchtig sein. Ich hab eine Vergangenheit, die ist, wie sie ist. Wild. Aber das hat nichts mit meiner ... was auch immer ... mit Jace zu tun. Rein gar nichts.

»Hier steht Levine und Durban.«

»Danke, Javier. Kannst du mir sagen, wann ich sie treffen kann?«

Er murmelt vor sich hin. »Razzia ... Boxring ... White Supremacy ... Lewis Dane ... Videobänder ...«

»Videobänder?«

»Ja, offensichtlich gab es in der Halle eine funktionierende Videoüberwachung und wir haben sie angezapft.«

»Kann ich die Bänder sehen?«

»Chrissa ...«

»Du musst mir die Bänder zeigen, Javier!«

»Das geht nicht.«

»Javier ...«

»Selbst wenn ich sie dir zeige, kannst du sie nicht verwenden, weil du dann dem Staatsanwalt sagen müsstest, wieso du Kenntnis von ihnen hast.«

»Ich würde dich nicht verpfeifen.«

»Es geht nicht.«

»Du hättest auch was gut bei mir«, versuche ich ihn zu überreden. Videobänder! Sie könnten beweisen, dass Jace die beiden Polizisten tatsächlich geschützt hat.

Vielleicht würde die Staatsanwaltschaft sich dann auf einen Deal einlassen. Vielleicht ...

»Das hab ich eh. Wenn wir uns das nächste Mal sehen, werden deine Knie wund sein.«

Ich muss grinsen. Auch wenn ich mir der surrealen Situation bewusst bin, neben meinem ... was auch immer ... zu sitzen und mit einem ehemaligen Lover zu reden, der will, dass ich ihm einen blase. »Also, Blowjobs sind aus.«

Jace' Gesicht verfinstert sich augenblicklich. Seine Augen sprühen vor Wut, er presst die Kiefer aufeinander und an seinem Hals tickt eine Vene. Er sieht mörderisch aus. Und zum ersten Mal wird mir bewusst, dass er ein Boxer ist. Ein sehr guter Boxer, der seine Gegner reihenweise niedermacht. Bisher war er immer nur lieb und nett, witzig und charmant. Aber jetzt ... wow. Heiß! Ich übertreibe nicht, wenn ich sage, dass mein Höschen Feuer gefangen hat und gleich darauf von der Nässe gelöscht wurde, die aus mir strömt. Fuck, dieser Mann ist heiß!

»Äh, ich muss Schluss machen.« Ich lege auf und wie magnetisch angezogen, sitze ich plötzlich rittlings auf seinem Schoß. »Du bist so heiß«, murmel ich, während ich gleichzeitig sein Gesicht mit Küssen bedecke.

Seine Miene verändert sich nicht, kein bisschen. »Mit dem hast du aber geschlafen«, stellt er mürrisch fest.

Ich löse mich und gehe ein bisschen auf Abstand. »Jace, hör mit der Eifersucht auf. Ich hatte ein Leben vor dir, oder besser zwischen dir.«

»Wunderbarer Ausdruck, darüber müssen wir auch noch sprechen.«

»Was ist denn los mit dir?«

»Nichts.«

Ich stehe von seinem Schoß auf und gehe zur Tür.

»Du kannst dich melden, wenn deine Laune besser ist.«

Ich nehme ein Taxi ins Polizeirevier und suche nach Javier.

»Ich hatte dir gesagt, dass ich es dir nicht zeigen kann«, sagt eine Stimme plötzlich in mein Ohr und eine Hand schließt sich um meinen Oberarm.

»Aber ich wusste, dass du das nicht so meinst.«

»Wir treffen uns in zwanzig Minuten in dem Café an der Ecke.« Und weg ist er.

Immer diese Pussys, denke ich und mache mich auf den Weg.

Jace tigert in seinem Büro auf und ab. Sie hat Recht. Er ist eifersüchtig. Es ist vollkommen irrational. Er scheint ihr vorzuwerfen, dass sie ihn damals verlassen hat und dann zehn Jahre mit anderen Männern geschlafen hat. Wäre sie nicht so ein Feigling gewesen, wären sie schon die ganze Zeit zusammen. Natürlich weiß er, dass das albern ist. Es gibt keine Garantie, dass sie beide immer noch zusammen wären, aber es fühlt sich so an. Und weil es sich so anfühlt, wird es für ihn wahr.

Er hat sich nie für einen eifersüchtigen Typen gehalten. Aber ... nun muss er wohl einsehen, dass er genau das ist. Er hat sich nie für einen unsicheren Typen gehalten, aber ... er scheint auch das zu sein. *Wie viel Sinn ergibt eine Beziehung, wenn man in ihr nicht sicher ist*, fragt er sich. Er versucht die trüben Gedanken zu vertreiben. Chrissa hat ihm keinen Grund gegeben. Sie hat diesem, diesem Javier gesagt, dass sie ihm keinen bläst, das ist doch ein gutes Zeichen.

Oder?

Oder heißt das, dass sie einfach keinen Bock auf BJs

hat? Das wäre ... nun ja ... irgendwie scheiße.

Wo sie jetzt wohl hin ist? Und was sollte das heißen, er könne sich melden, wenn er wieder bessere Laune hat? Was denkt sie sich eigentlich? Sie ist doch nicht der Chef und schon gar nicht seiner. Sie hat sie doch nicht mehr alle.

Er schafft es, sich in Rage zu reden. Und statt aus Eifersucht tigert er nun aus Wut auf und ab.

»Hast du eine Sekunde?«, fragt Roger an den Türrahmen gelehnt.

Jace bleibt stehen und schaut zu seinem Mentor. »Äh ... klar.«

Roger kneift die Augen zusammen. »Was ist los?«

»Nichts.«

»Ich rieche Kummer auf zehn Meilen Entfernung und du riechst wie ein Hurenhaus mit Sackläusen.«

»Sehr charmant.«

Roger lacht. »Hatte ich eigentlich nicht geplant.«

»Wenn es dich beruhigt. Das war sarkastisch.«

»Was ist los?«

»Chrissa treibt mich in den Wahnsinn.«

»Oh, Chrissa? Wir sind also beim Vornamen angelangt?«

Jace setzt sich auf seinen Stuhl und beugt sich vor. Ellenbogen auf den Knien. »Hm.«

»Hat du mit ihr gevögelt?«

Jace hebt den Kopf. »Wie bitte?«

»Du hast mich verstanden. Hattet ihr Sex, hast du sie geknallt, gebumst, gefickt?«

»Bumsen ist so Achtziger.«

Roger winkt ab. »Das ist doch egal, wie man es nennt. Hauptsache, man hat Spaß dabei. Du schaust aber so, als hätte ihre Muschi Zähne.«

»Wie du jemals eine Frau gefunden hast, geschweige denn fünf, wird mir für immer ein Rätsel bleiben.«

»Naja, hat ja nie lange gehalten«, gibt Roger zu.

Jace lehnt sich zurück. »Ich kenne sie von früher. Ich schätze sie ist die Eine, die es gewesen wäre.«

»Was *es*?«

»Na, *es*! Alles eben. Die Eine, ohne die man nicht leben kann.«

Roger kratzt sich am Kopf. »Hast du schon mal nachgeschaut, ob dir eine Vagina gewachsen ist?«

»Ich schütte dir hier mein Herz aus und du?«

»Ach, dein Herz? Entschuldige, mir war nicht bewusst, dass dein Herz für die Eisprinzessin schlägt.« Roger setzt sich ebenfalls.

Jace fährt sich durch die Haare. »Das ist sie nicht.«

»Oh, ich stand schon mehrmals mit ihr vor Gericht. Sie ist eiskalt.«

Jace schaut auf. »Sie ist gut in ihrem Job. Hätte sie einen Schwanz, würden ihr alle auf die Schulter klopfen und sie den großen Macker nennen. Aber weil sie eine Vag...«

»Ich wusste, du bist mit ihrer Muschi schon per du.«

Jace schüttelt den Kopf. »Das hat doch keinen Sinn.«

Roger hebt die Hände. »Okay, okay. Ich höre dir zu.«

»Vergiss es. Weswegen bist du hergekommen?«

Roger schaut ihn kritisch an, bevor er mit den Schultern zuckt. »Ich hab mit Jackson und Harrison gesprochen. Wenn du verurteilt wirst, verlierst du deine Anwaltslizenz.«

»Ich weiß.«

»Wir wollen dich natürlich behalten, aber ohne

Lizenz...«

»Verstehe. Aber mach dir da keine Sorgen. Ich lande wahrscheinlich eh im Knast, wenn ich verurteilt werde.« Jace schaut aus dem Fenster, sieht die Skyline *seiner* Stadt. Was soll er tun, wenn er seine Lizenz verliert, seinen Job? Er hat zu Chrissa so selbstbewusst gesagt, er könne auch in anderen Branchen was finden, aber ... Wer stellt einen verurteilten Verbrecher ein? Vielleicht ist dann seine einzige mögliche Laufbahn eine illegale.

Rosige Aussichten.

»Wenn du nicht verurteilt wirst, dann ... Okay, Junge, werd nicht sauer. Aber du hast für einigen Wirbel in der Kanzlei gesorgt. Wir mussten deine Fälle an andere Anwälte geben, du hast uns angelogen ... *mich* angelogen. Und nun ja ... da ist eine ... hm ... Bestrafung fällig.«

Jace zieht spöttisch die Augenbraue hoch. »Eine Bestrafung? Zwanzig Hiebe mit dem Gürtel?«

Roger kratzt sich am Kopf. »Wir machen dich nicht in diesem Jahr zum Senior Partner.«

Jace setzt sich aufrecht hin, alarmiert. »Sondern?«

»In zwei Jahren.«

»In zwei Jahren? Aber ich bin schon seit fast zehn Jahren hier! Ich hab ...«

Roger nickt. »Du hast dir den Arsch aufgerissen, ich weiß. Aber ... Jace, versteh doch. Auch wenn du nicht verurteilt wirst, wird der ganze Prozess Probleme verursachen. Mandanten werden sich fragen, ob ein Anwalt, der schon selbst vor Gericht stand, die richtige Wahl ist.«

Jace' Gesichtszüge verhärten sich. Er nickt langsam. »Verstehe.«

Roger schaut zerknirscht. »Jace ... Junge ...«

»Nein, schon okay. Ich hab zehn Jahre sehr gute Arbeit geleistet, aber das zählt in solchen Momenten nicht. Das ist okay. Nur ...«

»Nur was?«

Jace schluckt, bevor er sagt: »Ist dann diese Kanzlei vielleicht nicht die richtige für mich.«

»Komm schon, Jace! Du willst uns verlassen, wenn wir dich nicht befördern?«

Jace zuckt mit den Schultern. »Was soll ich hier, wenn ich keine Aufstiegschancen habe?«

»Die hast du doch. Nur eben zwei Jahre später.«

Jace wiegt langsam den Kopf hin und her. »Vielleicht reicht mir das nicht.«

Roger schaut ihn an. »Es würde mir leidtun, dich zu verlieren. Das weißt du. Aber du musst tun, was richtig für dich ist.« Er steht auf und geht zur Tür. »Eines sollst du jedoch wissen. Meine Tür steht dir immer offen, auch wenn du durch eine unüberlegte Handlung deine Karriere wegwirfst.«

Jace schaut ihm hinterher. Fuck. Das lief ja hervorragend. Ganz toll.

Ich sitze bereits in dem Café, als Javier kommt. Er setzt sich mir gegenüber und trommelt nervös mit den Fingern auf den Tisch.

»Kannst du das lassen?«, frage ich ihn ausgesucht freundlich.

»Das hier kann mich meinen Job kosten«, zischt er.

»Entspann dich. Du weißt, dass ich deinen Namen nicht nennen werde.«

»Aber wenn es eine Untersuchung gibt ...«

Ich schüttel den Kopf. »Wieso sollte es? Wenn auf

dem Band was brauchbares drauf ist, werde ich eine andere Möglichkeit finden, es zu verwenden.«

Er schaut mich nervös an. »Okay. Aber ...«

»Aber?«

»Ich hab was gut bei dir.«

Ich nicke. »Keine sexuellen Gefälligkeiten.«

Er zieht sie Augenbrauen nach oben. So was kennt er von mir gar nicht. »Wieso nicht?«

»Ich hab da jemanden.«

»Verstehe. Als wir zusammen waren, war ich dir nicht wichtig genug für etwas Festes. Aber jetzt hast du *jemanden*.« Er spuckt die Worte beinahe aus.

»Komm schon, Javi. Das ist unfair.« Wieso müssen Männer eigentlich immer so ein Drama machen? Man sagt, man will einen ONS und was machen sie? Denken direkt darüber nach, wie sie dir am besten einen Antrag machen können. Ist doch wahr! Nervige Gestalten.

Er schaut mich nicht an, also sage ich: »Du wusstest, dass ich nur Sex wollte. Das war für dich okay.«

»Schön, war es auch. Aber es haben sich eben Gefühle entwickelt.«

»Javi ...«

»Nein, nichts Javi. Das war das letzte Mal.« Er lässt einen USB-Stick auf dem Tisch liegen und geht. Ich bin mir sicher, dass es nicht das letzte Mal war. Gewiss nicht, aber er muss sich erst mal ein wenig abkühlen.

Mit dem Stick fahre ich ins Büro und schaue mir die Dateien an. Sie beginnen mit Jace' Kampf. Zum ersten Mal sehe ich seinen Kontrahenten. Das Bild ist ein wenig kriselig, aber man kann alles sehr gut erkennen.

Ich schlage mir die Hand vor den Mund, als der Gegner zum ersten Schlag ausholt. »O mein Gott«, flüstere ich heiser.

Das Video zu sehen, zu beobachten, wie Jace verprügelt wird, tut weh. Seelisch und irgendwie auch körperlich. Als er die Faust in die Rippen bekommt, zucke ich zusammen. Fuck! Wie gut, dass ich das nie live ansehen musste. Dieser Teil seines Lebens ist passé.

Ich sehe die Polizei das Gebäude stürmen. Ich verfolge Jace mit den Augen, erkenne, dass er fast an die Tür zum hinteren Teil des Gebäudes gelangt. Als hätte er etwas gehört, dreht er sich um und rennt auf seinen Gegner zu, der mit zwei Polizisten rangelt. Wie er sagte, fängt er den Schlag ab, ermöglicht so dem anderen die Flucht. An seiner Statt wird er anschließend abgeführt.

Ich nage an meinem Fingernagel und überlege, wie ich es bewerkstelligen könnte, mit dem Staatsanwalt über diese Bänder zu sprechen. Was hatte Javier gesagt? Wie heißen die Detectives? Levine und ...? Naja, egal. Werde ich schon rausfinden.

Ich nehme meine Tasche und mache mich auf den Weg nach unten. Elaine sagt mir, dass Werner Tryst mich sprechen wolle, aber das muss warten. Das könnte meine einzige Chance sein, Jace vor dem Knast zu bewahren. Und ich stehe ein bisschen unter Zeitdruck, denn wenn die Anklageschrift dem Gericht erst mal vorliegt, dann ist es zu spät.

Ich setze mich in ein Taxi und lasse mich zu dem Revier bringen, auf dem Jace nach seiner Verhaftung war. Es ist auch nicht schwer, Mr. Levine ausfindig zu machen. Und der führt mich zu Mr. Durban.

»Hören Sie, Ma'am. Wir dürfen nicht mit Ihnen sprechen.«

»Ich weiß, laufende Ermittlung und so, aber Sie

wissen doch, was geschehen ist. Mr. Monroe ist erwischt worden, weil er ihnen beiden geholfen hat.«

Durban plustert sich auf, als hätte ich ihn in seinem männlichen Stolz verletzt. »Wir brauchten keine Hilfe.«

»Doch, brauchten Sie und Mr. Monroe hat die Faust aufgehalten. Er hat Ihnen das Leben gerettet.«

»Hören Sie ...«

»Nein, Sie hören mir zu. Er hat Ihnen das Leben gerettet und er hat dafür seine schon sichere Flucht unterbrochen. Sie hätten ihn nie geschnappt. Auf den Bändern ist Mr. Monroe nur von hinten zu sehen. Sie hätten ihn niemals identifizieren können.«

»Woher wissen Sie von den Bändern?«, fragt Levine.

Ich beiße mir auf die Zunge. Mist, ich wollte doch vorsichtig mit den Infos umgehen. Aber nein. Ich bin direkt mal ein Elefant im Porzellanladen. »Das tut nichts zur Sache. Bitte. Er hat ihnen geholfen, auch wenn er nicht musste. Helfen Sie ihm ebenfalls.«

Levine lässt geräuschvoll die Luft aus seinem Mund entweichen. Er schaut seinen Partner an und beide nicken schließlich schicksalsergeben.

»Es stimmt. Larry wäre tot, wenn die Faust ihn getroffen hätte«, gibt Durban zu. »Und wer weiß, was er mit mir gemacht hätte.«

Levine nickt zustimmend. »Ich hab schon mein letztes Stündlein schlagen sehen. Das war Glück.«

»Das war kein Glück«, erwidere ich. »Das war ein guter Mensch, der Sie gerettet hat.«

Ein wenig zerknirscht nicken sie beide.

Ich lächel. »Vielen Dank! Ich melde mich bei Ihnen, wenn ich Ihre Aussage brauche.«

Nächster Stopp: Staatsanwaltschaft.

Ich begebe mich sofort zu Maxwell Cunnings. Ich weiß immer noch nicht genau, wie ich ihm klarmachen soll, dass er sich die Bänder ansehen möge, um mir für Jace einen Deal vorzuschlagen, ohne Javier in die Pfanne zu hauen. Ich hoffe, dass er sich darauf einlassen wird. Mir wird im richtigen Moment das Richtige einfallen. Da bin ich mir sicher. Bisher hat es immer geklappt. Warum sollte es dieses Mal nicht funktionieren?

»Er hat keine Zeit«, versucht seine Sekretärin mich davon abzuhalten, in sein Büro zu stürmen. Aber ich bin eine Frau auf einer Mission, die heißt: Sorge dafür, dass der Typ, den du magst, nicht im Gefängnis landet. Ich finde, das ist eine gute Mission, eine, die man unterstützen kann. Ich lege die Hand auf den Türknauf, obwohl sie versucht, mich davon abzuhalten. Sie fällt mir geradezu in den Arm. Ich bin zwar klein, aber nicht schwächlich. Daher hat sie keine Chance.

Ich öffne die Tür. Maxwell und sein Freund springen auseinander. Ich habe ein breites Lächeln auf dem Gesicht.

»Hallo, Maxwell, so trifft man sich wieder«, sage ich ausgesucht freundlich.

Er stöhnt leise. »Warum erwischen immer Sie mich in kompromittierenden Posen?«

Ich winke ab und reiche seinem Freund die Hand. »Ich bin Chrissa Hawthorne. Schön, Sie wiederzusehen.«

Er lächelt charmant. »Es ist mir eine Freude, Chrissa. Ich bin Ken Peterson.«

»Der Immobilienhai«, sage ich durchaus angetan. Er ist bestimmt eine gute Bekanntschaft.

Maxwell sagt: »Was wollen Sie?«

»Sie könnten ruhig ein wenig netter zu mir sein.«

»Wollen Sie mich erpressen?«, fragt er mit wütendem

Blick.

»Das würde ich nie tun. Homosexualität ist für mich auch nichts, womit man jemanden erpressen kann.«

Er zieht die Augenbraue hoch. »Wieso nicht?«

»Weil das total normal ist. Aber zeigen Sie mir doch mal Ihre Unterwäsche. Wenn Sie einen pinken Spitzentanga tragen, hab ich vielleicht doch Munition.«

Ken lacht und berührt mich an der Schulter, bevor er sagt: »Sie gefallen mir. Kommen Sie doch mal zum Dinner zu uns.«

»Nein«, wirft Maxwell ein.

Ken zieht die Braue hoch. »Wie bitte?«

»Ich meine, sie ist viel beschäftigt und hat bestimmt keine Zeit. Nicht wahr?«, fragt er mich.

Ich schüttel den Kopf. »Wir finden bestimmt einen Termin. Das würde ich um nichts in der Welt verpassen. Sie zappeln zu sehen ... da würde ich weiß Gott was für geben.«

Maxwell wirft mir böse Blicke zu, während Ken sich über unseren Schlagabtausch amüsiert. Er verabschiedet sich und ich bleibe mit dem Staatsanwalt, der bestimmt Mordgelüste hegt, zurück.

»Also, was wollen Sie?«, fragt er.

»Jace Monroe.«

Er zieht die Stirn kraus. »Was ist mit ihm?«

»Ich will einen Deal.«

»Auf welcher Grundlage?«

»Laut seiner Aussage hat er die beiden Polizisten, die ihn verhaftet haben, vor schlimmen Schäden durch eine dritte Person bewahrt. Diese konnte fliehen und Mr. Monroe wurde stattdessen mitgenommen.«

»Gibt es dafür noch andere Beweise als die Aussage

eines Kriminellen?«

Ich schaue ihn ruhig an. »Das kann ich Ihnen nicht beantworten. Sprechen Sie mit den beiden Polizisten oder ... Hm, gibt es vielleicht Videoaufzeichnungen von der Razzia?«

»Video?«, fragt er nach.

»Ja, manchmal haben Sie doch visuelle Unterstützung. Eventuell gab es da Kameras, die Sie anzapfen konnten.«

»Ach, eventuell?«

Und dann grinst er zum ersten Mal, seit ich ihn kenne. »Ms. Hawthorne, Sie haben also die Bänder schon gesehen.«

Es ist zwar keine Frage, sondern eine Feststellung, aber ich antworte trotzdem mit ›ja‹ und bemühe mich, eine Spur von Reue hineinzulegen.

»Sie sind unmöglich. Also, auf diesen Bändern kann man diesen Vorfall sehen?«

»Ja, quasi glasklar.« Ich beuge mich ein wenig vor. »Ich sage gar nicht, dass es richtig war, was er getan hat, aber er würde alles verlieren. Vielleicht gibt es eine Möglichkeit, das außergerichtlich zu klären. Und das bleibt auch unter uns. Ich verspreche, es niemandem zu sagen. Er ist auch mit Sozialstunden einverstanden, alles, nur ...«

»Es soll zu keiner Verhandlung kommen, weil er dann seinen Job und seine Zulassung verliert.«

Ich nicke. »Ja.«

»Haben Sie die Bänder zufällig dabei?«

Rein zufällig ja, daher ziehe ich den Stick aus der Tasche.

Er schüttelt den Kopf. »Unmöglich.«

Er schaut sich die Szene an, streicht dann über seinen nicht vorhandenen Bart. »Ich kann das nicht entscheiden.

Aber ich werde sehen, was ich tun kann.«

»Danke«, sage ich einfach nur und mache mich auf den Weg zur Tür.

»Ach, Chrissa?« Ich drehe mich zu ihm um. »Was sagen denn die beiden Polizisten dazu?«

Ich grinse und sein Gesicht verzieht sich zu einem ... Fast-Lächeln. Na, immerhin.

Mit einem koketten Schulterzucken ziehe ich von dannen.

KAPITEL FÜNFZEHN

Als Jace versucht, Mike anzurufen, geht er nicht ran. Auch nicht beim zweiten, dritten oder zehnten Mal. Nie zuvor gab es eine so lange Eiszeit zwischen ihnen. Ehrlich gesagt, gab es nicht mal eine irgendwie geartete Eiszeit. Nicht mal eine kühle Brise oder so was.

Auch wenn er sich das nicht gerne eingesteht, aber es ist für sein Seelenheil wichtig, dass er guten Kontakt zu seinen Freunden pflegt, dass kein Streit herrscht, dass sie klarkommen. Immerhin sind sie die einzige Familie, die er wirklich kennt – abgesehen von Schwester Mary, die immer für ihn da war.

Kurzentschlossen bucht er einen Flug nach Boston. Es mag ihn zu einem Weichei machen, aber seine persönlichen Beziehungen sind ihm wichtig. Sehr wichtig sogar. Also Boston.

Nach einer Stunde Flug landet er am Logan International Airport. Er nimmt ein Taxi zu Mike. Als er dort klingelt, macht niemand auf. Er setzt sich auf die Stufen des schönen, typisch bostonischen Sandsteinhauses. Er zieht sein Handy aus der Tasche, scrollt durch seine Mails. Sein Finger schwebt über Chrissas Namen, aber er öffnet die Mail nicht.

Er hätte es nicht für möglich gehalten, aber nach nur zweiundsiebzig Stunden vermisst er sie so unglaublich wie niemals jemanden zuvor. Das, mehr als alles andere, verrät ihm, dass er sich in sie verliebt hat. Man selbst merkt es wahrscheinlich eh immer als letztes. Aber obwohl er sie vermisst und sich seine Gefühle für sie eingesteht, kann er sich nicht überwinden, Kontakt zu ihr aufzunehmen. Er weiß selbst nicht so genau, warum. Nur, dass es so ist.

Normalerweise steht er auf ihre selbstbewusste, ein bisschen bossige Art. Doch dieser eine Satz, *Du kannst dich ja melden, wenn du bessere Laune hast*, hat ihn ganz und gar auf dem falschen Fuß erwischt. Als hätte er das schon zigmal gehört, aber nicht aus ihrem Mund, aus ihrem schönen Mund, sondern aus einem anderen, der ihm nicht wohlgesonnen war. Ganz und gar nicht. Vielleicht waren es auch noch nicht einmal die Worte, sondern etwas anderes. Er versucht sich zu erinnern, aber es liegt im Nebel.

Fuck, jetzt hat er es mit Chrissa versaut, bevor es anfangen konnte. Ob sie überhaupt eine Chance hatten? Naja, die Wahrscheinlichkeit, dass er entweder im Gefängnis landet oder arbeitslos wird, ist auf jeden Fall größer als alles andere. Kann er ihr das antun? Einen Freund im Knast? Ein arbeitsloser Freund wäre nicht viel besser, schließlich ist sie einen gewissen Standard gewöhnt. Und den will er ihr auch bieten. Er weiß natürlich, dass er nicht allein für das Einkommen verantwortlich sein wird, aber ... nun ja, von ihrem Geld will er auch nicht leben. Er gehört bestimmt nicht zu den Typen, die nicht damit umgehen können, wenn ihre Frau mehr verdient oder erfolgreicher ist als sie selbst, aber wenn das Gefälle riesig ist, scheint ihm das der Grundstein für ein Desaster zu sein.

Ein Schatten fällt auf ihn.

»Was machst du hier?«

Er schaut auf und sieht in Mikes Gesicht. »Du bist nicht ans Telefon gegangen.«

»Und da kommst du einfach her?«

Jace zuckt mit den Schultern. »Das hört sich total nach Weichei an, aber ich ertrage die Eiszeit zwischen uns nicht.«

Mike bleibt einen Moment stumm, bevor er sagt: »Das hört sich wirklich nach Weichei an.« Er hält ihm die Hand hin. Als Jace sie ergreift, zieht er ihn auf die Beine und lässt ihn ins Haus.

»Ich fass es nicht, dass du hier bist«, sagt er, als sie in die Küche gehen. Mike holt zwei Bier aus dem Kühlschrank und reicht eines Jace.

»Du bist mein bester Kumpel.«

»Ja.«

Jace seufzt leise. »Mike, es tut mir leid, ich hab das total verbockt. Ich hätte dir das schon vor Jahren sagen sollen, aber ...«

»Aber?«

Jace lenkt sich einen Moment damit ab, die Flasche zu öffnen. »Puh, das ist eine lange Geschichte.«

»Ich hab das ganze Wochenende.«

Jace nickt. »Ich hab Hunger. Lass uns Pizza bestellen und dann reden.«

Mike greift nach seinem Telefon. »Wie immer Salami mit Peperoni?«

Aber das ist eine rein rhetorische Frage.

Als die Pizza aufgegessen ist, sieht Mike ihn an. Jace schluckt. Die Zeit zum Reden ist gekommen. Er trinkt noch einen Schluck und fängt dann an, Mike die gleiche Geschichte zu erzählen, die er Chrissa bereits erzählt hat.

Er lässt nichts aus, auch wenn es ihm an manchen Stellen nicht so leicht fällt, sie Mike zu erzählen, weil er sich schämt, sich verletzlich zu machen. Aber er weiß auch, dass es sein muss.

»Wieso hast du mir das nie erzählt?«, fragt Mike, nachdem er geendet hat.

Jace streicht sich über den Nacken. »Weil ich mich geschämt habe.«

Mike schüttelt verwundert den Kopf. »Aber das ist doch keine Geschichte, die einem unangenehm sein muss. Das ist eine Story über einen Jungen, der sich trotz etlicher Widrigkeiten ein Leben aufgebaut hat, auf das man stolz sein kann. Es ist keine Vergangenheit, die von Schwäche gekennzeichnet ist, sondern von Stärke. Du, Jace, bist ganz offensichtlich die stärkste Person, die mir im Leben begegnet ist. Nichts, was du erzählt hast, ist Grund für Scham.«

Jace schaut ihn zweifelnd an. »Ich hab mich nicht gegen meinen Adoptivvater gewehrt.«

»Du warst ein kleines Kind, verdammt noch mal! Wie solltest du dich gegen einen erwachsenen Mann wehren?«, fragt Mike ein wenig fassungslos.

»Ich ... Nie wollte mich irgendjemand. Es muss doch was mit mir nicht stimmen.«

»Alter, du spinnst doch! Für alle deine Freunde bist du die eine Person, auf die sie sich immer verlassen können. Für mich ... für mich bist du diese Person. Du bist mein Bruder, und wenn es nicht absolut schwul klingen würde, würde ich sagen, ich will dich. Ach, scheiß drauf! Jace, ich will dich. Ich wüsste nicht, was ich ohne dich machen würde. Du bist mein bester Kumpel. Ich ...« Mit vor Emotionen triefender Stimme bricht er ab.

Jace schaut hoch und sieht, dass Mikes Augen glitzern. »Heulst du?«

»Fick dich.«

Jace hält ihm die Faust hin und er schlägt mit seiner dagegen. Und mit dieser einen Geste ist alles wieder gut.

Sie leeren ihr Bier und Jace geht in die Küche, um noch eines zu holen. Als er wieder sitzt, fragt Mike: »Kann ich dir irgendwie helfen? Hast du einen guten Anwalt?«

»Sagt dir der Name Samuel Hawthorne etwas?«

»Klar, der Eiskönig. Der vertritt dich?«, fragt Mike ungläubig.

Jace lacht. »Nein, der wäre in so einem Fall bestimmt unnütz. Der ist ja auf Fusionen spezialisiert. Nein, seine Tochter Chrissa ist meine Anwältin. Die Frau hat Eier aus Stahl.«

»Ist sie heiß?«

Jace lacht. »Scheißheiß.«

Mike lässt sein Bier gegen Jace' klingen. »Cool.«

Jace trinkt einen Schluck. »Viel wichtiger ist, dass sie eine gute Anwältin ist. Sie hat mehrmals gegen mich gewonnen. Ich muss zwar gestehen, das hat mich total angepisst, aber es ist gut, sie in der eigenen Ecke stehen zu haben.«

»Wenn ich irgendwas tun kann ...«

»Danke, aber sie hat das im Griff. Ich vertraue ihr vollkommen.«

Mike kneift die Augen zusammen. »Bist du in sie verknallt?«

Jace streicht sich verlegen über das Gesicht. »So offensichtlich, ja?«

»Fuck, Mann! Ich hab dich noch nie verliebt gesehen.«

Jace zuckt mit den Schultern. »War ich ja auch noch nie.«

Mike nickt. »Ich erinnere mich. Welche Ironie. Der Typ, der der geborene Familienmensch ist, hat sie nie gefunden.«

»Aber weißt du, irgendwie bin ich ganz froh, dass ich keine Diane hatte ...«

»Autsch.«

Jace lacht. »Das ging unter die Gürtellinie, ich weiß. Aber ehrlich. Das mag sich total bescheuert anhören und meinen Status als Softie weiter festigen, aber ich finde die Idee, dass ich mich nur einmal verliebe und dann mit ihr für immer zusammenbleibe, sehr ansprechend.«

»Und glaubst du, sie ist es? Die Frau, mit der du für immer zusammenbleibst?«

Jace zuckt mit den Schultern. »Ich werde es herausfinden, nicht?«

»Aber ...«

»Ja?«

Mike streicht sich durch die kurzen Haare. »Sie ist deine Anwältin.«

»Oh, ja. Da läuft nichts zwischen uns.«

Mike zieht erstaunt die Brauen hoch. »Wie bitte? Du bist in eine Frau verliebt, die du noch nicht mal gefickt hast?«

Jace lächelt leicht. »Erinnerst du dich an die Kleine? Mystery-Girl?«

»Wen? Ach, war das nicht vor ... Fuck, zehn Jahren oder so?«

»Ja. Ich hatte sie in dem einen Sommer in New York kennengelernt. Auch wenn es nur ein One Night Stand war, fühlte es sich nach mehr an. Und dann ging sie einfach, ohne eine Nachricht zu hinterlassen. Ich hatte keine Chance sie zu finden.«

»Du warst das ganze letzte Studienjahr total down.«

»Ja. Und danach auch noch, aber das habt ihr nicht mehr so live mitbekommen, weil ich nach NYC gezogen bin und wir uns alle nicht mehr so häufig gesehen haben.«

»Was ist mit ihr?« Mikes Augen weiten sich. »Nein!«

»Doch.«

»Chrissa ist Mystery-Girl?«

»Ja, ist sie.«

»Was ist das denn für ein Zufall?«

Jace zuckt mit den Schultern. »Keine Ahnung, aber ich bin sehr froh, dass es so gekommen ist.«

Mike leert seine Flasche. »Fuck, Mann. Die besten Geschichten schreibt das Leben. Das kann man sich nicht ausdenken.«

»Ich weiß!«

»Gut, dann weißt du wenigstens, wie es ist, sie zu vögeln.«

Jace nickt. »Ja, Mann. Bester verdammter Sex meines Lebens.«

»Wenn jetzt noch was in meiner Flasche wäre, würde ich anstoßen.«

Sie lachen beide. »Lach nicht, aber ... würde es dich

stören, wenn eine Frau viele Sexpartner hatte?«

»Hatte sie?«

Jace knibbelt an dem Label auf seiner Bierflasche. »Ehrlich gesagt, keine Ahnung. Wir haben nicht so genau darüber gesprochen, aber sie hat mal Andeutungen gemacht.«

»Hm.«

»Hm?«

»Ich glaube, viele Typen finden die Idee von der Jungfrau, die nur mit einem selbst gefickt hat, anregend, aber ehrlich, lieber eine im Bett, die Ahnung hat. Eine Frau, die Erfahrung hat, gibt doch viel geilere BJs.«

Jace legt den Kopf schief. »Auch wieder wahr.«

Mike lacht. »Na, siehst du. Es gibt immer eine positive Seite. Außerdem glaube ich, dass es heutzutage unwahrscheinlich ist, eine sexuell inaktive Frau kennenzulernen. Ich meine, du bist zweiunddreißig. Stell dir vor, du hättest noch nie gefickt. Da wären dir doch schon die Arme abgefallen vom vielen Wichsen.«

Jace nickt langsam. »Hast du schon mal eine Frau getroffen, die keinen Bock auf Blasen hatte?«

»Was bist du so blasphemisch?«, fragt Mike entsetzt.

»Keine Ahnung, ich saß mal bei einem Telefonat neben ihr und sie sagte dem Typen, dass sie ihm keinen Blasen würde.«

Mike lacht. »Alter, nur weil sie ihm keinen Blasen will, heißt das nicht, dass sie deinen Schwanz nicht im Mund haben will. Sie hat wahrscheinlich nur gemeint, dass sie es ihm nicht macht, weil sie jetzt dich hat.«

»Meinst du?«

»Ja. Was bist du denn so unsicher? So kenn ich dich gar nicht.«

»Boah, keine Ahnung. Ich weiß es nicht ... Es ist nur ... Naja, es ist alles so in der Schwebe mit uns. Wir sind nichts Halbes und nichts Ganzes. Wir können nicht vorwärts gehen wegen diesem arschigen Prozess, obwohl wir beide total aufeinander stehen.«

»Vorfreude ist doch bekanntlich die schönste Freude.«

»Naja, ich wüsste lieber, dass sie für immer zu mir gehört.«

»Du Softie.«

»Ich weiß. Manchmal denke ich, ich bin so ein Lavacake. Außen knackig und innen flüssig.«

Mike lacht. »Mir kannst du so was sagen, ohne dass ich einen Schock bekomme, aber den anderen solltest du diese Seite nicht zeigen. Die werden dich ewig aufziehen.«

»Wie gut, dass du so ein moderner Mann bist, der sich nicht in seiner Männlichkeit bedroht fühlt, sobald ein anderer Mann über seine Gefühle redet«, spottet Jace.

»Mein Reden, Alter«, grinst Mike.

Eine Weile sind sie still. »Danke, Mann«, sagt Jace dann irgendwann.

»Kein Thema.«

Wieso meldet er sich nicht bei mir? Ich sitze an meinem Schreibtisch und starre schon gefühlte Stunden mein Telefon an. Vor drei Tagen hat er so eifersüchtig rumgezickt und seitdem haben wir nicht mehr gesprochen. Das tut mir im Herzen weh.

Und dann fangen die Fragen an ... Kann er vielleicht nicht damit umgehen, dass du eine starke Person bist? Warst du zu forsch? Nicht weiblich genug? Glaubt er, du bist eine Schlampe, weil du mit mehreren Männern Sex hattest? Will er dich nicht in seinem Leben haben, weil du nur ein Fickstück für ihn bist, das seine Beine für jeden breitmacht?

Ich weiß nicht, warum diese Gedanken kommen. Wirklich nicht. Ich bin stark und selbstbewusst und ich brauche gewiss keinen Mann, der mir erzählt, was ich zu tun und zu lassen habe. Und doch ... Keine Ahnung, aber wir scheinen genetisch dazu veranlagt zu sein, dumme Gedanken zu haben, wenn wir verliebt sind ... Äh, verliebt?

Bin ich in Jace verliebt? Ich meine, ich mag ihn ... Und ich will mit ihm zusammen sein. So richtig. Mit allem, was dazu gehört. Händchenhalten und Fernsehabende auf der Couch. Kuscheln und Rummachen im Kino. Sich morgens nicht trennen können und noch einen letzten Kuss stehlen, einen letzten noch, einen einzigen. Und Sex. Ich will mit ihm schlafen, so unbedingt. Ich will ihn auf mir und mich auf ihm. Ich will, dass er mich von hinten nimmt, dass sein Kopf zwischen meinen Beinen ist. Dass er mich hart fickt und sanft liebt. Ich will ihn verwöhnen und von ihm verwöhnt werden. Ich will dieses leichte wund sein spüren, das man nach einer Nacht phänomenalem Sex hat.

Ich will, dass er seinen Fingerabdruck in meinem Herzen und meiner Seele hinterlässt. Dass ich alles bin, an das er denken kann. Ich will sein erster Gedanke am Morgen und sein letzter am Abend sein. Ich will in seinen Armen einschlafen und wieder aufwachen. Ich will, dass er mich Baby nennt ... Baby.

Ich schätze, die Frage, ob ich in Jace verliebt bin, hat sich selbst beantwortet.

Warum ruft er nicht an? Ist es denn zu viel verlangt, dass man sich begehrt fühlen will? Dass der Mann sich um einen bemüht? Dass er einem zeigt, dass er dich will?

Nur eine kleine Nachricht. Mehr verlange ich nicht. Bitte.

Mein Telefon klingelt. In meiner Überzeugung, dass es ja nur Jace sein kann, nehme ich ab, ohne drauf zu schauen.

»Ja?«, frage ich atemlos.

»Chrissa, ich bin nicht gerade erfreut über dein Verhalten.« Und die Welt friert ein. Meine Welt. Der Eiskönig ruft an.

»Hi, Daddy.«

»Spar dir das. Ich hab es mir anders überlegt. Ich finde es unsinnig, dass du weiterhin in New York bist, statt hier in Chicago. Also kommst du so schnell wie möglich. Hast du verstanden?«

»Ich ...« Ich stocke. Ich will ihm sagen, dass ich nicht nach Chicago kommen werde, aber meine Kehle ist wie zugeschnürt. Ich bringe diese Worte nicht heraus. »Ich bringe hier nur meine Fälle zu Ende.«

Ich bin so ein jämmerlicher, abartiger Feigling! Ich kann mich gerade selbst nicht leiden. Kein bisschen. Ich bin so elendig. Bäh, ein Wurm! Ein feiger Wurm ohne Rückgrat, der seinen Vater sein Leben diktieren lässt. Ach was, ein Wurm ist noch zu gut für mich. Ich bin Abschaum. Ja, das bin ich. Ich kann es nicht fassen, dass ich kleinbeigebe. Ich will nicht nach Chicago! Ich will es durch die Leitung schreien, will ihm meine Meinung sagen, will für mich einstehen. Aber ... nichts. Nichts, rein gar nichts.

Das ist so unglaublich scheiße. Ich bin ein Nichts, ein Niemand. Ich verdiene keinen so tollen Mann wie Jace, weil alles an mir nur Fassade ist. Ich schaffe es nicht mal, meinem Vater zu sagen, was ich will. Und eigentlich ist er doch die eine Person, die mich ohne Rückhalt lieben sollte, ohne jede Bedingungen. Wie soll ich mich im Leben behaupten, wenn ich nicht einmal ihm sagen kann, was ich will?

Weil du weißt, dass es ihn nicht interessiert, sagt eine kleine Stimme in mir. Ja, ich weiß. Ich weiß! Ich weiß, verdammt noch mal! Ich ... ich wünschte, ich hätte einen Vater, der mir zeigt, dass ich ihm wichtig bin. Dass ich nicht nur eine Trophäe oder eine Zuchtstute bin. Ja, manchmal hat man so Träume, von denen man weiß, dass sie nie in Erfüllung gehen werden.

»Wann bist du damit fertig?«

»In einem Monat vielleicht?« Meine Stimme ist klein und dünn, weil ich Angst habe. Angst vor *ihm*.

»Du hast einen Monat. Es war natürlich absolut albern, dich als Senior Partnerin einzukaufen, wenn du sowieso wieder aussteigst. Aber das spielt keine Rolle. Ich verzeihe dir diese Unbesonnenheit.«

Dieser Mann hat echt Nerven. Es ist mein Geld, mit dem ich machen kann, was ich will. Oh, Wut. Schüre die Wut. Aber ... nichts. Verflogen. Heute werde ich keine Heldin mehr sein. Das kann ich voll vergessen.

»Danke, Daddy«, flüstere ich und hasse mich gerade so sehr, dass ich nicht mehr mit mir in einem Raum sein will.

Ich mein, Hass ist so ein hartes Wort ... Aber ich bin enttäuscht von mir. Zutiefst. Und das ist traurig, so traurig. Ich weiß nicht, wie ich mir jemals wieder in die Augen schauen soll. Wie kann ich mein Leben selbstbestimmt bestreiten, wenn ich nicht einmal sagen kann: ›Fick dich, Dad!‹? Ich ... Keine Ahnung.

»Ich erwarte dich in einem Monat, Chrissa. Wenn du nicht von alleine kommst, hole ich dich. Deine schludrige Zeit ist vorbei. Es ist an der Zeit, dass du wieder an die Kandare genommen wirst.«

Tja, da lag ich mit Zuchtstute gar nicht so falsch, was?

Dieses Gespräch lässt mich besiegt zurück. Ich fühle mich klein und miserabel. Und auch wenn ich es nicht will, weil ich nicht glauben kann, dass ich wirklich nach Chicago ziehe, fange ich im Kopf an, mir Gedanken um den Umzug zu machen. Pathetisch! Schicksal, kannst du es buchstabieren? Das bin ich! Vollkommen pathetisch.

Ich lege den Kopf auf die Tischplatte und frage mich, ob es okay ist, vor zehn Uhr das Büro zu verlassen und in die Bar zu gehen.

»Das war total entwürdigend«, sage ich zu niemandem im Besonderen, als ich mit meinem Martini an der Bar sitze.

Es hört auch keiner zu. Was sich gut trifft, weil ich mit niemandem reden will. Nur mit Jace, aber der Arsch ruft ja nicht an. Tja, ich werde auch nicht mehr anrufen. Nie wieder. Ha, ich werde seine Nummer verlieren, das hat er dann davon.

Ich fische mein Handy aus der Tasche und suche nach seiner Nummer. Ich tippe drauf und lösch... Nein, nicht anrufen! Nicht, lass das! Nein!

»Chrissa? Alles okay?«

Fuck. »Ja. Das war aus Versehen. Tschüss.«

Ich lege auf und lösche die Nummer.

Ich trinke meinen Martini leer. Irgendwie hat allein trinken mal mehr Spaß gemacht. Ich bezahle meinen einen Drink und nehme ein Taxi nach Hause.

Mein Handy klingelt. Unbekannte Nummer. Wer

kann das sein?

»Ja?«

»Wieso hast du vorhin einfach aufgelegt?« Mist, vielleicht ist es doch keine so gute Idee, eine Nummer zu löschen und dann auf die unbekannte Nummer reinzufallen. Und ich dachte, ich wäre intelligent.

»Weil ich nicht mit dir reden will.«

»Wieso nicht?«

»Weil du mich nicht angerufen hast.«

»Chrissa ...«

»Nein, lass es. Ich will das nicht hören.« Ich atme tief durch. »Ich hatte sowieso vor, dich anrufen, um dir zu sagen, dass der Staatsanwalt dir einen Deal anbietet.«

»Ich will keinen Deal.«

»Du bist verrückt, wenn du diesen Deal ausschlägst.«

»Ich verpfeife niemanden. Das hab ich dir gesagt. Wie kannst du trotzdem mit dem Staatsanwalt verhandeln, obwohl du das weißt?«

»Immer langsam, Jace. Keine Anklage, keine Aussage, fünfhundert Sozialstunden in einer gemeinnützigen Einrichtung.«

»Wo ist der Haken?«

»Kein Haken.«

»Es gibt immer einen Haken.«

»Dieses Mal nicht. Der Staatsanwalt hat das Video gesehen, die Polizisten haben für dich ausgesagt und dein Kontrahent ist verhaftet worden. Man kann ihn auf dem Video, im Gegensatz zu dir, erkennen. Du bist nur von hinten zu sehen, daher haben sie nichts gegen dich in der Hand, wenn man mal von der Verhaftung absieht. Für fünfhundert Sozialstunden sind Staatsanwaltschaft und Richter einverstanden, dein Verfahren gar nicht erst zu eröffnen.«

Stille am anderen Ende der Leitung. »Meinst du das ernst?«

»Ja.«

»Ich bin frei?«

»Das bist du. Aber du musst die Stunden ableisten. Wenn du sie nicht innerhalb von einem Jahr abarbeitest, wird das Verfahren doch noch eröffnet.«

»Chrissa ... ich ... Ich weiß nicht, was ich sagen soll. Ich bin sprachlos. Das ist großartig. Ich ...«

»Ich weiß. Herzlichen Glückwunsch, Jace.«

Ich lege auf und habe plötzlich das Bedürfnis mit einer Flasche Wodka und einem Eimer Vanilleeis ins Bett zu steigen und nie wieder aufzustehen. Ich stelle mein Handy auf lautlos und werfe es zurück in die Handtasche.

Ich hab meinen Job gemacht. Sehr gut sogar. Und trotzdem fühle ich mich wie ein Verlierer. Das ist nicht fair, das ist einfach nicht fair.

Da habe ich ihn gerade wiedergefunden und dann? Dann muss ich ihn erneut loslassen, ihn aufgeben, weil ich irgendeinen Möchtegern in *Fucking* Chicago heiraten soll.

Wieso kann ich meinen Dad nicht einfach in die verdammte Wüste schicken?

Ich schleiche in meine Wohnung, lege mich in mein Bett und ziehe mir die Decke über den Kopf. Schlafen kann ich noch lange nicht.

KAPITEL SECHZEHN

Als ich am nächsten Morgen vollkommen gerädert aufwache, sieht die Welt genauso trüb aus wie am Abend zuvor.

Ich beschließe, nicht ins Büro zu fahren. Wozu auch? Ich bin bald eine Gebärmaschine, da muss ich niemanden mehr mit meiner Leistungsfähigkeit beeindrucken.

Ich frag mich, ob er noch mal versucht hat, mich anzurufen, aber ich schaue nicht nach. Ich befürchte, meine Kraft reicht nicht aus, mich davon abzuhalten, seine Nummer zu wählen, wenn ich sehe, dass er mich angerufen hat. Kann man eigentlich eine Nummer blocken? Ich muss das mal googeln. Meine Selbstdisziplin hat auch ihre Grenzen und Jace Monroe ist ganz bestimmt eine davon.

Ich trinke eine Kanne Kaffee und fühle mich dann wie ein kleines Hörnchen, das durch die Bäume flitzt. Backenhörnchen, Streifenhörnchen oder Eichhörnchen, mir doch egal. Ich muss die überschüssige Energie loswerden. Zum ersten Mal seit langer Zeit (ich will gar nicht überlegen, wie lange genau) packe ich meine Sportklamotten ein und gehe ins Fitnessstudio.

Ich steige auf einen Crosstrainer und versuche, mich müde zu strampeln. Aber wenn man mit Kaffee und Adrenalin in den Adern auskommt, wird man nicht müde. Niemals. Nach drei Stunden gebe ich auf, dusche und fahre zurück in meine Wohnung.

Ich setze mich auf den Boden in der Mitte meines Wohnzimmers. Ich bleibe still sitzen und denke dann, so fühlt sich also richtig echter Liebeskummer an. Darauf könnte ich wirklich verzichten.

Jace starrt auf sein Handy. Wieso geht sie nicht dran? Seit ihrem Gespräch letzte Nacht hat er immer und immer wieder versucht, sie zu erreichen. Aber sie hat keinen seiner Anrufe angenommen. Wieso nicht? Er kann es einfach nicht begreifen.

Sie hat es geschafft. Sie hat das Unmögliche möglich gemacht. Den Prozess abgewendet, sein Leben gerettet, fuck, seinen Arsch gerettet. Wortwörtlich. Aber ... was ist mit ihr?

Er kann sich gar nicht darüber freuen, weil sie nicht da ist, um sich mit ihm zu freuen. Und in den letzten Wochen ist sie zu einem wichtigen Teil seines Lebens geworden. Zu einem äußerst wichtigen Teil. Er will mit ihr feiern. Aber ... sie?

»Wir müssen los«, ruft Mike und Jace steht auf. Sie sind mit Mikes Mutter und Schwestern zum Brunch verabredet. Er freut sich auf den Besuch. Er hat Mary, Nat und Jen schon lange nicht mehr gesehen. Als sie noch zur Uni gingen, war er oft den Sommer über im Hause Tate. Er hatte ja keinen Ort, an den er gehen konnte, also luden sie ihn immer ein. Und bezahlten sein Flugticket. Sobald er das Geld zusammen hatte, bezahlte er jeden Penny zurück, er wird ihre Großzügigkeit nie vergessen.

Das einzige Problem war, dass sich beide Schwestern in unterschiedlichen Sommern in ihn verguckt hatten. Er wollte von keiner was und hat auch mit keiner etwas gehabt. Im Nachhinein, Gott sei Dank! Wie wäre es gewesen, wenn er mit der einen geknutscht hätte und mit der anderen nicht? Oder mit der einen geknutscht und mit der anderen geschlafen? Oder mit beiden geschlafen? Es gibt hier eine Vielzahl an Möglichkeiten und keine hätte gut geendet. Für ihn. Weil Mike ihn umgebracht hätte. Oder zumindest krankenhausreif geschlagen hätte. Oder ihm das Gesicht verunstal... Fuck, er hört sich tatsächlich an wie eine Hausfrau aus New Jersey.

Er wirft einen letzten Blick auf sein Handy und schiebt es seufzend in die Hosentasche. Wieso hat er das Gefühl, dass er sie gerade verliert, obwohl er sie doch eben erst wieder gefunden hat?

Sie kommen in dem Café an, wo er von allen drei Tate-Frauen herzlich begrüßt wird. Sie haben sich jetzt schon ein paar Jahre nicht mehr gesehen, aber die alte Vertrautheit ist noch da. Als wäre dies tatsächlich seine Familie, die er besucht.

»Wie geht es dir, Jace?«, fragt ihn Mary und drückt ihn an sich.

»Sehr gut, Mrs. Tate«, antwortet er lächelnd und küsst sie auf die Wange.

»Wann wirst du endlich Mary sagen?«, schilt sie ihn.

»Wahrscheinlich gar nicht«, gibt er zu und untermalt

das mit einem charmanten Lächeln, das ihm immer alle Herzen zufliegen lässt. Und Mary kann seinem Charme auch nicht widerstehen.

Er küsst Jen und Nat auf die Wange und sie setzen sich an den Tisch.

»Erzähl mal, wie ist es dir ergangen?«, fragt Mary. Sie ist der mütterliche Typ und nimmt sofort jeden unter ihre Fittiche. Auch Exfreunde und –freundinnen ihrer Kinder, ganz zum Leidwesen der selbigen. Mike hat mal erzählt, dass sie immer noch Kontakt mit Diane habe. Manchmal wurmt ihn das, aber grundsätzlich findet er es gut, dass seine Mom Menschen nicht einfach aus ihrem Leben verbannt, nur weil sich Lebensumstände ändern. Das zeigt eben, was für eine tolle Mutter sie ist.

Jace hat sich immer vorgestellt, dass seine eigene Mutter wie Mary gewesen wäre. Eine Mutter, die keinen Zweifel daran lässt, dass sie dich liebt. Die wie eine Löwin für dich kämpft. Mike erzählte mal, dass sie sich mit dem Direktor der Schule angelegt hatte, weil die Lehrer die jüngeren Tate-Kids für die Sünden von Mike und Drew büßen ließen. Ganz offensichtlich hatten es die beiden faustdick hinter den Ohren. Als dann Jason in die gleiche Schule kam, steckten die Lehrer ihn gleich in die Krawallmacher-Schublade, was aber so entfernt von der Wahrheit war wie nur irgendwas. Jason war eher der ruhige Künstlertyp. Jen und Nat mussten zwar auch früh lernen, sich durchzusetzen, aber sie waren auch weniger schlimm. Erst Tom, der Jüngste, haute wieder ordentlich auf den Putz, schlimmer als alle fünf Tates vor ihm zusammen, wenn man Mike Glauben schenken darf. Aber Jace glaubt, dass er seine eigenen Taten als nicht so schlimm empfindet.

Als er Mary mal danach fragte, schlug sie die Hände über dem Kopf zusammen und murmelte was vom Unterschied zwischen Eigen- und Fremdwahrnehmung.

»Hm, gut. Ich muss sagen, es gab ein paar Tiefen, aber gut.« Er denkt an gestern Abend, an die Nachricht, die ihn wieder leichter atmen lässt. Was für ein Teufelsmädchen. Sie hat es geschafft. Niemand hat es für möglich gehalten. Er mit Sicherheit nicht. Selbst, wenn er auf die Idee gekommen wäre, die Situation so auszulegen, wie sie es getan hat, hätte er nicht die Verbindungen gehabt, um das auch wirklich durchzuziehen. Aber sie ... einfach bewundernswert. So viel Mut und Können und ... ja ... auch ein wenig Skrupellosigkeit hat er noch nie bei jemandem gesehen. Das ist schon ziemlich perfekt. Gott, er hofft, dass er sie noch nicht verloren hat.

»Das freut mich«, sagt Mary lächelnd.

»Und bei euch? Wie geht es Mr. Tate, Drew, Jason und Tom?«

»Gut. Drew hat eine Freundin.«

»Drew?«, fragt Jace ein wenig fassungslos. Drew steht seinem großen Bruder Mike in nichts nach, was Frauengeschichten angeht. Er schaut zu Mike und sagt: »Das ist beinahe so schwer zu glauben wie die Aussage, dass Mike eine Freundin hat.«

Mary lacht. Jen wirft ein: »Ja, die Tate-Jungs sind allesamt Schwerenöter.«

»Mom!«, kommt es von Mike.

»Also, ich bitte dich, Jen. Jason ist nicht so.«

Mike schaut sie ein wenig verletzt an. »Danke für deine Unterstützung, Mom.«

Sie tätschelt ihm die Wange. »Die Wahrheit kann man sagen.«

»Du findest, ich bin ein Schwerenöter?«

»Ja.«

»Aber das hört sich nach alter, geiler Bock an«, protestiert Mike.

»Was würdest du denn bevorzugen?«, fragt Nat scherzend.

»Womanizer«, sagt Mike wie aus der Pistole geschossen.

Jace lacht mit den anderen mit. »Das ist typisch. Es geht dir gar nicht darum, dass du tatsächlich so bist, sondern nur darum, dass ein cooles Wort verwendet wird«, tadelt ihn Mary scherzhaft.

»Naja, in meiner Vorstellung bin ich LL Cool J«, meint Mike lachend.

»LL wer?«, fragt Mary und ihre drei Kinder geben Laute von sich, die belegen, dass sie ihre Mutter gerade mal für äußerst uncool halten.

»Das ist ein Rapper«, erklärt Jen dann. »*Ladies Love Cool James*.«

Mary kneift die Augen zusammen. »Eigenlob stinkt, mein Junge.«

Mike rollt gespielt verzweifelt die Augen. »Ich dachte, die Wahrheit kann man sagen.«

Jace schaut sich das Hin und Her an. Er hat es schon immer geliebt, bei dieser Familie zu sein, weil ihre Art miteinander umzugehen einfach unglaublich ist. Sie necken sich und ziehen sich auf, in jedem Wort spürt man die Liebe und den Respekt, der sie verbindet. Und es ist nicht nur so, dass die Kinder ihre Eltern respektieren, nein, Mary und John haben auch jede Menge Respekt für ihre Kinder, das merkt man. Auch wenn die Geschwister zu Rivalität neigen, halten sie doch zusammen wie Pech und

Schwefel, wenn es draufankommt. So hat er sich Familie immer vorgestellt. Zumindest seit er die Tates kennt. Vorher hatte er einfach keine Vorstellung, wie so was aussehen kann.

»Hast du eine Freundin?«, fragt Jen.

Jace stockt, weiß nicht, was er sagen soll. Jen lacht.

»Ich will mich nicht anbieten, keine Angst«, grinst sie.

Er ist erleichtert, will sich das aber nicht anmerken lassen, weil das doch ein wenig verletzend wäre. Und er will sie nicht kränken. Sie ist ein nettes Mädchen. Wenn sie nicht die Schwester seines besten Kumpels wäre, und er nicht vollkommen Chrissa verfallen wäre ... Nein. Es ist, wie es ist. Er hat sein Mädchen ja schon gefunden ... Wenn sie ihm nicht wieder entgleitet.

»Da ist jemand«, gibt er zu.

Mary schaut ihn sofort interessiert an. »Erzähl uns von ihr.«

Jace streicht sich durch die Haare, wie immer, wenn er nervös oder frustriert oder verlegen oder ... Kurz, immer. »Nun ja ... Sie heißt Chrissa. Sie ist eine eiskalte Anwältin, die Eisprinzessin wird sie genannt.«

Nat schnaubt. »Das ist ja mal wieder typisch Mann. Weil sie erfolgreich ist, muss sie frigide sein. Na, toll!«

Jace grinst. »Ist dir schon mal aufgefallen, dass Männer immer dann besonders gemeine Spitznamen erfinden, wenn sie wissen, dass sie keinerlei Schnitte gegen eine Frau haben?«

»Was du nicht sagst«, meint Jen lapidar.

Jace zwinkert ihr zu, was sie aber schulterzuckend abprallen lässt. An ihrem Hals entsteht eine leichte Röte, die man nur bei genauem Hinsehen erkennen kann.

»Weiter«, verlangt Mary und ihre Augen blitzen. Diese

Frau mag eine gute Liebesgeschichte.

»Nun ja, wir haben uns vor zehn Jahren das erste Mal getroffen, aber es hat damals nicht gepasst. Jetzt haben wir uns vor Kurzem wiedergetroffen und es war wie ein Feuerwerk.«

»Du hättest sie mitbringen sollen«, meint Mary.

Jace nickt. »Ich befürchte, sie weiß nicht einmal, dass ich in Boston bin.«

»Wie bitte?«, fragen drei weibliche und eine männliche Stimme im Chor.

Ein wenig verlegen meint Jace: »Als wir zuletzt gesprochen haben, hat sie einen Satz gesagt, der irgendwas in mir ausgelöst hat. Und ich bin wütend geworden. Ich weiß nicht einmal genau wieso. Sie hat gesagt, ich solle sie anrufen, wenn ich wieder bessere Laune habe. Aber das hat meiner Stimmung erst recht geschadet. Ich hab die letzten drei Tage nicht angerufen, mich aber die ganze Zeit nach nichts anderem gesehnt. Und dann bin ich spontan nach Boston gefahren. Als sie mich gestern anrief, war irgendwie keine Zeit, es ihr zu sagen ...«

»Liebst du sie?«, fragt Mary.

Jace nickt ohne zu zögern. »Ja, ich liebe sie.«

»Dann, mein Junge, beweg deinen Hintern in ein Flugzeug und fahr zu ihr!«

Als sie es ausspricht, ist es plötzlich sonnenklar, was er zu tun hat.

Er küsst Mary auf die Wange, sagt ihr, dass sie ein Schatz sei, und nimmt ein Taxi zum Flughafen. Vergessen, dass er seine Tasche noch bei Mike hat. Und die Kleinigkeit, dass er gar kein Ticket hat, stoppt ihn auch nicht. Gar nichts hält ihn auf.

Wie auch immer schafft er es, an ein Ticket für einen

Flug zu kommen, der kurz vor dem Start ist. Wie das geklappt hat, entzieht sich seiner Kenntnis, aber das ist ja auch unwichtig. Hauptsache, er ist bald bei Chrissa und kann ihr sagen, dass er sie liebt. Denn das tut er. Das ist ihm jetzt klarer als jemals zuvor.

Er ist nervös, als er in NYC ankommt, aber er verschwendet keine Zeit und lässt sich direkt zu ihrer Wohnung bringen.

Ich wäre gerne die starke Person, die ich normalerweise bin, aber ich muss einsehen, dass ich es nicht bin. Ich würde gerne für mich selbst einstehen, aber ich habe Angst vor meinem Vater. Vielleicht ist es irrational, aber ... es ist, wie es ist.

Ich muss meine Niederlage eingestehen, ob ich will oder nicht. Ich finde in mir selbst nicht die Kraft, dagegen anzukämpfen.

Und so ergebe ich mich meinem Schicksal. Wozu es noch einen Monat hinauszögern? Das unvermeidliche wird geschehen. Ich warte noch Lilas Hochzeit nächste Woche ab und dann ... ziehe ich zurück nach Chicago. Es ... tut mir in der Seele weh. Wegen meinen Freunden, wegen Jace ... Und auch wegen mir, am meisten wegen mir, weil ich nicht das Leben haben kann, das ich haben will. Ich entdecke eine ganz neue Seite an mir. Die weinerliche und jammernde Trine.

Ich schüttel mich, will sie verjagen. Denn so will ich auf keinen Fall sein. Ich möchte tough und stark sein.

Nein, ich werde diese neue Situation bei den Hörnern packen und das Beste daraus machen. Ich meine, vielleicht wird es ja gar nicht so schlimm ...

Na gut, anpacken. Also, was tue ich? Mein Nachbar

von unten ist erst vor zwei Wochen eingezogen. Ich klingel an und frage, ob sie noch Kartons haben. Jede Menge sogar. Das ist ja schon mal was.

Ich bringe sie in mein Wohnzimmer und beginne, Dinge zu sortieren, einzupacken, wegzuschmeißen. Es ist schon erstaunlich, was sich in ein paar Jahren für Schrott ansammelt. In dem Moment, in dem man kitschige Figuren geschenkt bekommt, fühlt es sich falsch an, sie sofort wegzuschmeißen, obwohl man weiß, dass man niemanden kennt, der in irgendeiner Weise Interesse hat, sie bei sich aufzustellen. Fünf Jahre später hat man diese Skrupel nicht mehr, also weg damit.

Merkwürdigerweise füllt sich der Karton mit den Sachen, die ich wegschmeiße, schneller, als der mit den Dingen, die ich behalten will. Das kann nur eines bedeuten. Ich hab doch ein Herz ... Wer hätte das gedacht.

Es klingelt an der Tür und ich gehe hin. Ich erwarte niemanden, aber irgendwie hoffe ich, dass es Jace ist. Doch es entbehrt ja jeglicher Grundlage, weil ich mich geweigert habe, seine Anrufe anzunehmen. Da kommt er bestimmt nicht zu mir ... Außerdem ist es besser, wenn ich ihn nicht mehr sehe. Feige, ja, aber es verlängert nur die Qual, wenn ich erblicke, was ich nicht haben darf.

Ich öffne die Tür und mein Herz macht einen Sprung. Jace.

Ich weiß nicht, ob ich lächeln, in Tränen ausbrechen oder ihm um den Hals fallen soll. Da die Wahrscheinlichkeit groß ist, dass ich alles auf einmal mache, tue ich gar nichts. Ich lehne mich gegen den Rahmen und schaue ihn an. Mein Gesicht ist ruhig und gefasst, aber in mir tobt ein Sturm der Gefühle. Alle gleichzeitig, alle schreien, dass sie das Wichtigste sind.

»Hey«, sagt er mit seiner tiefen Stimme, die mir die Hitze durch den Körper treibt.

»Hey.«

»Darf ich reinkommen?« Sein Lächeln – inklusive Grübchen in der linken Wange – ist unwiderstehlich wie eh und je. Und ich merke, wie sich der Widerstand in mir bereits verflüchtigt. Hm, Jace ...

Ich trete zur Seite und lasse ihn rein. Ich gehe in die Küche, schenke uns beiden ein Glas Wasser ein.

»Ich ... hm ... ich wollte mich bedanken«, murmelt er.

»Ja, ähm, gerne.«

Er fährt sich mal wieder durch die Haare. Alles, was ich denken kann, ist, dass ich das an seiner Stelle tun möchte. Meine Finger wollen sich in seinen seidenen Strähnen ... Okay, jetzt ist mal gut! Nur weil man verliebt ist, muss man ja nicht plötzlich super kitschig werden! Denk dran, *First Class Bitch.*

»Das war eigentlich gar nicht, weswegen ich gekommen bin. Ich ... Naja, ich wollte ...«

»Lass es«, sage ich leise.

»Nein, wieso?«, fragt er irritiert und ein bisschen verärgert.

Mir wird plötzlich alles zu viel. Seine Nähe ist zu viel, weil sie mir das Herz bricht. Ich fliehe aus der Küche ins Wohnzimmer. Ich bleibe am Fenster stehen, starre hinaus.

»Chrissa, Baby ...« War ja klar, dass er mir hinterher kommt. Er ist nicht der Typ, der schnell aufgibt. Leider. Oder auch nicht, weil das ja eigentlich eine gute Eigenschaft ist, nur nicht jetzt. Oder doch? Er bricht ab.

Ich drehe mich zu ihm um. Er schaut sprachlos auf die Kartons.

»Was ist das hier?«

»Ich ...«

Sein Blick ist wütend, als er zu mir schaut. »Ich melde mich drei Tage nicht und du ziehst weg? Hättest du mir Bescheid gesagt? Hätte ich erfahren, dass du nicht mehr hier wohnst? Hast du deine Nummer schon abgeschaltet?«

»So ist es nicht«, flüstere ich.

»Wie ist es dann? Wie, Chrissa, ist es dann?«

Eine Träne läuft meine Wange hinunter. »Ich will nicht weg, aber ich hab keine Wahl.«

Er kommt zu mir, wischt die Träne weg und zieht mich fest in die Arme. »Nicht weinen, Baby.«

Das ist natürlich genau der Satz, der die Schleusen öffnet.

Er bringt mich zur Couch, umfängt mich mit seinen Armen, gibt mir das Gefühl, geborgen zu sein, und lässt mir meinen Moment. Der mir furchtbar unangenehm ist, weil ich ja eigentlich gar keine Heulsuse bin.

»Baby, erzähl es mir.«

Ich schluchze noch einmal, bevor ich sage: »Erinnerst du dich an das Mittagessen mit meinem Vater?«

Er nickt.

»Nun ja, du hast ja mitbekommen, dass er mich zurück nach Chicago beordert hat. Puh, seine Geduld ist offensichtlich abgelaufen. Ich habe noch vier Wochen.«

Seine Hand umfasst mein Kinn und er hebt es an, sodass ich gezwungen bin, ihn anzusehen. »Chrissa, du gehörst ihm nicht. Er kann dir nicht sagen, was du tun sollst.«

»Doch«, sage ich leise.

»Nein, Baby. Du bist eine starke und selbstbewusste Frau. Du lebst dein Leben, wie du es für richtig hältst. Du bist der Captain deines Schiffs.«

Mit verquollenen Augen sehe ich zu ihm. »Du bist ganz schön kitschig.«

Er grinst, bevor er ernst sagt: »Ich will nicht, dass du gehst.«

»Ich will auch nicht gehen.«

»Dann musst du deinem Vater sagen, dass du nicht zurückkehrst.«

»Aber ...«

»Kein aber, Baby. Du willst in New York bleiben. Du bist erwachsen. Du triffst deine eigenen Entscheidungen.«

»Das sagst du nur, weil du hier bist.«

Er lächelt sanft. »Natürlich möchte ich, dass du bei mir bleibst, aber du bleibst nicht für mich, sondern für dich. Wenn du nach San Francisco ziehen willst, dann mach das. Du musst tun, was richtig für dich ist, Baby. Ich bin nur zweitrangig.«

In diesem Moment wird mir klar, dass ich bis über beide Ohren in diesen Mann verliebt bin.

»Okay.«

»Du bleibst?«

Ich nicke. »Aber ...«

»Ja?«

»Ich weiß nicht, wie ich es meinem Vater sagen soll.«

Er nickt. »Ich verstehe.«

»Würdest du mitkommen?«

»Nach Chicago?«

Ich nicke. »Ich muss es ihm persönlich sagen. Und ich brauche dich. Du musst meine Hand halten.«

Er schaut mich skeptisch an. »Ich war nie wieder in Chicago.«

»Oh«, sage ich und erinnere mich, dass seine Geschichte mit Chi-Town nicht die Beste ist. »Tut mir leid.

Ich habe nicht nachgedacht.«

»Nein«, seine Hände umfassen sanft mein Gesicht, »ich komme mit.«

»Wirklich? Ich meine, wenn du nicht ... Ich versteh das. Wirklich.«

Jace lächelt mich an. »Ich lasse dich nicht alleine gehen.«

»Danke.«

Er küsst mich auf die Wange. »Wo ist dein iPad?«

»Ich hol's.«

Ich stehe auf, suche nach meiner Handtasche und komme zurück ins Wohnzimmer. Ich nehme das Tablet aus der Tasche und reiche es ihm. Ich tippe meine PIN ein, woraufhin er eine Seite für Flüge öffnet. »Nächstes Wochenende?«

Ich schüttel den Kopf. »Nein, da heiratet meine Freundin.«

»Wann dann?«, fragt er.

»Hm ... vielleicht ... sofort?« Jetzt, da ich einmal entschieden habe, meinem Dad die Meinung zu sagen, kann ich es nicht erwarten. Ich muss es unbedingt sofort tun, bevor mich der Mut wieder verlässt.

Er lacht. »Okay, Baby. Schauen wir nach.«

Und manchmal muss man auch Glück haben. Er bucht uns zwei Flüge und wir machen uns auf den Weg in den Westen.

Er hält ihre Hand im Flugzeug. Um ihr Mut zu machen, aber auch um sich an ihr festzuhalten. Seit er aus Chicago weggezogen ist, war er nicht mehr da. All die negativen Erinnerungen haben ihn ferngehalten. Die einzige positive Sache ist Schwester Mary und selbst sie hat es nicht vermocht, ihn auch nur einmal wieder in seine alte Heimat zu locken.

Aber für sie tut er es. Für sie blickt er seinen Dämonen ins Gesicht. Er will sie unterstützen, will ihr helfen, will für sie da sein.

Nicht nur das. Er will auch, dass sie für ihn da ist, für ihn stark ist, wenn er es nicht ist. Er will eine Partnerin, eine echte Partnerin.

Er schaut sie an. Sieht ihr Gesicht im Profil, scharf geschnitten und doch so zart. Er streichelt sanft mit dem Daumen über ihren Handrücken. Sie dreht den Kopf, lächelt ihn an und kuschelt sich dann an seine Seite. Er küsst sie auf den Kopf und legt seine Wange an ihn. Sie ist es. Er spürt es ganz genau. Die Eine.

»Alles wird gut, Baby«, murmelt er. Sie nickt.

»Danke, Jace.«

»Du brauchst dich niemals bedanken. Ich tue alles für dich.«

Sie schaut zu ihm auf. Ihr Lächeln ist glücklich und liebevoll. Sie legt ihre Hände an sein Gesicht und küsst ihn auf die Lippen. Er lehnt sich in den Kuss, erhöht den Druck, bis sie ihren Mund öffnet und seine Zunge den Weg in sie findet. Sie beide seufzen leise. Endlich, endlich dürfen sie sich küssen. So viel sie wollen, wann sie wollen, wo sie wollen. Und es ist gut und richtig und ... ja, es fühlt sich an wie für immer.

Da sie nur Handgepäck haben, sind sie schnell am Taxistand. Chrissa nennt dem Fahrer die Adresse. Die Fahrt dauert nicht lang, dennoch fühlt es sich für sie wie eine Ewigkeit an. Sie ist blass und kaut auf ihrer Lippe. Er hält ihre Hand, sagt aber nichts. Er könnte ihre Kämpfe für sie ausfechten, doch sie muss das selber tun. Wenn sie es nicht schafft, ihrem Vater die Stirn zu bieten, dann nützt es auch nichts, wenn er es tut. Das Ziel wäre nicht erreicht.

Wenn er ihr angespanntes Gesicht betrachtet, will er ihr die Last abnehmen, aber man kann für die andere Person nur da sein, sie bestärken, tun muss sie es selbst. Und sie kann das. Er weiß es. Sie ist stark und mutig.

»Wir sind da«, flüstert sie.

Er küsst sie sanft auf die Lippen. »Ich bin immer da, wenn du mich brauchst.«

Sie nickt und ihre Augen sind voller Dankbarkeit. Sie hat also verstanden, was er ihr damit sagen wollte. Er sieht in ihrem Blick, dass er richtig lag. Sie muss ihre Kämpfe alleine ausfechten.

Eine Hausangestellte öffnet die Tür. Sie sieht verwirrt aus, hat ganz offensichtlich keinen Besuch erwartet.

»Ich bin Chrissa, Mrs. und Mr. Hawthornes Tochter.«

»Natürlich, Ma'am, kommen Sie bitte rein. Ich sage den Herrschaften Bescheid.«

Er schaut Chrissa belustigt an, die nur mit den Schultern zuckt. Anscheinend legen ihre Eltern Wert auf Etikette. Auf Etikette, die nicht die ihren sind, aber nun ja, wer wird da schon kleinlich sein? Wenn man sich als englische Lordschaft sehen will ...

Sie werden in den Salon geleitet, wie das Mädchen mitteilt.

Chrissa bleibt in der Mitte des Raums stehen, und da er weiterhin ihre Hand hält, tut er es ihr gleich. Ihre Mäntel und Taschen hat das Mädchen mitgenommen.

Sie schaut ihn an. Ihr Blick ist ängstlich und gleichzeitig entschlossen. Er ist jetzt schon stolz auf sie, weil sie sich ihren Ängsten stellt. Sie wird als Siegerin vom Platz gehen.

Die Tür geht auf und Samuel Hawthorne erscheint. Hinter ihm läuft eine kleine, dunkelhaarige Frau, die Chrissa äußerst ähnlich sieht. *Gute Gene*, denkt er.

»Chrissa, was für eine ... Überraschung«, sagt ihr Vater. Sie geht zu ihm, küsst ihn auf die Wange und dann ihre Mutter.

»Daddy, erinnerst du dich noch an Jace Monroe?«

Jace tritt vor und schüttelt beide dargebotene Hände.

»Ja, richtig, Bristwater. Wie geht es Ihnen?«

»Gut, danke, Sir.«

»Setzen wir uns«, schaltet sich Mrs. Hawthorne ein, von der ebenso eine Kälte ausgeht wie von ihrem Mann.

Es kann kein schönes Zuhause gewesen sein. Ihm wird klar, dass eine Familie nicht unter allen Umständen glücklich macht. Was man braucht, ist eine Familie wie Mikes. Er erkennt, dass es Chrissa nicht besser ergangen ist als ihm. Vielleicht sogar schlimmer. Denn er weiß wenigstens, dass seine Eltern ihn wollten, ihn liebten, auch wenn sie früh starben. Aber Chrissa ... Wie schlimm muss es für ein Kind sein, zu wissen, dass die eigenen Eltern es nicht lieben? Oder zumindest nicht genug lieben.

»Warum bist du hier?«, kommt der Eiskönig direkt zur Sache.

Chrissa drückt seine Hand. »Dad ... Mom ...« Sie schluckt und holt tief Luft. »Ich bin gekommen, um euch zu sagen«, er drückt ihre Hand, will ihr Mut machen, »dass ich nicht nach Chicago zurückkehren werde. Ich bleibe in New York. Ich werde weiterhin für Spencer, Donaldson & Tryst arbeiten. Und ich werde auch keinen Mann heiraten, den ihr mir aussucht. Ich werde selber entscheiden, wann und wen ich heirate. Ich entscheide selber, wo ich lebe und für wen ich arbeite.«

In diesem Moment ist er so unglaublich stolz auf sie. Er würde sie am liebsten packen und durch die Luft wirbeln, sie umarmen, sie küssen, sie ... *Fokus, Jace!*

»Ist das so?«, fragt ihr Vater und seine Augen funkeln böse.

»Ja, das ist so«, wiederholt sie fest.

»Kind, wir wollen dich bei uns in Chicago haben. Du bist unsere Tochter, es ist doch nur natürlich«, versucht es ihre Mutter.

»Oh, bitte«, sagt Chrissa. »Wir haben nie Zeit zusammen verbracht, als ich noch hier gewohnt habe.«

»Du kommst zurück nach Chicago«, sagt ihr Vater leise und drohend.

»Das tue ich nicht«, sagt sie wieder und er drückt ihre Hand.

»Chrissa Marie Hawthorne, du wirst einen direkten Befehl deines Vaters nicht missachten!«

Chrissa steht auf. »Oh, doch. Das ist mein Leben und ich werde mir von dir nicht vorschreiben lassen, wie ich es zu leben habe!«

Ihr Vater steht ebenfalls auf und funkelt auf sie nieder. »Du bist meine Tochter. Ich sage dir, was du zu tun hast!«

»Das tust du ganz sicher nicht! Ich bin die einzige, die Entscheidungen für mich treffen kann! Du hast damit nichts, aber auch rein gar nichts zu tun.«

Er greift an ihren Oberarm, drückt zu. Jace kann sehen, dass es ihr wehtut und springt auf. Ruhig und besonnen löst er die Hand ihres Vaters. Er presst die Finger dabei zusammen, sendet eine deutliche Warnung.

»Fassen Sie sie nicht an«, sagt er, falls er zu den Menschen gehört, denen man alles zehnmal sagen muss.

Der eiskalte Blick richtet sich auf Jace. »Sagen Sie mir

nicht, was ich mit meiner Tochter tun soll!«

»Wenn Sie ihr wehtun, werde ich mich einmischen. Immer und jederzeit.«

Mrs. Hawthorne, die ebenfalls aufgestanden ist, meint: »Samuel wollte ihr nicht wehtun. Das war nie unsere Absicht. Wir wollten immer nur das Beste für sie ... für dich, Chrissa.«

Chrissa nickt. »Ja, aber ich befürchte, unsere Meinungen, was das Beste für mich ist, gehen nicht konform. Ihr glaubt, euer Weg sei der richtige für mich, aber das ist er nicht. Ich muss meinen eigenen Weg finden. Und das kann auch nur ich.«

Jace legt seinen Arm um ihre Taille und sie kommt näher, sucht seine Nähe.

»Ist es wegen ihm?«, fragt ihr Vater verächtlich.

»Nein, Dad. Ich will in New York bleiben und über mein eigenes Leben bestimmen. Er hat damit nichts zu tun.«

»Du machst einen Fehler«, sagt er beschwörend.

Sie schüttelt den Kopf. »Nein, das mache ich nicht. Und wenn doch, ist das okay, weil es mein Fehler ist. Mein Leben, meine Fehler.«

»Kannst du nicht verstehen, dass man seine Kinder vor Fehlern schützen will?«

»Doch, natürlich, Mom, aber das kann nicht soweit gehen, dass man ihnen nicht mehr erlaubt, eigene Entscheidungen zu treffen.«

Ihr Vater schnaubt. »Wieso setzen wir uns nicht alle wieder hin?«

»Chrissa, Süße, wir wollen dich bei uns haben.«

»Mom, wir wissen doch nach fünf Minuten schon nicht mehr, was wir miteinander reden sollen. Wir haben keine gemeinsamen Interessen, keine gemeinsamen Freunde. Wir sind grundverschieden. Und das ist okay so. Also lass uns doch nicht versuchen, etwas zu erschaffen, was gar nicht da ist. Wir werden niemals eine liebevolle Familie sein, die die ganze Zeit kuschelt und sich herzt. Aber das ist okay, so sind wir eben.«

Sie ist süß, wie sie versucht, ihren Eltern begreiflich zu machen, was Eltern doch eigentlich wissen sollten. Dass sie ihren Kindern ein starkes Fundament geben, damit sie nicht vergessen, wo sie herkommen, und sich in der Nähe ihrer Eltern niederlassen. Aber gleichzeitig Neugierde vermitteln, die sie hinaus in die Welt treibt. Wenn die Basis in Ordnung ist, wird das Kind zurückkommen, wenn nicht ... Tja, dann hat man wohl etwas falsch gemacht.

»Ich will, dass du bei Hawthorne & Hawthorne arbeitest. Du sollst die Kanzlei einmal übernehmen«, poltert ihr Vater.

»Ach, wirklich? Wieso soll ich dann als Zuchtstute hierher kommen? Wieso willst du mich verheiraten? Wieso soll ich anfangen Erben in die Welt zu setzen? Wenn es dir um die Kanzlei ginge, würdest du das nicht verlangen.«

»Doch, gerade dann! Dein Sohn oder deine Tochter soll nach dir die Kanzlei übernehmen. Dafür musst du aber erst mal ein Kind bekommen. Und du wirst alt.«

Chrissa funkelt ihn an. »Alt? Mom war fünfunddreißig, als sie mich bekam.«

»Dein Punkt, Chrissa?«

»Dass ich noch Zeit habe! Ich habe noch jede Menge Chancen, einen Mann kennenzulernen und Kinder zu bekommen, wenn ich das will.«

»Was soll das denn heißen? Natürlich bekommst du Kinder.«

Chrissa springt auf und schreit: »Das ist nicht deine Entscheidung!«

»Aber wofür habe ich denn die Kanzlei aufgebaut, wenn nicht für meine Erben?«, fragt er ebenso wütend.

Mrs. Hawthorne schaut ihn merkwürdig an. »Wie bitte? *Du* hast die Kanzlei aufgebaut?«

Er wedelt mit der Hand. »Du weißt, ich meine *wir*.«

»Nein, weiß ich nicht. Es ist unsere Kanzlei, Samuel. Wir haben sie mit dem Geld aufgebaut, das wir von meiner Familie geerbt haben. Vergiss das nicht«, erwidert sie.

Interessant, denkt Jace.

Wie kann ich ihnen nur begreiflich machen, dass es mein Leben ist? Dass sie nicht bestimmen dürfen, was ich mit meinem Leben mache? Dass ich das ganz allein entscheide und niemand sonst? Ich weiß es nicht. Ich scheine keinerlei Fortschritt zu machen. Sie sehen ja nicht einmal ein, dass meine Forderung legitim ist. Ach was, legitime Forderung! Es ist keine Forderung, sondern mein Recht. Nicht weniger, als über meinen Körper und mein Leben bestimmen zu dürfen.

Das werde ich mir auch nicht nehmen lassen.

»Ich vergesse es nicht«, zischt mein Vater. »Ich hätte nicht gedacht, dass du mir das nach so vielen Jahren immer noch vorhältst.«

»Ich würde es dir nicht vorhalten, wenn du nicht so tun würdest, als wäre der Erfolg der Kanzlei dein Verdienst.«

Super, Szenen meiner Kindheit. Meine Eltern streiten sich, wer von ihnen erfolgreicher ist. Objektiv ist es mein Vater, aber meine Mutter argumentiert, dass das nur daran liegt, dass sie eine Pause machen musste, als ich geboren wurde. Hätte sie die gleiche Zeit gehabt, wäre sie nun erfolgreicher. Mag sein, oder auch nicht.

»Leute, können wir uns bitte mal auf mich konzentrieren?«, rufe ich dazwischen und wünsche mir flehentlich, dass Jace und ich niemals so werden. Einen Moment bin ich über den Gedanken verwundert, dann steigt Wärme in mir auf. Ich schaue zu Jace und lege all die Liebe in meinen Blick, die ich für ihn empfinde. Er schluckt und lächelt mich dann an.

Dieses Lächeln ist so unanständig, dass es mir quasi den Stoff vom Körper brennt. Zumindest würde es mich nicht wundern, wenn ich jetzt nackt im Salon meiner Eltern stünde.

»Leute?«, fragt meine Mutter in die Spannung hinein.

Ich blicke zu ihr. »Nun ja.«

»Leute? Wir sind nicht Leute! Du hast überhaupt keine Manieren!«, wettert sie.

Und dann sind sie wieder einer Meinung, schimpfen auf das missratene Kind, bevor sie sich gegenseitig die Schuld in die Schuhe schieben, wer das verbockt hat.

Ich schaue wieder zu Jace und sehe in seinen Augen dieselbe Liebe und Zuneigung und Fürsorge, die ich auch für ihn empfinde. Und das macht mich in diesem Augenblick so glücklich, dass ich wieder in Tränen ausbrechen könnte. Aber nein. Ich will das nicht. Ich will nicht ständig weinen, das bin nicht ich.

Ich stehe auf und reiche Jace die Hand. Plötzlich ist mir alles egal, meine Eltern, dieses Haus, der Streit, Chicago ... Ich will einfach nur mit dem Mann, in den ich verliebt bin, nach Hause.

Meine Eltern schreien sich an, während wir aus dem Zimmer gehen. Wir lassen uns unsere Jacken und unser Gepäck geben und verschwinden. Wir laufen ein Stück die

Straße entlang, haben beide das Bedürfnis hier wegzukommen. Erst dann rufen wir uns ein Taxi.

Jace nimmt mich in die Arme, zieht mich eng an sich. »Ich bin so stolz auf dich.«

Diese Worte brennen durch mich hindurch wie ein Leuchtfeuer der Hoffnung. Ich habe einen Menschen gefunden, der wirklich an mir interessiert ist. Nicht an meinem Geld, meinem Vater, meinem Können ... Sondern an mir. Nur an mir. Ich schlinge meine Arme um seinen Hals, stelle mich auf die Zehenspitzen. Ich reiche nicht ganz an seine Lippen, aber er beugt sich grinsend zu mir. Ich küsse ihn so leidenschaftlich, wie ich es vermag.

Er umfasst meine Taille und hebt mich hoch. Ich juchze, bevor wir uns beide wieder diesem Kuss widmen, als wäre es unsere Luft zum Atmen. Als würden wir beide ersticken, wenn wir ihn auch nur eine Sekunde unterbrechen. Ich schlinge meine Beine um seine Hüften. Seine Hand liegt auf meinem Hintern, die andere an meinem Nacken. Er streichelt mich sanft, während unser Kuss an Fahrt aufnimmt.

Alles in mir glüht und steht in Flammen. Mir ist so heiß, dass ich mir am liebsten die Kleider vom Leib reißen würde. Der Nebeneffekt wäre, dass ich direkt bereit für Sex wäre ... Ein Schelm, der Böses dabei denkt.

Das Taxi hupt und Jace lässt mich auf den Boden. Er öffnet die Tür, hält mich aber zurück. »Würdest du mit mir kommen?«

»Ins Waisenhaus?«

Er nickt überrascht. »Ja, ich denke, ich sollte da vorbei schauen, wenn ich schon mal hier bin.«

»Das ist eine sehr gute Idee.«

Er küsst mich sanft auf die Lippen und ich klettere in

das Taxi.

Jace ist unwohl zumute. Er war so lange nicht mehr hier, wollte sich nicht mit den Erinnerungen belasten. Er hat Geld geschickt, alles Geld aus den Kämpfen. Er hätte auch sein üppiges Gehalt an Schwester Mary überwiesen, aber er musste ja gleichzeitig sparen, um sich einkaufen zu können. Als er angefangen hat, war sein Gehalt auch noch nicht so üppig. Und dann ... Ja, dann war es einfacher, so weiterzumachen. Mit dem Boxen und diesem Lebensstil halb in der Illegalität. Oder ganz.

Als das Waisenhaus vor ihnen auftaucht, beginnt er zu schwitzen. Er drückt Chrissas Finger fester. Er ist froh, dass sie ebenso wie er versteht, dass sie nur da sein kann, dass sie aber seine Kämpfe nicht für ihn führen kann.

Allein das Wissen, dass sie bei ihm ist und im Notfall jedem den Arsch aufreißen wird, beruhigt ihn. Er bezahlt das Taxi und sie steigen aus. Sie stehen vor dem Tor. *Saint Marys Waisenhaus* steht da. Das Tor ist schlicht und nichtssagend. Ein bisschen heruntergekommen. Er fragt sich, ob es nicht genug Geld war. Hat er ihnen nicht genug geschickt? Ist das ganze Heim so wie die Vordertür? Hätte er ihnen mehr schicken sollen? Mehr Kämpfe annehmen sollen? Wer kümmert sich jetzt um sie, da er kein Geld mehr schicken kann? Er hat ein so schlechtes Gewissen, dass er nicht weiß, ob er den Mut findet, zu klingeln. Er spürt ihre Hand in seiner, ihre Finger, die seine drücken.

Er atmet tief durch. Er schaut noch einmal zu Chrissa, die ihn vertrauensvoll anschaut. Ja, für sie würde er durch brennende Reifen springen. Er klingelt.

Eine junge Frau öffnet die Tür und fragt: »Ja, bitte?«

Jace leckt sich die Lippen. »Ich bin Jace Monroe, ich

mö...«

Sie strahlt. »Mr. Monroe! Kommen Sie herein! Wir freuen uns alle, dass Sie es einmal hierher schaffen.«

Jace schaut Chrissa überrascht an. Sie hat die Augenbraue hochgezogen, ist ebenfalls verwundert.

Sie folgen ihr. Als sie im Hof stehen, ist es, als wären sie in eine andere Welt getreten. Ein Haus, das so sehr wie ein Zuhause aussieht, hat er noch nie gesehen. Es ist gar nicht mehr wie in seiner Erinnerung. Sie stehen in einem Hof voller Spielgeräte. Rutschen und Schaukeln und Trampoline. Man kann den Eingang zu einem Garten erkennen. Es gibt nicht nur ein Gebäude wie damals, sondern mehrere. Sie sind farbenfroh gestrichen und sehen gut in Schuss aus.

»Kommen Sie«, sagt die Frau und führt sie in das Haupthaus. Es ist weiß getüncht, hat Fensterläden in allen Farben des Regenbogens. Sie gehen die paar Stufen hinauf. Als sich die Tür öffnet, dringt Kinderlachen heraus. Lautes Lachen. Im Flur tummeln sich fünf, sechs Kinder, die sich Schuhe und Jacken anziehen.

»Catherine, vergiss deinen Schal nicht. Peter, das sieht so komisch aus, weil du zwei linke Schuhe angezogen hast. Jane, zieh Gwen nicht an den Haaren.«

Sein Herz bleibt stehen, als er die Stimme hört. Mary. Schwester Mary. Die einzige, die immer gut zu ihm war. Er dreht sich langsam zu ihr um. Ihre Augen fliegen über die Kinderschar. Sie fängt ein Kind auf, das das Treppengeländer runter gerutscht kommt. Ihre Augen treffen auf ihn. Ihr Mund bleibt offen stehen. Sie setzt das Kind ab und ihre Hand legt sich auf den Mund. Ihre Augen füllen sich mit Tränen.

»Jace«, haucht sie. »Oh, mein Junge.«

In zwei Schritten ist er da und sie zieht ihn in ihre Arme. Er drückt sie an sich und Tränen laufen über seine Wangen. Die einzige Person, die immer nur gut zu ihm war.

Sie löst sich und legt ihre Hände an sein Gesicht. »Mein Junge. Ich hatte die Hoffnung schon fast aufgegeben. Ich bin so froh, dass du den Weg nach Hause gefunden hast.«

Eigentlich müssten ihm die Tränen peinlich sein, aber das sind sie nicht. Kein bisschen. Mary darf ruhig sehen, dass er genauso gerührt ist, sie zu sehen, wie sie es ist. Sie war es, die ihm das Leben gerettet hat, immer und immer wieder. Nur wegen ihr ist er geworden, was er heute ist. Ihre Zuneigung und unermüdliche Bestätigung hat ihm den Weg geebnet. Er hat ihr alles zu verdanken. Alles.

Die Kinder werden ruhiger und schauen sich die emotionale Szene interessiert an. Chrissa steht ebenfalls dabei. Sie hat Tränen in den Augen. Es macht sie so froh zu sehen, dass Jace auch gute Menschen in seinem Leben hatte. Menschen, denen er was bedeutete. Es hat ihr das Herz gebrochen, von seiner Geschichte zu erfahren, vor allem, weil er nie jemanden hatte, der ihn wirklich liebte. Und jetzt kann sie mit eigenen Augen sehen, dass das nicht wahr ist. In keinster Weise.

Sie spürt eine kleine Hand, die sich in ihre schiebt. Sie schaut nach unten, blickt in das Gesicht eines blonden Mädchens, das mit der anderen Hand in der Nase bohrt. Sie lächelt sie an. So ein charmantes Lächeln, bei dem ein Schneidezahn fehlt. Chrissa lächelt zurück.

»Nora, geh mit den Kindern in den Garten. Ich brauche ein bisschen Zeit.«

»Natürlich, Mary«, sagt die junge Frau und scheucht die Kinder aus dem Haus.

»Mary, ich will nicht gehen«, »Mary, du sollst mitkommen«, »Du hast es versprochen!«, schallt es durch den Flur.

Nora lächelt Chrissa an, als sie rausgehen. Die Tür fällt ins Schloss und sie stehen alleine in der Empfangshalle.

»Und wer ist das?«, fragt Mary und deutet auf Chrissa.

Jace wischt sich die Tränen ab und streckt die Hand nach ihr aus. Sie ergreift sie und er zieht sie an sich. »Das ist meine ...«, einen Moment stockt er, weiß nicht, wie er sie nennen soll.

»Ich bin seine Freundin, Chrissa Hawthorne. Und Sie müssen Schwester Mary sein. Ich habe schon so viel von Ihnen gehört.« Chrissa lächelt und streckt der älteren Frau die Hand hin.

Diese ergreift sie und drückt sie mit beiden Händen. »Ich bin so froh, dich kennenzulernen, mein Kind. Ich bin einfach nur Mary.«

Jace schaut sie überrascht an.

Sie lächelt. »Warum trinken wir nicht eine Tasse Tee und dann reden wir?«

Sie folgen ihr in eine große, gemütliche Küche. Jace schaut Chrissa an und formt mit den Lippen: »Freundin?«

Sie nickt strahlend und drückt seine Hand. Er lächelt ebenso zurück und drückt ihr einen schnellen Kuss aufs Haupt.

Ein Mann sitzt auf einem Stuhl und schält Kartoffeln.

»Das ist Martin«, stellt Mary ihn vor. Dann schaut sie ein wenig kokett. »Mein Ehemann.«

»Dein was?«, fragt Jace ungläubig.

Sie zuckt mit den Schultern. »Was denkst du denn? Dass ich zu alt bin, mich zu verlieben?«

Jace schüttelt den Kopf. »Äh, nein ...« Er reicht Martin

die Hand. Das erscheint ihm unverfänglicher. »Ich bin Jace. Nett, Sie kennenzulernen.«

Martins Händedruck ist warm und fest. »Schön, dass du uns besuchen kommst, Junge. Ich hab schon viel von dir gehört.«

Dann stellt er Chrissa vor, bevor sie sich an den Tisch setzen, auf den Mary schon Tassen, Zucker und Milch gestellt hat.

Sie gießt den Tee auf und setzt sich zu ihnen. »Ich bin so froh, dass du gekommen bist.«

Jace lächelt verlegen. »Entschuldige den Überfall. Wir hätten ankündigen sollen, dass wir kommen.«

»Papperlapapp. Du bist immer willkommen.« Sie lächelt Chrissa an. »Und dein Mädchen auch.«

Jace schaut sich um. »Es hat sich so einiges verändert.«

»Dank dir. Ich führe euch nachher rum und zeige euch alles. Erzähl mir erst mal, wie es dir ergangen ist.«

»Puh ... Ich bin Anwalt in New York.«

Sie winkt ab. »Das weiß ich alles. Erzähl mir die Dinge, die ich nicht weiß.«

Chrissa verwebt ihre Finger unter dem Tisch mit seinen und er lächelt sie dankbar an. »Ich habe Freunde. Gute Freunde, die meine Familie geworden sind. Ich hab Chrissa.« Er drückt ihre Finger. »Sie ist ...« Er findet keine Worte.

Mary lächelt weise. »Du liebst sie.«

Chrissa schaut ihn gespannt an, wartet auf seine Reaktion. Er nickt. »Ich liebe sie.« Er schaut zu Chrissa und sagt: »Ich liebe dich. Mehr als alles andere.«

Er streicht die Träne weg, die bei diesen Worten über ihre Wange rollt.

»Oh, Jace ... Ich liebe dich auch«, sagt sie und rückt

näher an ihn heran. Er schlingt seinen Arm um sie, hält sie eng bei sich. Er hat noch nie solche Freude gespürt wie in diesem Augenblick, als sie ihm sagt, dass sie ebenso für ihn empfindet. Niemals zuvor.

»Ich bin so froh zu sehen, dass es dir gut geht, mein Junge. Du verdienst es, glücklich zu sein. Vor allem, nachdem du so viele andere Menschen so glücklich gemacht hast.«

Er zieht die Augenbrauen hoch. »Was meinst du?«

Sie lächelt und steht auf. »Komm, ich zeig es dir.«

Sie folgen ihr auf den Hof und in eines der Nebengebäude hinein. In der Mitte steht ein Boxring, indem zwei Jugendliche miteinander kämpfen. Am Rand steht ... Aiden. Sein alter Trainer, der ihn damals rettete, trainiert diese Jungen.

»Aiden kommt dreimal die Woche her, um mit den Jungs zu trainieren. Mit dem Geld, das du gespendet hast, konnten wir dieses Sportstudio aufbauen. Nicht nur unsere Kinder trainieren hier, auch andere Kinder aus der ganzen Stadt. Sie kommen aus schlechten Verhältnissen, leben auf der Straße, sind Ausreißer, Schulabbrecher. Sie können es sich nicht leisten, in einem normalen Studio zu trainieren, aber hier brauchen sie kein Geld bezahlen. Sie helfen, wo sie können, all das hast du ermöglicht.«

Chrissa sieht, dass seine Emotionen ihn zu überwältigen drohen, und zieht ihn in eine Umarmung. Er vergräbt sein Gesicht an ihrem Hals. Als er sich wieder unter Kontrolle hat, murmelt er ›Danke‹ und geht zu Aiden. Seine Hand fest in ihrer.

»Wird auch langsam Zeit, dass du dich mal wieder blicken lässt«, sagt Aiden, als er ihn sieht. Er hält ihm die Hand hin und Jace ergreift sie.

»Ich hab dir nie gedankt.«

»Doch, hast du. Indem du das Geschenk, das du empfangen hast, weitergegeben hast. Das ist der größte Dank, den ich bekommen kann.«

Jace nickt langsam und stellt Chrissa vor. Aiden lächelt sie warm an. Sie kann verstehen, warum Jace nur mit dem größten Respekt von ihm redet.

»Okay, Jungs, das reicht. Das hier ist Jace. Er ist einer meiner ersten Schüler gewesen. Vielleicht steigt er ja in den Ring mit euch.« Er schaut Jace auffordernd an.

Dieser grinst und nickt. Er küsst Chrissa auf die Lippen, bevor er in den Ring springt.

Ich schaue ein paar Minuten zu. Jace ist der geborene Trainer. Er sollte in New York Kindern das Boxen beibringen. Er lacht und sieht glücklich aus. Mein Herz wird warm.

Eine Hand legt sich auf meinen Arm. »Soll ich dir den Rest zeigen, Kind?«

Ich nicke und wir gehen aus dem Gebäude.

»Mithilfe von Jace' Geld konnten wir die Nachbargrundstücke mieten und haben jetzt einen großen Garten.« Sie führt mich durch das Tor und ich stehe in einem grünen Paradies. Obstbäume stehen auf der Wiese, an den Seiten sind Beete angelegt, in denen verschiedenes Grünzeug wächst. Es ist beeindruckend. Weiter hinten sehe ich Hühner.

Die Kinder, die vorhin noch im Haus waren, toben durch die Gegend. Sie klettern in die Bäume, spielen fangen. Kurz, sie sind Kinder. Richtige Kinder.

»Es ist so wunderbar, Mary. Wie haben Sie das alles geschafft?«

»Sag du, Kind.« Sie schaut sich um. »Jace' Spenden haben viel geholfen, aber mittlerweile bekommen wir viele Gelder. Man braucht immer einen Anfang, nicht? Wenn andere dann sehen, was man leistet, dann wollen sie ebenfalls helfen. Daher war es ein Glücksgriff, dass Jace sich angeboten hat.«

»Das heißt, ihr braucht sein Geld eigentlich nicht mehr?«, frage ich nach. Ich weiß, dass es Jace Sorgen bereitet hat, nicht zu wissen, wie das Heim nun an Geld kommt.

»So würde ich das nicht sagen. Wir haben Geld für Extras, aber das Grundsätzliche ist abgedeckt, sehr gut abgedeckt. Wir brauchen nicht jeden Cent umdrehen.« Sie greift nach meiner Hand. »Aber wenn ihr das Geld braucht, dann kommen wir auch so klar.«

Ich schüttel den Kopf. »Wir haben noch nicht darüber gesprochen. Aber ich weiß, dass Jace das Waisenhaus sehr am Herzen liegt.«

Sie nickt. »Er ist ein guter Junge. Ein guter Mann.«

Ich nicke. »Das ist er. Der Beste.«

»Ich bin froh, dass er jemanden hat, Chrissa. Und ich kann sehen, wie ihr euch anschaut. Ihr gehört zusammen.« Sie schaut mich ernst an. »Pass auf meinen Jungen auf. Ich habe es nicht immer geschafft, aber ich weiß, du wirst den Job besser machen.«

Ich lege meine Hand auf ihren Arm. »Er weiß, dass du immer dein Bestes gegeben hast. Du warst der einzige Lichtblick in seiner trüben Kindheit. Mach dir keine Vorwürfe. Ohne dich wäre er nie geliebt worden.«

Sie lächelt zaghaft. »Danke, Chrissa.«

Sie führt mich zu einem anderen Gebäude und öffnet mir die Tür. »Wenn Kinder achtzehn werden, sind sie erwachsen und fallen aus dem System. Das Jugendamt kann sich nicht mehr um sie kümmern. Offiziell zumindest. Aber mit achtzehn kann man nicht immer für sich selbst sorgen und deswegen ist es oft so, dass sie in Schwierigkeiten geraten.

Wir verfolgen einen anderen Ansatz. Die jungen Erwachsenen können bei uns bleiben. Wir unterstützen sie, wo es nur geht. Aber irgendwann braucht man auch ein bisschen Privatsphäre. Will nicht mit Zehnjährigen im gleichen Zimmer schlafen, hat andere Interessen als die kleineren Kinder. Daher haben wir hier kleine Wohnungen eingerichtet. Es ist jeweils nur ein Zimmer mit kleiner Küche und Bad, aber sie können die Tür abschließen, wenn ihnen danach ist.«

Ich bin beeindruckt und das sage ich ihr auch. Ich mache zwar nicht so viel pro bono-Arbeit wie Jace, aber ich habe schon mehrmals mit Kindern zu tun gehabt, die aus dem System gefallen sind und sich dann Ärger eingefangen haben. So eine Hilfestellung beim Übergang vom Kind zum Erwachsenen ist eine gute Idee.

»Wir haben verschiedene Experten, die ehrenamtlich für uns arbeiten. Eine Frau, die an der Uni Erstsemester betreut, die unseren Kindern hilft, ihre Collegeunterlagen fertigzustellen. Oder ein Handwerker, der gut vernetzt ist und ihnen hilft, Praktika und Jobs zu finden. Wir haben Sozialarbeiter, die auf verschiedene Bereiche spezialisiert sind und den jungen Menschen jede Hilfe bieten können, die sie brauchen. Und das steht nicht nur Kindern offen, die vorher hier im Heim waren. Das Jugendamt bringt auch andere Achtzehnjährige hierher, um ihnen eine Chance zu geben.«

»Das ist unglaublich.«

»Ja, ich weiß. Ich hätte das nicht geschafft, wenn ich nicht immer Jace vor mir gesehen hätte. Er hat eine solche Verwandlung vollzogen. Vom Problemkind zur Stütze der Gesellschaft.«

Ich lächel über diesen Vergleich. Wenn sie wüsste, wie wenig *Stütze der Gesellschaft* auf meinen Beinahe-Knacki zutrifft, wäre sie entsetzt. »Ich glaube, ihm ist die ganze Aufmerksamkeit unangenehm.«

Sie lacht. »Ich weiß. Das macht ihn in meinen Augen zu einem noch besseren Menschen.«

»In meinen auch.«

Wir gehen zurück ins Haupthaus. Ich schneide Gemüse für das Abendessen, bevor mich Martin zum Burgerformen einteilt. Als das Essen fertig ist, strömen die zwanzig Kinder, die hier wohnen, herein, gefolgt von ungefähr zehn Jungen, die die Boxschule besuchen. Sie alle hängen mit leuchtenden Augen an Jace' Lippen.

Er sucht mich und schaut mir in die Augen. Er lächelt und sieht so unglaublich jung aus, jungenhaft und viel zu charmant. Ich gehe zu ihm und er nimmt mich in den Arm.

»Ich liebe dich. Danke«, flüstert er in mein Ohr.

»Deine Freundin ist voll klein«, sagt ein Junge hinter uns.

Lachend drehen wir uns um. Jace sagt stolz: »Aber sie kann uns allen den Ar...«, er fängt sich einen drohenden Blick von Mary ein, »den Hintern aufreißen.«

»Dir auch?«, fragt der Junge ehrfürchtig.

Jace grinst. »Mir auch. Mit ihr sollte man es sich nicht verscherzen.«

Ich boxe ihm spielerisch gegen die Schulter, und als der große Dramatiker, der er nun mal ist, tut er so, als würde er ins Taumeln geraten. Die Kinder lachen.

Ich helfe beim Servieren, beim Hamburger zusammenbauen, schneide Burger klein, wische umgekippte Milch auf. Ich hätte nie gedacht, dass mir die Arbeit mit Kindern so viel Spaß machen würde. Dieser Tag ist gut fürs Herz, richtig gut. Ich sehe Jace, der ein echtes Naturtalent ist. Die Kinder lieben ihn. Vom kleinsten Mädchen bis zum größten Jungen. Sie himmeln ihn geradezu an. Mein Herz quillt über vor lauter Liebe zu diesem Mann, der selbst glaubte, gebrochen zu sein, aber so unperfekt perfekt ist, dass es eine Freude ist, ihm zuzusehen. Und es bringt Bilder vor mein inneres Auge, von denen ich nie wusste, dass ich sie je wollte. Eine eigene Familie, eigene Kinder. Mit Jace.

Wir bleiben die Nacht. Jace hatte die Idee, auf dem großen Dachboden zu campen. Früher war das mal ein Schlafsaal. Ich kann mir nicht vorstellen, dass die Kinder glücklich darüber waren, aber mit Matratzen und Decken und heißem Kakao und Gelächter ist es hier oben wunderbar. Wir erzählen Gruselgeschichten und zwei kleine Mädchen kommen zu mir, kuscheln sich in meine Arme. Auf Jace turnen abwechselnd vier Kinder herum. Und er lässt sich alles gefallen. Auch Mary und Martin sind mit hier oben. Martin ist der geborene Geschichtenerzähler. Die Kinder hängen an seinen Lippen. Als es Zeit ist, schlafen zu gehen, liest Jace noch eine Geschichte vor. Die großen Kinder murren zwar, weil es eine Babygeschichte ist – ihre Worte, nicht meine –, aber man spürt, wie zufrieden sie mit diesem Tag sind. Als sich Jace neben mich legt und ich meinen Kopf auf seine Brust bette, schlafe ich beinahe sofort ein. Glücklich. Unglaublich, blendend glücklich.

KAPITEL SIEBZEHN

Es tut uns beiden weh, die Kinder zu verlassen. Aber wir versprechen wiederzukommen und haben vor, dieses Versprechen nicht zu brechen. Uns beiden hat die Zeit hier unglaublich gut getan. Das Kontrastprogramm von meinem kalten Elternhaus zu diesem Ort der Freude war krass und ich habe daran zu knabbern. Ich meine, diese Kinder haben keine Eltern oder wurden gar weggegeben, dennoch haben sie Mary und Martin und Nora, die alles dafür tun, dass sie sich geliebt und geborgen fühlen.

Und ich habe Eltern, die sich nicht die Bohne für mich interessieren. Familie ist eben nicht nur genetisch, sondern vor allem emotional. Mary hat hier eine Familie geschaffen, die ebenso stark ist wie jede Blutsverwandtschaft, die ich gesehen habe. Und ich bin unglaublich stolz, dass ich jetzt auch ein winziger Teil dieser bin.

Für Jace war es gut, eine neue Perspektive zu

bekommen. Er hat sich immer nur als zumindest teilweise kaputten Menschen betrachtet. Hat sich nicht für einen guten Menschen gehalten. Aber er ist es. Ich habe es damals vor mehr als zehn Jahren gesehen. Es hat mich erschreckt und mich dazu gebracht, davon zu laufen. Aber ich bin froh, dass das Leben uns eine zweite Chance gegeben hat. Unglaublich froh.

Als wir auf dem Weg zum Flughafen sind, legt er seine Hände an mein Gesicht, streichelt meine Wangen mit den Daumen. »Baby, ich ... danke. Danke, dass du mit mir gekommen bist. Ohne dich hätte ich mich nie getraut.«

Ich lächel, meine Hände streicheln seine Unterarme. »Es war einer der besten Tage in meinem Leben. Danke, dass du mich mitgenommen hast.«

»Du warst unglaublich mit den Kindern. Du bist unglaublich.«

»Das kann ich nur zurückgeben.«

»Ich ... hm ... Willst du Kinder?«

Ich bin überrascht, dass er mich das einfach so fragt. Und dann auch wieder nicht. Ich habe gesehen, dass eine große Familie das ist, was er will. Ich wollte nie Kinder, aber ich wollte auch nie keine Kinder. Diese Stunden in dem Waisenhaus haben etwas in mir bewegt. Und ich kann nicht anders, als zu sagen: »Ja. Nicht sofort, aber ja.«

Er lächelt. »Mit mir?«

»Mit niemandem sonst.«

Das Lächeln, das er mir schenkt, wird strahlender und ich sehe unsere Zukunft ganz klar vor uns liegen. Er wird für immer in meinem Leben sein. Ich weiß es einfach. Jace wird mein Leben sein. Und ich seins.

»Komm ich noch mit zu dir oder verabschieden wir uns

hier?«, fragt er grinsend, als wir in New York gelandet sind.

»Wenn du nicht so selbstherrlich grinsen würdest, hätte ich dich noch auf einen Kaffee eingeladen, aber jetzt denke ich, dass du besser nach Hause fährst«, entgegne ich.

Er lacht nur und zieht mich an sich. Er küsst mich sanft und meint dann: »Du weißt, Kaffee trinken ist ein Synonym für Sex.«

Ich grinse. »Ja, aber ich habe doch eben gesagt, du sollst nicht mitkommen.«

Er küsst meinen Hals und flüstert mir dann ins Ohr: »Und wenn ich verspreche, meinen Schwanz tief in dich zu stecken und dich um den Verstand zu ficken?«

Ein Schauer jagt über meinen Rücken und ich bebe vor Lust.

Er grinst. »Das ist Antwort genug.«

Er greift nach meiner Hand und ruft uns ein Taxi. Ich schätze, er kommt mit.

Wir knutschen auf der Rückbank rum, als wären wir kleine Teenies und hätten gerade entdeckt, wie geil Küssen ist. Der Taxifahrer räuspert sich mehrere Male, wahrscheinlich, um uns klarzumachen, dass er auch noch da ist. Jace bezahlt ihn und wir laufen in meine Wohnung.

»Schlafzimmer?«, fragt er und ich nicke. Wir eilen Hand in Hand zu meinem Bett.

Als wir da sind, beginnt er nicht sofort, uns auszuziehen, was ich bei dem Tempo eigentlich erwartet hatte. Er nimmt mich zärtlich in die Arme, streichelt mich langsam. Ich schaue zu ihm auf, sehe in sein lächelndes Gesicht, sehe seine Gefühle zu mir.

»Du machst mich so unglaublich glücklich«, sagt er leise.

Ich fasse an sein Gesicht, streichel seine Wangen. »Du

mich auch, Jace. Ich will nicht mehr ohne dich sein.«

»Wirst du auch nicht.«

Er beugt sich zu mir runter, küsst mich zärtlich, noch einmal und noch einmal. Dann leckt er an meiner Lippe und ich öffne den Mund, um seine Zunge zu empfangen. Langsam und gemächlich reibt er sie an meiner. Ich stelle mich auf die Zehenspitzen, will ihm näher kommen.

Er setzt sich auf den Rand der Matratze, sodass ich zwischen seinen Beinen zum Stehen komme. Ich drücke mich gegen ihn. Seine Hände streichen über meinen Rücken und umfassen dann meinen Hintern. Er zieht mich eng an sich und ich stöhne auf. Es ist so heiß, wenn er das tut.

Er zieht mich auf seinen Schoß, platziert meine Knie neben sich auf der Matratze. Wir hören nicht auf, einander zu küssen. Es wird immer leidenschaftlicher, immer härter. Unsere Zungen wresteln jetzt statt zu tanzen. Ich stöhne immer wieder auf, weil ich es liebe, wenn es wilder zugeht.

Meine Finger vergraben sich in seinen Haaren und ich ziehe an ihnen. Ich spüre seine Belustigung, bevor er mir in die Haare greift. Er zieht hart und mein Kopf schnellt zurück. Ich schaue ihn protestierend an, aber er beachtet meinen Blick nicht.

Mein Rücken ist durchgedrückt, mein Busen nach vorne gereckt. Mit einer raschen Bewegung reißt er mein Oberteil runter. Er zieht die Körbchen nach unten, die nun meinen Busen nach oben recken. Er starrt auf mein Dekolleté. Seine Hand weiter fest in meinen Haaren.

»So verdammt wunderschön«, murmelt er, als er meinen Busen betrachtet.

Ich lege meine Hände auf seine Schultern. »Jace, meine Haare ...«

Er zieht noch ein wenig heftiger, sodass ich meinen Busen an seinen Mund hebe. Seine Lippen schließen sich um eine Brustwarze und ich stöhne laut auf. O Gott! Wen interessieren schon meine Haare? Ein weiterer Zug und ich drücke meinen Rücken stärker durch, mein Busen wird in seinen Mund gepresst. Ich kann seine Augen nicht sehen, aber ich höre sein animalisches Knurren, als er beginnt, meine Brüste zu liebkosen, zu küssen und an ihnen zu saugen. Immer hungriger, immer wilder.

»Jace, Jace ...«, murmel ich immer wieder und wieder. Fuck! Das ist so heiß, dass er mich dirigiert, wie es ihm passt.

Er lässt meine Haare ein wenig los. Ich kann ihm wieder in die Augen schauen. »Ich habe das Sagen.«

Ich nicke. Ja, natürlich, wer denn auch sonst?

»Du tust, was ich dir sage.«

»Ja, Jace, tu ich«, murmel ich.

»Nimmst du die Pille?«

Ich nicke.

»Ich will dich ohne Gummi. Bist du sauber?«

Ich nicke. »Ich wurde vor Kurzem getestet und hatte seitdem keinen Sex mehr.«

Er nickt. »Ich habe immer nur Gummis benutzt und mich regelmäßig testen lassen. Also, okay?«

Ich nicke. »Ja, okay. Ich ... Jace ...«

Er greift wieder heftig in meine Haare, zieht meinen Kopf hart zurück und mein Busen landet wieder in seinem Mund. Er leckt meine Nippel, saugt an ihnen, beißt in sie. Er ist nicht unbedingt sanft, aber ich liebe jede Sekunde.

»Wie magst du's?«, fragt er gegen meine Haut, während er seine Nase in dem Tal zwischen meinen Brüsten vergräbt.

»Wie ... ich ... es ... mag?«, keuche ich.

»Blümchensex, härter, eine Mischung? Oben, unten? Von hinten? Oral, anal?«

Gott, was mag ich? Ich dachte nicht, dass es mich so unwahrscheinlich anturnen würde, wenn mir ein Mann an den Haaren reißt, bis die Wurzeln rauszureißen drohen, aber ich liebe es. »Alles, Jace. Mit dir alles, was du willst.«

Ich spüre sein Lächeln gegen meine Haut. »Du gibst mir also die Erlaubnis, zu tun, was ich will?«

»Ja«, stöhne ich, während er an einem Nippel saugt.

»Egal, was?«

»Ja«, stöhne ich wieder. Dieses Mal knabbert er an dem anderen Nippel.

»Ganz egal?«

»Ja, Jace, bitte! Bitte, fick mich«, hauche ich.

Seine Hand in meinen Haaren zieht fester und ich schreie auf. Seine freie Hand schließt sich um meinen Busen. Mein Nippel liegt zwischen Daumen und Zeigefinger. Langsam drückt er zu. Es zwiebelt, aber es sorgt dafür, dass es noch heißer in mir wird, als es eh schon war. Er übt immer mehr Druck aus. Und noch ein bisschen. Seine Lippen schließen sich um den anderen Nippel und er beißt mich. Auch hier zunächst sanft und dann immer fester, bis beide Brustwarzen unter Spannung stehen. Es tut nicht weh, ist nur ein wenig unangenehm, aber je fester es wird, desto angeturnter werde ich.

»Jace«, flehe ich.

»Was, Baby?«

»Fick mich.«

Er wickelt meine Haare um seine Faust und zieht heftig. »Ich entscheide das.«

»Ja, ja«, wimmere ich. Mein Höschen ist komplett

durchnässt. Alles, was er mit mir macht, ist unglaublich. Mein Körper reagiert, wie er noch nie geantwortet hat. Mit so viel Lust und Verlangen und Begehren. Ich stehe komplett unter Strom. Aber nicht so, dass ich sofort bereit wäre zu kommen, nein, so als wäre jede Faser in mir aufgeweckt und bereit für den Tag.

»Deine Titten sind so süß«, murmelt er und beißt in das Fleisch.

Ich schreie leise. Meine Finger bohren sich in seine Schultern, heizen ihn an, flehen, dass er mir mehr geben soll. Und immer mehr. Ich wusste es nicht, aber diese Art von Sex geilt mich unglaublich auf. Ich will, dass er mich beherrscht, sich nimmt, was er will, mir nur gibt, was er mir geben will. Ich ... Gott ... Ich liebe es, mich ihm zu unterwerfen.

Er lässt meine Haare los, seine Hand wandert in meinen Nacken und zieht mich fest an sich. Sein Mund ist auf meinem und er küsst mich so hart, dass meine Lippen wehtun. Ich stöhne seinen Namen, feuere ihn an. Meine Finger sind in seinen Haaren. Aber nicht mehr aggressiv wie zuvor, sondern liebend, liebevoll. Er kontrolliert mich.

»Sehr gut«, flüstert er an meinem Mund. »So ist es gut.«

»Danke«, murmel ich zurück. Ich bin dankbar. Wirklich. Weil er mir Lust schenkt, statt mir nur zu sagen, dass er nicht will, dass ich an seinen Haaren ziehe. Weil er der dominante Part im Bett ist.

»Du bekommst alles von mir, Baby«, sagt er lächelnd und küsst mich zärtlich. »Aber ich verlange Hingabe.«

Ich nicke. »Ja. Immer?«

Er grinst. »Nein, nicht immer. Wir sind Partner, auch im Bett, aber wenn ich Lust habe, dich zu kontrollieren, dann tue ich es. Und da du jetzt weißt, wie geil es ist, wenn ich es tue, freust du dich darauf.«

»Fuck, Jace. Das tue ich wirklich.«

Er lacht. »Ich weiß, du bist eine starke Frau. Und ich will dich auch nicht anders. Du sollst so großartig bleiben, wie du bist. Ich will, dass du in der Lage bist, mit mir zu diskutieren, dich nicht von mir unterbuttern lässt. Ich will, dass du mir in den Arsch trittst, wenn ich Scheiße baue. Ich will all das. Aber manchmal will ich, dass du mich die Zügel halten lässt.«

»Darf ich denn auch mal?«, frage ich vorsichtig, weil ich es mag, oben zu sein.

»Immer, aber manchmal lasse ich dich nicht.«

»Ich darf dich also reiten, wenn ich will?«

»Ich bitte darum, mein Cowgirl«, grinst er mich so jungenhaft an, dass mein Herz vor lauter Glück überquillt.

»Du magst es also nicht, wenn ich an deinen Haaren ziehe?«

»Doch, ich liebe es, aber es war eine gute Möglichkeit, dir zu zeigen, was ich auch im Bett mag.«

Ich fasse in seine Haare und spiele mit den seidigen Strähnen. »Ich befürchte, ich wäre auch nicht in der Lage, dir nicht an den Haaren zu ziehen.«

»Zieh so viel du willst, besonders, wenn ich meinen Kopf zwischen deinen Beinen habe.« In mir zieht sich alles zusammen. Er beißt mir sanft ins Ohrläppchen und flüstert dann: »Ich kann es nicht erwarten, deine Muschi zu probieren.«

Ich hatte es nicht für möglich gehalten, aber ich werde noch feuchter.

Er grinst, als er mein Gesicht sieht. »Ich kann riechen, wie aufgegeilt du bist, Baby.« Er legt seine Hände auf meinen Hintern und zieht mich gegen sein Becken. Ich spüre seinen Schwanz, der hart in seinen Jeans steckt. Er reibt mich an der beeindruckenden Beule. Ich werfe den Kopf in den Nacken, als er meine Klit stimuliert.

»Oh, Jace ...«, keuche ich laut.

»Ich liebe es, wenn du meinen Namen sagst«, sagt er mit einem Lächeln.

Er hilft mir beim Aufstehen. Er reißt den Rest meines Oberteils runter, befreit mich von meinem BH. Ich will ihm seinen Pulli ausziehen, aber er wehrt meine Finger ab. Stattdessen öffnet er meine Jeans und zieht mich aus, bis ich komplett nackt vor ihm, vollkommen angezogen, stehe.

Er betrachtet mich. Eine Frau mit weniger Selbstbewusstsein wäre wohl verunsichert, aber mir macht das nichts aus. Ganz im Gegenteil, sein hungriger Blick steigert mein Selbstbewusstsein noch. Seine Augen fahren über jedes Fleckchen meines Körpers, saugen alles ein. Er streicht mit seinen Händen über meinen Busen, liebkost die Nippel, bevor er über meinen Bauch fährt.

Ich öffne meine Beine und sehe sein zufriedenes Lächeln, als er zwischen sie greift und mich besitzergreifend berührt. Ich seufze leise. Ja, es gehört ihm. Nur ihm.

Er fasst an meinen Arm und küsst mein Tattoo. *She believed she could, so she did.* Er fährt mit der Zunge jede Linie nach. Ich streichel sanft seinen Kopf. Er zieht mich näher, hilft mir, mich wieder rittlings auf ihn zu setzen. Seine Finger streichen an meinen Schamlippen entlang.

»Du bist so wunderschön«, sagt er, als er mir in die Augen schaut.

»Und du erst«, hauche ich und lecke mir die Lippen,

weil er so unglaublich sexy ist.

Er lächelt leicht, bevor er zwei Finger in mich sinken lässt. Ich stöhne auf, hatte nicht mit der Berührung gerechnet.

»Ah, Jace.«

»Gut, Baby?«

»Ja, so gut.«

Sein Daumen legt sich auf meine Klit, schiebt die Vorhaut zur Seite. Ich spanne mich an, weil es schnell zu viel wird, wenn man sie so ungeschützt berührt.

»Alles okay, Baby«, murmelt er gegen meine Lippen.

Er beginnt langsam in mich zu stoßen und zärtlich an meiner Knospe zu reiben. Ich bewege mich mit ihm. Unsere Münder sind ganz nah bei einander, wir atmen die Luft des Anderen ein. Wir schauen uns in die Augen, sehen die ganzen Emotionen, die wir füreinander empfinden, halten nichts zurück. Wir machen nicht nur miteinander rum, wir verbinden uns. Es ist ein wenig beängstigend, aber gleichzeitig besteht keine Möglichkeit, dass wir es nicht tun, weil wir das hier wollen, weil wir uns wollen.

»Ich liebe dich«, flüstere ich heiser, während er mich in Richtung Höhepunkt bringt.

»Oh, Baby ...« Ich sehe seine Augen so voller Gefühl, dass er beinahe von ihnen erstickt wird.

Ich lehne meine Stirn an seine. Wir schließen beide die Augen. Meine Finger streicheln seine Wange und seine streicheln mich tief in mir vergraben. Ich reite sie, reibe mich an seiner Hand.

Wir keuchen beide, seufzen leise, weil es so gut ist. Wir stöhnen und ich schreie immer mal wieder kurz auf, weil er dann meinen G-Punkt berührt hat. Immer und immer wieder tut er es. Ich spüre, wie er mich zum Höhepunkt bringt. Schneller und schneller. Ja, ich kann ihn schon spüren. Er wird kommen, gleich bin ich da.

»Komm, Baby«, murmelt er. »Komm.«

Ich brauche noch ein bisschen, bewege mich schneller, animiere ihn dadurch, ebenfalls schneller zu werden. Er drückt auf diesen Punkt, direkt neben meiner Klit, und ich versteife mich, werfe den Kopf in den Nacken, schreie seinen Namen, immer und immer wieder. Statt abzulassen, weiß er, dass ich meinen Orgasmus ausreiten muss, dass ich ihn so lange auskosten will, wie es geht. Ich beuge mich nach vorne, küsse seine Lippen. Als er den Punkt noch einmal drückt, komme ich erneut. Ich beiße ihm in die Lippe, nicht gerade zärtlich, und schreie dann leise. Seine andere Hand legt sich um meinen Nacken und er hält mich eng an sich gedrückt. Während er mir noch einen dritten Orgasmus schenkt.

Ich bin vollkommen ermattet, als ich fertig bin. Ich bin noch nie drei Mal hintereinander gekommen, zumindest nicht so schnell. Es ist einfach unglaublich.

Ich kuschel mich eng in seine Arme. Ich lege meinen Kopf auf seiner Schulter ab. Er küsst zärtlich meinen Kopf, streichelt meinen nackten Rücken, gibt mir so viel Liebe und Zärtlichkeit, wie man einem anderen Menschen nur geben kann.

Nach einer Weile flüstert er mir ins Ohr: »Ich würde dich jetzt gerne vögeln, Baby. Mein Schwanz ist so hart, dass es echt wehtut.«

Ich kicher leise.

»Du Biest«, sagt er und beißt mir leicht ins Ohrläppchen.

Ich richte mich auf. »Ähm ...«

»Ähm?«, fragt er belustigt.

»Heute ist definitiv kein Tag, an dem ich reiten will.«

Er lacht und wirft mich aufs Bett. »Ich will dich bei unserem ersten ... naja, eigentlich zweiten Mal auch lieber, nennen wir es traditionell.«

Er zieht sich in Windeseile aus und will sich gerade schon auf mich legen. »Okay, Stop!«

Er schaut mich verwundert an.

»Hinstellen.«

Er tut es und ich richte mich auf die Ellenbogen auf. Ich begutachte jede Stelle an ihm. Vor allem seine Tattoos ... und ich will nicht lügen, ganz besonders lange seinen Schwanz, der groß ist und dick und perfekt. In mir zieht sich alles vor lauter Erwartung zusammen.

Ich zwinge mich, mir seine Tattoos anzusehen. Und ich liebe jedes einzelne.

»Umdrehen.«

Lachend tut er es, zeigt sein Grübchen. Ehrlich, das macht er doch extra, weil er weiß, dass ich ihm nicht wiederstehen kann. Sein Rücken ist ebenso heiß. Und sein Knackarsch ... Ich knie mich hin. Er hat die raschelnden Laken gehört und schaut neugierig über die Schulter. Ich streiche mit der Hand sanft über seinen Hintern. Seine Muskeln vibrieren ein wenig. Und dann – ich kann nicht anders – beuge ich mich vor, um seinen wirklich anbetungswürdigen Hintern zu küssen. Und dann beiße ich rein.

»Biest«, ist sein einziger Kommentar, bevor er mich zurück aufs Bett schmeißt und sich auf mich legt. Meine Beine öffnen sich, er greift nach seinem Schwanz und dringt langsam in mich ein. Er ist wirklich dick. Er dehnt mich, berührt alle guten Punkte. Ich stöhne, während er

Stück für Stück tiefer in mich kommt.

Er küsst mich, leckt mit seiner Zunge durch meinen Mund. Das letzte Stückchen stößt er fest zu und wir stöhnen beide laut auf, als er endlich ganz in mir ist. Meine Knie heben sich beinahe von selbst, umfangen seine Hüften. Meine Hände wandern über seinen Rücken zu seinem Hintern und ich lege sie beide auf diesen göttlichen Arsch. Ich knete ihn und er grinst.

»Du stehst auf Ärsche«, stellt er fest.

»Auf deinen«, gebe ich zurück.

Ich beginne mich unter ihm zu bewegen und er lächelt über meine Ungeduld. Zuerst bewegt er sich langsam in mir, ist zärtlich, küsst mich immer wieder, aber nach kurzer Zeit richtet er sich etwas auf, legt mir die Hände unter den Hintern, was leider dazu führt, dass meine Hände nicht mehr auf seinem zu liegen kommen, kippt mein Becken nach oben und stößt tief und hart in mich.

Ich schreie leise auf, bewege mich in seinem Rhythmus, nehme ihn immer tiefer in mir auf. Seine Stöße werden heftiger und ich nehme meine Hände nach oben, lege sie an die Streben meines Kopfteils, um mir mehr Halt zu geben. Er zieht das Tempo noch ein wenig an, arbeitet sich tiefer und tiefer.

Ich stöhne und schreie seinen Namen, immer und immer wieder. Ich sehe den Schweiß auf seinem Gesicht, spüre ihn zwischen meinen Brüsten, an meiner Kehle und meinem Bauchnabel.

»Schling die Beine um mich«, knurrt er. Ich tue es, ziehe ihn tiefer in mich und immer enger und enger. Ich liebe es, ich liebe es so sehr.

Er kniet sich hin, zieht mein Becken auf seinen

Schoß. Der veränderte Winkel bringt ihn noch tiefer in mich. Beide Hände liegen um meine Hüften und er stößt zu, wieder und wieder und wieder. Sein Gesicht ist angespannt, seine Muskeln ebenfalls. Seine Augen sind auf die Stelle gerichtet, an der er in mir verschwindet. Sein Mund ist leicht geöffnet, immer wieder ist seine Zunge zu sehen, die seine Lippen befeuchtet. Er sieht so unglaublich heiß und sexy aus. Seine Brust glänzt vor Schweiß, seine Bauchmuskeln ziehen sich bei jedem Stoß zusammen. Ein schmaler Streifen blonder Haare weist den Weg zu seinem göttlichen Schwanz, der gerade ohne Unterlass in mich stößt. Immer und immer wieder, tiefer und tiefer. Er zieht nicht weit raus, bohrt sich nur immer weiter in mich. Er beißt sich auf die Lippen. Und das ... das ist der sexy Anblick, der nun für immer in meinem Kopf gespeichert sein wird. Sexgott, ganz eindeutig.

»Fuck, Baby, du fühlst dich wahnsinnig gut an. Ich will nicht kommen, aber ... ich kann es nicht mehr zurückhalten. Tut mir leid«, presst er keuchend raus. Seine Muskeln ziehen sich alle zusammen, er wirft den Kopf in den Nacken, sein Mund ist in einem stummen Schrei geöffnet. Fuck, ist das heiß!

Sein Schwanz zuckt wild in mir und ich spüre sein warmes Sperma, das in mich fließt. Statt ruhig zu halten, fickt er härter und schneller in mich, presst jedes Tröpfchen Lust aus sich direkt in mich. Ich schreie leise, weil er die richtigen Punkte trifft. Und dann wird er still.

Er lächelt müde, legt sich auf mich, bettet seinen Kopf auf meiner Brust. »Nur einen Moment, Baby. Ich geh gleich von dir runter.«

Er ist mir nicht zu schwer. Komisch, aber ich liebe sein Gewicht auf mir. Ich schlinge meine Arme um ihn, küsse seinen Kopf. Es dauert nicht lange, bis er auf mir eingeschlafen ist.

Ich liege noch wach, genieße das Gefühl von ihm in mir, das Gefühl von ihm auf mir. Ich bin glücklich. Ja, das bin ich. Rundum glücklich.

KAPITEL ACHTZEHN

»Nein, ich kann das nicht machen«, sagt Jace zum wiederholten Mal.

»Das ist keine Bitte«, knurrt Jim ungehalten.

»Das ist mir egal. Ich kämpfe nicht mehr.«

Jim schaut ihn abschätzend an. »Du hast gar keine Wahl.«

»Ich bin raus. Such dir einen anderen Boxer.«

»Du bist der Champ. Du wirst kämpfen, so lange wir das wollen.«

Jace fährt sich durch die Haare. »Kapierst du es nicht? Ich bin gerade so eben davon gekommen. Das Boxen hat beinahe mein Leben zerstört. Ich werde es ganz sicher nicht noch einmal tun.«

Jim lehnt sich gegen die Wand. »Wir haben dich auf Band. Wenn du nicht tust, was wir sagen, bekommen die Bullen es zu sehen.«

Jace kneift die Augen zusammen. »Wie bitte?«

»Du hast verstanden. Freitagabend um Mitternacht. Sei pünktlich. Ich schicke dir die Adresse.«

Jace sackt in sich zusammen. Das wird nie aufhören. Nie. Sie werden ihn immer und immer wieder erpressen. Wie soll er das nur Chrissa beibringen? Es war für ihn das Ende seiner illegalen Boxkarriere. Und nun? Nun tut er es doch wieder. Und wieder. Und wieder. Es ist ein Albtraum. Ein Kreislauf-Albtraum. Vielleicht war es doch kein Glück, dass Chrissa einen Weg gefunden hat, ihn aus der Misere zu holen. Es wäre besser gewesen, wenn er in den Knast gewandert wäre, dann hätten sie kein Druckmittel gegen ihn. Wieso ist er nur so dermaßen dämlich gewesen? Er weiß es nicht.

Aber er wird dafür büßen. Wieder und wieder. Und Chrissa wird dafür ebenfalls büßen. Er kann nicht mit ihr zusammen sein, wenn er immer noch mit dem Boxring zugange ist. Das ist unmöglich. Er könnte es nicht ertragen, wenn ihr etwas passiert, weil er ein Idiot war. Die Typen sind gefährlich. Er wusste das schon vorher, aber seit Chrissa ihm gesagt hat, dass es sich um White Supremacy handelt, ist es noch evidenter.

Er muss Chrissa sagen, dass er sie nicht mehr sehen kann.

In diesem Augenblick bricht sein Herz. In tausend Stücke und viele Abermillionen Splitter. Wie kann er das Beste aufgeben, das ihm je passiert ist?

Wie kann er es nicht? Er muss sie beschützen. Er kann sie nicht in diese gefährliche Welt hineinziehen. Das ist vollkommen unmöglich. Schon gar nicht nach der letzten Nacht. Der Sex mit ihr war unglaublich. Es war, als wären sie beide füreinander gemacht.

Aber ... genau deswegen kann er nicht mit ihr

zusammen bleiben. Es würde ihn zerstören, wenn Chrissa seinetwegen etwas zustößt. Er kann nicht so egoistisch sein. Dafür liebt er sie zu sehr.

Er spürt die Tränen in seinen Augen, wenn er nur daran denkt, dass er sie vielleicht nie wieder sehen wird, nie wieder in den Armen halten, sie nie wieder küssen, nie wieder in ihr sein, nie wieder die Perfektion spüren wird, die sie zusammen sind. Gott, das ist die reine Hölle. Aber er sieht keinen Ausweg. Er muss es tun.

Ein Pflaster, das man schnell abreißt, tut weniger weh als eines, das man langsam abzieht. Also muss es heute sein. Und er muss es schnell tun. Schnell und gnadenlos. Es gibt keinen anderen Weg.

Als ich nach Hause komme, wartet Jace vor dem Haus auf mich. Ich lächel ihn an, falle ihm beinahe um den Hals. Sein Kuss ist zögernd. Irgendwas stimmt nicht.

»Was ist los?«

Er schaut auf den Boden, sieht mich nicht an. »Ich kann das nicht.«

Eine Eisblume entsteht in meinem Herzen. »Du kannst was nicht?«

»Das hier. Wir. Uns. Ich kann ...«, seine Stimme bricht, »nicht mit dir ...«, er hat Mühe die Worte herauszubringen, »zusammen sein.« Das letzte ist nur noch ein gequältes Stöhnen.

Das Eis tröpfelt durch meine Adern, friert alles ein, was es erreicht. Zieht sich durch die kleinsten Gefäße und jede meiner Zellen. Ich bin wahrlich eine Eisprinzessin. Sie haben mir den passenden Namen gegeben. Ohne jeden Zweifel. Ich starre ihn an. Frage mich, was passiert sein kann, zwischen der perfekten Nacht und Jetzt. Ich mein, ich hab es gespürt. In der ganzen Geschichte der Liebe zwischen zwei Menschen ist noch nie eine Frau von einem Mann so sehr gewollt worden, wie er mich gewollt hat. Niemals. Und jetzt?

Ich starre ihn an. Sehe seine eingesackten Schultern, den gequälten Gesichtsausdruck, erkenne, dass er mich nicht anschaut, kein bisschen. Er schaut auf den Boden, an die Wand, in die Ferne, aber kein einziges Mal zu mir. Seine Hände sind in den Hosentaschen vergraben. Ich kann sehen, dass sie zu Fäusten geballt sind.

Seine ganze Haltung zeigt mir, dass er absolut besiegt ist. Jemand, der einen Entschluss gefasst hat, den er durchziehen will, sieht doch nicht so aus. Oder?

Ich kneife die Augen zusammen, versuche mir vorzustellen, wie er aussehen würde, wenn er eine Entscheidung getroffen hat, hinter der er voll und ganz steht. Ich versuche, diese Blaupause vor meinem inneren Auge über den Jace zu legen, der hier vor mir steht. Aber es geht nicht. Je länger ich hier stehe, ihn ansehe, je länger er hier steht, und alles tut, um mich ja nicht anschauen zu müssen, desto klarer wird es. Irgendwas stimmt hier nicht. Ich habe zwar nicht viel Erfahrung mit Schlussmachen, aber so sieht das auf keinen Fall aus, wenn jemand freiwillig etwas beendet. Aber was ist es dann? Wenn er gar nicht Schlussmachen will, was würde ihn dazu bringen?

Ich brauche Ruhe und Konzentration. Wenn ich Jace ansehe, bekomme ich Mitleid, will ihn in den Arm nehmen und nie mehr loslassen. Ich weiß, meine Reaktion ist merkwürdig, aber so bin ich. Er bricht mir das Herz und das einzige, woran ich denken kann, ist, dass er so furchtbar leidet. Aber ich muss hier weg. Nicht, weil ich Angst habe, ihn tatsächlich in die Arme zu schließen, sondern weil ich einen Weg finden muss, das hier zu fixen. Und dazu brauche ich Ruhe.

Also sage ich: »Okay.« Seine Augen richten sich einen Moment auf mich. Er ist fassungslos. Ich sehe es. Vollkommen fassungslos, wie ich so kalt sein kann. Mein Herz bricht noch ein klein wenig mehr, aber ich kann mich jetzt nicht damit befassen. Ich drehe mich um und gehe in mein Haus.

Auf dem Weg in den Fahrstuhl lege ich mir einen Schlachtplan zurecht. Wie finde ich heraus, was wirklich passiert ist?

Ich tigere in meiner Wohnung auf und ab. Was kann es sein? Was ist der Grund für seinen Sinneswandel? Ich weiß ganz genau, dass er mich liebt. Ich habe es gespürt, als wir uns gestern ... liebten. Kein anderes Wort passt. Ich habe vorher noch nie Liebe gemacht, aber das war es. Liebe machen. Nichts anderes. Ich habe es in seinen Augen gesehen, die mich voller Gefühl anschauten. Ich habe es in seinen Lippen gespürt, die jeden Zentimeter meiner Haut anbeteten. Ich habe es in seinen Fingern gefühlt, die meinen Körper in Flammen setzten. Ich habe es in jeder Zelle seines Körpers erkannt, der meinen liebte. Und nicht zuletzt war es auch in der Art und Weise zu entdecken, mit der er mich gevögelt hat. Tief in mir, langsame Stöße, die uns beinahe zusammenklebten.

Nein, so gut kann er das nicht faken. Das ist wie mit vorgetäuschten Orgasmen. Im Vergleich halten sie nicht stand. Nur wenn man das Original nicht kennt, kann man darauf reinfallen. Und er ist nicht mal ein wahnsinnig guter Schauspieler. Nein, er hat nicht aus freien Stücken mit mir Schluss gemacht, sondern weil er glaubt, keine andere

Wahl zu haben.

Keine Gefühle schließe ich also aus. Status? Geld? Macht? All das könnte er mit mir haben, wenn er wollte. Er will Kinder, ich hab gesagt, ich auch. Das kann es auch nicht sein. Was also?

Wenn er mich liebt, was würde ihn dazu bringen, mich zu verlassen?

Ob mein Vater ... Der Gedanke erscheint mir abwegig, aber es könnte sein, oder? Er könnte glauben, dass ich nur wegen Jace in NYC bleibe. Wenn er ihn aus dem Spiel nimmt, dann würde ich zurückkommen. Aber was könnte er sagen oder tun, um Jace dazu zu bringen? Geld? Macht? Status? Das alles interessiert ihn nicht sonderlich. Das weiß ich. Und wenn doch, würde er es sich lieber selber erarbeiten. Also was? So sehr ich mir den Kopf darüber zerbreche, ich kann mir nicht vorstellen, was mein Vater für ein Druckmittel haben sollte.

Also, wer hat ein Druckmittel? Wer könnte Jace erpressen?

Der Boxclub. Plötzlich fällt es mir wie Schuppen von den Augen. Natürlich. Sie können nicht erfreut darüber sein, dass ihr Champion ihnen den Rücken kehrt. Wieso habe ich nicht vorher daran gedacht, dass es zu Komplikationen kommen kann? Ich bin manchmal auch so dämlich!

Ich greife nach meinem Handy und schreibe Shawn Potter eine Nachricht, dass ich ihn in einer Stunde treffen will.

Ich rufe Javier an. »Was weißt du über die Bruderschaft?«

»Dir auch guten Abend.«

»Dafür habe ich keine Zeit. Was weißt du über die

Bruderschaft?«

Er seufzt. »Leg dich nicht mit denen an, Chrissa.«

»Javier, ich habe dich nicht um Rat gefragt. Sag mir, was du weißt.«

Er seufzt erneut. »Okay. Sie wollen ein Amerika schaffen, in dem nur Weiße leben. Sie sammeln Geld für den Kampf. Sie finanzieren sich durch einen illegalen Boxring. Der Boss, Lewis Dane, wird auch Phantom genannt, weil er sich nicht in der Öffentlichkeit zeigt, sondern die Zügel aus dem Hintergrund lenkt. Niemand weiß Genaues über ihn, aber er gilt als sehr gefährlich.«

»Hm. Kannst du mir sagen, wie ich mit ihnen in Kontakt treten kann?«

»Bist du bescheuert?«, fragt er entsetzt.

»Nein, Javier. Es ist wichtig.«

»Ich werde dir ganz sicher nicht helfen, dich umzubringen.«

»Weichei.«

»Du tickst doch nicht richtig.«

Ich lächel leicht. Das würde ich tatsächlich auch nie behaupten. »Bitte.«

»Nein, aber ich kann dir sagen, dass es eine Sondergruppe gibt, die sich mit dem Ausheben der Gang befasst.«

Das ist doch interessant. »Kannst du mir Kontakt zu ihnen verschaffen?«

Er schnaubt. »Du redest gerade mit ihr.«

»Liebster, bester Javier ...«

»Nein.«

»Komm schon!«

»Chrissa, was immer du denkst, ich mag dich. Ich will nicht, dass dir was passiert. Diese Typen sind gefährlich.

Du darfst da nicht reingeraten.«

Ich seufze leise. »Javi, ich stecke schon mittendrin. Ob du mir hilfst oder nicht. Aber es könnte sicherer sein, wenn du mir hilfst.«

»Fuck.«

Männer sind so einfach zu überzeugen ...

Er kann ihre Reaktion einfach nicht verstehen. Okay? Okay? Okay? Was war das denn? Wie kann sie denn darauf so reagieren? Und warum ist er darüber angepisst, wenn er ihr doch auch ganz sicher kein gebrochenes Herz wünscht? Das ist doch total albern. Er will ja, dass sie glücklich ist. Aber so ein bisschen weinen, schreien und Türen knallen hätte es doch sein können.

Jetzt fühlt er sich wie ein Trottel. Als hätte er viel mehr Gefühle für sie gehabt als sie für ihn. Wie kann sie es okay finden, dass er nach *dieser* Nacht mit ihr Schluss macht? Sie ist halt doch nur eine kalte Eisprinzessin, die in keinster Weise zu Emotionen fähig ist. Und er ist auf sie reingefallen.

Aber dann ruft er sich all die liebevollen Momente in Erinnerung, die sie gemeinsam durchlebt haben. Er kann es nicht fassen, dass er auch nur eine Sekunde an ihrer Warmherzigkeit gezweifelt hat. Aber wieso hat sie dann auf diese Weise reagiert? Das ergibt keinen Sinn.

Er sitzt allein in der Bar und trinkt ein Bier. Er fragt sich, wie sein Leben ohne sie sein wird. So viel ärmer, so viel farbloser. Kann man eigentlich ohne sein Herz leben? Er weiß es nicht.

Er muss sich ablenken. Er kann nicht die ganze Zeit an sie denken. Er holt sein Handy aus der Tasche und schickt seinen Kumpels eine Nachricht. Schließlich wissen sie noch gar nicht, dass er noch einmal mit dem Schrecken davon gekommen ist.

Jace: Die Eisprinzessin hat mich rausgeboxt.

Im gleichen Augenblick tut es ihm leid, dass er sie so bezeichnet hat. Sie ist so gar nicht. Außer jetzt gerade, aber eigentlich hat sie so ein weiches, warmes, gutes Herz. Er will seine Worte am liebsten ungeschehen machen, fühlt sich direkt ein wenig schuldig.

Mike: Ich hab mich schon gefragt, wann du es deinen Freunden endlich mitteilen wirst.

Jace: Ich war beschäftigt.

Mike: Damit die Eisprinzessin zu vernaschen?

Jace: Das geht dich nichts an.

Mike: Fuck! Es stimmt also.

Ethan: Ehrlich? Du vögelst deine Anwältin?

Das war doch so klar! Seine Freunde können nicht mal eine Minute nicht über Sex oder Titten oder sonst was reden. Dafür hat er jetzt absolut keinen Nerv.

Jace: Nicht mehr. Wir haben Schluss gemacht.

Mike: Fuck.

Pete: Scheiße, Mann. Ich wusste gar nicht, dass ihr was laufen hattet. Aber cool, dass du nicht mehr in den Knast musst.

Jacob: Er hätte es da doch keine Sekunde ausgehalten ohne dass ihm der Arsch wehtut.

Jace: Entschuldigt, aber ich mochte sie wirklich. Sie ist Mystery-Girl.

Tyler: Die Kleine von damals?

Jace: Ja.

Jonathan: Fuck! Echt? Du hast dich monatelang nach ihr verzehrt.

Jace: Ich verzehre mich nicht.

Jonathan: Na, das musst du jemand anderem weismachen, wir waren dabei.

Jace: Fick dich!

Evan: Ich erinnere mich auch an lauter Verzehrung, so viel, dass mir schon ganz schlecht wurde.

Jace: Ich kann euch nicht leiden.

Mike: Kannst du wohl. Aber das mit Chrissa ist scheiße.

Jace: Ja, Mann.

Pete: Was ist passiert?

Jace: Das Leben fickt jeden.

Jacob: Aber wenigstens fickt dich jetzt kein zwei Meter großer Biker, der sich Bambi nennt.

Jace: Glück im Unglück ...

Mike: Megaglück.

In einem anderen Chatfenster erscheint eine Nachricht von Nick.

Nick: Danke, Mann. Dafür, dass du für mich da warst.

Jace: Immer, das weißt du.

Nick: Sorry, Mann.

Jace: So ist es besser.

Ja, das kann er sich einreden, aber ob er es glauben wird, steht auf einem anderen Blatt. Fuck, er vermisst sie. Noch keine vierundzwanzig Stunden getrennt und er weiß nicht, wie er es aushalten soll, sie nicht mehr in seinem Leben zu haben. Er ist ein Idiot. Er hätte sie damals festbinden sollen, dann wäre all das nicht passiert. Hinterher ist man ja immer klüger.

Naja, vielleicht ist festbinden jetzt nicht die legalste Option gewesen, aber da hätte sie dann einfach durchgemusst. Vor seinem inneren Auge liegt sie mit gefesselten Händen auf dem Bett. Ihre Haut cremig auf den dunklen Laken, ihre Augen auf ihn gerichtet voller Liebe und Vertrauen, ihre rosigen Lippen leicht geöffnet und ein wenig feucht von ihrer Zunge.

Fuck! Wie kann er eigentlich auf die Idee kommen, dass er überleben konne, wenn sie nicht bei ihm ist?

In seiner Fantasie legt er sich auf sie, seine Hand wandert zwischen sie und er streichelt sie zwischen den Beinen, bevor er mit zwei Fingern in sie eindringt. Sie japst leise, weil das Gefühl so gut ist.

Wieso spielt sein Verstand ihm denn so grausame Streiche? Das ist abartig und gemein. Er schüttelt den Kopf. *Fuck, Mann, wann hast du eigentlich angefangen, dich wie ein weinerliches kleines Mädchen anzuhören?* Er bezahlt und geht nach Hause. Das muss aufhören. Und zwar sofort.

Aber Chrissa ...

Ich treffe mich mit Shawn, dem Nazi vom Dienst, in einer schummrigen kleinen Bar. Eine andere als letztes Mal. Wir minimieren das Risiko erkannt zu werden, wenn wir nicht immer am gleichen Ort zusammen auftauchen.

Er ist schon da und trinkt sein Bier.

»Hey«, sage ich und lasse mich auf die Bank ihm gegenüber gleiten.

»Hey.«

Er nimmt einen Schluck, während ich ihn beobachte. Ich weiß nicht, ob ich total verrückt bin – oder doch genial. Wie konnte ich jemals auf die Idee kommen, diesem windigen Typen zu vertrauen?

»Ich will mit Lewis reden.«

Er spuckt sein Bier aus, verschluckt sich und hustet sich die Lunge aus dem Leib, bevor er quietschen kann: »Was?«

»Ich will mit Lewis Dane reden.«

»Hab ich doch richtig verstanden. Wieso steckst du dir keine Knarre in den Mund wie alle anderen Selbstmörder?«

»Witzig, Shawn. Arrangier ein Treffen für mich.«

»Das tue ich nicht.«

»Doch, tust du.«

»Wieso sollte ich das tun?«

»Weil ich dich sonst verpfeife.«

Er zieht die Augen zusammen. »Mich interessieren die Bullen nicht.«

Ich grinse böse. »Ich würde dich auch nicht bei den Bullen verpfeifen.«

Er nickt langsam. »Es ist deine Beerdigung. Ich sehe, was ich tun kann.«

»Schnell. Ich hab nicht viel Zeit.«

Er nickt und ich verschwinde wieder. Ich muss duschen. Jedes Mal, wenn ich diesen Nazi treffe, habe ich das Bedürfnis, mich mit Bleiche abzuwaschen, damit auch ja keine seiner verqueren Ideologien an mir kleben bleiben. Jedes Mal frage ich mich wieder, wieso ich mich auf ihn einlasse. Und meine einzige Antwort ist: In der Not frisst der Teufel Fliegen.

Als ich zu Hause ankomme, habe ich eine Nachricht auf dem Handy.

Er will wissen, was du willst.

Sehr gut, Shawn hält also sein Wort.

Wenn er das wissen will, muss er mich treffen.

So läuft das nicht.

Dann eben nicht.

Man darf nie seine Karten auf den Tisch legen. Das ist eine der Lektionen, die ich von meinem Vater gelernt habe. Nie das Blatt zeigen.

Und das ist ein guter Rat, ob man mit Verbrechern verhandelt oder mit Multimillionen-Dollar-Firmen, die meist auch nur Verbrecher sind. Man darf keine Angst zeigen, darf sich keine Blöße geben. Wenn man sich selbst nicht ernst nimmt, tut es auch kein anderer. Man muss bluffen können. Ein Pokerface ist als Anwältin unerlässlich.

Tja, da war *Daddy* doch zu was gut.

Um sechs Uhr morgen früh.

Okay.

Gansevoort, Ecke 9th.

Jetzt muss ich mir nur noch überlegen, was ich eigentlich erzählen will. So, wie ich das sehe, habe ich zwei Optionen. Entweder versuche ich, mit Lewis wegen Jace zu verhandeln, oder ich versuche Informationen zu bekommen, die ich dann Javier für eine Razzia zuspiele. Letzteres wäre mir lieber, aber ich befürchte, dass auch für diese illustren Gestalten der Spruch *Der Mob vergisst nie* gilt. Sie werden nicht ewig hinter Gittern sein, und wenn sie rauskommen, werden sie sich an ihn erinnern. Besser ist es, mit ihnen zu verhandeln. Aber was kann ich als Druckmittel verwenden? Keine Ahnung. Alle haben mir bisher gesagt, dass sich Lewis Dane aus der Öffentlichkeit raushält, die Fäden aus dem Hintergrund zieht. Also, was könnte ich ihm anbieten?

Ich konnte die ganze Nacht nicht schlafen, habe immer wieder nachgedacht, aber bin auf keine Lösung gekommen. Ich weiß es einfach nicht.

Jetzt gehe ich also unausgeruht und ohne Schlachtplan zu einem Treffen mit einem Gangster. Das kommt mir nicht mal komisch vor. Manchmal wünschte ich, dass mein besonnenes Ich mir eine runter haut, denn ganz offensichtlich habe ich den Knall nicht gehört. Aber in meinem Kopf dreht sich alles nur um Jace. Dass ich ihm helfen muss. Dass ich ihn nicht verlieren will. Dass ich ... ja, was? Dass ich hier die Heldin spiele?

Seien wir mal ehrlich, auch wenn einige Mandanten der Meinung sind, dass ich durchaus in die Liga der Superheldinnen gehöre, tue ich es nicht. Ich bin weder Xena, noch Wonder Woman oder Catwoman. Ich bin ja nicht mal Laila Ali! Wieso also denke ich, dass ich mich mit einem Haufen Nazis anlegen kann?

Immer, wenn mein besonnenes Ich mir solche Fragen stellt, kommt als Antwort nur *The person you have called is not available.* Vielleicht sollte ich einfach mal in den Spiegel schauen, denn dann würde ich sehen, dass eine kleine Frau wie ich überhaupt keine Chance hat, gegen Gangster zu gewinnen.

Aber ... naja ... ich bin verliebt. Und da tut man dumme Dinge. Okay, ich geb's zu! Sehr dumme Dinge. Aber ich tue sie trotzdem ...

Ich fahre mit dem Taxi in den Meatpacking District und warte dort. Irgendwann hält ein Auto neben mir und eine Tür öffnet sich. Das Herz schlägt mir bis zum Hals, als ich einsteige. Alles in mir schreit, *das ist eine blöde Idee, Chrissa! So ist es in den Horrorfilmen auch. Steige niemals in ein Auto von Fremden. Regel Nummer eins.*

Aber ihr habt es geahnt ... Ich steige trotzdem ein.

»Ich bin Lewis. Ich habe läuten hören, dass Sie mich sprechen wollen«, sagt ein gutaussehender Mann im Anzug.

Irgendwie bin ich jetzt überrascht. Denn eigentlich hatte ich damit gerechnet, dass mir eine Augenbinde umgelegt wird und ich weiß Gott wohin gebracht werde. Die Realität ist also nicht immer ein drittklassiger Hollywood-Mafia-Film.

»Ja, Mr. Dane.«

»Nennen Sie mich Lewis. Und Sie sind?«

Ich richte mich auf, drücke die Schultern durch. »Ich bin Chrissa Hawthorne.« Einen Moment überlege ich, ob es klug ist, meinen Namen zu nennen, aber dann denke ich, wer mich finden will, findet mich.

»Was kann ich für Sie tun, Chrissa?«, fragt er freundlich. Seine Stimme hat einen gebildeten Klang und ich frage mich, wie das sein kann. Für mich sind alle Nazis extrem dumme Menschen, die kein Gehirn haben und daher nicht begreifen können, was sie für einen Schwachsinn von sich geben. Aber er hier ... Er macht mir irgendwie Angst, weil ich ihn nicht einordnen kann. Selbst Shawn, der Privatdetektiv, der gewiss nicht zu den dümmeren Exemplaren der Gattung Mensch gehört, passt ins Schema. Er hier ... gar nicht.

»Ich bin Jace Monroes Anwältin.«

Er zieht die Augenbraue hoch. Damit hat er nicht gerechnet. »Das ist überraschend. Mr. Monroe hat nie erwähnt, dass er eine Anwältin hat.«

Ich lächel ihn kalt an. Langsam kommt das Selbstverstrauen zurück. Ich habe zwar keinen Grund ihm zu vertrauen, aber irgendwie macht er nicht den Eindruck, als würde er mich sofort töten. *Nein, er würde erst wie eine Katze mit der Maus spielen, bevor er ihr das Genick bricht* ... Da ist sie wieder, die besonnene Stimme, die gerade gar nicht hilft.

»Sie wollen, dass er weiter boxt. Er will das nicht. Nennen Sie mir Ihren Preis.«

Er lacht leise. »Sie haben Mut.«

»Oder Übermut.«

Er grinst. »Ich mag Sie.«

»Bitte nicht.«

Er lacht noch ein paar Momente, bevor er sagt: »Mr. Monroe ist unser Champion. Wir können ihn nicht ziehen lassen, da er uns viel Geld bringt. Aber sagen wir mal, wenn er nicht mehr Champion wäre ...«

»Was dann? Dann würden Sie ihn gehen lassen?«

Er zuckt mit den Schultern. »Er wäre dann nichts mehr für uns wert. Also ja. Wir würden ihn gehen lassen.«

Ich denke nach. Kann es so einfach sein? »Wenn er also noch einen Kampf bestreitet und diesen verliert? Dann lassen Sie ihn gehen?«

Er streicht sich übers Gesicht. »Kommt drauf an.«

»Auf was?«

Er überlegt einen Moment und kaut dabei auf seinem

Daumen, was ihm ein verstörend niedliches Aussehen beschert.

»Angenommen er wäre einverstanden, den nächsten Kampf zu verlieren – was natürlich äußerst eindrucksvoll geschehen müsste, damit niemand bemerkt, dass der Kampf geschoben wurde –, und ich hätte viel Geld auf seine Niederlage gesetzt und würde dann viel gewinnen ... Dann wäre ich bereit, ihn gehen zu lassen.«

»Wie eindrucksvoll?«

»Eine gebrochene Nase, damit schön viel Blut fließt, ein paar gebrochene Rippen, vielleicht eine ausgekugelte Schulter.«

Mir dreht sich der Magen um und ich kann kaum noch klar denken. Das hört sich einfach furchtbar an!

»Woher weiß ich, dass Sie Ihr Wort halten?«

Er schüttelt den Kopf. »Das wissen Sie nicht. Sie müssen mir vertrauen.«

»Ich bin nicht besonders vertrauensselig. Wenn ich meinem Mandanten rate, dass er sich verprügeln lässt, dann muss ich eine Garantie haben.« Innerlich bin ich total in Aufruhr, aber manchmal zahlt es sich aus, die Eisprinzessin und dafür bekannt zu sein, keine Gefühle zu haben.

»Was schlagen Sie vor?«

Was schlage ich vor? Was haben Sie gegen Jace in der Hand? Videos, Bilder? Sonst was? Ich denke nicht, dass es was anderes gibt. »Ich will das Bildmaterial haben.«

Er nickt. »Das dachte ich mir schon.«

»Und?«

Er beugt sich zu mir. »Sie vergessen eins, Chrissa. *Sie* wollen etwas von *mir*. Nicht umgekehrt.«

Anstatt mich zurückzulehnen und so weit weg wie

möglich von ihm zu kommen, beuge ich mich vor. Unsere Gesichter sind viel zu nah für meinen Geschmack, aber ich kann keine Angst zeigen. Keine Ahnung, wieso ich das weiß, aber ich spüre es. Er testet mich.

»Sie vergessen eins, Lewis. Ich bin nicht diejenige, die in illegale Aktivitäten verwickelt ist.«

Er kneift die Augen zusammen. »Wollen Sie mir drohen?«

»Wenn ich muss.« Mein Gesicht ist regungslos. Ich halte jeden einzelnen Muskel unter Kontrolle. Es ist schwer, weil ich innerlich wie Espenlaub zittere, aber ich schaffe es.

Er lehnt sich zurück und überlegt einen Moment. »Quid pro quo. Sie sind am Freitag als Garantie beim Kampf dabei. Als Garantie, dass Mr. Monroe sich an die Abmachung hält. Und dass keine Razzia stattfindet.«

»Und die Beweise gegen Mr. Monroe?«

Er nickt. »Die gebe ich Ihnen beim Kampf. Mr. Monroe verliert den Fight, ich werde stinkreich und Sie können gehen.«

Einen Moment frage ich mich, ob ich das wirklich mit meinem Gewissen vereinbaren kann, mit diesem Wichser ein Geschäft zu machen, aber ich habe keine andere Wahl. Also, wahrscheinlich schon, aber ich liebe ihn. Also, Jace, meine ich. Nicht Mr. *Creepy* hier.

»Einverstanden.«

Er hält mir die Hand hin und ich mache eine mentale Notiz, dass ich Bleiche kaufen muss. Ich schüttel die Hand und es gelingt mir tatsächlich, ihm nicht vor die Füße zu kotzen.

»Es ist eine Freude, mit Ihnen Geschäfte zu machen.«

»Ich würde das Kompliment gerne erwidern, aber das

geht nicht«, sage ich und steige aus, als der Wagen hält.

Keine Ahnung, wo ich hier bin, aber das ist New York. Taxis sind überall.

Als ich im nächst besten sitze, schaue ich auf die Uhr. Sieben Uhr. Jace ist wahrscheinlich schon auf dem Weg ins Büro, also fahre ich da hin.

»Guten Morgen, Mr. Monroe«, flötet die Rezeptionistin, als er aus dem Aufzug kommt. Er will gerade etwas sagen, als sein Blick auf die kleine, brünette Frau fällt, die er schon gespürt hat, bevor er sie gesehen hat. Sein Herz beginnt aufgeregt zu klopfen.

Was will sie hier?

Sie steht auf und tritt auf ihn zu. »Mr. Monroe, es hat sich etwas Neues in Ihrem ... Fall ergeben.«

Er nickt und führt sie in sein Büro. Die ganze Zeit fragt sich sein Kopf, was sie will, während sein Herz ruft: ›Liebe sie.‹ Seine Arme brüllen: ›Umarme sie.‹ Seine Lippen schreien: ›Ich will sie küssen.‹ Und sein Schwanz ... Naja, der macht eh immer nur Ärger.

Er schließt die Tür hinter ihr. Bevor er noch etwas sagen kann, beginnt sie: »Mr. Monroe, es haben sich neue Erkenntnisse in Ihrem Fall ergeben.« Sie ist sachlich und kühl. Sie schaut ihn an, aber nicht wirklich. Sie schaut durch ihn hindurch, das ist es.

Und dieses Mr. Monroe ... Dafür würde er sie am liebsten schütteln.

»Mr. Lewis Dane«, als sie diesen Namen ausspricht, klingeln bei ihm alle Alarmglocken, »hat Ihnen folgenden Vorschlag zu machen. Wenn Sie diesen annehmen, dann übergibt er die Beweise, die er gegen Sie hat, und Sie sind endgültig aus dem Boxring ausgestiegen.«

Jace' Augenbrauen ziehen sich zusammen, als ihm klar wird, was das heißt. »Du warst bei ihm?«, brüllt er.

Sie zuckt nicht einmal mit den Wimpern. »Ich bin Ihre Anwältin. Sie haben mich engagiert, damit ich diesen Fall für Sie gewinne. Das habe ich getan. Es ist mein Job.«

»Hast du vollkommen den Verstand verloren?«, schreit er sie an. Er fasst sie an den Oberarmen, würde sie gerne schütteln, kann sich gerade noch so beherrschen. »Weißt du nicht, wie gefährlich die Typen sind?«

»Doch, natürlich. Wenn Sie mich bitte loslassen würden.« Sie bewahrt die Ruhe, bleibt ihr unterkühltes Selbst.

Aber das kann er jetzt gerade gar nicht ertragen. Er drängt sie gegen die Tür und haut seine Faust gegen diese, direkt neben ihrem Kopf. Aber sie hat Schneid. Sie bewegt sich keinen Millimeter. Nur in ihren Augen sieht er es flackern. Nicht vor Angst ... Sie ist angeturnt.

Verrücktes Weibsstück, denkt er belustigt. Zumindest der Teil, der den Humor in dieser Situation sehen kann, ist amüsiert. Nur fünfundneunzig Prozent sind es gerade nicht.

»Wie konntest du dich so in Gefahr bringen?«, fragt er heiser vor unterdrückter Wut.

»Mr. Monroe ...«

»Scheiß drauf, Chrissa! Wenn du noch einmal Mr. Monroe sagst, dann ...«

»Was dann?«, fragt sie angriffslustig.

»Dann kann ich nicht dafür garantieren, dass ich meine Hände von dir lasse!«

Ihre Mundwinkel zucken und sein Schwanz auch. Gott, diese Frau macht ihn wahnsinnig! Er will sie retten, stattdessen rettet sie ihn.

»Vielleicht mag ich es ja, Mr. Monroe«, antwortet sie.

Er grinst. »Du spinnst.«

Sie drückt ihre Hände gegen seinen Brustkorb. »Setz dich hin. Ich sag dir, was du zu tun hast.«

Er nimmt ihre Hand, küsst sie zärtlich und bringt sie zu den beiden Stühlen. Er zieht sie auf seinen Schoß.

»Mr. Monroe, wir sind nicht mehr zusammen«, erinnert sie ihn.

»Halt die Klappe.«

Sie zieht belustigt die Augenbraue hoch. »Wie bitte?«

»Es ist nicht vorbei, also hör mit deinem Getue auf.«

Sie legt ihre Hände an sein Gesicht und kommt ganz nah. Er denkt, dass sie ihn küssen wird. »Wenn du noch einmal mit mir Schluss machst, Jace Monroe, dann werde ich dich nicht vor irgendwelchen Dummheiten bewahren, sondern dir das verdammte Fell abziehen! Wag es nicht! Mit mir spielt man solche Kindergartenspiele nicht. Entweder sind wir zusammen oder wir sind es nicht!«

Er nickt langsam. »Verstanden.« Er greift in ihre Haare und zieht sie gegen seinen Mund. Ein überraschter Schrei löst sich aus ihrem Mund, bevor sie ihn ebenso attackiert. Der Kuss wird heißer und leidenschaftlicher. Und plötzlich ist es, als würde er das letzte Stück in ein Puzzle einfügen. Was immer auch geschieht, zwischen ihnen, eines ist klar, sie gehören zusammen und sie bleiben es auch. Er merkt, dass all die Unsicherheit von ihm abfällt. Sie ist sein und er gehört ihr. Und so wird es immer sein. Er fühlt keine Eifersucht mehr, weil er sich sicher ist. Ihrer sicher ist und auch ihrer Beziehung. Sie beide. Das ist für die Ewigkeit.

Seine Hände erforschen ihren Körper auf ein Neues, bis sie sich löst. Schwer atmend, die pure Versuchung, sagt sie: »Er will, dass du verlierst.«

»Wie bitte?«, fragt er verständnislos.

»Lewis. Du sollst den nächsten Kampf eindrucksvoll verlieren, damit du nicht mehr der Champion bist.«

Er schüttelt den Kopf, versucht wieder klar zu denken. »Kapier ich nicht, was hat er davon?«

»Er will auf deine Niederlage wetten. Viel Geld.«

»Okay.« Langsam begreift er. »Was heißt eindrucksvoll?«

Sie schaut ihn zögernd an. »Dein Gesicht soll nicht mehr so hübsch sein wie jetzt.«

Er schmunzelt. »Verstehe.«

»Ja.«

»Okay.«

»Das sagst du einfach so?«

»Was hast du ihm gesagt?«

Sie zögert erneut. »Dass du es tust.« Sie lässt den Kopf gegen seine Schulter sinken.

Er lacht und umschlingt sie mit den Armen. »Du hast es also schon entschieden, dass ich es mache.«

»Naja, ich dachte, das Recht sollte bei mir liegen. Schließlich muss ich dann das zermatschte Gesicht tagein, tagaus sehen.«

»Du hast einen Knall.«

»Einen kleinen.«

Er seufzt leise. »Wieso bist du zu ihm gegangen? Ich hab mit dir Schluss gemacht, um dich zu beschützen. Ich wollte nicht, dass dir irgendwas passiert.«

»Ich weiß, aber ...«, sie schaut auf, »ich kann mir mein Leben ohne dich nicht vorstellen. Und das ist allein deine Schuld«, endet sie anklagend.

»Meine Schuld?«, fragt er verwundert.

»Ja, weil du mich dazu gebracht hast, mich in dich zu verlieben! Du bist so ein Arsch!«

Er lacht und zeigt sein Grübchen. Er weiß, dass sie da nicht lange widerstehen kann. »Einspruch.«

»Abgelehnt! Du hast es dir nicht verdient, Einsprüche zu erheben.«

»Und wie kann ich mir das verdienen?«, fragt er, während er seine Hand in ihre Haare gleiten lässt.

Sie schnurrt beinahe, als sie sagt: »Das musst du selbst rausfinden.«

»Ich liebe dich«, sagt er und schaut ihr in die wunderschönen eisblauen Augen. »Und ich verspreche dir, dass ich nach diesem Kampf nie wieder illegal boxen werde. Nie wieder.«

In Sekundenschnelle verwandelt sich ihr Gesichtsausdruck von einer wütenden Furie in eine verliebte Frau. Frauen sind so einfach ...

Er liebt mich. Ich könnte das immer und immer wieder hören. Er liebt mich. Eigentlich war es mir ja klar. Ich meine, ich wusste ja, dass er mich nicht verlassen wollte, aber ... aber zu hören, dass ich recht hatte, tut gut. Und das er mich doch liebt. Naja, das tut Dinge mit meinem Herzen. Gute Dinge. Es bringt es zum Beben und zum Klopfen und dazu, sich weit für diesen verrückten Mann zu öffnen. Wieder und wieder. Auch wenn das total verrückt ist.

Ergo, passen wir zusammen.

Ach, das wusstet ihr schon? Naja, die Beteiligten erfahren es wohl immer erst zum Schluss.

Ich kuschel mich gegen ihn, umschlinge ihn mit meinen Armen, liebe es, dass er mich ebenfalls festhält.

Seine Hände gleiten sanft über meinen Körper und ein Schauer jagt den nächsten. Ich fühle mich geborgen und beschützt und – so kitschig es auch klingen mag – zu Hause. Ich hab es nie verstanden, wenn in irgendwelchen Schnulzen gesagt wird, mein Zuhause ist in deinen Armen. Auch wenn ich es immer abstreiten werde, es ist wahr ...

»Baby ...«, murmelt er mir ins Ohr und alle Härchen stellen sich auf.

»Hm?«

»Versprich mir, dass du nie wieder so etwas Dummes tust!«

»Nur, wenn du versprichst, nichts Dummes zu tun, auf das ich dann mit etwas Dummem reagieren muss.«

Er lacht leise und küsst mein Ohrläppchen. »Deal.«

Ich grinse und schaue zu ihm auf. »Ich will nicht, dass du verprügelt wirst.«

Er zieht mich eng an sich. »Besser ich als du.«

Ich schmunzel leicht. »Ich stand nie zur Debatte.«

»Und dafür danke ich dem Universum.«

Seine Lippen finden meine und ich gebe mich diesem Kuss hin, aber nicht lange. Denn wenn wir weitermachen, endet es mit Sex auf dem Schreibtisch ... *Hm, Sex auf dem Schreibtisch* ... Das geht nicht. Auf keinen Fall! Seine Kollegen haben schon gehört, wie er mich angeschrien hat, sie müssen nicht auch noch meine Schreie hören.

Als könnte er meine Gedanken lesen, wird sein Grinsen dreckig. »Heute Abend, Baby. Zieh dir was Heißes an.«

Ich nicke, bevor ich aufstehe und meine Kleidung richte. Ich fahre mir durch die Haare, versuche Ordnung in das Chaos zu bringen.

»Wie sehe ich aus?«

»Frisch gefickt.«
»Na toll, das wurde ich nicht mal.«
Er lacht, als ich aus seinem Büro tänzel. Arsch.

KAPITEL NEUNZEHN

Ich gehe heute mal um acht Uhr aus der Kanzlei. Ja, ich weiß, ich lasse es momentan wirklich schleifen, aber ein Date mit dem heißesten Typ der Welt hat man ja nicht jeden Tag. Ich grinse. Naja, wie es aussieht, ich jetzt schon! Wie das genau passiert ist, weiß ich nicht. Schließlich sieht er aus wie ein nordischer Halbgott und ich ... nun ja, ich sehe halt aus wie ich.

Klein, brünett und wenig Kurven. Aber er scheint darauf zu stehen. Das reicht mir. Ich muss nicht für andere Männer attraktiv sein, nur für diesen Einen. Das ist doch nicht zu viel verlangt.

Daher ziehe ich sexy schwarze Unterwäsche an und ein Bears-Trikot. Mehr nicht. Ich bin mir nicht ganz sicher, ob er das mit *was Heißem* meinte, aber ich denke, die Frau, die er liebt, in dem Trikot der Mannschaft, die er liebt, ist perfekt. Oder?

Ich habe was zu essen vorbereitet. Nein, nicht

gekocht. Sehr witzig. Ich habe es aus dem Feinschmeckerladen geholt und es nett angerichtet. Ich hab's auf Teller und Platten gelegt ... Immerhin. Ich öffne eine Flasche Wein. Es klingelt und ich eile zur Tür.

Ich frage wer da ist, drücke auf, und als ich seine Schritte höre, öffne ich die Tür. Er bleibt stehen, als er mich sieht. Ein Lächeln zieht sich über sein hübsches Gesicht und in seinen Augen funkelt es verräterisch. Es gefällt ihm.

Er kommt in wenigen Schritten zu mir, hebt mich hoch und drückt mich gegen die Wand, während er die Tür zutritt. Meine Beine schlingen sich um seine Hüften, meine Arme um seine Schultern. Sein Mund ist meinem so nah und doch so weit entfernt. Wir zögern diesen Augenblick hinaus, immer weiter und weiter. Es ist eine solch süße Qual.

»Jace«, hauche ich atemlos.

Er lächelt leicht, bevor seine Lippen meine berühren. Nur ganz kurz, dann entzieht er sich mir wieder und ich seufze frustriert. Er kommt wieder näher, nimmt meine Lippe zwischen seine Zähne und zieht sanft. Ich stöhne und drücke mich an ihn. Ich beginne mich im uralten Rhythmus zu bewegen, reibe mich an ihm.

Er keucht, sein Atmen wird schneller. Es turnt ihn an, dass er mich so anmacht. Er legt beide Hände an den Übergang zwischen Gesicht und Hals. Er hält mich fest, lässt mich nicht entkommen. Und dann ... dann drückt er seine Lippen gegen meine, stupst mit seiner Zunge gegen sie. Als ich meinen Mund öffne, ist sie in mir und reibt sich leidenschaftlich an meiner. Er nimmt mich in diesem Kuss gefangen, genießt die Macht, die er in diesem Moment über mich hat. Und ich ... ich liebe es.

Der Kuss wird schneller und härter, er beißt leicht in meine Lippe und ich schlage meine Nägel in seine Schultern. Er drückt mich gegen die Wand und ich ziehe an seinen Haaren. Ich liebe es ... Ich wusste nicht, dass es so viel Spaß machen kann, mit jemandem zu ... naja, ich weiß kein besseres Wort ... zu rangeln. Miteinander spielerisch zu kämpfen, einander anzugehen, keine Gnade zu zeigen. Aber als er heute so wütend auf mich war, hat mich das angemacht. Ich hab gesehen, dass er es gemerkt hat, jetzt gibt er mir genau das, was ich will. Er ist schon ein toller Mann. Aber Hände weg, Ladys! Er gehört mir!

Seine Hände streichen über meinen Hals, meine Schultern, machen kurz Halt an meinen Brüsten, die er beinahe liebevoll massiert. Sie fahren meinen Bauch herunter, über meine Hüften zu meinen Beinen. Seine Finger suchen den Saum und schlüpfen drunter. Er zieht den Stoff nach oben. Er bauscht sich um meine Taille. Eine Hand schließt sich um meinen Hintern, knetet fest. Ich stöhne in seinen Mund, als er es tut. Seine Hand schließt sich enger um mich. Ich beiße in seine Lippe, wrestle mit seiner Zunge. Ich zerre an seinen Haaren und werde mit einem Biss in die Zunge belohnt, was mich zum keuchen bringt. Ich starre in seine Augen. Sie sind voller Willensstärke, er schaut mich an, als wäre er hier der Boss im Ring. Ja, das glaubt er wohl selber nicht!

Die Finger seiner anderen Hand schieben sich in mich und ... ich kapituliere. Er bewegt sie rein und raus, immer schneller, immer schneller. Ich lasse meinen Kopf nach hinten fallen. Ein dumpfer Knall ertönt, als er gegen die Wand schlägt. Aber es interessiert mich nicht und ihn auch nicht.

Er dringt immer wieder in mich ein, es wird härter

und tiefer. Seine Augen sind auf meine gerichtet, zwingen mich dazu, ihn anzuschauen. Sein Blick ist wild und stark. Er meldet den Führungsanspruch an, das ist mir klar. Aber ich habe auch keine Chance, dem etwas entgegen zu setzen. Denn jede Faser in meinem Körper will, dass er mich ... nimmt. *Schmachvolle Schande*, versucht mein Kopf sich einzumischen, aber er wird zum Schweigen gebracht, weil die Zeit der Vernunft nun vorbei ist und die Unvernunft der Liebe spricht.

Ich nicke kurz, erkenne meine Niederlage an und merke im gleichen Augenblick, dass es hier gar nicht um Sieg und Niederlage geht, nicht um Dominanz und Unterwerfung, nicht um Macht und Ohnmacht. Es geht darum, was wir beide wollen, was unsere Körper wollen. Es ist nicht falsch, mich ihm hinzugeben, weil ich weiß, dass er alles tun wird, um den Sex für mich fantastisch zu machen. Es ist auch nicht falsch, die Initiative zu ergreifen und ihn zu reiten, bis wir beide nur noch keuchen können. Es gibt kein richtig und kein falsch, wenn es um Sex und Liebe gibt. Es gibt nur das, was wir beide wollen. Und das ist immer richtig.

Als ich das verstehe, füllen sich meine Augen mit Tränen des Glücks. Sofort hört er auf, legt seine Hände um mein Gesicht. »Baby, es tut mir leid«, flüstert er heiser. »Ich wollte nicht ...«

Ich schüttel den Kopf. »Nein, Jace, nein. Ich bin nur so glücklich. Du hast nichts getan.«

Seine Lippen suchen meine und er küsst mich zärtlich und vorsichtig. »Wirklich, Baby? Ich will dir nicht wehtun, niemals.«

»Das tust du nicht«, murmel ich gegen seine Lippen.

»Sag mir, wenn du etwas nicht willst, ich stoppe

sofort. Immer. Jederzeit.«

Ich nicke und küsse ihn wieder. »Ich weiß, aber ... hm ... nimm mich.«

Sein Kopf schnellt zurück und er sucht in meinen Augen nach ... keine Ahnung, aber er scheint es zu finden. »Bist du sicher?«

Ich nicke und beiße ihm in die Lippe.

Sein Blick wird herrisch und es liegt so viel Lust in ihm, dass ich vergehe. Ich ... O mein Gott, ist alles was ich denken kann, als seine Lippen auf meine prallen und er meinen Mund mit seinem fickt.

Ich halte mich an seinen Schultern fest, weil ich glaube, dass ich sonst ohnmächtig werden würde. Dieser Kuss ist ... Wow! Whoa! Yay! Woohoo! Yeah! Boah!

Er löst mich von der Wand, seine Hände umfassen meinen Hintern, kneten hart und er bringt mich ins Schlafzimmer. Er lässt mich aufs Bett fallen und ich lache, als ich in den Kissen versinke. Er zieht mir mit einem Ruck das Trikot vom Körper und bleibt einen Moment vor dem Bett stehen, um mich anzusehen. Sein Gesicht ist ein wenig ehrfürchtig. Und durch mich strömt Zufriedenheit, weil er mich offensichtlich so sexy findet wie ich ihn.

Er rollt das Trikot längs auf. »Auf den Bauch, Hände ans Kopfteil.«

Seine Stimme ist heiß. Tief und melodisch und so unglaublich sexy, wenn er mir Befehle erteilt. Ich komme gar nicht auf die Idee, es nicht zu tun. Und das kann ich nur den Sexhormonen zuschreiben, denn normalerweise würde ich jedem den Arsch aufreißen, der mir Befehle erteilt.

Ich spüre ihn in meinem Rücken. Er streicht sanft

über diesen und murmelt in mein Ohr: »Auf Knie und Ellenbogen.«

Ich richte mich auf, lege die Hände dann wieder um die Stangen des Betts. Seine Brust drückt gegen meinen Rücken und ich keuche bei dieser kleinen Berührung. Er schlingt das Trikot um meine Gelenke und die Stangen und verknotet es. Aber mit so einem dicken Stück Stoff ist das wohl eher pro forma.

»Ich kann den Knoten mit dem Trikot nicht fest machen. Vielleicht ist das beim ersten Mal auch gut so. Du kannst dich jederzeit befreien, okay?« Er streichelt mein Gesicht und schaut mir fragend in die Augen.

Ich nicke. »Ja, okay. Aber ...«

»Du magst es«, sagt er lapidar.

Ich nicke erneut.

»Gut.«

Seine Hände streichen über meine Schultern, meine Arme, meinen Rücken. Er haucht eine Million kleine Küsse auf meine Haut, manchmal verweilt er und ich spüre seine Zunge und seine Lippen, die dieses Fleckchen von mir anbeten. Überall habe ich Gänsehaut und jede Berührung treibt mich höher und höher. Seine Finger wissen genau, was sie tun, wie sie mich aufheizen und anschließend wieder abkühlen können.

Langsam öffnet er meinen BH. Er rutscht mir von den Schultern. Ich höre, wie sein Atem schneller geht, als er vorsichtig mit seinen Fingern auf meine Vorderseite gleitet und meine bescheidenen Rundungen liebkost, als wären sie das aufregendste, was er je in den Händen gehalten hat. Und ich muss zugeben, dass mich das erfreut. Eigentlich habe ich keine Probleme mit meinem Körper, aber meine Brüste fand ich schon immer klein. Jace gibt mir das Gefühl, dass sie perfekt sind. Auch wenn ich selbstbewusst bin und dieses nicht aus meiner Schönheit ableite, tut es doch gut, dass der Mann, den ich so überaus attraktiv finde, mich ebenso anziehend findet.

Er beugt sich neben mir runter und küsst meinen Busen. Ich lasse den Kopf hängen und gebe mich nur diesen Sensationen hin. Ich spüre, wie er jede einzelne Hautzelle mit Liebe füllt, und sie prickeln und pochen und zum Leben erwachen. Seine Finger berühren meinen Nippel und in mir zieht sich alles zusammen. Ich spüre, wie ich feuchter und feuchter werde. Es ist so gut. *Er* ist so gut.

Meine Finger krallen sich in die Metallstangen. Die Knöchel werden schon ganz weiß. Seine Finger massieren meine Brüste, schließen sich um einen Nippel, kneifen leicht hinein. Nicht viel, nur so viel, dass ein kurzer Stich die Lust durchbricht und sie danach mit viel mehr Wucht zurückkommt. Mein Kopf fliegt in den Nacken, ich spüre, wie sich meine Augen verdrehen. Und ... Wow!

»Ich liebe deine Titten«, sagt der schönste Mann der Welt, während er sie liebkost und anbetet, von ihnen kostet und sie verwöhnt. Und ich glaube ihm ... Gott, man sollte all den Therapeuten sagen, dass man nur einen sexy Mann braucht, der das, was man selbst als Schwäche ansieht, mit so viel Liebe bedenkt, dass man gar nicht anders kann, als vor Selbstbewusstsein zu strotzen.

Mir ist bewusst, wie falsch das klingt, denn Zufriedenheit mit einem selbst sollte aus dem Inneren kommen und nicht von außen, aber wenn etwas so gut ist, wie schlecht kann es dann sein?

Seine Küsse wandern meinen Rücken entlang. Er küsst die beiden Grübchen an meinem Kreuz, bevor er langsam das Höschen runterzieht. Seine Hände streifen es über die Rundung, dann über die Oberschenkel. Er hebt mein Bein an, befreit mich von dem Hauch Stoff, dann folgt das andere. Er küsst sich von meinen Knöcheln nach oben, leckt durch meine Kniekehle und ich stöhne so laut, dass ich mich beinahe selbst erschrecke. Er umfasst meine Oberschenkel und zieht meine Beine weiter auseinander. Dann küsst er sie über und über.

»Du bist so wunderschön, Baby«, murmelt er. »Ich hab noch nie jemanden gesehen, der so schön ist wie du.« Seine Finger untermalen diese Behauptung und ich erzittere überall.

»Seit unserer Nacht vor mehr als zehn Jahren habe ich jede Frau mit dir verglichen. Seitdem bist du noch schöner geworden.«

Das geht runter wie Öl. Ich kann gar nicht wirklich was sagen, sondern stöhne nur, als sich seine Finger nach oben schieben, höher und höher. Mein Atem geht schneller, mein Herz pocht aufgeregt, als seine Finger auf meine Schamlippen treffen. Er streicht sacht an ihnen entlang. Bringt mich zum Zittern und zum Beben.

»Jace«, hauche ich. »Bitte.«

Ich spüre sein Lächeln, als er langsam mit der Zunge über die Rundung meines Hinterns fährt. »Meine Schöne, du musst es noch ein wenig aushalten.«

Ich stöhne protestierend. Ich spüre seine Zähne, die sich gegen meine Haut drücken. Ich schreie leise auf, als er zärtlich an mir nagt.

»Jace, bitte«, flehe ich.

»Was willst du, Baby?«, fragt er, während er federleicht an meiner Muschi entlang streicht.

»Deinen Schwanz«, keuche ich.

»Wo willst du ihn?«, fragt er, hört mit seinen zarten Berührungen aber nicht auf.

»In meinem Mund«, sage ich und versuche, absolut verführerisch zu klingen.

Er keucht leise, also denke ich, dass ich es geschafft habe.

Ein wenig zögernd nimmt er seine Finger von mir. Er kniet sich neben mich, streichelt meinen Kopf.

»Du musst das nicht tun, Baby«, sagt er leise.

Ich schaue zu ihm auf. »Ich will es tun.«

»Wenn du es nicht magst, ist das okay. Wir können andere Dinge machen. Ich will dich zu nichts drängen, was du nicht tun willst.«

Ist er nicht süß? Aber wieso er auf die Idee kommt, dass ich nicht gerne blase, weiß ich nicht. Ich schenke ihm einen feurigen Augenaufschlag und rasple: »Mach die Hose auf und lass mich deinen Schwanz lutschen.«

Ein heiseres Knurren löst sich aus seiner Brust. Er leckt sich über die heißen Lippen, schaut noch einen Moment unsicher, bevor er seine Hose öffnet und seinen Prachtschwanz herausholt. Ich starre ihn an. Bei unseren ersten beiden Malen hatte ich gar keine Gelegenheit, mit ihm zu spielen, aber jetzt läuft mir das Wasser im Mund zusammen. Ich bewege meinen Mund in seine Richtung.

»Noch einmal, du musst das nicht tun.«

»Halt die Klappe«, sage ich, was ihn zum Schmunzeln bringt.

Er gibt sich einen Ruck und endlich, endlich, endlich darf ich ihn schmecken.

Ich küsse seine Eichel und er stöhnt leise auf. Seine Finger liegen locker auf meinen Schultern, streicheln mich. Die Position ist ein wenig ungünstig. Ich wünschte ich könnte ihn besser erreichen, aber wenn er wollte, dass ich es anders mache, würde er meine Hände lösen, somit schätze ich, der Reiz von einer gefesselten Frau einen geblasen zu bekommen, ist groß für ihn.

Er ist ein wenig zögerlich. Ich frage mich warum. Hatte er nur Frauen, die es nicht mochten? Oder wieso musste ich ihn quasi zwingen, ihm einen blasen zu dürfen? Aber ich stöhne leise, summe und mache jede Menge Geräusche, die eindeutig zeigen, wie gut es ist, ihm einen zu blasen. Er verliert die Vorsicht, seine Finger vergraben sich in meinen Haaren und er atmet schwer.

Ich lecke mit der Zunge über die Spitze, bevor ich meine Lippen um ihn schließe.

»Fuck, ja, Baby. Nimm ihn so tief in den Mund, wie du kannst.«

Ich fahre mit meinen Lippen seinen Schaft hinunter, bis seine Eichel an meiner Kehle anstößt. Tiefer kann ich nicht und auf gar keinen Fall in dieser Position. Anders vielleicht schon, man weiß es nicht. Aber so ... Auf keinen Fall.

Aber es scheint ihm zu reichen. »Und jetzt saugen, Baby. Hoch und runter.«

Meine Wangen werden hohl, während ich seinen Schwanz aus meinem Mund gleiten lasse und wieder hinein, hinaus und hinein. Meine Zunge leckt immer wieder an seiner Spitze, spielt mit seinem Bändchen und drückt sich leicht in die Vertiefung oben. Er keucht und stöhnt. Er liebt es. Ich schaue zu ihm auf.

»Fuck, Baby! BJs sind ja generell geil, aber wenn einem dann auch noch so viel Liebe und Vertrauen entgegen blickt«, keucht er leise.

Also halte ich seinen Blick fest, während ich seinen

Schwanz mit meinem Mund bearbeite. Irgendwann umfasst er mit beiden Händen mein Gesicht und hält mich einen Moment still. Sein Atem geht schnell und ein wenig unkontrolliert.

»Genug, Baby.«

Ich schüttel den Kopf, will ihn verwöhnen.

Er lächelt mich liebevoll an. »Doch, Baby. Ich will noch nicht kommen.«

Er zieht seinen Schwanz aus meinem Mund. Ich küsse die Spitze noch einmal und schaue ihn dann lächelnd an. Sein Mund ist schneller bei meinem, als ich schauen kann. Seine Zunge dringt in meinen Mund ein und er küsst mich wild und leidenschaftlich. Seine Lippen, die so weich sein können, sind hart und fest. Der Kuss turnt mich an wie keiner zuvor.

Er löst sich von mir. Seine Hand vergräbt sich in meinen Haaren und er zieht, nicht fest, aber auch nicht sanft an ihnen, um meinen Blick zu seinem zu bringen.

»Du liebst meinen Schwanz in deinem Mund«, stellt er zufrieden fest.

»Ja, so sehr«, antworte ich. Meine Lippen sind ein wenig wund von dem harten Kuss und ich bin ein bisschen heiser vor Geilheit.

»Keine Sorge, du bekommst ihn wieder.«

Er umfasst seinen Schwanz mit einer Hand und reibt seine Eichel an meinen Lippen. Als ich gerade meinen Mund öffnen will, zieht er ihn weg. »Aber nicht jetzt.«

»Du bist so ein Arsch«, fauche ich, sodass er lacht. Er gibt mir einen Klaps auf den Hintern, der mich hüpfen lässt.

»Nicht frech werden, Baby«, sagt er auch noch und heizt damit mein Temperament zusätzlich an.

Ich befreie meine Hände und stürze mich auf ihn. Lachend fängt er meine Hände ein und hält die Gelenke in einer Hand fest. Er liegt auf dem Rücken und ich auf ihm. Seine freie Hand wandert zwischen meine Beine und er dringt mit zwei Fingern in mich ein. Ich höre sofort auf, mich zu wehren, und stöhne leise und zufrieden.

»Du gehorchst also nur, wenn ich meine Finger oder meinen Schwanz in dir habe«, meint er und erhöht das Tempo. »Dann muss ich wohl dafür sorgen, dass es immer so ist.«

»Ja, bitte«, flüstere ich und bedecke sein Gesicht und seinen Hals mit unzähligen Küssen, während ich immer wieder stöhnend pausieren muss, weil er mich an einer Stelle trifft, die mich wahnsinnig macht.

Er lässt meine Hände los und umfasst mein Bein. Er zieht es neben seine Hüfte. Seine Finger verlassen mich und er zieht mein anderes Knie ebenfalls auf die Matratze. Dann umfasst er seinen Schwanz und dirigiert ihn zu meiner Muschi. Ich stütze mich mit den Händen auf der Matratze ab und sinke auf ihn nieder. Wir stöhnen beide auf, als wir uns verbinden.

»Ah, Jace«, stöhne ich seinen Namen. Er umfasst meine Hüften, seine Finger krallen sich in meine Haut.

»Reite mich, Baby«, befiehlt er und ich fange an, mich zu bewegen. Meine Hände löse ich von der Matratze und stütze mich auf ihm ab.

»Härter und schneller«, stöhnt er, woraufhin ich mein Tempo erhöhe. Ich drücke mich mit den Knien ab und lasse mich hart runter.

»Ja, Baby, so ist's gut. Weiter.«

Seine Hände wandern nach oben, umfassen meine Brüste. Er kneift mir in die Nippel und ich schreie leise auf.

»Lehn dich nach hinten und stütz dich auf meinen Oberschenkeln ab.«

Ich tue es und spüre, wie sein Schwanz immer wieder auf die Stelle trifft, die wahre Erregungswellen durch meinen Körper jagt.

»Jace, ja, ja, ja«, schreie ich. Die Lust nimmt überhand und ich kann mich nicht mehr im Rhythmus bewegen. Er umfasst meinen Hüften und bewegt mich, schenkt mir mehr Lust. Ich reite ihn nicht mehr, er fickt mich, auch wenn er unten liegt. Ich bin ihm so dankbar, dass er es tut, weil ich mich nicht mehr bewegen kann. Meine Beine sind aus Gummi und meine Gelenke Gelee, so sehr ich ihnen auch befehle, sich zu bewegen, sie tun es einfach nicht. Und dann vergesse ich auch das Denken. Vollkommen. Weg. Ich gebe mich ganz den Empfindungen hin, die Jace in mir auslöst.

Meine Nägel krallen sich in seine Oberschenkel, mein Kopf ist zurückgeworfen, meine Augen verdrehen sich, mein Mund ist in einem stummen Schrei geöffnet. Gott, er ... er ... Mein Orgasmus baut sich immer schneller auf. Wie eine Welle jagt er auf den Strand zu. Er überspült mich, reißt mich mit sich fort. Meine Muskeln ziehen sich zusammen, überall. In jeder Gliedmaße, in jedem Körperteil. Meine Muschi krampft sich hart um seinen Schwanz und er wirft den Kopf zurück, beißt die Zähne zusammen. Stößt immer und immer wieder in mich, zieht mich seinem Becken entgegen, bis ich meinen Orgasmus ausgeritten habe und er mit einem wilden Knurren in mir kommt.

Ich sacke ermattet auf seiner Brust zusammen. Seine Arme schlingen sich um mich, streicheln meinen Rücken.

Ich schließe die Augen. Auf meinen Lippen liegt ein süßes Lächeln. Dieser Mann. Wow.
Er spielt mit ihren Haaren und wartet darauf, dass sie wieder zu Kräften kommt. Es macht ihn irgendwie stolz, dass er ihren Körper so ausgelaugt hat. Er grinst, als er daran denkt, dass sie oben war, eigentlich die Kontrolle hatte, und er sie dann genommen hat.

Es macht ihn zufrieden, dass er so einen Effekt auf sie hat. Er will, dass sie beinahe verrückt wird vor lauter Verlangen, weil das genau das ist, was er fühlt. Er wird wahnsinnig, wenn er nicht in ihr sein kann. Und wenn er dann in ihr ist, fühlt sich alles richtig an, die Welt dreht sich wieder gleichmäßig, die Natur ist in Ordnung gebracht.

Sie ist so heiß! Sie hat Feuer und trotzdem mag sie es ganz offensichtlich, wenn er die Kontrolle übernimmt. Und er mag es, wenn sie versucht, sie an sich zu reißen, sich aber sofort ergibt, wenn er sie berührt. Sie passen gut zusammen. Nicht nur ihre Vorlieben, auch körperlich. Sein Schwanz hat noch nie so perfekt in eine Muschi gepasst wie in ihre. Wie eine Hand im Handschuh, schön enganliegend und anschmiegsam. Sein Schwanz ist groß und doch passt er genau in sie. Einfach perfekt, so wie alles an ihr. Und er passt auch in ihren Mund. Er hatte sich wirklich Gedanken darüber gemacht, dass sie keinen Spaß an Blowjobs hat, aber da hat sie ihn eines besseren belehrt. Gott sei Dank. Er fragt sich kurz, ob es ihn zum Arsch macht, dass er erleichtert ist, dass sie gerne bläst. Aber dann zuckt er mit den Schultern. Er leckt sie ja auch gerne und sie findet das bestimmt auch gut.

Als wollte sein Schwanz zustimmen, wird er langsam wieder hart. Sie bewegt sich auf ihm und hebt schläfrig den

Kopf. Sie lächelt ihn zufrieden an, befriedigt.

»Willst du noch mal?«, fragt er liebevoll und streicht ihr die Haare aus dem Gesicht.

»Hm«, sagt sie und er lacht. Er zieht ihren Mund zu seinem. Sanft drückt er seine Lippen gegen ihre, bevor er zärtlich seine Zunge in sie gleiten lässt. Gemächlich und träge küssen sie einander.

Sie legt ihren Kopf wieder auf seiner Brust ab und spannt leicht ihre Beckenmuskeln an. Er stöhnt, während sein Schwanz härter wird.

»Du kleines Luder«, murmelt er und sie kichert, macht es aber noch mal.

Er dreht sie um, greift nach ihren Händen, verschränkt ihre Finger ineinander, pinnt sie auf die Matratze und beginnt sich langsam und vorsichtig in ihr zu bewegen.

»Ich liebe dich«, sagt sie leise und schaut ihn aus ihren wunderschönen, eisblauen Augen an.

Er schluckt hart, bevor seine Lippen ihre finden. Er küsst sie zärtlich und voller Gefühl, während er Liebe mit ihr macht.

Er küsst ihre Wangen, ihre Nase, ihre Stirn, bevor er ihr lächelnd in die Augen schaut. »Ich liebe dich auch, Baby.«

Ich erwache in seinen Armen. Mein Kopf liegt auf seiner Brust, und wenn ich einatme, kann ich den Geruch nach Mann wahrnehmen, der mich umhüllt.

Ich denke an den Verlauf der letzten Tage. Himmelhochjauchzend und zu Tode betrübt haben sich abgewechselt. Aber ich glaube, dass wir jetzt die Spielregeln festgelegt haben. Auch wenn es eine steinige

Straße ist, wir sind zusammen und bleiben es. Wir entscheiden keine Dinge mehr ohne den Anderen – hoffe ich. Natürlich denke ich dabei vor allem an ihn, wobei ich mich kenne. Ich neige dazu, Sachen einfach alleine zu tun, weil ich das so gewohnt bin. Wenn ich einen neuen Teppich will, kaufe ich halt einen.

Ich will damit nicht sagen, dass ich Jace das Recht einräume, meinen Teppich mitauszusuchen, soweit geht die Liebe ganz sicher nicht, aber ich muss lernen, Kompromisse zu schließen, ob ich das will oder nicht. So macht man das in einer Beziehung, oder?

Ich denke schon. Ich habe zwar keine Ahnung, aber wenn einer nur im Mittelpunkt steht und sein eigenes Ding durchzieht, kann es nicht funktionieren. Und ich will, dass es funktioniert! Wir sind erst ein paar Tage zusammen, aber es fühlt sich länger an. Vielleicht weil wir beide uns so lange nach einander gesehnt haben. Nicht so kitschig wie im Film, aber immer so, dass da irgendwas im Hintergrund war, mit dem wir alles verglichen haben.

Es hat mich überrascht, als er mir sagte, dass es ihm genauso ging. Dass er alle Frauen in seinem Leben mit mir verglich. Es hat mich auch ein wenig stolz gemacht. Naja, sehr irgendwie. Auch wenn es eine traurige Komponente hat, hat es auch eine sehr rührende Seite. Da war jemand, dem ich wichtig war. Der mich für perfekt hielt. So unperfekt ich auch bin. Aber für diese eine Person war ich Perfektion.

Traurig ist es auch, weil wir beide nicht vorwärts kamen. Wir haben quasi an der gleichen Stelle verharrt, emotional gesehen, haben uns nicht weiterentwickelt, weil wir immer auf die eine Person gewartet haben. Wir hätten mit anderen Menschen glücklich werden können, taten es aber nicht.

Vielleicht gibt es doch nur die eine große Liebe für jeden und man ist voll im Arsch, wenn man sie entweder nicht findet oder sie verliert oder sie gar nicht erst geboren wird. Wow, dann ist man richtig gearscht.

Naja, aber ich hab ihn ja zurück. Weiterentwickelt oder auch nicht. Das Original war ja schon ziemlich gut, da braucht es kein 2.0.

Ich küsse ihn sanft auf die Brust, bevor ich die Augen schließe.

Seine Finger streichen sanft über meinen Rücken und ich hebe den Kopf. Ich kann sein Lächeln erahnen.

»Hey, du bist wach«, sage ich leise und rutsche ein wenig hoch, um meine Wange an seine zu legen.

»Du bist süß, wenn du nachdenkst«, antwortet er mit einer noch vom Schlaf kratzigen Stimme.

Er dreht uns auf die Seite, sodass wir uns ansehen können. Es scheint ein bisschen Licht durch die Fenster, weil wir die Vorhänge nicht zugemacht haben. Wir können die Züge des anderen sehen, unsere Augen und die Emotionen, die sich in ihnen spiegeln.

Er verschlingt unsere Finger ineinander und legt sie zwischen uns. »Ich bin so unglaublich glücklich, Baby. Aber ... ich ... ich muss wissen ... Warum bist du einfach gegangen? Damals, meine ich.«

Ich nicke. Es war klar, dass diese Frage irgendwann kommen würde. Und er hat auch ein Recht darauf, es zu erfahren. Wenn ich geblieben wäre, hätten wir vielleicht all das hier schon vor zehn Jahren haben können.

»Ich hatte Angst«, sage ich einfach.

»Warum?«

Ich streichel seine Finger. »Da warst du. Und da war

ich. Wir kannten uns überhaupt nicht, kein bisschen, aber als wir uns geküsst haben, war es, als – ich hasse es kitschig zu klingen –, es fühlte sich an, als hätten sich unsere Seelen erkannt. Von Sekunde eins an war es viel mehr als nur ein One Night Stand. Es waren plötzlich Gefühle im Spiel, obwohl ich dich nicht kannte, obwohl du mich nicht kanntest. Es war intensiv. Unser Sex war so intim, als wären wir schon lange zusammen. Es war ... zu viel. Zu schnell zu viel.« Ich schlucke und schaue in seine Augen. »Ich kannte mich mit meinen Gefühlen nicht aus, kein bisschen. Ich war von der Größe erschreckt. Sie drohten mich zu überwältigen. Ich habe plötzlich Angst bekommen, dass ich mich verliere. Dass ich mich in diese Beziehung begebe und mich dann auf dem Weg verliere. Es war leichter zu gehen, als zu bleiben.«

»Wir hätten es langsam angehen lassen können«, sagt er leise.

»Nein, hätten wir nicht. Normalerweise fängt man bei eins an, aber wir haben schon bei zwanzig angefangen. Und dann kann man nur zu einundzwanzig gehen und zu zweiundzwanzig, man kann nie zurückgehen auf fünf oder acht oder dreizehn. Langsam wäre nicht möglich gewesen, weil es sich so anfühlte, als hätten wir all die wichtigen Schritte übersprungen. Einfach so.«

Er nickt. »Ich hab das auch gefühlt, Baby. Ich hatte auch Angst, aber ich wollte es ... hm ... erforschen, wollte herausfinden, was es ist, die Möglichkeiten ausloten. Ich hatte auch Angst, aber ich wollte sie mit dir zusammen bezwingen.«

»Das ist, weil du trotz allem, was in deinem Leben hässlich war, immer an der Wahrheit festgehalten hast, dass es den einen Menschen für dich gibt, den du immer lieben wirst. Aber ich ... ich hab daran nicht geglaubt. Du hattest deine Eltern nur ein paar Stunden, aber sie haben dich geliebt, du weißt, dass sie glücklich miteinander waren, auch wenn es vielleicht merkwürdig aussah von außen. Ich kenne nur diese beiden kaltherzigen Menschen, die unser Zuhause manchmal wochenlang in ein Kriegsgebiet verwandelt haben, weil sie sich über die Farbe der Vorhänge nicht einig werden konnten.«

Seine Finger schließen sich um meine. »Ich weiß, Baby. Es tut mir leid.«

Ich schüttel den Kopf. »Es gibt nichts, was dir leidtun muss.« Ich küsse seine Hand. »Fakt ist aber, dass ich damals nicht bereit gewesen wäre. Für keine feste Beziehung und schon gar nicht für dich.«

»Wieso nicht für mich?«, fragt er nach, neugierig, nicht in irgendeiner Weise irritiert.

»Weil du schon immer wusstest, was du willst. Eine Frau, eine Familie ... Du hättest mir damit eine Heidenangst gemacht. Fuck, du tust es jetzt noch.«

Er grinst. »*Ich* mache *dir* Angst? Scheiße, du bist es doch, die Deals mit Gangsterbossen abschließt, während sie gleichzeitig einem kleinen Mädchen die Haare flechtet. Und ich bin furchterregend?«

Ich lache leise. »Naja, man tut, was man kann. Ich habe es in den letzten Jahren oft bereut, gegangen zu sein. Immer und immer wieder. Jedes Mal, wenn etwas schief lief, dachte ich, es wäre besser gewesen zu bleiben, dann wäre alles anders. Jedes Mal, wenn ich jemanden kennenlernte, dachte ich immer nur an den Mann mit den grünen Augen, der mir bis auf den Grund meiner Seele schauen konnte.«

»Dafür, dass du nicht kitschig klingen willst, tust du es

ziemlich oft«, meint er.

Ich greife nach meinem Kissen und schlage ihn damit. Er lacht und nimmt sein Kissen in die Hand – eigentlich mein zweites Kissen. Er hat gar keine Waffen, deswegen habe ich schon gewonnen.

Er schlägt nach mir und ich jauchze, als mich das weiche Bündel an der Schulter trifft. Wir knien beide auf dem Bett und schlagen mit den Kissen nacheinander. Irgendwann packt er mich und schmeißt mich auf die Matratze. Er lacht, als er mich runter drückt und sanft in mich gleitet.

Ich stohne leise und lege meine Beine um ihn.

»Jace«, sage ich leise, »es tut mir leid, dass ich gegangen bin, aber ... es hätte nicht funktioniert. Ich habe mir so oft eingeredet, dass es geklappt hätte, aber wirklich, es wäre schief gegangen. Ich war nicht bereit für eine feste Beziehung.«

Er lächelt mich liebevoll an. »Und jetzt bist du es?«

Ich schüttel den Kopf und er zieht die Stirn verwirrt kraus.

»Ich bin bereit für dich.«

Seine Stirn glättet sich und er küsst mich sanft. »Ich liebe dich.«

Und dann zeigt er mir wie sehr.

KAPITEL ZWANZIG

Wir liegen auf der Couch, halbnackt. Wir haben es nicht mal geschafft, uns ganz auszuziehen, bevor wir von der Lust eingeholt wurden. So ist es in den letzten Tagen immer gewesen. Es ist, als würden wir da anknüpfen, wo wir vor mehr als zehn Jahren aufgehört haben. Mit der gleichen Ausdauer und dem gleichen sexuellen Appetit, den man um die zwanzig hat. Ich dachte, dass würde sich im Alter ändern.

Hör sich das einer an, schüttel ich über mich selbst den Kopf. Man könnte meinen, ich wäre achtzig und nicht dreißig. Alberne Gans.

Jedenfalls, was ich eigentlich nur sagen wollte, ist dies: Wir haben jede Menge Sex und ich liebe es. Das Lied von Lonely Island featuring Akon *I just had sex* ist meine persönliche Hymne und ich würde es liebend gerne von den Dächern New Yorks schreien. Denn ich habe nicht nur Sex, ich habe phänomenalen Sex. Auf einer Skala von eins bis zehn ist Sex mit Jace eine zweihunderteinundsiebzig. Ja, genau. Es ist so gut. Wenn nicht sogar noch besser.

Mein Handy klingelt und unterbricht meine hormongeschwängerten Gedankengänge. Ich kann nicht aufstehen, also tut Jace es für mich. Zum Niederknien der Typ.

»Hallo?«

»Ach, du lebst noch?«, faucht es mir ins Ohr.

»Äh, wer ist da?«, frage ich perplex, weil ich nicht aufs Display geschaut habe.

»Du hast mich schon vergessen?«, kreischt es.

»Lila?«

»Ja, Lila! Deine beste Freundin, deren Trauzeugin du bist, aber du hast dich nicht einmal gemeldet! Das ist doch keine Art!«

Fuck. Voll vergessen in all der Aufregung. Ich bin eine ganz schlechte Freundin. Mir sollte ganz dringend die Mitgliedschaft im Freundinnen-Club entzogen werden. Ich schäme mich gerade abgrundtief, dass ich eine von den Frauen bin, die ihre Freundinnen vergessen, sobald sie einen Mann haben.

Und dann fällt mir ein, dass der Grund, dass ich mich nicht gemeldet habe, gar nicht mein Freund, sondern meine Arbeit ist, und dass ich grundsätzlich nicht die ständig anrufende Freundin bin. Dann reiße ich meine Clubkarte an mich.

»Lila, du weißt, dass ich beruflich immer sehr eingespannt bin«, versuche ich sie zu beruhigen.

Sie schnaubt. »Ja, das weiß ich! Aber ich hatte gehofft, dass dir bewusst sein würde, dass dieser Tag furchtbar wichtig für mich ist, und du dich daher mal ein bisschen zusammen nehmen würdest.«

»Ich weiß, dass die Hochzeit für dich wichtig ist. Wirklich. Aber ich kann mir die Menge an Arbeit nicht aussuchen. Manchmal ist es einfach viel. Es tut mir leid, dass du dich vernachlässigt fühlst.«

Das waren nicht gerade die wohl durchdachtesten Worte, die ich hätte wählen können. »Vernachlässigt? Ich fühle mich nicht vernachlässigt, Chrissa! Ich bin absolut sauer, dass meine beste Freundin sich wie ein selbstsüchtiges Miststück verhält und nur auftaucht, um mir zu sagen, dass ich einen Fehler mache.«

Autsch. Das tut weh. »Das stimmt doch gar nicht!«, verteidige ich mich. »Seit der Radiogeschichte habe ich doch gar nichts mehr gesagt.«

»Genau. Du hast gar nichts mehr gesagt. Nicht angerufen, nicht getextet. Nichts.«

Ich bin verwirrt. »Also willst du, dass ich schlechte Sachen über Trevor sage?«

Jace schaut mich interessiert an. Ich frage mich, wie diese Konversation klingt, wenn man nur die eine Seite hört.

»Nein, Chrissa! Ich will das nicht, aber es sind nur noch wenige Tage zur Hochzeit und ich könnte die Hilfe meiner Trauzeugin gebrauchen.«

Ich seufze. »Dir war doch von Anfang an klar, dass ich nicht viel Zeit haben werde.«

Vor meinem geistigen Auge sehe ich sie langsam nicken. Dann sagt sie leise: »Naja, vielleicht habe ich irgendwie gehofft, dass meiner besten Freundin meine Hochzeit auch wichtig sein würde.«

»Sie ist mir wichtig, Lila. Ich weiß, dass ich dich nicht ausreichend unterstützt habe, aber wir haben das doch geklärt. Und jetzt bin ich voll an Bord. Ich hab nur so viel um die Ohren.« Sex und so.

»Ich muss wissen, dass du hinter mir stehst.«

»Du brauchst meinen Segen nicht, Lila. Du liebst ihn, das hast du mir immer und immer wieder gesagt. Das ist doch alles was zählt, Süße. Ist doch egal, was andere sagen.«

»Ist mir ja auch egal, nur nicht das, was du sagst. Du bist meine beste Freundin und ich will, dass du meine Entscheidungen unterstützt.«

Ich hole tief Luft. »Das verstehe ich, Lila. Und ich tue es. Ich unterstütze deine Entscheidung. Du heiratest Trevor und du wirst glücklich mit ihm.«

»Und das ist ... das ist okay für dich?«, fragt sie scheu. Lila war in ihrem Leben noch nie scheu.

»Ja, das ist es. Du bist mir wichtig. Du. Dein Glück ist alles, was zählt. Trevor macht dich glücklich, also solltest du mit beiden Händen zupacken.«

»Okay.« Ich höre die Erleichterung in ihrer Stimme und frage mich, was ich für eine furchtbare Freundin bin, dass ich meiner besten Freundin das Gefühl gegeben habe, ihr Glück sei mir nicht wichtig. Und da sind wir wieder bei den Schuldgefühlen ...

Wir sagen uns noch, wie wichtig wir einander sind, freuen uns auf Samstag, verabschieden uns. Ich lege auf und lasse den Kopf in die Hände sinken. Was bin ich für eine schlechte Freundin?

»Was war das?«, fragt Jace.

Ich lünkere zwischen meinen Fingern hervor. »Ich bin am Samstag Trauzeugin auf der Hochzeit von Lila, meiner besten Freundin, einer von zweien, um genau zu sein. Und ich habe mich nicht so wirklich eingebracht.

Darüber hinaus habe ich sie auch noch bei jeder möglichen und unmöglichen Gelegenheit spüren lassen, dass sie einen Fehler macht.«

Er grinst leicht. »Du bist total unmöglich.«

»Ich weiß«, gestehe ich. »Das war keine wirkliche Sternstunde. Ich weiß auch nicht, wieso ich dachte, das wäre das Richtige.«

»Ist er ein Arsch?«

»Nein, ein Langweiler.«

Er nickt. »Das ist beinahe noch schlimmer.«

»Ja, oder?«

»Nein, nicht wirklich«, lacht er.

Ich will empört sein, aber er hat recht. Leider. Vielleicht ist er ja auch gar kein Langweiler, wenn man ihn besser kennt. Vielleicht ist er ein total cooler Typ? Ich kann es mir zwar nicht vorstellen, aber das kann doch sein?

»Ich bin eine miese Freundin«, gebe ich zu.

Er zieht mich an sich, umarmt mich fest. »Ich kann nur hoffen, dass du als feste Freundin besser bist.«

»Würde ich mal nicht von ausgehen«, sage ich wahrheitsgemäß.

Er küsst mich, als würde ihn das gar nicht interessieren, was ich gesagt habe. Wenn das kein Vertrauensbeweis ist. Er denkt also, ich kann das ...

»Ich will nicht, dass du mitkommst«, sagt er zum wiederholten Mal, aber ich bin auf dem Ohr taub.

»So ist es abgesprochen«, sage ich, während ich ihm zusehe, wie er seine Sporttasche packt.

»Das sind Gangster«, versucht er es wieder.

»Ich weiß.«

»Ich rufe dich sofort an, wenn es vorbei ist.«

»Das ist nett, aber wahrscheinlich stehe ich dann direkt neben dir.«

»Chrissa!«, sagt er frustriert.

Ich trete hinter ihn und schlinge meine Arme um seinen Bauch. »Baby, wir sind ein Paar und halten zusammen. Wo du hingehst, gehe ich auch hin.«

»Das kannst du auch immer machen, nur nicht heute.«

»Ruhe jetzt. Denk dran, dass, was auch immer geschieht, wir kein Paar sind, sondern nur Anwältin und Mandant.« Ich lasse meine Hand in seine Hose gleiten. »Ein extrem gut bestückter Mandant.«

Er lacht. »Wir sollten noch 'ne Runde ins Bett gehen, Baby. Mach mich müde, damit ich heute leichter verlieren kann.«

»Es darf nicht gestellt wirken, Jace. Hast du das verstanden? Es muss echt aussehen. Du musst auch ein paar Hiebe austeilen und so.«

Er dreht sich zu mir um und umfasst zärtlich mein Gesicht. »Du hast keine Ahnung vom Boxen, oder?«

Ich schüttel den Kopf. »Nein, aber so schwer kann das ja nicht sein. Man wirbelt ein bisschen mit den Fäusten in der Gegend rum.«

Er lacht und küsst dann meine Lippen. »Okay, ich fuchtel also ein bisschen und er ein bisschen mehr. Voilá. Ein Boxkampf.«

»Genau.« Ich stelle mich auf die Zehen und schlinge meine Arme um seinen Hals. »Es wird so furchtbar sein, zu sehen, wie du verletzt wirst.«

»Das ist es wert. Wenn wir dadurch von diesen Ärschen wegkommen, ist es das wert.«

»Aber bitte pass auf, dass du nicht zu entstellt wirst«, scherze ich.

»Liebst du mich dann nicht mehr?«

Ich lächel ihn an. »Ich werde dich immer lieben.«

Er küsst mich auf die Nasenspitze, bevor er mich eng in die Arme zieht. »Dann kann ja nichts schief gehen, Baby.«

»Wenn du das sagst«, murmel ich und küsse ihn mit allem, was ich habe.

»Ms. Hawthorne, schön Sie zu sehen«, flötet mir Lewis ins Ohr.

»Danke«, erwidere ich. Was soll ich auch sonst sagen? Ebenso? Das ist die größte Lüge, die je erzählt wurde. Ich mag zwar die Wahrheit manchmal dehnen, aber ich bin keine Lügnerin.

Er geleitet mich hinein. Ich bin froh, dass er offensichtlich nicht die Angewohnheit hat, Frauen die Hand aufs Kreuz zu legen. Das wäre ... ätzend. Ich will von diesem Typen nicht angefasst werden. Ich will eigentlich nicht mal dieselbe Luft atmen, aber das lässt sich nicht vermeiden. Außer mit einem Sauerstoffgerät, aber das sähe ja albern aus.

»Haben Sie die Videos?«, frage ich. Von Jace weiß ich mittlerweile, dass es Videos sind. Da brauche ich also nicht mehr schwammig Bildmaterial sagen. Das ist schon mal ein Vorteil.

Er reicht mir einen USB-Stick. »Das sind sie.«

Ich schaue ihn kritisch an. »Und ich soll glauben, dass dies die einzige Kopie ist?«

Er lächelt charmant ... und wie ein Krokodil. »Sie müssen mir vertrauen.«

»Ihnen?«

»Ja, mir. Wir haben einen Deal. Was immer ich auch sein mag, Ms. Hawthorne. Ich stehe zu meinem Wort.«

Ich starre ihm in die Augen. Entweder ist er der beste Schauspieler der Welt und bekommt bald einen Oscar für diese Rolle oder er sagt die Wahrheit. Innerlich zucke ich mit den Schultern, weil es eigentlich egal ist. Ich hab keine andere Wahl, als mit diesem Stück Dreck Geschäfte zu machen. Auch, wenn ich mich dabei selbst wie der schlimmste Abschaum fühle.

Er führt mich in die VIP-Lounge, wie er es nennt. Im Grunde ist das nur ein abgetrennter Bereich direkt am Ort des Geschehens. Wenn Jace' Gesicht in eine Faust läuft, bekomme ich die Blutstropfen ab. So nah am Ort des Geschehens.

»Waren Sie schon einmal bei einem Boxkampf?«, fragt mich Lewis und zündet sich eine Zigarre an.

»Nein. Aber ich habe mir sagen lassen, dass Sie sich normalerweise gar nicht zeigen. Und trotzdem sind Sie heute hier. Auch noch direkt im Spotlight.« Ich ziehe fragend die Augenbraue hoch.

Er nickt. »Sie haben recht. Merkwürdigerweise hatte ich das Gefühl, dass ich heute anwesend sein sollte. Es wird mich niemand erkennen, daher ist es kein Problem. Die Menschen werden denken, dass ich irgendein Geschäftsmann bin, der mit seiner Freundin«, er zeigt auf mich und mir wird schlecht, »einen Boxkampf ansieht.«

»Beinhaltet dieses Szenario, dass Sie mich wie Ihre Freundin behandeln?«, frage ich gespielt nonchalant. Ich weiß nicht, was Jace tun wird, wenn er sieht, dass dieser Kerl mich begrapscht.

Lewis lacht leise. »Keine Sorge. Ich hab Ihnen die

Handtasche nicht gekauft, die Sie haben wollten, daher herrscht den ganzen Kampf über dicke Luft zwischen uns.«

Gegen meinen Willen muss ich grinsen. Das war irgendwie witzig ... Doch dann denke ich an seine Gesinnung, woraufhin mir das Lachen in der Kehle stecken bleibt. »Wieso glauben Sie an *White Supremacy*?«, rutscht es mir raus.

Er zieht amüsiert die Augenbraue hoch. »Wie bitte?«

Ich knete meine Hände und antworte: »Sie sind gebildet und kultiviert. Bisher habe ich Rassismus eher für ein Unterschichtenphänomen gehalten. Wieso also?«

Er beugt sich näher zu mir. »Ich bin kein Rassist. Ich glaube, dass alle Menschen gleich sind. Aber ich glaube, dass sie in ihren eigenen Ländern gleich sein sollen. Amerika ist ein weißes Land, so soll es bleiben.«

»Aber ...«

»Nein, Ms. Hawthorne, ich habe kein Interesse, Ihre liberalen Wischi-Waschi-Argumente zu hören. Sparen Sie sich die. Wir sind auch nicht hier, um Freunde zu werden, sondern einzig und allein, um unser Geschäft abzuwickeln. Daher schlage ich vor, wir spielen jetzt dicke Luft.«

Ich nicke. »Sie haben recht.« Ich drehe den Kopf weg und schaue auf den Ring.

Gleich kommt Jace hier raus, schwitzend und sexy. Und dann ... dann wird er vor meinen Augen verprügelt und ich kann nichts dagegen tun. Ich schließe die Hände zu Fäusten, befehle mir, nichts Dummes zu tun. Ich hoffe, dass auch Jace nichts Dummes tun wird ... *Halte dich an den Plan, Jace, halte dich an den Plan.*

»Ladys und Gentlemen!«, kommt die Stimme des Ansagers. Er ruft in ein Megafon und klingt so scheppernd wie ein Eisenwarenladen. »Wir haben einen neuen Herausforderer! Er kommt aus Florida, ist groß wie ein Baum und stark wie ein Bär. Mit knapp zwei Metern und hundertzwanzig Kilo übertrifft er unseren Champion bei Weitem.«

O Gott, er wird Jace zu Brei schlagen, ist alles, was ich denken kann. Blöde, blöde Idee! Wie konnte ich mich darauf einlassen?

»Hier ist er, Daniel *The Hammer* Quincey!«

Die Menge jubelt nicht, sondern buht. Ganz offensichtlich hat Jace hier viele Fans. Der Hammer tritt in den Ring und mir stockt der Atem. Meine Hände fangen an zu schwitzen und mein Herz pocht schneller und schneller. Das ... das kann Jace nicht überleben! Nein, nein, nein ... Seine Hände sind riesig wie Bratpfannen. Ein Fausthieb und Jace ist ... Gott, ich darf gar nicht daran denken. Jace ...

»Und *Everybody's Darling*, unser hauseigener Champ seit zwei Jahren, unzählige Kämpfe bestritten, nicht einmal bezwungen, hier ist er! Euer Superstar, der Boxer eurer Herzen – und Ladys, ich weiß, ihr hättet ihn gerne noch woanders –, hier ist er. Jace *Iceman* Monroe.«

Iceman? Wer hat ihm denn diesen bescheuerten Namen gegeben? Hat er sich den etwa selber ausgesucht? Das ist ja voll albern.

Und dann betritt er den Ring. Oberkörper frei, die wunderbaren Tattoos zur Schau gestellt. Selbstbewusst, bereit für den Kampf. Er ist ungemein sexy, wie er da in der Mitte des Rings steht. Neben diesem Kerl sieht er unglaublich klein aus. Ich muss schlucken, weil ich jetzt schon sehen kann, wo das endet. Mein armer Jace. Kann ich das Ganze noch absagen?

Ich schaue zu ihm. Er sieht mich, fängt meinen Blick ein und nickt unmerklich. Er ist sicher, dass er das schaffen kann. Dann bin ich es auch. Das wird schon. Nicht? Doch, doch. Er kann auf sich aufpassen.

Die Glocke ertönt und Jace schlägt dem Typen in einer schnellen Kombination beide Fäuste ins Gesicht. Der Hammer ist langsam, kann nicht blocken, kriegt die Schläge ab, aber sie tun ihm nichts. Er wankt nicht einmal, selbst ich als Laie habe gesehen, was für ein Bums hinter diesen Schlägen steckt. Er reagiert, als wäre das nur eine lästige Fliege. Das wird kein gutes Ende nehmen, das spüre ich jetzt schon.

Und dann der erste Schlag. Mein Herz bleibt stehen. Ich vergesse zu atmen. Ich sehe nur die Faust in Zeitlupe auf den Mann zukommen, den ich liebe.

Jace ist schnell und weicht aus, der Schlag trifft ins Leere. Ich spüre die Erleichterung, die durch mein System fließt, bevor mir einfällt, dass Jace ja verlieren wird. Er wird diesen Kampf verlieren. Das bedeutet, dass er viele Schläge abbekommen wird. Sehr viele. Lewis will Blut, das hat er bereits gesagt. Ich weiß gerade gar nicht, wie ich das aushalten soll, wie ich das überstehen soll.

Noch weicht Jace den Schlägen aus und teilt eigene aus, aber irgendwann muss der Kampf sich zugunsten des anderen entwickeln. Und dann?

Und dann kracht die Faust des Hammers in Jace' Gesicht. Er trifft den Wangenknochen und ich meine, es knacken zu hören. Jace' Gesicht verzieht sich vor Schmerz. Meine Augen füllen sich mit Tränen. Ich kann das nicht mit ansehen. Jace sucht meinen Blick ... Und ich weiß, ich muss hinsehen, um ihm helfen zu können, wenn er mich braucht. Ich muss tapfer sein, für ihn, für mich.

Jace revangiert sich mit einem Schlag gegen die Nase, aber da trifft ihn der zweite Schlag. Dieses Mal in die Rippen. Ich sehe, wie seine Atmung einen Moment aussetzt, wie er ein wenig vornüber kippt und versucht, Luft zu bekommen.

Die Tränen laufen jetzt mein Gesicht herunter. Ich krampfe meine Hände in den Stoff meiner Hose, um nicht zu ihm zu rennen, um ihn nicht in die Arme zu nehmen und seine Qualen zu übernehmen.

Als er sich aufrichtet, fliegt sein Kopf durch den Aufprall des nächsten Schlags zur Seite. Und dieses Mal fließt Blut. Nicht die Nase, aber seine Lippe ist kaputt.

Jace, Jace, Jace ... In meinem Kopf ist nur noch Platz für seinen Namen. Alles in mir tut unglaublich weh, als wären die Schläge auf mich niedergegangen. Ich bilde mir ein, seine Schmerzen körperlich zu spüren.

Der nächste Schlag und Jace geht zu Boden. Das Publikum zieht kollektiv erschrocken die Luft ein. Er rappelt sich wieder auf. Er greift an, aber der Hammer tut das, was sein Name schon verrät. Er hämmert auf ihn ein. Wieder und wieder. Ich kann gar nicht mehr zählen, wie viele Schläge auf ihn niederregnen. Sein Gesicht ist zugeschwollen, überall ist Blut. Die Haut an seinem Oberkörper ist rot und fleckig, überall da, wo er getroffen wurde. Aber er gibt nicht auf ... Also, zumindest tut er so. Er kämpft weiter, aber so viele Schläge ... Da wird jeder schwach.

Der Hammer trifft ihn erneut und es tut weh, ihn anzusehen. Jace sinkt auf die Knie. Seine zugeschwollenen Augen richten sich auf mich. Ich kann nicht erkennen, was er mir mitteilen will, aber ... das kann nichts Gutes heißen. Ich sehe wie die Faust des Hammers niedersaust.

Seine Lippen formen *ich liebe dich.* Nein, nein, nein! Verabschiede dich nicht! Jace! Nein!

Der Schlag trifft ihn nicht ... Ein Mann springt in den Ring und fällt dem Hammer in den Arm.

Neben mir kocht Lewis vor unterdrückter Wut. Er weist einen seiner Lakaien an, den Mann aus dem Ring zu schaffen.

»Wagen Sie es ja nicht«, zische ich. »Der Kampf ist jetzt vorbei.« Ich ziehe mein Handy aus der Tasche. »Ich muss nur auf Senden klicken und schon weiß die gesamte New Yorker Polizei, wo sie suchen muss.« Ich navigiere zur Kamera und löse aus.

»Was soll das?«, knurrt er.

»Das ist *meine* Versicherung.«

Er denkt nach, jedes Rad in seinem Kopf dreht sich, man kann es genau sehen. Aber er findet keine Lösung. Er kann nicht riskieren, dass es eine Razzia gibt. Er weiß ja nicht mal, ob die Polizei nicht schon in der Nähe ist. Bisher war er unerkannt, niemand wusste, wie er aussieht, aber mit dem Foto, das ich gerade gemacht habe, könnte großflächig nach ihm gefahndet werden. All das spult sich hinter seinen Augen ab.

Er nickt langsam. »Dieses Mal haben Sie gewonnen. Ich freu mich auf nächstes Mal.«

»Es wird kein nächstes Mal geben. Sie halten sich an Ihr Wort.«

»Sonst?«

»Das wissen Sie bereits.«

Er starrt mir in die Augen, aber ich habe keine Angst vor ihm. Ich habe gerade die schlimmsten Momente meines Lebens durchgemacht, nichts anderes bringt mich mehr zum Zittern.

Lewis verschwindet, wahrscheinlich um seine Kohle einzusacken. Ich drehe mich zu Jace, er liegt am Boden, bewegt sich nicht. Der letzte Schlag ist nicht gekommen, aber er ist benebelt, vollkommen fertig.

Ich eile zu ihm, knie neben ihm nieder. Ich streiche über seinen Kopf, versuche ihm Trost zu spenden und nicht noch mehr Schmerz zuzufügen. »Jace«, murmel ich immer wieder.

Er öffnet langsam die Augen. »Hey.«

»Wir müssen hier weg. Kannst du aufstehen?«

»Du musst mir helfen.«

»Immer, das weißt du doch.«

Er richtet sich langsam auf und ich stütze ihn so gut es geht. Aber es liegen mehr als dreißig Zentimeter zwischen uns und bestimmt ebenso viele Kilos. Es ist nicht leicht. Der Mann, der in den Ring gesprungen ist, stützt ihn von der anderen Seite, was sehr viel effektiver ist.

Wir stolpern und taumeln in Richtung Ausgang.

»Baby«, murmelt Jace, »geh vor und ruf ein Taxi. Jim macht das schon.«

Ich nicke und eile nach draußen, um ein Taxi zu rufen. Als wäre Timing alles, hält eines an, gerade als Jace auf die Straße kommt.

Jim hilft ihm ins Taxi. Ich greife nach seiner Hand. »Danke.«

Er nickt kurz und ich steige ebenfalls ein. Ich gebe dem Fahrer meine Adresse, der skeptisch auf den halbnackten Riesen blickt, der aussieht, wie durch den Fleischwolf gedreht.

»Hast du die Videos?«, fragt Jace leise.

Ich nicke. Ich schaue auf seine Hand, will sie in meine

nehmen, aber ich traue mich nicht. Ich will ihm nicht noch mehr wehtun. Unendlich langsam hebt er seine Hand und legt sie auf meine. Ich schluchze leise auf und er drückt sanft meine Finger.

»Ich liebe dich«, sagt er.

»Oh, Jace ...« Mit vor Tränen schwimmenden Augen schaue ich ihn an.

»Unkraut vergeht nicht«, scherzt er, aber ich sehe die Emotionen in seinem Blick. Er hat nicht damit gerechnet, dass wir jetzt hier sitzen. Und ich ... ich ehrlich gesagt auch nicht.

Das Taxi hält vor meinem Haus. Ich zahle und bringe Jace dann in meine Wohnung, die vielen tausend Stufen hinauf. Mietpreisgebundene Wohnung. Fick dich doch. Ich würde lieber im ersten Stock wohnen. Wir laufen langsam hoch, aber es funktioniert. Er scheint doch besser auf den Beinen zu sein, als es am Anfang den Anschein machte,

»Ich muss duschen«, sagt er leise, als wir oben sind.

»Oder ein Bad? Vielleicht ist ein Bad besser?«

»Nein, duschen.«

Ich helfe ihm ins Badezimmer, drehe das Wasser auf und schaue zu ihm.

»Du musst mich ausziehen. Ich schaffe das nicht«, flüstert er und ich höre einen Hauch Scham aus seinen Worten.

Ich nicke und ziehe ihm Hose und Boxershorts aus. Dabei stelle ich fest, dass er beim Boxen Unterwäsche trägt, die er sonst nur selten anhat.

Ich öffne die Tür zur Dusche und er geht langsam an mir vorbei unter den Wasserstrahl, der schon auf ihn wartet. Als ich seinen knackigen Hintern sehe, kann ich irgendwie nicht anders. Ich werde mich immer dafür hassen, aber ... ich gebe ihm einen Klaps auf den Hintern. Und nicht gerade sanft. Es hallt durchs ganze Bad.

Ungläubig dreht er sich zu mir um. Ich beiße mir verlegen auf die Lippe. »Es gibt kaum einen Flecken an meinem Körper, der nicht wehtut, und du haust mir auf den Arsch?«

Ich blicke zu Boden, komme um vor lauter Scham und nicke zaghaft.

Und dann ... lacht er. »Du bist ein verrücktes Miststück. Schwing deinen Arsch hier rein und kümmere dich um den einzigen Körperteil, der nicht wehtut.«

Ich schaue in seine amüsierten Augen – zumindest das, was man sehen kann, ist belustigt – und kann dann auch wieder lächeln. Langsam streife ich das Oberteil von meinen Schultern. Ich greife hinter mich, öffne den BH, lasse beides auf den Boden fallen. Dabei streift mein Blick über seinen Körper und ich sehe, dass der unverletzte Körperteil sich aufrichtet. Männer ... Sind kaum noch in der Lage zu stehen, aber Hauptsache der Schwanz tut es.

Ich streife meine Hose und meine Unterwäsche ab und trete zu ihm unter die Dusche. Ich schließe die Tür. Er schaut auf mich herab, lächelt leicht.

»Du bist so wunderschön«, murmelt er, und seine Hände fahren über meinen Körper. Er umfasst meinen Busen, streicht über die Nippel. Mir entfährt ein leises Stöhnen.

»Soll ich dir einen blasen?«, frage ich.

Er grinst, aber es tut ihm weh. Seine Lippe reißt wieder auf. »Ich glaube nicht, dass ich auf den Beinen bleiben kann.«

Ich zeige hinter mich. »Genau für diesen Zweck ist die Bank wohl gedacht.«

Er schaut überrascht. »Du hast eine Bank in deiner Dusche?«

Ich nicke. »Ja. Ich hab mich immer gefragt, wofür die ist, aber jetzt weiß ich es.«

Er lacht und geht an mir vorbei, um sich hinzusetzen. Er blickt mich auffordernd an.

Ich schüttel amüsiert den Kopf, bevor ich mich vor ihm niederlasse. »Du willst also, dass ich meinen Mund um deinen Schwanz schließe?«

»Wenn's geht, heute noch«, antwortet er. Das Grinsen und Lachen verursacht ihm Schmerzen. Und mir treten Tränen in die Augen.

Sanft umfasst er mein Gesicht. »Nicht weinen, Baby. So hässlich ist mein Schwanz auch nicht. Tut mir leid, dass dich die Vorstellung, ihn in den Mund zu nehmen, traurig macht.«

»Arsch«, sage ich und haue ihm gegen die Schulter.

Stöhnend lehnt er sich gegen die Wand und greift mit der Hand an seinen Oberarm. Fuck! Schon vergessen, dass er verletzt ist. Als wäre das zugeschwollene Gesicht kein Indiz.

»Tut mir leid, Jace«, hauche ich zerknirscht.

Er schüttelt leicht den Kopf. »Du bist auf keinen Fall eine geborene Krankenschwester.«

Ohne Vorwarnung nehme ich seinen Schwanz in den Mund, schließe meine Lippen und sauge fest. Er stöhnt überrascht und aufgegeilt auf.

Ich entlasse ihn wieder aus meinem Mund und schaue lächelnd zu ihm hoch. »Aber der geborene Staubsauger.«

Er schmunzelt, während ich seinen Schaft ablecke. Ich fahre mit seiner Eichel an meinen geschlossenen Lippen vorbei, bevor ich sie mir in die Wangentasche stecke. Er keucht leicht und fasst an mein Gesicht. Er reibt leicht und ich spüre, wie er härter wird.

Als ich ihn rausnehme, frage ich: »Hart und schnell oder langsam und sanft?«

»Hart.«

Ich gebe ihm einen sanften Kuss auf die Spitze, bevor ich meine Hand fest um seine Wurzel schließe. Er stöhnt leise und ich erhöhe den Druck ein wenig. Ich schaue in seine Augen und erkenne, dass es ihm gefällt, also noch ein klein wenig. Er lehnt seinen Kopf gegen die Wand und schaut aus halbgeschlossenen – und geschwollenen – Lidern zu mir hinab. Meine Lippen schließen sich um ihn und ich fange an, sie an seinem Schaft auf und ab wandern zu lassen. Ich drücke meine Lippen fest gegen ihn, sauge so fest, wie ich kann. Meine andere Hand streichelt seinen Hoden, bevor ich meine Finger hinter den Eiern gegen das Perineum drücke. Sein Keuchen wird lauter. Seine Hände vergraben sich in meinen Haaren. Seine Beine öffnen sich ein Stück weiter, sodass ich besser zwischen seine Beine greifen kann.

Ich drücke meine Finger fest gegen den Damm, meine andere Hand massiert in kreisenden Bewegungen seinen Schaft und meine Lippen fahren seinen Schwanz entlang.

Ich will seine Eier in den Mund nehmen, aber er hält mich fest in Position. Er löst meine Hand von seinem Schaft, positioniert sie neben sich auf der Bank.

Immer und immer wieder stößt er in meinen Mund, kommt tiefer und tiefer in ihn. Ich keuche und spüre, wie mir meine Feuchtigkeit die Beine runterläuft, als er meinen Mund fickt. Er löst die andere Hand, platziert sie ebenfalls auf der Bank.

»Mund weiter auf«, befiehlt er mir und es scheint, als würde neue Kraft durch ihn fließen. Noch vor wenigen Minuten hat er nicht den Eindruck gemacht, dass er jemals wieder die Kraft hat, auch nur irgendetwas festzuhalten.

Immer tiefer dringt sein Schwanz ein. Ich kontrolliere die Muskeln in meiner Kehle, kämpfe den Würgereflex nieder und lasse ihn meinen Mund benutzen.

»Ja, Baby, so ist gut«, murmelt er und umfasst mein Gesicht fester. Er stoppt die Bewegungen seines Beckens und beginnt meinen Kopf auf und ab zu bewegen.

»Ja, Baby, du machst das gut«, knurrt er leise.

Sein Becken hebt sich wieder und er bewegt mich diesem entgegen. Sein Schwanz ist zu groß, um ihn ganz in den Mund zu nehmen, zumindest in dieser Position, aber er ist tiefer als jemals ein anderer zuvor.

»Fuck, ich hätte nicht gedacht, dass ich es schaffen würde, heute auch nur noch einen Muskel zu bewegen, aber dich da so hingebungsvoll knien zu sehen ... Fuck! Da erwachen alle Lebensgeister von neuem.«

Ich schaue in seine Augen, zeige ihm, dass alles okay ist, dass es mir gefällt, dass es gut ist. Zeige ihm, dass ich ihn liebe. Sehr.

»Ich will ganz in deinen Mund«, sagt er leise und streichelt zärtlich meine Wangen.

Wie soll das gehen, frage ich mich.

»Entspann dich, Baby, lass mich einfach machen.« Seine Stimme ist tief und warm. Ich vertraue ihm. Sehr. Er wird mir nicht wehtun.

Er legt meinen Kopf in den Nacken, richtet sich auf, hat so einen anderen Winkel und freie Bahn. Langsam schiebt er seinen Schwanz tiefer in meinen Mund.

»Schluck, Baby. Schluck meinen Schwanz.«

Ich tue es und er rutscht tiefer und tiefer, bis ich seinen Hoden an meinem Kinn spüre.

»Gut, Baby«, murmelt er, bevor er anfängt, sich erneut zu bewegen.

Es ist ungewohnt, meine Position, seine Position, ihn so tief in mir zu spüren.

Ich hab schon den einen oder anderen BJ gegeben. Alle Männer lieben es, einen geblasen zu bekommen. Egal wie, aber wenn du es gut kannst, dann bekommst du einen Heiratsantrag.

»Hände auf den Rücken.« Ich schaue mit großen Augen zu ihm auf, was er mit einem liebevollen Lächeln erwidert. Soweit sein zerschlagenes Gesicht liebevoll aussehen kann.

Obwohl alle Männer Blowjobs lieben, versuchen viele das Kommando zu übernehmen. So hatte ich auch schon einige Mundficks, aber niemals, niemals zuvor mit einem Mann, der weiß, was er tut. Die meisten Männer denken, sie sind ja die Männer, also müssen sie den Ton angeben. Viele sind aber gar nicht dafür gemacht, in irgendeiner Weise Verantwortung zu übernehmen. Oder die Initiative zu ergreifen. Daher fühlt es sich immer komisch an, wenn so ein Waschlappen plötzlich deinen Mund ficken will.

Mit Jace ist es anders. Komplett anders. Er tut es einfach und es ist gut. Er übernimmt die Zügel und ich folge. Das will ich zwar nicht immer, aber ich habe auch ganz sicher nichts dagegen, wenn er es tut. Wenn es dann so ist, hat er meine Erlaubnis.

Er bewegt sich langsam in meinem Mund. »Immer schön in meine Augen schauen, Baby«, sagt er. Langsam steigert er sein Tempo.

Jace hat eine natürliche Stärke. Und wie alle Männer,

die das haben, muss er sie nicht ständig unter Beweis stellen. Er zieht sein Selbstbewusstsein nicht daraus, seine Frau nieder zu machen, sie klein zu halten. Ganz im Gegenteil. Ein starker Mann braucht – und will! – eine starke Frau. Eine Partnerin, kein kleines Mäuschen.

Ich schaue zu ihm auf, voller Vertrauen und Liebe. Seine Finger streicheln zärtlich meine Wangen, bevor er meinen Kopf umfasst und schneller in meinen Mund stößt.

Und es ist ... gut. So gut, was er macht. Ich dachte, ich würde es hassen, in den Mund gefickt zu werden, aber ich liebe es. Ich liebe, dass mein Mann sich nimmt, was er braucht, ohne zu fragen, in dem Wissen, dass ich ihm alles gebe, was ich ihm geben kann, genauso wie er mir alles gibt, was er mir geben kann.

Sein Tempo erhöht sich und er keucht laut, während er tief in mich pumpt.

»Ja, Baby, so gut«, stöhnt er immer wieder und in mir baut sich Stolz auf. Weil ich es gut für ihn mache, weil ich ihm Lust schenke. Was wiederum mir Lust schenkt.

Statt meine Hände auf dem Rücken zu lassen, lasse ich sie zwischen meine Beine wandern. Ich schiebe zwei Finger in mich und mit den Fingern der anderen Hand reibe ich meine Klit.

»Fuck, Baby, ja, mach weiter. Fick dich im selben Rhythmus«, knurrt er so animalisch, dass ich beinahe sofort komme.

»Schneller, Baby, härter.« Ich passe mich seinen Stößen an, ich stöhne leise. Er wirft den Kopf in den Nacken und lässt los. Die letzten Stöße sind hart, aber so befriedigend, weil ich das Gesicht meines Kriegers sehe, aus der Schlacht zurückgekehrt und in unglaublicher

Ekstase verzogen, die ich ihm schenke. Ich.

Sein Sperma schießt in meinen Mund und ohne dass er irgendwas sagt, schlucke ich. Er lässt sich zurück auf die Bank fallen, zieht mich auf seinen Schoß.

»Lass mich zusehen, wie du kommst«, sagt er leise.

Oh ... So im Eifer des Gefechts mich selbst zu berühren, ist was anderes, als hier eine Liveshow für ihn hinzulegen. Ich bin ein bisschen nervös.

Doch dann werfe ich einen Blick in sein Gesicht, sehe, was er heute für uns getan hat, und verliere meine Scheu. Ich setze mich seitlich auf seinen Schoß und öffne die Beine. Sein Blick ist auf meine Muschi gerichtet und er leckt sich die Lippen. Ich fahre mit den Fingern über meinen Bauch, zwischen meine Beine.

»Wie willst du es?«, frage ich leise und küsse ihn so vorsichtig ich kann auf die Wange.

Er zuckt nicht zusammen. »So wie gerade eben. Mit beiden Händen. Ich halt dich. Du fällst nicht.«

Ich nicke. »Ich weiß. Du wirst mich immer auffangen.«

Er lächelt. Ich will ihn küssen, aber seine Lippe sieht schlimm aus.

Ich schiebe zwei Finger in mich und pumpe rein und raus. Mein Kopf fliegt in den Nacken, ich biete ihm meine Kehle dar. Sein Arm ist über meinen Rücken gespannt, seine Hand liegt auf meiner Hüfte. Er wird mich nicht fallen lassen, auch nicht, wenn er so fertig ist wie jetzt. Niemals.

»Jace«, murmel ich und spüre, wie er unter mir die Muskeln anspannt.

Seine Lippen beugen sich zu meinem Ohr. »Stellst du dir vor, dass das meine Finger sind?«

»Ja, immer, Jace. Seit zehn Jahren waren es immer nur deine Finger, wenn ich es mir selbst gemacht habe.«

»Mein Mädchen«, flüstert er leise. Und diese zwei Worte brennen sich in mein Herz. Ich will immer sein Mädchen sein. Immer. Ich stöhne leise. Ich wage es nicht, mich an ihn anzulehnen, weil er Schmerzen hat, sein Oberkörper voller Prellungen ist, aber ich würde es gerne tun. Würde gerne seine Arme um mich spüren, enger und enger, will seine Kraft fühlen.

Ich lasse den Mittelfinger der anderen Hand um meine Klit streichen. Ich stöhne leise.

»Ah, mein Mädchen«, murmelt er leise. »Ich wünschte, es wäre mein Schwanz, der jetzt in dir ist.«

»Ja, ja, Jace ...«

»Willst du meinen Schwanz in dir?«

»Ja, bitte, Jace.«

»Bring dich zum Höhepunkt.« Seine Stimme ist immer noch warm und tief, aber hat diese kleine Kante, die er immer dann hineinlegt, wenn er mir Befehle gibt, bei denen er keine Widerrede duldet. Der Gedanke überflutet mich, wortwörtlich. Ich bin so nass, wie ich es noch nie mit einem anderen Mann erlebt habe. Er ist Wahnsinn. Ohne dass er mich berührt, bringt er mich dazu, mich ihm hinzugeben. Und ich liebe es. Ich hätte das nie gedacht, aber ja.

Der Orgasmus rollt an. Ich atme schneller, meine Lippen öffnen sich, mein Kopf legt sich in den Nacken. Meine Zehen rollen sich ein und überstrecken sich dann, ich fühle jede Faser meines Körpers. All das kumuliert in einem Ziehen in meiner Mitte, das sich steigert und steigert, bis keine andere Chance mehr besteht, als zu explodieren. Mein Körper zittert und bebt, während sich alles in mir löst.

»Schrei meinen Namen, wenn du kommst«, knurrt er mir ins Ohr.

»Jace, Jace«, schreie ich da auch schon. Wie gut, dass er mich hält, ich allein könnte es nicht mehr.

»Baby, du bist so wunderschön, wenn du kommst«, sagt er ehrfürchtig.

Seine Worte sind wie Honig, legen sich auf jede kleine Wunde, jeden kleinen Schnitt, der mir je zugefügt wurde, weil Männer sich von mir bedroht fühlten, mich niedermachen mussten, weil sie selbst schwach und klein waren. Die mich herrisch und kalt nannten, weil ich erfolgreicher war und ihnen vor Gericht die Ärsche aufriss. Jace heilt all diese Verletzungen. Mit seinen Worten, mit seinen Taten und vor allem mit seiner Liebe.

Ich stehe langsam auf und greife nach meinem Schwamm. Ich verteile Duschgel auf ihm, zärtlich und vorsichtig wasche ich ihn. Er stöhnt immer mal wieder. Manchmal, weil ich gegen eine wunde Stelle komme, meist aber, weil er es genießt, umsorgt zu werden. Die Eisprinzessin, die ihren Mann wäscht. Sachen gibt's.

Zaghaft shampooniere ich seine Haare, spüle den Schaum aus. Als er sauber ist, hülle ich mich in einen Bademantel und trockne ihn ab, bevor ich ihm ein Handtuch um die Hüften schlinge. Dann führe ich ihn in die Küche.

Ich hole mein Verbandszeug, versorge die Risse an seiner Lippe, die Platzwunde an seinem Auge. Ich traue mich kaum, ihn zu berühren, als ich Wundsalbe in seinen Körper reibe.

»Was brauchst du noch?«, frage ich ihn, weil ich keine Ahnung habe, wie man jemanden nach so einem Kampf pflegt.

»Schlaf.«

»Okay, gehen wir ins Bett.« Ich lächel und reiche ihm die Hand.

»Hast du Tylenol?«

Ich nicke und hole das Fläschchen und ein Glas Wasser. Er nimmt zwei und schluckt sie runter.

Wir gehen ins Schlafzimmer und ich suche ihm eine Boxershorts, auf der steht: *Im Notfall runterziehen.* Das ist wohl das einzige Kleidungsstück, das ihm passen könnte. Ich weiß gar nicht mehr, wie ich sie bekommen habe ... Ach, doch! Lila hat sie mir mal geschenkt. Wer sonst?

Er zieht fragend die Augenbraue hoch. »Wirst du mich heute Nacht unsittlich berühren?«

Ich grinse. »Wenn du Glück hast.«

Er lacht. Ich helfe ihm beim Anziehen, weil er sich nicht so gut bücken kann. Ich ziehe sie nicht ganz hoch, küsse seinen Schwanz noch mal, bevor ich ihn ... zudecke. Und dann decke ich den großen Jace auch zu.

Ich lege mich neben ihn, aber es könnte noch ein Paar zwischen uns liegen.

»Was machst du da hinten?«, fragt er.

Ich schaue zu ihm. »Ich will dir nicht wehtun.«

Er grinst und öffnet den Arm für mich. »Komm her.«

Ich rutsche ein Stück näher.

»Chrissa, hör mit dem Scheiß auf«, befiehlt er und ich kneife die Augen zusammen.

Er lacht. »Du gehorchst nur, wenn du erregt bist, sonst kein bisschen. Wir müssen über das Spanking-Verbot noch mal sprechen.«

»Willst du doch, dass ich meine Peitsche an dir ausprobiere?«

Er zieht mich eng an sich, so eng, dass wir uns fast berühren. »Sobald ich wieder fit bin, Baby, werde ich dich küssen und ficken, dass du schreien willst, aber gar nicht mehr weißt, was für Worte du kennst. Kein einziges Wort kommt aus deinem Mund, nur eines. Mein Name. Und wenn ich dich dann zum Orgasmus ficke, ist er so stark, dass du Sterne siehst und dich fragst, ob du vor Intensität einen Moment ohnmächtig geworden bist.« Schauer nach Schauer jagen über meinen Körper.

»Ich weiß, dass dir das gefällt. Du magst es, wenn ich die Zügel in die Hand nehme und dich wie ein kleines Zirkuspony reite.«

»Ich dachte immer ...«

Er legt seine Hand auf meinen Mund. »Ich rede jetzt.« Sein Blick ist ruhig und stark und ich akzeptiere es. »Es braucht etwa eine Woche, bis wir das machen können. Aber unser Mundfick heute hat mir gut gefallen. Ich will das wiederholen. Du auch?«

Ich nicke sofort und ohne zu zögern. Er lächelt zufrieden. »Das ist mein Mädchen.« Er nimmt seine Hand weg.

Ich schaue ihn offen und ehrlich an. »Dein Mädchen, Jace. Ich bin dein und du bist mein.«

Er streicht meine Lippe entlang. »Ich war schon dein, als du aus meiner Flasche getrunken hast.«

Ich lächel bei der Erinnerung an unser erstes Mal vor mehr als zehn Jahren, als das Band, das uns jetzt so fest zusammenhält, geknüpft wurde.

»Ich liebe dich«, flüstere ich leise und gebe ihm einen winzigen Kuss auf den rechten Mundwinkel, der nicht verletzt ist.

»Ich will dich küssen«, sagt er bedauernd.

»Ich weiß.«

»Ich will in dir versinken.«

»Ich weiß.«

»Dreh dich um.«

Ich drehe mich mit dem Rücken zu ihm und er zieht mich so nah, dass ich beinahe gegen ihn liege, aber nur beinahe. Sein Arm legt sich über meine Taille und seine Hand legt er auf meine Brust. Er drückt sanft und zärtlich.

»Deine Titten fühlen sich so gut an, Baby. So schlaf ich jetzt jede Nacht«, verkündet er.

Und ja, wie erwartet, schmelze ich dahin, weil er weiß, wie viel es mir bedeutet, dass er meinen Busen mag. Auch wenn er Titten sagt ... Ich sage ja auch Schwanz. Er allerdings auch. Vielleicht sage ich doch lieber ... Schniedel. Ja, ausgleichende Gerechtigkeit.

KAPITEL EINUNDZWANZIG

»Baby, geh. Ich komm schon klar«, sagt Jace zum siebten Mal, weil ich irgendwie nicht aufhören kann, um ihn herum zu wuseln wie eine Henne um ihre Schar Küken, womit ich nicht sagen will, dass er schizophren ist.

»Aber ...«

»Kein aber, Baby. Mir geht es gut. Ich kann mich einen Tag allein beschäftigen, während du zur Hochzeit deiner Freundin gehst.«

»Bist du sicher?«

»Ja. Wirklich. Ich lege mich auf deine Couch, schau eine Million Serien auf Netflix, schlaf ’ne Runde und dann bist du schon wieder da, um mich weiter zu bemuttern.« Er grinst mich schief an.

Ich schaue ihn verlegen an. »Geht dir das auf den Geist?«

»Überhaupt nicht, ich hätte nur nicht gedacht, dass du der bemutternde Typ bist.«

Ich stutze. »Ich eigentlich auch nicht. Vielleicht nur bei Menschen, die mir wirklich wichtig sind.«

Er umarmt mich vorsichtig. Als er mich auf den Kopf küsst, zischt er. »Autsch.«

»Entschuldige, Honey«, murmel ich. »Das war die Haarnadel.«

Er reibt sich die Lippe. »Ist dir eigentlich bewusst, dass ich gestern beinahe zu Tode geprügelt wurde?«

Ich schaue mit schlechtem Gewissen zu ihm auf, aber er lacht nur. »Geh jetzt. Es macht keinen guten Eindruck, wenn die Brautjungfer zu spät kommt. Schon gar nicht in diesem ... ähm ... schicken Kleid.« Er mustert mich und ich mache eine mentale Notiz, dass ich Lila töten werde, weil sie mich in dieses absolut lächerliche Outfit steckt. Pink! Ich bitte euch.

»Du verstehst es echt, mein Selbstbewusstsein aufzubauen«, scherze ich.

Er beugt sich zu mir und flüstert leise in mein Ohr: »Du bist die heißeste Frau von allen.«

Okay, er weiß echt wie es geht. Ich küsse ihn auf den Hals. Da ist er nicht verletzt und ich kann so viel knutschen, wie ich will. Knutschflecke sind auch erlaubt, da er ein paar Tage krankgeschrieben ist. Sobald er wieder arbeitet, muss ich mich auf die *versteckte* Haut beschränken.

Ich sauge leicht an seinem Hals, woraufhin er grinst. »Unersättlich.«

»Nicht generell, aber ich wünschte, du wärst wieder topfit.«

Er nickt. »Glaub mir, ich auch. Wenn ich topfit wäre, würdest du aber nicht pünktlich zur Hochzeit kommen, weil ich dich dann mit nacktem Arsch über die Arbeitsplatte legen würde.«

Ich küsse seine Haut noch einmal. »Merk dir das und dann machen wir's in einer Woche.«

Er bringt mich zur Tür. »Ich liebe dich.«

Ich lächel ihn strahlend an. Er hat es schon ein paar Mal gesagt, aber ich könnte es immer wieder hören. »Ich dich auch.« Ich nehme meine Jacke von der Garderobe. »Mach's gut. Ruf an, wenn du was brauchst. Ich meine es ernst und verdreh nicht die ...« Ich drehe mich wieder zu ihm und sehe gerade noch die rollenden Augen. Er lacht und ich stimme mit ein.

Er gibt mir einen Klaps auf den Hintern und ich eile nach unten, um zu Lilas Hochzeit zu fahren. Oder zu ihrer Beerdigung, wie man's sehen will.

Ich muss eine Rede halten. Es ist mir schwer gefallen, die richtigen Worte zu finden, aber ich denke, ich habe sie. Jace hat mich abgehalten, sie noch in das zu ändern, was ich wirklich sagen wollte.

Wir sind heute hier zusammengekommen, um die Seele dieser Frau zu töten, indem wir sie mit der Seele des Spießers verbinden. Tag für Tag wird sie ein Stückchen mehr zugrunde gehen, ihre Farbe, ihren Humor und all ihre Lebendigkeit verlieren, während sie immer grauer wird. Bis sie selbst nur noch ein schwarzweiß Foto ist, statt eines in Technicolor. Sie wird verstummen wie eine Nachtigall am Morgen, sie wird verblassen wie eine Blume, die in einem Buch getrocknet wird. Sie mag ihre Schönheit behalten, aber ist es das wert, wenn wir doch nicht erhalten können, was sie ausmacht?

Sie wird vergilben wie die Seiten eines Buches, sie wird weniger und weniger werden, bis ihr Rest eines Tages vom Winde verweht wird. Und dann wird unsere Welt dunkel sein, nicht mehr von dem Licht erhellt, das sie mit ihrem freundlichen Wesen in unser Leben bringt. Dann wird unsere Welt stumm sein, denn ihre Stimme klingt nicht mehr durch den dichten Nebel der Zeit. Dann wird unsere Welt gefühllos sein, denn niemand ist da, der uns spüren lässt, wie kostbar das Leben ist.

Ohne sie, ohne Delilah wird so viel Freude unsere Erde verlassen, dass es sich anfühlen wird, als wären wir in einer ewigen Wüste gefangen. Ein grausames Schicksal erwartet uns, wenn eine Nymphe diese Ebene verlässt, weil ihre Seele geknechtet wird, sie in Ketten und Eisen gelegt und in einen Käfig gesperrt wird. Ihre Schönheit, ihr Liebreiz und ihre Anmut werden an Glanz verlieren, bis sie ganz stumpf sind, nicht mehr zu erkennen. Jeder, der sie in ihrem vollen Strahlen kannte, wird entsetzt sein, sie so entstellt zu sehen.

Naja, und dann wurde es mir zu kitschig. Aber ... ich würde lieber diese Rede halten. Und wisst ihr, was ich noch lieber tun würde? Mir die Augäpfel mit einer Gabel ausstechen.

»Da bist du ja!«, ruft Lila und zerrt mich hinter sich her in einen kleinen Raum.

Sie schließt hinter mir die Tür und schaut mich eindringlich an. »Sag mir, dass ich keinen Fehler mache.«

Ich denke an unser Telefonat zurück. Wir haben ausführlich gesprochen und Lila hat mir mehrmals gesagt, dass sie sich mehr Unterstützung von mir wünscht. Dass sie das hier tun wird, auch wenn ich dagegen bin, dass es aber leichter wäre, wenn ich auf ihrer Seite stünde. Ich denke an all die vielen Worte, die wir ausgetauscht haben. Ich muss zugeben, dass ich ihren Standpunkt verstehe. Sehr gut sogar. Wer wünscht sich denn nicht, dass die Menschen, die einen lieben, verstehen können, warum man tut, was man tut? Ich wünsche mir das auch. Sehr sogar.

Also sage ich: »Lila, du liebst Trevor. Du bist ganz verrückt nach diesem Kerl. Du bist seit mehr als einem Jahr fest davon überzeugt, dass du das willst. Du hast nur ein bisschen kalte Füße, das ist ganz normal. Das hat jeder.«

»Meinst du?«

»Ja, Süße. Sobald du ihn am Altar stehen siehst, weißt du, dass dies genau das ist, was du willst.«

Ich bin so stolz auf mich, dass ich diese Worte überzeugt rausbekomme, ohne auch nur eines davon zu glauben. Anwälte sind doch verdammte Rockstars.

»Okay«, sagt sie und lächelt mich an. »Danke. Wenn ich ihn am Altar sehe, weiß ich es. Danke.« Sie umarmt mich. »Du bist meine beste Freundin.«

»Hey, nicht weinen, Süße«, sage ich alarmiert. »Deine Wimperntusche wird verlaufen und du wirst wie ein Waschbär aussehen.«

Sie lacht leise. »Du hast recht.« Sie flattert mit den Händen vor ihren Augen, damit die Mascara wieder trocknen kann. »Lass uns das Ding rocken.«

Ich zeige Teufelshörnchen und sie lacht.

Ich laufe den Gang entlang, sehe die Gesichter von Freunden und Verwandten, alle lächeln sie, doch mir kommt es vor, als wäre jedes dieser Lächeln unecht, gefaket. Sie alle sitzen da mit Betonfrisur, tun, als würden sie sich freuen, in Wirklichkeit tun sie es kein bisschen. Was denken sie? Die Dame dort zum Beispiel. Was denkt sie gerade? Wahrscheinlich, dass mir dieses Pink überhaupt nicht steht. Oder vielleicht denkt sie nur daran, wie lange es dauert, bis sie den ersten Drink in ihren dürren Fingern halten kann.

Wann ist unsere Gesellschaft zu Plastikpuppen

geworden? Ich weiß es nicht. Diese Krankheit scheint jeden zu erfassen, ob jung oder alt. Und Lila, meine Lila, soll bald auch dazu gehören?

Alles in mir schreit auf, brüllt, dass das so nicht geht, dass ich ihre Seele tatsächlich töte, dass ich sie retten muss, dass ich sie nicht so verkümmern lassen darf, bis sie selber nur noch ein Abklatsch ihrer Selbst ist. Aber ich unterdrücke jedes Murren, jedes Zucken, jedes Ziehen. Sie hat mir gesagt, dass sie das will, dass es ihr wichtig ist, dies zu tun. Sie liebt Trevor, das hat sie immer und immer wieder gesagt. Auch wenn ich es nicht verstehen kann, aber ein wichtiger Teil von Freundschaft ist Respekt. Dazu gehört auch, die Meinungen und Entscheidungen seiner Freunde zu respektieren, auch wenn man sie nicht teilt. Auch wenn man das, so wie ich, erst lernen muss.

Also, dies ist die neue Chrissa. Die Chrissa, die sich für das interessiert, was ihre Freundinnen sagen, auch wenn sie denkt, es besser zu wissen.

Ich setze mein eigenes Plastiklächeln auf, als ich am Altar ankomme. Ich suche in dem Meer von Menschen nach Mara, will, dass sie mir visuelle Unterstützung sendet, dass ich das schaffen kann, dass Lila das hier will. Als ich sie finde, quellen ihre Augen beinahe aus ihrem Kopf. Sie sieht absolut verängstigt aus. Sie sieht, dass ich sie anschaue, und versucht zu lächeln, aber es ist nur eine Fratze. Bei einer so hübschen Frau wie Mara muss das schon was heißen.

Ich lege fragend den Kopf schief und sie zuckt einfach mit den Schultern. Sie spürt es auch ... Das ist ein Abklatsch der Stepford-Frauen.

Die Orgel setzt ein, alle stehen auf, um die strahlende Braut zu begutachten, die in ihrem langen Kleid den Gang entlang schreitet. Nur, dass sie keine strahlende Braut ist. Eher eine total verkniffene Braut. Gott, es hat schon angefangen. Es ist wie bei diesem Buch über die Körperfresser ...

»Wir sind heute hier zusammengekommen ...«, beginnt der Priester. *Um ihre Seele zu töten*, hallt es in meinem Kopf wieder. Ich schüttel ihn, gerade zur rechten Zeit.

»Ich kann das nicht«, murmelt Lila.

»Wie bitte?«, fragt der Priester.

Lila sucht meinen Blick und sendet eine kleine Entschuldigung. Wofür, weiß ich nicht, nur, dass sie da ist. Dann dreht sie sich zu Trevor, zieht den Ring vom Finger und reicht ihm diesen.

»Ich kann dich nicht heiraten, Trevor.«

Er zieht die Stirn kraus. »Wieso nicht?«

»Weil sich das anfühlt, wie lebendig begraben zu sein.«

Fuck, yeah! Endlich! Endlich hat sie es begriffen.

Sie greift nach meiner Hand. »Mara!«, ruft sie und zieht mich mit sich. In Windeseile zerrt sie mich aus dieser stickigen Kirche ins Freie, in die Luft, ins Leben. Raus aus dem Vergessen, rein in das pulsierende Herz der Freude. Halleluja!

»O mein Gott, Lila, du bist so eine Dramaqueen!«, lache ich. »Ich hab wirklich, wirklich gedacht, dass du es durchziehen würdest.«

Mara folgt nur ein paar Schritte hinter uns. »Meinst du nicht, dass es ein Klischee ist, seinen Verlobten am Altar stehen zu lassen? So ein kleines bisschen zumindest?«

Lila schaut uns beide abwechselnd an. »Ganz ehrlich, ich habe die ganze Zeit gedacht, ich mache das Richtige.

Als Chrissa mir gesagt hat, dass ich ihn heiraten will, dass ich nur kalte Füße habe, da war ich mir vollkommen sicher, dass ich gleich vor ihm stehen und Ja sagen werde. Und dann bin ich den Gang entlang gelaufen, habe ihn da vorne stehen sehen, so blass und unscheinbar, und dann die ganzen Gäste, seine Gäste ... Mir hat sich der Magen umgedreht. Jeder Schritt hat sich angefühlt, als müsste ich meine Beine aus dem Morast befreien. Es war als wäre um meinen Bauch ein Seil gebunden, das mich in die andere Richtung zieht. Ich musste um jeden Zentimeter kämpfen.« In ihren Augen glitzern Tränen. Mara legt ihr die Hand auf die Schulter. »Trevor ist ein guter Mensch, aber er ist nicht gut für mich. Und das ist mir tatsächlich erst vor dem Altar klar geworden.«

Sie schenkt mir einen bösen Blick. »Und du bist Schuld!«

»Wieso ich?«, frage ich perplex.

»Weil du mir die ganze Zeit gesagt hast, dass ich einen Fehler mache. Stur, wie ich bin, musste ich dir beweisen, dass du gar keine Ahnung hast.«

»Du hast einen Knall«, sage ich ungerührt. »Das nächste Mal lasse ich dich sehenden Auges in dein Verderben rennen.«

»Fein«, sagt sie und knufft meinen Arm.

Ich schenke ihr meinen Eisprinzessinnenblick. »*Bring it.*«

Sie lächelt leicht und ich weiß, dass zwischen uns alles in Ordnung ist, sie nur einen Scherz gemacht hat.

»Delilah Carter, du bist ganz offiziell ein wandelndes Klischee«, sage ich.

»Wer kann, der soll«, gibt sie schnippisch wieder.

»Delilah!«, ertönt da plötzlich Trevors Stimme hinter

uns.

Sie schenkt uns einen gequälten Blick, geht aber zu ihm. Sie stehen zu weit weg, um wirklich ausmachen zu können, was sie sagen, aber Trevors Gesichtsausdruck ist eindringlich, und ab und zu fliegen Gesprächsfetzen zu uns, die beweisen, dass er sie beinahe anfleht, es sich doch noch einmal zu überlegen. Aber sie bleibt stark. Und sie kann auch nicht anders handeln. Ich mein, sie liebt ihn nicht oder zumindest nicht genug, um ein Leben mit ihm zu verbringen. Da muss sie dann an sich denken ... auch wenn es ihr im Angesicht von Trevors Hundeaugen schwer fällt.

Als sie zu uns zurückkommt, nehmen wir sie in den Arm, bekräftigen, dass dies die richtige Entscheidung ist.

»Und was nun?«, fragt Mara.

Lila zuckt mit den Schultern. »Wein und Essen?«

»Yay«, sage ich und wir legen die Arme um einander, während wir zur Hauptstraße laufen. Wir nehmen ein Taxi zu mir nach Hause.

Als wir dort ankommen, fällt mir ein, dass Jace da ist. Aber erst in dem Moment, in dem ich ihn auf der Couch liegen sehe. Uups.

Lila starrt ihn an. »Ist das ein Einbrecher?«

Jace schaut zu uns und versucht zu lächeln, lässt das aber bald schon wieder sein, weil er ganz offensichtlich Schmerzen dabei hat. Mein armer Jace.

»Nein, das ist kein Einbrecher. Das ist mein Freund«, sage ich.

»Dein was?«

»Mein Freund.«

»Und wieso erfahre ich davon erst jetzt?«, fragt sie indigniert. Sie geht näher an Jace ran, betrachtet ihn. »Ist er ansteckend?«

Ich grinse. »Nein, er hatte nur einen Streit mit einer Faust.«

Sie reicht ihm die Hand und sagt: »Ich bin Lila. Ich habe gerade meinen Mann am Altar stehen lassen.«

Jace schaut hilfesuchend zu mir, aber da muss er durch. Will er in meinem Leben sein, muss er meine beiden besten Freundinnen davon überzeugen, dass er bleiben darf. Kann er das nicht ... Nun, sagen wir es mal so ... Pech gehabt.

»Cool. Ich bin Jace. Ich hab mich von einem Riesen verprügeln lassen, damit Chrissa nicht von der Mafia gekillt wird.«

Sie schaut ihn abschätzend an. »Cool. Willst du ein Bier?«

Easy. Ich weiß gar nicht, warum ich mir Sorgen mache. Meine Freundinnen sind cool.

Ich gehe in die Küche und hole zwei Bier und zwei Gläser Wein. Denn auch, wenn Lila Jace ein Bier anbietet, trinkt sie doch lieber Wein, sie ist eben eine nette Gastgeberin.

Ich höre, wie sich Mara auch vorstellt. Ich weiß, eigentlich hätte ich das machen sollen, aber ich habe schon öfter erlebt, dass man sie lieber in Ruhe lässt, dann wird sich schon alles regeln. Wenn ich nervös dabei rumstehe, verkompliziert das Sachen nur. Sie sind erwachsen, sie machen das schon. Ich habe Vertrauen in sie.

Als ich zurück ins Wohnzimmer komme, lachen Lila und Mara gerade über etwas, das Jace gesagt hat. Schon Freunde ... Einen Moment bleibe ich im Rahmen stehen, schaue sie mir an. Die drei Menschen, die ich liebe. Meine Familie. Ich merke, dass ich in meinem ganzen Leben noch nie so glücklich war, wie in diesem einen Moment, an dem die Menschen, die mir alles bedeuten, bei mir sind. Sie rocken meine kleine Welt.

EPILOG

»Hey«, sage ich, als ich nach Hause komme und Jace in meiner Küche steht und gerade kleine Kartons öffnet, die er von dem Chinesen an der Ecke besorgt hat.

Er grinst sexy und ich eile zu ihm. Ich schlinge meine Arme um ihn, bin so glücklich, dass ich bei einer Umarmung nicht mehr vorsichtig sein muss – was ich ja auch nie wirklich war, wenn wir mal ehrlich sind.

Es ist so ein tolles Gefühl, ihn hier zu haben. Beinahe jeden Tag. Als würde er schon bei mir wohnen. Ich liebe es. Wirklich. Wenn ich nach Hause komme und er nicht da ist, fühlt es sich an, als würde ein wichtiger Teil fehlen. Ein unglaublich wichtiger Teil. Ich fühle mich dann ein bisschen einsam, auch wenn ich weiß, dass er keine zehn Minuten später da sein wird.

»Hey, Baby«, murmelt er und erwidert meine Umarmung.

Ich betrachte seine Lippe, die verheilt ist. Sie krümmt

sich am Ende ein wenig nach oben, er lacht mich aus. Na warte. Ich stelle mich auf die Zehenspitzen und beiße ihm in die Lippe. Überrascht zuckt er, bevor er grinst und mich fest an sich zieht.

»Kleines Luder«, knurrt er, bevor er eine Hand in meinen Haaren vergräbt, meinen Kopf festhält und meinen Mund attackiert. Wenn der Angriff so entschlossen ausgeführt wird, kann man nur kapitulieren. Und mal ehrlich, wer will sich bei so was schon wehren? Es ist Jace, verdammt noch mal. Jace Monroe. Heißester Typ des Universums. Also, ich lasse mich lieber erobern.

Ich stöhne leise in seinen Mund und er erhöht seine Anstrengungen. Wie habe ich es vermisst, ihn zu küssen, mit ihm zu knutschen. Küssen ist toll, oder? Minutenlang die Lippen auf seinen zu haben, seine Zunge zu spüren, die nichts weiter tut, als unglaubliche Gefühle auszulösen. Küssen ist so gut, dass man sich danach immer besser fühlt. Vorausgesetzt der Kuss ist gut.

Da brauche ich mir bei Jace allerdings keine Sorgen zu machen. Er ist ein guter Küsser. Natürlich. Er ist in allem gut, was er macht. In allem. Wirklich. Ich muss es wissen, denn er macht es mir. Ja, ich bin eine Angeberin, aber das wärt ihr auch, wenn Jace in eurem Bett läge.

»Wie war dein Tag?«, fragt er mich und streicht meine Haare aus dem Gesicht.

Ich bin ein bisschen verwirrt. »Das willst du jetzt wissen?«

Er grinst. »Ich will nicht der Typ sein, der seiner Freundin das Gefühl gibt, nicht an ihr interessiert zu sein.«

»Okay. Mein Tag war super. Küss mich weiter. Oder besser noch ...«, ich lecke an meiner Unterlippe entlang, »fick mich.«

Er lacht. Sehe ich da einen Hauch rosa auf seinen Wangen? Ich lasse meine Hand zwischen uns gleiten, greife ihm in den Schritt und knete leicht.

Er schaut zu mir herunter und ich kann ihn denken hören. Er legt beide Hände um mein Gesicht und küsst mich mit so viel Feuer, dass ich schmelze. Wirklich. Ich bin nicht mehr da. Kein Stückchen mehr.

Als er sich löst, küsst er mich zart auf die Wange, bevor er mich mit einem Ruck umdreht und meinen Oberkörper auf die Arbeitsplatte drückt. Ja!

Er öffnet meine Hose und zieht sie mit der Unterwäsche runter, hilft mir aus den Schuhen und dem Stoff, lässt alles achtlos liegen.

Er kniet hinter mir, seine Hände auf meinen Beinen, die er hoch und runter streichelt. Kleine Laute voller Begehren verlassen meinen Mund.

»Du bist so wunderschön, Chris. Ich kann es nicht fassen, dass du endlich mir gehörst«, murmelt er.

Er streichelt immer weiter nach oben, liebkost meine Oberschenkel, die Innenseiten. Er drückt kleine Küsse auf meine Haut, macht mich beinahe wahnsinnig. Seine Finger necken mich, tun, als würden sie endlich in mich tauchen, machen es dann aber doch nicht. Stattdessen widmet er sich der Rundung meines Hinterns. Knetet sanft, küsst zärtlich. Seine Finger fahren durch die Spalte und ich zucke zusammen. Die Sensationen, wenn er meinen Anus berührt, sind beinahe zu viel zum Aushalten, vor allem, wenn ich sowieso schon so aufgegeilt bin, dass ich beinahe explodiere.

»Ich liebe es, wenn du vor Erregung bebst und zitterst«, murmelt er und knabbert leicht am Übergang zwischen Po und Oberschenkel, bevor seine Finger ohne

Vorwarnung in meine Muschi eindringen. Ich stöhne so laut, dass ich denke, mein Trommelfell platzt. Seine Finger bewegen sich in mir und ich bewege mich vor Genuss hin und her.

Ich höre sein tiefes Rumpeln, bevor seine freie Hand sich um meine Hüfte legt, meine Bewegungen verhindert. »Schön stillhalten, Baby.«

Aber ich kann nicht! Wie soll ich denn ruhig bleiben, wenn er diese ... diese Dinge mit mir macht?

Und dann auch noch seine Zunge, die langsam an meinen Schamlippen leckt! Da kann man doch nicht einfach wie eine zugedröhnte Nutte liegen bleiben. Entschuldigung, aber das geht gar nicht.

Meine Hände, die bis jetzt einfach nur neben mir lagen, suchen nach etwas, an dem ich mich festhalten kann. Sie finden die Kante der Arbeitsplatte und greifen zu. Ich versuche, ganz still liegen zu bleiben.

»Gut so, Baby«, murmelt er und sein Mund ist genau da, wo ich ihn haben will. Ich spüre seinen warmen Atem, der über meine Falten streicht und sich anfühlt wie federleichte Berührungen. Ich zittere, alle Härchen stellen sich auf und ich bekomme so dick Gänsehaut, dass es schon fast unsexy ist. Aber ich habe in den letzten paar Tagen mit Jace schon gelernt, das ihm so was egal ist. Ich bin sexy für ihn. Punkt. Ob mit dicker Gänsepelle oder ohne.

Und plötzlich ist er weg ... Ich will schon protestieren, als ich seine Hände auf meinen Beinen spüre. »Weiter auseinander.«

Er hilft mir, mich anders hinzustellen, und dann ist seine Zunge wieder zwischen meinen Beinen. Er leckt an meinem Damm, was mich so unglaublich anturnt, dass ich zerspringen möchte. Er saugt an meinen kleinen Schamlippen, nimmt sie zwischen die Lippen und mit absoluter Sanftheit setzt er seine Zähne ein.

»Fuck, Jace«, stöhne ich und kann das Grollen spüren, das kennzeichnet, dass er leise lacht.

Seine Zunge taucht in mich ein, gleitet vor und zurück, während seine Finger beginnen, meine Klit in immer kleiner werdenden Kreisen zu umfahren. Ich zappel wieder, aber dieses Mal lässt er mich. Er weiß, dass ich es nicht abstellen kann, selbst wenn ich es versuchen würde, weil meine Muskeln zu diesem Zeitpunkt nicht mehr das tun, was ich möchte, dass sie tun.

»Jace«, murmel ich immer wieder und wieder.

Seine freie Hand streichelt meine Beine, meinen Hintern, schiebt sich unter mein Oberteil, liebkost meinen Rücken. Es ist zu viel und nicht genug. Ich brauche ihn in mir.

»Bitte, bitte«, flehe ich ihn an, aber er ist noch nicht fertig.

Seine Lippen finden meine Klit und er saugt sanft, während seine Hände meinen Oberschenkel umfassen. Seine Zunge stupst gegen die harte Knospe, immer wieder. Dann saugt er und stupst und saugt und stupst. Ich spüre, wie meine Feuchtigkeit beginnt, an meinem Bein runterzulaufen. Früher habe ich mal gedacht, dass man auch zu feucht sein kann, und dass ich das auf jeden Fall bin. Und dass Männer das abtörnend finden. Aber Jace ... ist perfekt. Er liebt alles an mir.

»Komm für mich, Baby«, murmelt er zwischendurch, bevor er weitermacht. Seine Worte würden mich nicht zum Höhepunkt bringen, seine Aktionen schon.

Ich stöhne und keuche und mache Geräusche, die

kein Mensch je gehört hat. Sie sind Ausdruck von purer Glückseligkeit. Ja, man muss es so kitschig in rosa Watte packen. Geht nicht anders. Es ist nichts als die Wahrheit.

Er beißt mich. Sanft und zärtlich, aber es ist der Katalysator, der mich zum explodieren bringt. Ich komme so heftig, wie ich es noch nie erlebt habe. Ich schreie und mir laufen Tränen die Wangen runter. Es ist ... unbeschreiblich. Es ist so gut und es fühlt sich so toll an. Und ... ach, es ist Wahnsinn. Purer Wahnsinn.

Schon spüre ich seine starken Arme, die mich an ihn ziehen, mich festhalten, als ich in seiner Umarmung zerfalle.

»Ich hab dich, Baby«, murmelt er immer und immer wieder, während ich mich von der Erhabenheit dieses Augenblicks erhole.

»Wow, Jace«, sage ich leise und hebe mein Gesicht.

Er beugt sich zu mir und küsst mich lange. Mein Geschmack ist auf seinen Lippen und in seinem Mund und ich liebe es. Ich liebe ihn. Da wir gerade beim Kitsch sind: Ohne ihn wäre ich nur die Hälfte eines Ganzen, würde einsam durch die Welt ziehen, mich immer nach dieser einen anderen Person sehnen, die die andere Hälfte meiner Seele ist. Er hat mich gerettet. Und ich ihn.

DANKSAGUNG

Ich sitze hier an meinem Schreibtisch und will sagen, wer mir alles geholfen hat. Und das will ich auch tun, aber ... nun ja ... ich bin total aufgeregt. JACE ist so ganz anders, als alle anderen Bücher davor, aber das habe ich ja auch bei den anderen Büchern gesagt. Aber dieses Mal ... Fast alle Erstreaktionen zu diesem Buch enthielten, *da kommt aber wenig Sex drin vor*. Und ja, weniger als sonst, aber es passt zu der Geschichte. Es wäre komisch, wenn mehr vorkommen würde. Am Ende geht es dann ja auch zur Sache, mehrmals.

Weitere Reaktionen waren, dass Jace so ganz anders ist, als man ihn sich vorgestellt hat. Gut anders, aber ich hoffe, dass ihr das auch findet. Er ist zwar ein Fighter, aber auch ein Softie, mehr noch als alle anderen. Vielleicht nicht genug Wild Boy?

Und dann ist da noch Chrissa, die auch anders ist, als

meine Heldinnen zuvor. Aber ich liebe sie.

Außerdem ist es dann auch noch der Start einer neuen Reihe und vieles hängt davon ab ... Ihr wisst schon. Ruhm und Ehre. Auch, wenn ich lieber Gummibärchen hätte. Ach, Gummibärchen ... Wo war ich?

Ihr werdet es mich wissen lassen, was ihr davon haltet. Ja? Bitte?

So und dann kommen wir zum Dank:

Ich danke meiner Lektorin Lea von ScriptLounge, die mal wieder ganze Arbeit geleistet hat. Ohne sie wäre dieses Buch voller Fehler. Ich danke dir sehr!

Ich danke meinen wunderbaren Testleserinnen Alexandra, Julia, Juliane, Stefanie und Gudrun, die dafür gesorgt haben, dass ich alle Schwächen des Textes beseitigt habe. Und wenn es doch noch welche gibt, dann nur, weil ich an manchen Stellen zu stur war. Ich danke euch sehr! Ohne euch wäre dieses Buch nicht so, wie es jetzt ist. Es ist auch euer Baby.

Ich danke allen, die in meiner Facebookgruppe *In bed with Annie* sind, da ich sie immer und immer um Rat fragen kann und sie alles tun, um mir zu helfen. Ich hab euch alle sehr ins Herz geschlossen. Danke! Ihr rockt!

Ich danke meiner Mama, die nicht gemeckert hat, als ich im Vietnamurlaub ständig an dieser Geschichte geschrieben habe. Du rockst auch!

Ich danke meinen Freund*innen, meiner Familie und allen, die mein Leben im letzten Jahr so ungemein bereichert haben. Ich habe mich im letzten Jahr weiter entwickelt, habe heraus gefunden, was ich kann und was ich will, und jeder Mensch, mit dem ich letztes Jahr Kontakt hatte, hat dazu beigetragen. Ich danke euch von ganzem Herzen.

Ich danke all meinen treuen Leser*innen, die seit vier Monaten fragen, wann denn endlich das nächste Buch rauskommt, die auf meinem Blog und auf meiner Facebookseite Kommentare hinterlassen, die Rezensionen bei Amazon, Goodreads und Co. hinterlassen, die mir Mails schreiben und die einfach meine Bücher lesen. Ihr seid die Besten!

Und ich danke den Starbucksmitarbeiter*innen in Phuket, Saigon, Los Angeles, San Diego und hier zu Hause, weil mein Java Chip Frappuccino mit Sojamilch überall auf der Welt gleich schmeckt.

Love, Annie (Mai 2015)

WEITERE TEILE DER WILD BOYS

MIKE – Farbexplosion (BAND 2)
ab August 2015

BEN – Bruchstücke (BAND 3)
Ende 2015/ Anfang 2016

Die Reihe wird fortgesetzt!

5947157R00243

Printed in Germany
by Amazon Distribution
GmbH, Leipzig